Red River Lane

Jennifer Ebbinghaus (Hrsg.) • Anne Lück • Anna Konelli
C. Greene • Julia Niederstraßer • Lea Zander • Marie Döling
P.J. Ried • Sarah Scheumer • Steve Nolte

Liebe Leserinnen, liebe Leser,

nicht nur an Halloween, sondern an jedem Tag des Jahres gibt es Kinder, die nicht mit ihren Freunden um die Häuser ziehen können. Es gibt Teenager, die keine Streiche an Haustüren spielen, und Eltern sowie Großeltern, die sich nicht mit ihren Kindern und Enkeln verkleiden werden, um nach »Süßem oder Saurem« zu fragen, weil sie gesundheitlich nicht dazu in der Lage sind.

Aus diesem Grund wird der Gewinn dieses Gemeinschaftsprojektes in voller Höhe der DKMS gespendet, um Menschen mit einer Blutkrebserkrankung zu unterstützen. Auf Seite 314 findet ihr grundlegende und weiterführende Informationen zur Deutschen Knochenmarkspenderdatei, unserem offiziellen Spendenpartner, den ihr mit dem Kauf eines Exemplars der »Red River Lane« unterstützt.

Leider gelingt es uns nicht, all diesen Menschen zu helfen, aber wir können ein Zeichen setzen. Und wir hoffen, ihr tut es mit uns gemeinsam.

RED RIVER LANE

2. Auflage, Oktober 2022

Herausgeberin: Jennifer Ebbinghaus
Dörpinghauser Straße 7, 51688 Wipperfürth
www.writedownastory.de

Mitwirkende Organisation:
Anna Konelli, Sarah Scheumer, Marie Döling

Covergestaltung und Zierden: Sarah Scheumer, www.sarahscheumer.de
Lektorat, Korrektorat, Buchsatz: Marie Döling, www.writeinpieces.jimdofree.com
Illustration Karte: Eva Henrich
Marketing & Onlineauftritt: Anna Konelli, Jennifer Ebbinghaus

Printed by booksfactory, 71-063 Szczecin, Polen
Bestellung und Vertrieb: Nova MD GmbH, Vachendorf

SCHLAF, KINDLEIN, SCHLAF

Doch denke daran, dass Papa nicht da ist,
um sein Schäfchen zu hüten ...

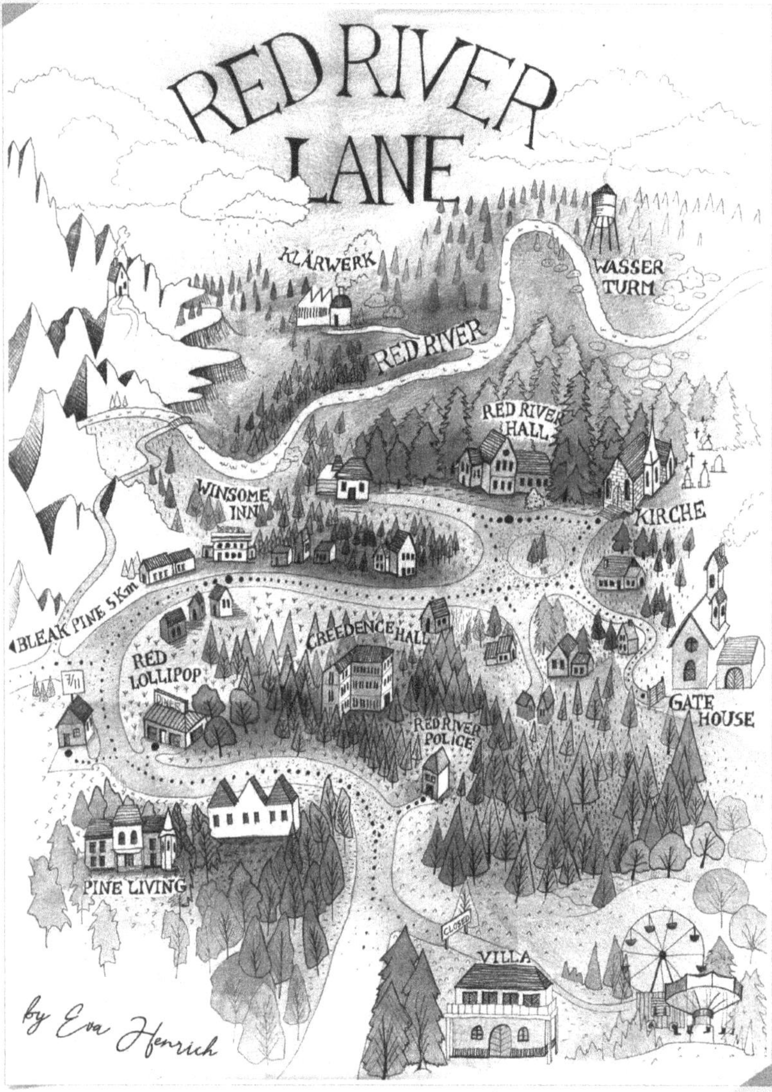
RED RIVER
LANE
KLÄRWERK
WASSER
TURM
RED RIVER
RED RIVER
HALL
WINSOME
INN
KIRCHE
BLEAK PINE 5Km
CREEDENCE HALL
RED
LOLLIPOP
7/11
GATE
HOUSE
RED RIVER
POLICE
PINE LIVING
CLOSED
VILLA
by Eva Henrich

Für alle, die gegen Blutkrebs kämpfen.
Und für die, die ihre Hand halten.

Wir wünschen euch von Herzen alles Gute.

Zehn Häuser. Eine Straße. Kein Entkommen.
Bist du mutig genug?

DANN TRITT EIN …

PROLOG

von Steve Nolte

NEUN TAGE ZUVOR

»RICKY, ZUM LETZTEN Mal: Licht aus, Zeit fürs Bett!«

Eins muss man der Stimme seiner Mom lassen: Sie trägt. Selbst vom Erdgeschoss bis in Rickys Dachkammer.

»Noch fünf Minuten, Mom! Gleich kommt die beste Stelle.« Moms Timing ist ebenso legendär wie ihr lautes Organ.

»Schluss mit diesem Horrorfilmblödsinn!« Noch lauter, noch durchdringender. Er hört Pantoffeln auf Teppichboden, als sie die Treppe hochsteigt. »So kurz vor Halloween setzt dir dieser Schund nur wieder Flausen in den Kopf. Auch wenn sich das Desaster vom letzten Jahr wohl so schnell nicht wiederholen wird.«

Ricky seufzt und drückt die Stopptaste. Bruce Campbells Gesicht friert ein, nur Sekunden bevor ihm das heisere »Groovy« über die Lippen kommt.

»Ja, Mom.« Er wirft Bruce einen entschuldigenden Blick zu. Mit seiner Mutter zu diskutieren, wäre ein sinnloses Unterfangen, wie er nur zu gut weiß. Sie ist unumstritten der Boss.

Also fügt er sich seinem Schicksal. »Gute Nacht.«

»Schlaf schön!« Er hört die Schlafzimmertür hinter ihr zufallen und schielt zur Uhr.

In fünf Minuten ist Freitag. Noch eine gute Woche bis Halloween. Doch Mom hat natürlich recht: Dieses Jahr wird es kein Desaster geben. Dafür wird die Ausgangssperre sorgen.

Eine Ausgangssperre – und das zu Halloween, dem abgefahrensten Fest des Jahres! Süßigkeiten, Kürbislaternen, Streiche und Kostüme. Und dann die Partys der älteren Kids, die immer eskalieren. Zwar ist er selbst gerade erst dreizehn, hat aber schon eine Ahnung, dass dieses Halloween vielleicht seine letzte Chance auf klassisches *Trick-or-treating* darstellt, bevor er zu alt dafür ist. Gerade die Streiche sind dabei immer ein Highlight für ihn. Wobei seine Mom maßlos übertreibt: Das brennende Formgehölz im Vorgarten des Rektors letztes Jahr ist ein bloßes Versehen gewesen. Trotzdem war's verdammt witzig!

Daraus wird diesmal nichts – eine Tatsache, die dem ersten großen, geheimnisvollen Halloween-Lockdown geschuldet ist, den er bewusst miterleben wird. Spannend ... und irgendwie beunruhigend. Hauptsächlich, weil keiner von ihnen weiß, warum man die Red River Lane alle zehn Jahre unter Hausarrest stellt. Die Erwachsenen hüllen sich in Schweigen – zumindest jene, die mit der Wahrheit vertraut sind. Der Rest glaubt vermutlich die blasse Rechtfertigung der Gemeinde, die von Tradition spricht. Als würde man einen ganzen Stadtteil in Aufruhr versetzen und in seinen Häusern einsperren, um alle zehn Jahre irgendwelcher Hexenverbrennungen zu gedenken, die hier stattgefunden haben sollen. Nicht *einen* Beweis hat Ricky in der örtlichen Bibliothek Bleak Pines dafür gefunden. Und wer Ricky Hicks kennt, der weiß, dass er *wirklich gründlich* recherchiert hat.

Er schaltet den Fernseher aus und geht zum offenen Fenster rüber. Auf der Fensterbank steht eines der alten Walkie-Talkies seines Bruders, die er in der Garage gefunden hat. Er schaltet es ein, lauscht einen Moment dem Knistern und den

Störgeräuschen und schaut raus; auf die Garage, voll mit Joshs zurückgelassenem Gerümpel; auf die freie Fläche dahinter, auf der die Neubausiedlung entstehen soll. Und schließlich auf das Gebäude, das neben diesem Grundstück liegt.

Gate House.

Seit Ricky denken kann, scheint der Winsome Forest das verfallene Herrenhaus geradezu verschlingen zu wollen. Kahle, knorrige Äste grabschen nach den windschiefen Giebeln wie die ausgemergelten Arme einer Märchenhexe, die schon lange kein schmackhaftes Kind mehr in ihre verdorrten Finger bekommen hat. Und seit er denken kann, setzt sich Gate House standhaft zur Wehr. Ebenso wie es sich dreißig Jahre lang gegen neue Eigentümer gewehrt hat.

Ricky kennt es nur als Ruine; als mysteriöses Spukhaus, um das sich grauenhafte Legenden ranken – natürlich alle erstunken und erlogen –, und dennoch glaubhaft genug, dass man selbst tagsüber seine Schritte beschleunigt, wenn man daran vorbeiläuft. Nach Einbruch der Dunkelheit macht auch der großmäuligste Teenager einen weiten Bogen darum. Der anderen Horrorruine der Stadt, *Creedence Hall*, ausgebrannt und efeuüberwuchert, hat es längst den Rang abgelaufen.

Und dieser verrückte alte Knacker ist tatsächlich dort eingezogen.

Wie jede Nacht sieht man trübes Licht zwischen den vernagelten Fenstern hervorscheinen. Niemand weiß, was Hank Shadick dort drüben treibt, aber alle sind sich einig, dass der Kerl nicht alle Tassen im Schrank hat. Ricky fröstelt es, was an dem Windhauch liegen mag, der nun hereinzieht.

»*Papa Bear*, hier *Sith Lord*, kommen.« Die verzerrte Stimme zerreißt die Stille mit infernalischer Lautstärke und für eine Sekunde glaubt Ricky, dass ein körperloser Dämon aus irgendeiner Zwischenwelt zu ihm spricht. Vor Schreck lässt er beinahe das Walkie-Talkie fallen.

»*Papa Bear*, pennst du schon? Kommen!« Obwohl sein Herz rast, atmet Ricky auf. Man hört deutlich, wie viel Spaß Andy das Funken macht.

»*Papa Bear* klingt wie ein dreihundert Pfund schwerer Trucker, der Anhalterinnen verschleppt.«

Andys Lachen schallt über den Äther. »Passt doch! Aber denk dir gern was anderes aus. Kommen.«

»Weniger einfallsreich als *Sith Lord* wird's kaum werden.«

»Neidisch? Aber ernsthaft: Siehst du auch das Licht bei unserem Lieblingsnachbarn? Kommen!«

»Schwer zu übersehen.« Kalt wie in einem OP-Saal, beginnt es im nächsten Moment, stroboskopartig zu flackern.

»Spinn ich jetzt total oder steht da einer auf dem Dach? Kommen!«

Ricky begutachtet die fernen Umrisse des Anwesens und weiß sofort, dass es stimmt. Da oben ist jemand.

Eine schwarze Gestalt, hochgewachsen und dürr. Im Mondschein wirken die Gliedmaßen unnatürlich lang und ein Hut mit breiter Krempe hebt sich deutlich vom Rest des schattenhaften Kopfes ab. Eine lebendige Vogelscheuche – na super! Und sie scheint genau in seine Richtung zu schauen.

Mit einem unangenehmen Prickeln kriecht Ricky eine Gänsehaut den Rücken hinab. »Was tut der da?« Sein Hals ist trockener als der Humor seiner Freundin Isabella. Er wünscht sie sich her. Sie und Kaye – stark und entschlossen und so viel älter wirkend als ihre dreizehneinhalb Jahre. Für den Moment muss er sich mit Andy am anderen Ende der Leitung begnügen. Besser als nichts – immerhin sind sie seit dem Kindergarten die dicksten Kumpels.

»Na ja, er ...«, beginnt Andy nun, verstummt aber jäh. Wohl, weil Hirn und Zunge erst sortieren müssen, was seine

Augen sehen.

Ricky beobachtet währenddessen mit wachsender Beunruhigung, wie die Gestalt zu hüpfen beginnt und mit schlaksigen Tanzbewegungen über das Dach balanciert.

»Jetzt starrt er Richtung Wald.« Atmosphärische Störungen begleiten Andys nächste Worte. »Ich glaube, er ... Sendet er Lichtsignale? Kommen.«

Signale? »Was zum Teufel?«

Tatsächlich schwenkt der Schattenmann jetzt eine Art Laterne. Zunächst gegen, dann im Uhrzeigersinn. Dann beginnt sie, zu blinken. Lange und kurze Lichtimpulse wechseln sich ab.

Er ist von Hank Shadick – wie von vielen seiner Nachbarn hier in der Red River Lane – einiges gewohnt, aber jetzt muss sich Ricky, der sich eigentlich für ziemlich abgebrüht hält, eingestehen, dass er wahrlich Angst verspürt. Zu bizarr ist die Szene, die sich vor seinen Augen abspielt.

»Rede mit mir, Andy. Was geht hier vor?« *Gar nichts,* sagt er sich. Nur ein alter Kerl, der einen über den Durst getrunken hat und auf dem Dach seines Geisterhauses einen Laternentanz aufführt. Ricky kann sich nicht helfen, aber die Stimme in seinem Kopf vermag es trotz ihres nüchternen Tonfalls nicht, ihn zu überzeugen.

»Ich finde mein Büchlein nicht, aber ich glaube, es ist ein Morsecode. Stand by, *Papa Bear.*«

»Na klar, was auch sonst«, murmelt Ricky und schluckt trocken, während der Hank-Shadick-Schattenmann mit der flackernden Lampe von links nach rechts springt. Typisch, dass Andy ausgerechnet jetzt sein *Büchlein*, eine ziemlich umfassende Sammlung von Überlebenstipps aus Pfadfinderhandbüchern, Prepper-Magazinen und den Werken von Bear Grylls, nicht zur Hand hat.

Auf dem Dach ist es mit einem Mal dunkel und auch im Innern des Herrenhauses sind schlagartig alle Lichter erloschen. Aus dem Walkie-Talkie dringt kein Laut, nicht mal mehr ein Rauschen.

Ricky beugt sich vor. Kurz scheint es ihm, als habe die Welt vor seinem Fenster einfach aufgehört, zu existieren. Selbst die vereinzelten Straßenlaternen sind zu verlorenen Inseln schwindender Helligkeit geworden, die der Nacht, die auf sie zuströmt, nichts entgegenzusetzen haben.

In seinem Zimmer spendet eine einzelne Nachttischlampe schummriges Licht. Ein letztes Bollwerk gegen die Finsternis. Was, wenn da draußen wirklich etwas nicht mit rechten Dingen zugeht?

Er verflucht seine Neugier und zwingt sich, die aufkeimende Panik niederzukämpfen. Trotz des Zitterns seiner Hand führt er das klobige Walkie-Talkie zum Mund, dessen Gewicht ihm einen letzten Rest Sicherheit vermittelt, und drückt die Sprechtaste.

»Andy?«, fragt er heiser in die Nacht vor dem Fenster.

Als endlich wieder etwas aus dem Lautsprecher dringt, verspürt er zunächst Erleichterung, kommt sich im selben Moment aber ziemlich dämlich vor.

Dann hört er zu.

»...önnt ... ich ... ören? ...enn ... ichti ... iege ... ind ... ir ... eint. ... orm ... perfektioniert. ... lang, ... im. Nicht mehr lang. ... ammen. Keine ... asken. Kein ... Ich ... erspreche ... Blut wird fließen ...« Die verzerrte Stimme wird von Störgeräuschen abgewürgt.

Ricky drückt den Sendeknopf so fest, dass er fast glaubt, das Walkie-Talkie zu zerquetschen.

»Wer immer da ist, lassen Sie den Mist gefälligst!« Seine Stimme klingt schrill in seinen Ohren, beinahe hysterisch.

Es ist ihm egal.

»*Papa Bear*, echt jetzt! A: Du musst mich nicht siezen. B: Schrei mich nicht an! C: Halt mal Funkdisziplin ein. Jeder Satz wird mit *Kommen* beendet. Kommen.«

»Hast du das nicht gehört?«, erwidert Ricky ungläubig.

»Na ja, ich hab dich kreischen hören wie meine Schwester, wenn sie eine Spinne sieht. Ansonsten hab mir den Code notiert und kann ihn knacken, wenn ich das Büchlein finde. Kommen.«

»Irgendein Kerl hat gefunkt! Er hat volle Kanne apokalyptischen Serienmörderschwachsinn gelabert ...«

»*Papa Bear*«, erwidert Andy und sein Tonfall ist alarmierend nüchtern.

Ricky bekommt es kaum mit. Adrenalin und ein Gefühl epochaler Dringlichkeit lassen die Worte nur so aus ihm heraussprudeln. »Dass Blut fließen wird und ...«

»*Papa Bear!*«

»... er hat mir einen Riesenschreck eingejagt.«

»Ricky Hicks!«

»Was?« Ricky hat sich längst vom Fenster abgewandt und ist im Zimmer hin und her gelaufen, aber jetzt hastet er zurück.

»Guck. Aus. Dem. Fenster.« Andy betont jedes Wort mit großem Nachdruck. Die Funkdisziplin ist vergessen. »Der Wald, Ricky!«

Auch wenn Ricky findet, dass sein Anliegen wichtiger ist, immerhin hat er wohl gerade das manische Gebrabbel eines Wahnsinnigen mit angehört, tut er ihm den Gefallen und späht zum dunklen Umriss des viktorianischen Herrenhauses herüber. Richtet seine Aufmerksamkeit direkt auf den Winsome Forest, der hungrig, finster und unheimlich auf das Grundstück wuchert.

Nur ist er im Moment gar nicht so finster, wie man ihn gemeinhin kennt. Was ihn allerdings nicht weniger unheimlich macht – beim Damenbart seiner Tante Edna, eher im Gegenteil!

Der Wald ist voller Lichter.

Blinkende Lichter, sicher ein Dutzend davon.

Zunächst denkt er an Glühwürmchen, Sumpfleuchten oder seinetwegen auch an das Feenvolk – irgendetwas Harmloses, das gar nichts mit gruseligen Häusern und ihren nicht minder gruseligen Bewohnern zu tun hat. Dann erkennt er ein gewisses Muster. Die Lichter blinken periodisch.

Ricky stockt der Atem. Während Andy am anderen Ende der Leitung ebenso leise wie ungläubig vor sich hin murmelt, wird ihm eines klar: Wen auch immer Hank Shadick da im Wald zu kontaktieren versucht hat …

Er antwortet.

DAS SCHLAFLIED

von Marie Döling

Twinkle, twinkle bloody star,
oh I wonder where you are.

17:34 UHR

BETHANY LUSH HAT früh begriffen, dass das Leben ein Gemälde ist. Doch dass der Künstler der Tod selbst ist, wurde ihr erst viel später klar. Vermutlich hat sie sich deshalb vor zehn Jahren entschieden, den Kunstwerken dieser Welt – den Menschen – die Beachtung zu schenken, die sie verdienen.

»Du kannst mich nicht zwingen, die Tabletten zu schlucken«, beharrt er und dreht seinen Kopf so, dass Bethany ihren Griff um sein Kinn verstärken muss.

»Wir wissen beide, dass Sie sie nehmen müssen, Patrick. Sobald Sie die Pillen geschluckt haben, bringe ich Ihnen Ihr Abendessen. Heute gibt es Kartoffelauflauf, den mögen Sie doch.« Beths Lächeln ist unverändert freundlich, doch die Situation zerrt an ihren Nerven. Es ist jeden Abend dasselbe, mindestens ein Bewohner der Einrichtung ist entweder vorlaut, hat einen Wutanfall oder weigert sich, seine Medikamente zu nehmen. Dabei sind die Patienten, die in der Außenwohngruppe *Pine Living* der Red River Lane in überwachten Wohngruppen leben, allesamt sehr freundliche Menschen.

»Ich habe schon gegessen! Und ich lasse mir die Tabletten nur von einer richtigen Krankenschwester geben. Du hast mir gar nichts zu sagen!« Patrick verkrampft seinen Körper so sehr, dass sein Rücken knackt, als er ihn durchstreckt. Beth spürt, wie seine Muskeln vor Angst ganz hart werden, doch so sehr sie ihn auch versteht, weiß sie, dass sie einen Job zu erledigen hat.

»Sehen Sie mich an, Pat. Ich bin es, Bethany Lush. Ich arbeite seit acht Jahren hier und komme beinahe jeden Abend zu Ihnen.« Sie spürt, dass Pat sie mustert.

»Ich weiß, wer du bist. Aber ich will eine richtige Schwester! Wo ist Thea? Oder Paula?«

Bethany seufzt. Psychische Krankheiten sind keine Schande, sondern ein Teil der Gesellschaft, dessen war Bethany sich immer bewusst. Aus diesem Grund liebt sie die Arbeit mit Personen, die einen Platz in einer Welt suchen, die sie an den Rand drängt. Als Tochter einer Mutter, die mit dem Asperger Syndrom lebt, weiß sie nur zu gut, wie sich Letzteres anfühlt. Vor zehn Jahren hat sie deshalb die Ausbildung zur Pflegefachkraft in der Psychiatrie Bleak Pines begonnen und zwei Jahre später mit Bravour abgeschlossen.

Als Patrick plötzlich anfängt, zu wimmern, streicht sie mit ihrer Hand behutsam über seinen Arm. »Sie müssen keine Angst vor mir haben. Ich verspreche Ihnen, dass ich Ihnen nicht wehtue.« Sie greift nach der hellblauen Schale, in der zwei rot-weiße Tablettenhülsen liegen. In einer davon befindet sich ein schwaches Schlafmittel, in der anderen ein Mittel zur Muskelentspannung. »Wir machen es so: Sie nehmen diese Tabletten und ich organisiere Ihnen dafür einen

Schokoladenpudding. Ich weiß, dass Sie eine Schwäche dafür haben, Pat.« Ihr Zwinkern scheint etwas in ihm auszulösen. Der Angst weicht Verlockung, aber das Misstrauen bleibt.

»Und Thea und Paula wissen Bescheid?«, will er wissen.

»Alles ist mit ihnen abgesprochen. Versprochen!« Bethany sieht, wie sich seine steife Haltung löst, und atmet auf, als er nach den Pillen greift. Sie nimmt das Glas Wasser vom Wagen und hält es ihm entgegen, damit er die Kapseln besser schlucken kann. »Perfekt«, lobt sie ihn, als er seinen Mund öffnet und sie kontrolliert, ob er die Tabletten runtergeschluckt hat. »Ihr Abendessen steht auf dem Esstisch und sobald Sie fertig sind, können Sie klingeln, damit ich Ihnen den Pudding bringe. Alles klar?«

Patrick antwortet schon gar nicht mehr, stattdessen rollt er zum Tisch hinüber und stellt die Bremsen des Rollstuhls fest.

»Wir sehen uns gleich«, sagt Bethany noch, bevor sie den Servierwagen zur Tür schiebt und seine Wohneinheit verlässt.

Die Räder des Wagens rattern, während sie ihn in den Küchenraum manövriert. Obwohl sie weiß, dass sie die Arbeit lediglich aufschiebt, lässt sie ihn einfach dort stehen, ohne die Schälchen und Utensilien wegzuräumen, und geht wieder hinaus auf den Flur, in dem sie sich für einen Moment an die kühle Wand lehnt. Den Kopf Richtung Decke gelehnt, legt sich ihre rechte Hand von ganz allein auf ihren Bauch, dem man die kleine Wölbung unter ihrem Shirt nicht ansieht, und kann sich das selige Lächeln nicht verkneifen.

Vierzehnte Woche. Kräftiger Herzschlag. Alles im perfekten Entwicklungszustand. Jede Linie auf dem Ultraschallbild hat sie sich eingeprägt, um ja nichts von ihrem Kind zu verpassen. In ungefähr sechs Wochen wird man erkennen, ob es ein Junge oder ein Mädchen wird.

Beth kann ihr Glück noch immer nicht fassen. Und obwohl sie ihre Heimatstadt liebt und vor allem die Einrichtung, kann sie es nicht erwarten, von hier fortzugehen. Ihre gepackte Tasche wartet bereits in Jadas Zimmer, in dem sie sie heute Morgen versteckt hat.

Jada ist 32, nur sechs Jahre älter als Beth, doch für sie hat das Leben anderes bereitgehalten. Denn nachdem sie vor zwanzig Jahren eine Scheune in Brand gesetzt hat, in der sich zur selben Zeit ihr kleiner Bruder befand, an dem – nach ihrer Aussage – ein Exorzismus durchgeführt wurde, kam sie für mehr als ein Jahrzehnt in die geschlossene Psychiatrie Bleak Pines. In der Außenwohngruppe lebt sie erst seit etwa fünf Jahren, doch Beth ist froh, dass sie nun hier ist, denn Jada ist vor allem eines: verängstigt. Kein Wunder, da sie mit gerade einmal zwölf Jahren alles verlor – ihre Familie, ihre Freunde, ihren Bruder. Mit ihr zu sprechen, gibt Beth ein besonderes Gefühl, denn diese Frau strahlt nichts anderes als Unschuld und Empathie aus. Ohne einen Lieblingspatienten haben zu wollen, hat Jada sich einfach in ihr Herz gestohlen. Aus diesem Grund ist sie auch die Einzige, die von Beths Plänen weiß, heute Nacht von hier fortzugehen. Und sobald Beth irgendwo angekommen und etwas Gras über ihren plötzlichen Umzug gewachsen ist, würde sie Jada in eine Einrichtung in ihrer Nähe holen. Gemeinsam mit Neal.

Beim Gedanken an ihn huscht ihr ein Lächeln übers Gesicht, das sie nur mit Mühe wieder fortbekommt. Es ist wichtig, nicht zu auffällig zu sein, und an ihn zu denken lässt sie so strahlen, dass man die Verliebtheit vermutlich durch geschlossene Türen sehen kann.

Mit verschnellertem Herzschlag greift sie in ihre Hosentasche und holt ihr Handy hervor. Die Anzeige auf ihrem Display verrät, dass es 17:45 Uhr ist. In fünfzehn Minuten wird das Signal der Ausgangssperre ertönen, das sie in diesem Jahr ignorieren wird. Immerhin ist der beste Zeitpunkt, unbemerkt zu verschwinden, der, in dem sich niemand auf den Straßen aufhält und Türen und Fenster geschlossen sind.

Eilig tippt sie eine Nachricht an Neal, der sicherlich gerade die letzten Sachen packt. Eigentlich hatte sie versprochen, ihm heute nicht zu schreiben, um ihren Weggang nicht zu gefährden, doch sowohl ihre Emotionen als auch ihre Hormone lassen nichts anderes zu.

20:00 Uhr am Wasserturm.
Ich habe eine Überraschung für dich.
B.

Als Schritte auf dem Flur erklingen, steckt Beth das Handy weg und hastet in den nächstbesten Raum. Unter keinen Umständen möchte sie Thea oder Paula begegnen. Ihre Kolleginnen anzulügen, würde ihr bei all den Dingen, die ihr durch den Kopf gehen, nicht gelingen. Das Kündigungsschreiben, das sie später in Theas Spind stecken würde, wiegt Tonnen in ihrer Kitteltasche, doch sie würde es durchziehen. Sie musste. Nur so konnte sie mit Neal und dem Baby zusammen sein.

»Beth«, holt eine Stimme sie plötzlich aus den Gedanken. »Müsstest du nicht beim Abendessen sein? Heute gibt's Kartoffelauflauf.« Die fast weißhaarige, alte Frau lehnt sich in ihrem Schaukelstuhl zurück, auf ihren Knien das Tablett. Offensichtlich ist Beth in ihrem Patientenzimmer gelandet.

»Guten Abend Moira, lassen Sie es sich schmecken! Ich werde nachher in Ruhe vom Auflauf probieren, wenn die Arbeit erledigt ist.«

»Die Arbeit?« Die Dame zieht eine Braue nach oben und beginnt, zu schmunzeln. »Was hast du denn für Arbeit zu erledigen?«

»Nun hören Sie mal, Miss Kane. Ich kann gerne Ihren Nachtisch für die nächste Woche streichen, wenn Sie so frech sind«, kontert Beth gespielt und lacht, als Moiras Blick noch skeptischer wird. »Ich habe heute Morgen ihren Enkel getroffen. Er schien wild entschlossen, die heutige Nacht durchzuarbeiten.«

»Wie oft ich ihm schon gesagt habe, dass er kürzer treten und sich mehr der Familie annehmen soll, Liebes. Aber welches Enkelkind hört schon auf seine Großmutter, nicht wahr?« Ihr Lächeln erreicht nicht ihre Augen.

Beth hat nicht gemerkt, dass ihre Hand bei diesen Worten und dem Gedanken an Familie wieder auf ihren Bauch gewandert ist, doch Moiras erkennender Blick lässt sie zusammenzucken und sie runterreißen. Zu spät.

»Bethany, wie ...« Offensichtlich muss sie sich sammeln, denn sie schließt einen Moment lang die Augen, betrachtet dann aber wieder Beths Bauch. »Wie ist das möglich? War es einer der Patienten? Oder ist ... Gott, ist etwa einer der Ärzte der Vater?«

»Was reden Sie denn da für einen Unsinn, Moira?« Die Absurdität ihrer Behauptungen bringt Beth zum Schmunzeln, obwohl der Panik-Schalter in ihr längst umgelegt ist. Niemand darf wissen, dass sie heute Nacht die Red River Lane hinter sich lässt. Neal würde sehr sauer sein, wenn sie den Plan vereitelt. Und sie selbst würde es nicht ertragen, zwar in ihrer Heimat zu sein, doch nicht mit dem Mann zusammenzuleben, den sie liebt. »Bitte, Moira, es muss ein Geheimnis bleiben.«

»Hast du Angst -« Sie unterbricht sich selbst mit einem Kopfschütteln. »Denkst du, sie nehmen es dir weg, Kindchen? Das würde ich nicht zulassen.«

»Was? Wieso sollten sie mir das Kind wegnehmen?«

Schützend umschlingt Beth ihren Bauch.

»Weil in der Einrichtung –«

Moiras Worte werden von dem schallenden Signal unterbrochen, das selbst durch die geschlossenen Fenster lautstark in den Ohren hallt. Als würde in Bleak Pine eine Zombieapokalypse ausbrechen, sirrt die Warnmelodie durch die Straße.

»Achtzehn Uhr«, sagt Beth und wirft einen Blick durch das Fenster in den Hinterhof, der menschenleer daliegt. »Bitte denken Sie daran, die Fenster zuzulassen. Falls etwas sein sollte, klingeln Sie. Thea und Paula sind im Büro und haben Nachtdienst. Wir beide sehen uns dann morgen früh.« Dass ihr die Lüge so leicht über die Lippen kommt, verursacht ihr Übelkeit. Denn Beth würde nicht mehr zurückkommen, sobald sie die Tore der Einrichtung hinter sich lässt.

Ihr Blick gleitet zu Moira, die stoisch einen Punkt an der Wand fixiert. »Ist alles in Ordnung, Miss Kane?«

Die Angesprochene antwortet nicht, stattdessen beginnt sie, sich mit dem Schaukelstuhl zu wiegen, als hätte sie plötzlich vor etwas Angst. Ihre Augen stehen weit offen und Beth ahnt, dass die Sirene sie erschreckt hat.

»Alles ist gut, Moira«, redet sie auf die Frau ein, während sie vor ihr in die Hocke geht. »Es ist nur Halloween. Heute jährt sich die Ausgangssperre. Bleiben Sie ruhig, das Signal geht gleich aus.«

Als hätte jemand ihre Worte gehört, verlischt die Sirene im nächsten Moment und hinterlässt lediglich ein helles Summen in Beths Ohren.

»Geh nicht«, sagt Moira plötzlich und nun fixiert ihr Blick nicht mehr die Wand, sondern Beth. »Du darfst nicht fortgehen.«

Bethanys Herz bleibt stehen, schlägt im nächsten Moment dreimal so schnell wie zuvor. »W-was? Moira, ich -«

»Der Mund muss zu, die Nase muss zu. Aber die Augen, halte die Augen offen. Halte sie offen. Haltet sie alle offen!«

Beth weiß, dass Moira eine bipolare Persönlichkeitsstörung hat, doch es ist das erste Mal, dass sie einen ihrer Ausbrüche miterlebt. Um die Frau zu beruhigen, geht sie auf das Gesagte ein. »Versprochen, Moira. Ich halte die Augen offen.«

»Der Mund muss zu, die Nase muss zu. Aber die Augen, halte die Augen offen. Halte sie offen. Haltet sie alle offen!«

Wieder und wieder murmelt die Frau die Worte in den Raum, während sie erneut die Wand fixiert und sich stetig vor und zurück wiegt. Vor und zurück. Und Beth kann nicht anders, als rückwärts den Raum zu verlassen, die Tür zu verschließen und Miss Kane in ihrem weißen Nachthemd hinter sich zu lassen. Das Letzte, was sie von ihr sieht, ist das groteske Lächeln auf ihrem Gesicht.

19:53 UHR

Es ist ruhig. Fast zu ruhig, als dass Beth glauben könnte, dass sie wirklich allein ist. Doch die Red River Lane liegt einsam da, wird nur von den Laternen und den Kerzen in den Kürbissen erhellt, die in jedem Vorgarten stehen. Hinter den meisten Fenstern brennt kein Licht, denn viele Bewohner verlassen Bleak Pine vor der Ausgangssperre und verbringen das Wochenende bei ihren Verwandten außerhalb der Stadt. Die, die bleiben, haben die Lampen im Haus gedämpft; liegen vielleicht sogar schon im Bett.

Wieso ihr der Gedanke, allein über den Asphalt Richtung Wald zu laufen, plötzlich nicht richtig vorkommt, muss an der angsteinflößenden Stimmung liegen, die der jetzige Moment verbreitet. Müssen die Bewohner auch wirklich jede Terrasse und jeden Garten gruselig schmücken, obwohl sowieso kein Kind an der Haustür klingelt und nach »Süßem oder Saurem« fragt? Eine Erinnerung nagt in ihrem Inneren, doch sie stößt sie zur Seite, bevor sie aufkommen kann. Irgendetwas sagt ihr, dass sie diesen Gedanken schon einmal hatte, was absurd ist. Das hier ist immerhin ihr Leben, kein Déjà-vu.

Beth schüttelt sich und greift erneut nach ihrem Handy. Es ist beinahe zwanzig Uhr. Da der Wasserturm von hier etwa zwanzig Gehminuten entfernt liegt, wird sie nicht pünktlich kommen. Zwar hat sie Neal diesbezüglich bereits geschrieben, doch bisher hat seine Antwort sie nicht erreicht.

Sie weiß, dass Neal mehr in Bleak Pine zurücklässt als sie. Seinen Job an der High School, seine Eltern, seine ... Frau. Und deren gemeinsame Tochter Josie, die zwei Jahre jünger ist als Beth. Tatsächlich sind die beiden damals sogar auf dieselbe Schule gegangen. Doch dieser Umstand spielt genauso wenig eine Rolle wie die 22 Jahre Altersunterschied, die zwischen ihr und Neal liegen. In wen man sich verliebt, kann man sich eben nicht aussuchen.

Nach ihrem ersten Kuss hatte Neal damals gesagt, dass er auf sie gewartet und nicht geheiratet hätte, wenn er gewusst hätte, dass er ihr begegnen würde. Doch wer die große Liebe ist, weiß man immer erst dann, wenn man ihr begegnet. Und lieber begegnet ihr man später als nie.

Sie lächelt bei dem Gedanken und beschleunigt ihren Schritt, als Stimmen sie innehalten lassen. Ein Blick nach rechts verrät, dass sich jemand in der baufälligen Villa *Creedence Hall* aufhält, denn aus einem Fenster im oberen Stockwerk – einem der wenigen, in denen das Glas noch intakt ist – flackert schwaches Licht, was aussieht, als hätte jemand Kerzen angezündet. Dass sich das tatsächlich jemand traut, nachdem es vor dreißig Jahren einem Brand zum Opfer gefallen ist, ist mutig – vielleicht auch kopflos, wer weiß. Dennoch sie ist froh, dass die Personen dort drin offenbar zu abgelenkt sind, um auf die Straße zu blicken und sie zu bemerken.

Sie beschleunigt ihre Schritte und zieht die Kapuze ihres Hoodies tiefer ins Gesicht. Ihre Haare hat sie am Hinterkopf zu einem Knoten gebunden, sodass sie ihr nicht im Gesicht hängen. Dass Neal diesen lösen wird, sobald sie in seinem Auto auf dem Weg raus aus der Red River Lane sind, weiß sie, denn er liebt es, wenn Strähnen über ihre Schultern fallen. Schon als sie sich kennenlernten, hat er immer danach gegriffen, wenn sie sich nahe waren.

Etwas an dieser Erinnerung schmerzt und plötzlich wird ihr furchtbar übel. Da sie während der Schwangerschaft bisher nicht unter Übelkeitsattacken litt, verunsichert sie das Verhalten ihres Körpers. Als würde er ihr etwas ... verständlich machen wollen, bremst er sie aus, sodass sie ihre Hände einen Moment auf den Knien abstützen und in gebeugter Haltung kontrolliert Luft holen muss.

Als sie aufblickt, stellt sie fest, dass sie bereits vor der Kirche steht, hinter der der Weg über den Friedhof in den Wald führt. Von dort aus ist es nicht weit bis zu der Stelle des Red Rivers, über die ein großer Baumstamm gekracht ist, der – seit sie denken kann – als inoffizielle Brücke dient. Noch ein paar hundert Meter über den unebenen und verwurzelten Waldboden, dann würde sie den Wasserturm erreichen, den ihr Körper scheinbar meiden möchte. Denn als sie die nächsten Schritte geht, beginnen ihre Hände, zu zittern, während sich ein unangenehmer Schmerz hinter ihren Schläfen ausbreitet. Als ein paar Augenblicke später auch noch ein Stich durch ihren Unterleib fährt, bricht sie in Schweiß aus.

»Was passiert hier?«, flüstert sie in die Dunkelheit und hätte fast nicht die Person bemerkt, die einige Meter vor ihr in dieselbe Richtung eilt. Unentwegt blickt sie sich um, als würde sie jeden Moment damit rechnen, erwischt zu werden.

Ihr Gang kommt Bethany seltsam vertraut vor, genau wie das helle Haar, das über ihre Schulter nach vorn gelegt ist. Wüsste sie es nicht besser, könnte sie denken, sie sehe sich selbst – einige Jahre jünger.

Dreh nicht durch, Beth.

Dann läuft das Mädchen vor ihr plötzlich schneller und verschwindet ein paar Wimpernschläge später zwischen den Nadelbäumen.

»Hilf mir«, ruft sie ihr noch hinterher, doch die Gestalt blickt nicht zurück und lässt Beth hinter sich, deren Blick ihr in die Dunkelheit folgt.

Als sie etwas spürt, das sich wie ein Tritt in ihrem Bauch anfühlt, weiß sie, dass nichts normal ist. Im Gegenteil, beinah hat sie das Gefühl, verrückt zu werden, denn in der vierzehnten Woche bewegt sich das Baby zwar schon, doch ist es noch viel zu winzig, als dass Beth es spüren könnte.

»My bonnie is over the ocean«, beginnt Beth, zu singen, um sich selbst und ihr Kind zu beruhigen. »My bonnie is over the sea, my bonnie is over the ocean, oh bring back my bonnie to me.«

Irgendwann geht ihr Gesang in ein Summen über, das sie nicht eine Sekunde unterbricht, als sie sich aufrichtet und sich auf den Weg zum Wasserturm macht. Ihr Rucksack wird von Meter zu Meter schwerer, als würde sich sein Gewicht vermehren, doch sie hält nicht an; stolpert durch den Wald bis zum Fluss, quält sich auf Knien über den Stamm, während der Red River darunter hindurchjagt. Viel zu dringend will sie zu Neal. Er wird wissen, was mit ihr nicht stimmt. Er wird sie und ihr Kind zum Arzt bringen, sobald sie ihm eröffnet, dass sie schwanger ist – und dass sie furchtbare Schmerzen hat.

»Geh nicht«, kommen ihr die Worte von Moira in den Sinn. »Du darfst nicht fortgehen.« Und irgendwas an ihnen klingt jetzt anders. Irgendetwas an ihnen erinnert sie an ihre Schulfreundin Victoria. Und plötzlich sieht sie sie vor sich, sieht sich selbst als Sechzehnjährige, die mit Vic nach dem Biologieunterricht an den Schließfächern steht.

»Geh nicht«, fleht Vic und in ihren Augen stehen nicht nur Tränen, sondern auch Furcht. »Du darfst nicht fortgehen.«

»Es wird nicht für immer sein«, flüstert Beth zurück und legt ihr eine Hand auf den Arm. »Nur, bis das Baby da ist. Du weißt, dass meine Eltern es mich nicht behalten lassen würden. Und Neal ... Wer weiß, was mit ihm passiert, wenn sie es herausfinden.«

»Nenn ihn nicht so!« Victorias Gesicht wird wütend, bevor sie Beth an den Schultern greift und schüttelt. »Merkst du nicht, was er dir antut, B? Es ist seine Aufgabe, dich zu beschützen, stattdessen –«

»Hör auf!« Beths Stimme ist monoton. »Er liebt mich. Nichts, was er getan hat, wollte ich nicht.«

»Wie kannst du dir das einreden?«

»Wie kannst du etwas anderes denken?«

Vic sieht Beth an, als wäre sie von allen guten Geistern verlassen; als würde sie tatsächlich das größte fehlende Puzzleteil nicht in das Gesamtbild stecken können. »Du lässt mir keine Wahl, Beth.« Nun stehen die Tränen nicht mehr nur in ihren Augen, sie purzeln daraus hervor. »Ich werde zur Schulleitung gehen, wenn du wirklich vorhast, mit ihm abzuhauen. Du kannst das nicht tun, er ist –«

»Sei still!«, brüllt Beth und im nächsten Moment fliegt ihre Hand gegen die Wange ihrer Freundin. Statt die Tränen fortzu-

wischen, die darüber laufen, schlägt sie auf die nasse Haut.

»Nein«, wimmert Beth. »Ich würde nicht ... Ich würde dich niemals verletzen, Vic. Du bist meine beste Freundin.« Die Stille verschlingt ihre Worte beinahe, so dumpf klingen sie zwischen den Stämmen und dem Geäst. »Komm zurück, Vic. Komm zurück! Ohne dich schaffe ich es nicht.«

Ihr Flehen wird ein Weinen, das Weinen ein Schluchzen und während die Dunkelheit um sie herum den Blick auf den Wasserturm freigibt, ist sie sicher, dass die Bäume in ihren Gesang einstimmen. »Twinkle, twinkle little star, how I wonder what you are ...«

Je näher sie dem Turm kommt, umso lauter wird ihr Gesang; umso flehender werden ihre Worte.

Dass Neal nicht dort ist, weiß sie, als sie das kalte Metall umklammert, ihren Rucksack auf den Waldboden fallen lässt und sich Stück für Stück die Leiter hinaufzieht. Sobald ein Schlaflied endet, beginnt sie das nächste. Und nur nebenbei bekommt sie mit, dass sich nicht die Melodien, dafür aber die Texte ändern.

»Fuchs du hast mein Kind gestohlen, gib es wieder her, gib es wieder her ...«

20:26 UHR

Es ist windig, doch das stört Beth nicht. Viel zu sehr genießt sie es, dass die Böe ihre Tränen trocknet. Hier oben, mit dem Blick über die dunklen Tannenspitzen, den Klippen folgend, kann sie ihn zwar nicht sehen, aber hören. Den Red River. Was sie dafür sehen kann, ist sich selbst am Fuße der Treppe, dort unten auf der kleinen Lichtung, die den Wasserturm umgibt. Ihre Haare sind nicht zusammengebunden, ihr Körper noch nicht so erwachsen wie jetzt, doch das hoffnungsvolle Lächeln ist dasselbe. Es ist jenes, das sie den ganzen Tag auf den Lippen hatte.

Ihr ist kalt, doch das freudige Kribbeln in ihrem Körper überwiegt. Zwar hat sie die Hände in ihrem Hoodie vergraben, auf dem die große Kiefer – das Symbol der Stadt und der Bleak Pine High – abgebildet ist, allerdings nur, um ihre Finger auf ihren Bauch zu legen, unter dem ihr vierzehnwöchiges Wunder darauf wartet, dass Beth eine Zukunft für es erschafft. Für ihren Sohn, den sie Timothy oder Eric nennen, oder ihre Tochter, die genau wie ihre Großmutter heißen würde: Bonny.

Sie spürt seine Anwesenheit, bevor sie die Schritte auf dem Waldboden hört, und dreht sich zu ihm. Zu Neal. Und bevor sie sich fragen kann, wieso er keine Tasche dabei hat, stürmt sie auf ihn zu und legt die Arme um ihn. »Ich hatte Angst, dass du nicht kommst«, flüstert sie in seine Jacke.

Doch statt ihre Umarmung zu erwidern, packt er ihre Oberarme und schiebt Beth von sich, ohne seinen Griff zu lockern.

»Was ist –«

»Wir beenden das hier und jetzt, Bethany.« Ein paar Worte, doch eine ganze Welt, die zusammenbricht.

»W-was?«

»Du hast doch nicht geglaubt, dass ich tatsächlich mit dir fortgehe? Als ich deine Nachricht gestern erhalten habe, konnte ich nicht fassen, dass du das von mir verlangst. Ich habe eine Frau; eine Tochter! Und du, Beth ...« Seine Augen lassen ihre keinen Moment los. Wo vor wenigen Tagen noch Leidenschaft stand, strahlt nun Abscheu. »Du bist nur ein Kind.«

»Ich ...« Die Worte bleiben ihr im Hals stecken. Wenn Neal sie nicht halten würde, wäre sie vermutlich längst zusammen-

gebrochen, weil ihre Beine zittern und kraftlos sind. Doch dann muss sie an etwas denken. »Sie hat mit dir gesprochen, oder? Vic erpresst dich, habe ich recht? Ignorier sie einfach, Neal. Lass uns von hier verschwinden und nie wieder –«

»Vic? Sprichst du von Victoria Mendes? Hast du es ihr –« Beth sieht, dass er sich zusammenreißen muss. »Hast du es ihr etwa gesagt?«

»Sie ist meine beste Freundin und ich musste mit jemandem sprechen. Ich musste ihr sagen, dass sie sich keine Sorgen machen soll, wenn ich fort bin, weil du bei mir sein wirst.«

»FUCK!«, brüllt er plötzlich und lässt von ihr ab, sodass sie taumelt, ehe er sich ein paar Schritte von ihr entfernt, durch sein dunkles Haar fährt und immer wieder »Fuck« in die Nacht brüllt. »Wie konntest du nur so dumm sein? Weißt du, was auf dem Spiel steht?«

»Du hast gesagt, dass ich dir wichtig bin. Dass nichts wichtiger ist als ich.«

»Und du hast mir diese Scheiße abgenommen?«

Ein Messerstich, ein Kugelhagel, ein Vulkanausbruch. All das ereilt Beth in diesem Moment.

»Wie kannst du ... so etwas sagen?«

Neal lacht und kommt wieder auf sie zu, schubst sie, sobald er sie erreicht. »Mach dich nicht lächerlich. Ich bin dein Lehrer, Bethany. Du bist nichts weiter als ein Mädchen, dessen Körper ich begehrt habe. Deine Haut war gerade weich genug, als dass sie mir gefallen hat; deine Brüste gerade groß genug. Davon abgesehen, warst du nichts.«

Weil Beths Herz bereits schreiend auf dem Boden liegt, fühlt sie nichts bei seinen Worten. Doch ein anderes Herz, ein unschuldiges, schlägt noch in ihr. »Und was ist dieses Kind für dich?«

Das Erkennen, als Beth ihre Hände auf ihren Bauch legt,

tritt in Zeitlupe auf sein Gesicht und wird in unmenschlicher Geschwindigkeit von Panik, dann von Ekel abgelöst. »Was hast du gerade gefragt?«

»Ich werde«, – Bethany tritt auf ihn zu –, »dieses Kind bekommen, Neal. Und ich werde erzählen, dass du der Vater bist.«

Den Schlag in den Magen hat Bethany nicht kommen sehen, die Faust, die sie im nächsten Moment im Gesicht trifft, schon, doch sie ist zu geschockt, um sich zu wehren. Stattdessen fällt sie auf den mit Tannennadeln übersäten Boden, ehe sie nach hinten krabbelnd ausweicht.

Neal tritt nach ihr, greift sich Äste, Steine und alles, was im Weg liegt, um es nach ihr zu werfen. Er bespuckt sie mit Worten und mit Speichel, ehe Beth überhaupt in der Lage dazu ist, zu verstehen, was gerade passiert; ehe sie nach dem Metall der Leiter greift, um sich auf den Wasserturm zu retten.

Im ersten Moment scheint ihr Plan aufzugehen. Immer zwei Sprossen auf einmal nehmend, hat sie bereits die Hälfte erklommen, als Neal ihren Fuß packt.

»Du widerliches Miststück«, schreit er. »Du bist die Letzte, die mir mein Leben versa-«

Sein letztes Wort geht in Beths Schrei unter, als sie das Gleichgewicht verliert und einige Sprossen nach unten rutscht; ihren Bauch dabei an einer von ihnen stößt.

Und ihr Schrei, nun, der geht in seinem unter, als ihr Gewicht ihn von der Leiter drückt und er den Halt verliert. So lange, bis alles um sie herum verstummt:

Ein Herz, das nie geliebt hat.

Eines, das betrogen wurde.

Und eines, das niemals eine Chance bekam.

Aus der Tasche ihres Hoodies holt Bethany den Brief, den sie vorhin in Theas Büro legen wollte. Erst jetzt stellt sie fest, dass es keine Kündigung ist, sondern ein Arztschreiben.

Mit zitternden Fingern öffnet sie den Umschlag und weint bereits beim Lesen der Mitteilungszeile:

ENTLASSUNGSPAPIERE: PATIENTIN 113, BETHANY LUSH. GEBOREN AM 16.11.1994, EINGEWIESEN AM 31.10.2011 IM BLEAK PINE HOSPITAL, TRAUMA-ABTEILUNG. VERLEGT AM 05.02.2013 INS PINE LIVING, RED RIVER LANE.

Als sie bei der Signatur ankommt, sind ihre Tränen verklungen. Stattdessen sirrt der Name der Ärztin in ihrem Kopf wie die Sirene vorhin: Dr. Jada Rust.

Jada Rust.

Jada.

Dass sie wieder angefangen hat, zu singen, bemerkt Bethany kaum, als sie die Sprossen der Leiter hinabsteigt. Doch der Klang ihrer Stimme erfüllt die Luft um sie herum. Dieses Mal ist sie sich sicher, dass die Kiefern und Fichten mit ihr singen; vielleicht sogar der Mond.

»My Bonny is over the ocean, my Bonny is over the sea, my Bonny is over the ocean, no one will bring her back to me.«

VERLOREN

von Lea Zander

Eckstein, Eckstein,
wo hast du dich versteckt?

16:11 UHR

HALLOWEEN – WAS HAT Judy diese Zeit im Jahr geliebt. Das Verkleiden, die dekorierten Vorgärten und Häuser, die Klingelstreiche und das heimliche, mitternächtliche Süßigkeitenessen auf der Terrasse mit ihrer Zwillingsschwester Amy, bis ihnen schlecht wurde. Für Judy war Halloween immer Licht, immer Süßes. Bis zu Amys Verschwinden vor genau zehn Jahren. Seitdem ist alles anders – und Halloween schmeckt nach Dunkelheit und Saurem.

»Süßes oder Saures«, wispert Judy in die Stille des Autos hinein. Was als Kind lustig war, klingt nun wie beißender Hohn. Niemals hätte sie gedacht, wie real diese drei so lapidar dahergesagten Worte einmal sein würden …

Die Landstraße vor ihr teilt sich und Judy folgt den Anweisungen des Navis: Sie fährt nach rechts, lässt die Sonne hinter sich und findet sich auf einer schmalen Asphaltstraße wieder, die von den mächtigen Schatten des Winsome Forests umgeben ist, der hier beginnt und sich an den Klippen entlang kilometerweit nordöstlich zieht.

Schon bald passiert sie das Ortsschild von Bleak Pine. Mit den pittoresken Häusern, dem Rathaus und seiner großen Bronzekiefer sowie den vielen kleinen Geschäften wirkt das Städtchen nahezu idyllisch. Man könnte glatt vergessen, dass die Red River Lane zu diesem Ort dazugehört, gäbe es nicht die zahlreichen Warn- und Sackgassenschilder, die auf die Sperrung besagter Straße hinweisen.

»Okay, Red River Lane, ich komme.« Da die Straße außerhalb von Bleak Pine liegt, muss Judy noch einmal ein Stück durch den Winsome Forest hindurch. Die Tannen stehen hier wie Zinnsoldaten dicht an dicht am Straßenrand und durch die Felsen dahinter verschlucken sie jegliches Tageslicht. Je länger Judy der Straße folgt; je tiefer es in den Wald hineingeht, umso stärker wird das beklemmende Gefühl in ihrer Brust. Judy stellt das Radio an, doch auch die Musik kann ihre aufgewühlte Seele nicht beruhigen. Vor allem nicht, da der Moderator des hiesigen regionalen Senders nach jedem Song über die bevorstehende Ausgangssperre spricht.

Nach einer halben Ewigkeit lichten sich die Tannen und machen Judys Reiseziel Platz: der Red River Lane. Ein nicht zu übersehendes, gelbes Warnschild mit Sicherheitshinweisen für die heutige Nacht markiert den Anfang der Straße. Kurz dahinter steht der Sheriff und bedeutet ihr, anzuhalten. Judy tut, wie ihr geheißen, und kurbelt das Fenster herunter.

»Ma'am.« Seine Stimme ist heiser, als hätte er heute schon zu viele randalierende Jugendliche zurechtweisen müssen. Dabei sieht er nicht nach einem rumbrüllenden Mann aus. Wäre das stetig flaue Gefühl in ihrem Magen nicht, wäre sie einem Gespräch mit einem wirklich attraktiven Polizisten sicher nicht abgeneigt. Doch die Atmosphäre um sie herum und die lange Autofahrt sitzen ihr in den Knochen.

»Das ist nicht der beste Tag, die Red River Lane zu besuchen«, meint er in sanftem Ton, aber sein Lächeln wirkt gezwungen. Trotz des Sheriff-Huts, der Schatten auf sein Gesicht wirft, bemerkt sie seine geröteten Augen. »Wenn Sie nicht umkehren wollen, muss ich Sie auf die Regelungen hinweisen. Sie wissen sicher davon?«

»Ja.«

Nachdem sich der Sheriff nach ihrem Aufenthaltsort erkundigt und ihr anschließend ein Schreiben in die Hand drückt – mit denselben Sicherheitshinweisen wie auf dem Straßenschild –, darf sie endlich passieren.

»Passen Sie auf sich auf, Ma'am. Holen Sie sich einen Kaffee beim Diner und machen Sie sich einen entspannten Abend auf der Couch«, schlägt er vor, dabei klingt es nach mehr als einem nettgemeinten Ratschlag.

»Mache ich«, lügt Judy und startet den Motor.

»Danke.« Judy nickt und startet den Motor. Aufregung vermischt sich mit Unruhe, die auch diese Straße fest im Griff zu haben scheint. Menschen eilen von ihren Häusern zu den Autos, laden Einkäufe aus oder Reisetaschen ein, rufen ihren Kindern zu, dass sie sich beeilen sollen, und ein Mann – Judy kann es selbst kaum glauben – hämmert sogar Holzverschläge an Fenster und Tür. Die Stadt vibriert förmlich, als wäre es der Sturm vor der Ruhe. Etwas Unheilvolles liegt in der Luft. Keiner sieht, doch jeder spürt es. Auch Judy.

Am Plan festhaltend, gibt sie dem aufkeimenden Fluchtimpuls jedoch nicht nach, sondern folgt der Straße weiter. Gemäß der Anweisung des Navis, biegt Judy links ab, um kurz darauf vor ihrer Unterkunft, dem *Winsome Inn*, zu parken. Demselben kleinen freistehenden Haus, in dem Amy auf ihrer damaligen Durchreise zu Freunden eine Wohnung gemietet hatte. Hier wurde sie zum letzten Mal gesehen.

Judy schnappt ihren Rucksack vom Beifahrersitz und steigt aus dem Wagen. Das Holz unter ihren Füßen knarzt, als sie die schmale Veranda betritt. Gemäß der Buchungsanweisung, holt sie den Schlüssel unter der Fußmatte hervor, die vor der purpurroten Tür liegt. Genau wie einen weißen Zettel, auf dem in krakeliger Handschrift steht: »In der Nacht der Ausgangssperre auf KEINEN Fall benutzen!«

Judy umschließt den Schlüssel in ihrer Hand fester. Zehn Jahre lang hat die Red River Lane das Geheimnis um das Verschwinden von Amy für sich bewahrt. Zehn Jahre des Hoffens und Bangens, des Leids und des Schmerzes. Und es reicht! Heute Nacht wird sie die fehlenden Teile finden und dieses Puzzle zusammensetzen. Amy ist nicht der Typ, der einfach so verschwindet, und an einen Mord will Judy nicht glauben, solange es keine stichfesten Beweise gibt. Sowohl für den mysteriösen Fall ihrer Zwillingsschwester, der damals für großes mediales Interesse sorgte, als auch für den restlichen Red River Lane-Spuk muss es eine logische Erklärung geben. Es gibt immer eine.

Das leise *Pling* ihres Handys verrät eine neue Textnachricht. Judy holt es aus ihrer Jeansjacke hervor. Und wie jedes Mal, wenn es passiert, muss sie für einen Moment die Augen schließen und tief durchatmen. Der Name der Absenderin lautet *Amy*. Ein Umstand, der nicht sein kann und doch ist. Der Judys Herz hüpfen, stolpern und fallen lässt.

Lass dich vom ersten Eindruck nicht täuschen.
Nichts ist, wie es zu sein scheint …

Seit einem Monat erhält sie diese seltsamen Nachrichten. An

einem unbedeutenden Tag leuchtete auf einmal Amys Name auf ihrem Display auf und hatte so viel Hoffnung mit sich gebracht, dass die Ernüchterung und der Schmerz, die darauf folgten, umso größer und scharfkantiger waren. Denn jeglicher Versuch, Amy zu kontaktieren, scheiterte. Judys Nachrichten verschwanden aus dem Chat, nachdem sie sie gesendet hatte, und auch ihre Anrufe gingen ins Leere. Selbst den Standort des Handys zu bestimmen scheint unmöglich. Während die Polizei und ihre Mutter der Überzeugung sind, dass sich jemand einen bösen Scherz erlaubt, ist sich Judy nicht sicher. Auch wenn ihr Kopf es glauben will, schreit ihr Herz danach, dieses unheimliche Rätsel endlich zu lösen.

»Ich finde heraus, was passiert ist. Und wenn du noch lebst, finde ich dich.« Es ist ein leises Versprechen, aber eines, das Welten bewegt.

Das Appartement zieht sich über zwei Etagen und wirkt genauso in die Jahre gekommen wie die Fassade des Hauses, dennoch ist es gemütlich. Nachdem sich Judy umgesehen und sie für sauber befunden hat, bleibt sie vor dem länglichen Spiegel neben der Wohnungstür stehen, um sich die Haare zu einem Zopf zu binden. Mitten in der Bewegung hält sie inne, gefriert regelrecht, denn der Spiegel zeigt ein zweites Abbild ihrer selbst. Ein paar Schritte versetzt, etwas weiter hinten, aber definitiv da. Mit vor Schreck geweiteten Augen, leichenblass und am ganzen Körper zitternd, verharrt die junge Frau, die ihr wie aus dem Gesicht geschnitten ist, an Ort und Stelle.

Ein eisiger Schauer rieselt über Judys Nacken und sie wirbelt herum. Ihr Herz rast, die Hände sind eiskalt. Doch dort, wo ihr zweites Ich stehen sollte, erblickt sie lediglich den Garderobenständer.

Judy schaut zurück in den Spiegel. Keine Doppelgängerin, keine Amy, nur sie selbst. Sie runzelt die Stirn.

»Komm schon, mach dich nicht lächerlich«, murmelt sie, schüttelt den Kopf und muss über sich selbst lachen. Ihr Spiegelbild lacht zurück. Alles normal.

Judy bindet sich die Haare hoch, schnappt ihre Jacke und verlässt schnellen Schrittes das Haus. Bevor hier alles wegen der Ausgangssperre bis morgen früh um acht zumacht, will sie sich etwas zu essen besorgen – und sich ein Bild von der Umgebung machen. Wenn sie den Angaben im Internet vertrauen kann, liegt die Straße runter das Diner *Red Lollipop*, das ihr der Sheriff empfohlen hat. Neben dem Kaffee soll es dort angeblich auch die besten Süßkartoffelpommes im ganzen Umkreis geben. Und vielleicht trifft sie dort sogar auf jemanden, der ihr einen Anhaltspunkt bezüglich ihrer Schwester geben kann.

Als Judy die Straße entlangläuft, fällt ihr Blick auf das verlassene Haus in einiger Entfernung. Die verrußten Mauern recken sich wie um Hilfe flehende Hände gen Himmel. Judy fröstelt bei dem Gedanken, wie viele Menschenleben der Brand vor dreißig Jahren genommen hat. Bis heute sind die Umstände ebenso unheimlich wie mysteriös. Kein Wunder also, dass sich die wildesten und abstrusesten Geschichten um dieses Gebäude ranken. Judy hat sich im Zuge ihrer Recherche über die Red River Lane auch damit befasst, doch – wie bei Amys Verschwinden – ergibt nichts davon wirklich Sinn. Alles, was alle zehn Jahre an Halloween in dieser Straße geschieht, scheint nicht den Gesetzen der Logik unterworfen zu sein. Doch ihre Arbeit hat Judy gelehrt, dass man häufig tiefer graben muss, um die Wahrheit zu finden. Und nichts anderes hat sie vor.

Entschlossen wendet sie sich von dem Haus ab und wenige Schritte später taucht vor ihr tatsächlich das *Red Lollipop* auf. Judy drückt die Tür auf und das Klingeln kündigt dem Mann hinter der Theke ihren Besuch an. Bis auf ihn ist das Diner menschenleer. Was Judy nicht wundert bei den Warnhinweisen, die bereits im Zentrum Bleak Pines alles überlagert hatten, als sie durch die Stadt fuhr. Was das angeht, gleicht die Red River Lane einem aufgescheuchten Wespennest, die Ruhe in dem Diner wirkt dagegen fast schon surreal. Als wäre Judy beim Betreten in ein Paralleluniversum gefallen.

Das Gefühl der Enttäuschung, weil sie hier keine Hinweise auf ihre Schwester finden wird, ist allgegenwärtig.

Weil sie freie Wahl hat, entscheidet sie sich für eine der Tischnischen am Fenster und rutscht auf die rotgepolsterte Sitzbank. Mit dem langen Tresen und dem schwarz-weiß gefliesten Boden erinnert sie alles hier an Amys und ihr Lieblingsdiner in Camden. Früher hatten sie nicht oft genug dort sein können, doch wenn sie jetzt ihre Mutter besucht, macht sie einen großen Bogen um das Gebäude.

Judy vertreibt den Gedanken und greift zur Speisekarte. Ihre Auswahl fällt auf die doppelt knusprigen Chickenwings, Süßkartoffelpommes und die hausgemachte Zitronenlimonade. John, wie sein Namensschild verrät, nimmt ihre Bestellung auf und verschwindet auf Smalltalk verzichtend in der Küche. Es dauert etwa fünfzehn Minuten, bis er Judy das Essen serviert, und sie muss den überwiegend positiven Kritiken im Internet Recht geben: Die Pommes sind der Wahnsinn!

Und weil sie so begeistert ist, lobt sie John, der sich als Ladenbesitzer erweist, als sie bezahlt, und reserviert direkt einen Tisch zum Frühstück. Allerdings nicht ohne Hintergedanken. Denn vielleicht, wenn er sie nur lange genug ansehen würde, könnte er in ihr ihre Schwester erkennen. Doch bisweilen deutet nichts darauf hin, dass sie ihm bekannt vorkommt.

»Reservierung geht klar«, sagt John, nachdem er hinter

den Tresen verschwunden ist, um in den Kalender zu schauen. »Und ich will echt nicht unhöflich sein, aber ich muss dich jetzt leider rausschmeißen.«

Judy wirft einen Blick auf die Armbanduhr – 17:02 Uhr – und versteht. »Kein Thema.«

»Du solltest besser zusehen, dass du hier wegkommst. Ehrlich, heute Nacht ist diese Straße scheißgefährlich.«

»Ich denke, ich bin alt genug, um auf mich aufzupassen. Außerdem habe ich keine Angst.« Sie steckt ihren Geldbeutel ein und zieht ihren Rucksack auf. Alles, was es über die Stadt zu wissen gibt, weiß Judy – einschließlich der angeblichen Geschichten über den Hexenfriedhof, auf dem diese Stadt erbaut worden sein soll. Sie ist bestens vorbereitet.

»Das solltest du aber. Glaub mir. Welche Gründe dich auch immer hergeführt haben, vergiss sie!« Er sieht sie eindringlich an. Angst flackert in seinen Augen.

Judy ist lange genug Journalistin, um zu erkennen, wenn jemand aus Erfahrung spricht, und dieser Mann tut es.

Sie schüttelt den Kopf und die Zweifel ab. Sie ist hier, um im *Winsome Inn* Antworten zu finden, und sie wird es erst wieder verlassen, wenn sie sie bekommen hat.

»Keine Sorge, ich mache nichts Dummes. Aber danke für die Warnung.« Sie schenkt John ein Lächeln, bevor sie das Diner verlässt.

»Wo bist du untergebracht?«, hört sie ihn noch fragen.

»Ein paar Häuser die Straße runter«, ruft sie über die Schulter. »Also, wir sehen uns morgen!«

Bevor die Tür hinter ihr ins Schloss fällt, hört sie John noch sagen: »Scheiße, du hast keine Ahnung …«

Judy geht den Fußweg entlang Richtung Unterkunft und hängt ihren Gedanken nach, als ein Bus in gemächlichem Tempo und mit getönten Scheiben an ihr vorbeifährt. Judy hebt eine Augenbraue. Was zur Hölle hat ein Bus kurz vor der Ausgangssperre in der Red River Lane zu suchen? Wo will er hin – und noch wichtiger: Wen bringt er? Einen kurzen Moment lang ist Judy versucht, dem nachzugehen, überlegt es sich dann aber anders. Nicht ihre Story! Sie ist aus einem anderen Grund hier.

Kaum, dass sie die Haustür aufgeschlossen hat, vibriert ihr Handy. Während sie es aus der Tasche kramt, schiebt sie mit der Schulter die Tür auf.

Bitte sei vorsichtig! Vertraue niemandem!

Wieder eine dieser mysteriösen Nachrichten von Amys Nummer. Wieder absolute Ratlosigkeit bei Judy. Frustriert schmeißt sie die Tasche aufs Sofa und sich daneben.

»Okay, mal angenommen, diese Nachrichten sind echt …«, überlegt sie laut. »Könnte es sein, dass du in jener Nacht nicht allein gewesen bist, Amy? Dass du jemanden kennengelernt hast? Jemanden, der von hier war oder sogar noch hier wohnt?« Warum sonst sollte ihre Zwillingsschwester sie warnen?

Judy legt das Handy zur Seite und fährt sich über das Gesicht. Sie ist es leid, keine Antworten zu bekommen. Schließlich steht sie auf und geht nach oben ins Bad. Sie muss heute Nacht einen klaren Kopf bewahren und darf sich nicht von ihren Emotionen leiten lassen. Der Fall ist persönlich, ja, aber sie muss an den Fakten festhalten. Sie wird die Wahrheit aus der Dunkelheit ins Tageslicht zerren, und dann werden alle erfahren, was sich alle zehn Jahre wirklich in der Red River Lane abspielt. Mehr noch: Ihre Mutter und sie werden endlich wissen, was mit Amy geschehen ist.

Um ihren Verstand zu klären, betritt sie das Badezimmer,

streift ihre Kleidung ab und stellt sich unter die Dusche. Das warme Wasser hilft ihr, sich zumindest ein wenig zu entspannen. Anschließend schlüpft sie in ihre Jogginghose und zieht einen langen Cardigan über ihren Pullover, bevor sie es sich mit Notizbuch und ihrem Handy auf dem Sessel am Fenster, das zur Straße hinaus geht, gemütlich macht. Perfekt! Von hier aus kann sie wunderbar die Nachbarschaft im Auge behalten. Die Kürbisse, die teilweise neben den Eingängen und auf den Veranden stehen, scheinen sie hämisch anzugrinsen. Mal sehen, ob sich hier wirklich alle an die Ausgangssperre halten. Judy bezweifelt es.

18:56 UHR

Die erste Stunde war es ruhig vor ihrer Haustür. Lediglich die Sonne hat sich in der Zeit verabschiedet. Judy hat zugesehen, wie ihre Strahlen hinter den Tannenspitzen verschwanden, während der restliche Himmel dunkler und dunkler wurde. Seither ist draußen nichts zu hören und niemand zu sehen. Zumindest bis vor einer Sekunde, denn nun könnte Judy schwören, dass sich eine Gestalt aus dem Schatten eines Hauses löst. Nur kurz und viel zu schnell, um gänzlich sicher zu sein. Judy springt aus dem Sessel und stellt sich ans Fenster, späht die Straße auf und ab. Nichts. Nur ein flackerndes Straßenlicht, einsame Kürbisse und Leere. Vielleicht hat sie es sich bloß eingebildet oder es –

Vor die Dunkelheit des Fensters schiebt sich die Gestalt einer alten und fürchterlich blassen Frau. Judy weicht mit einem die Stille zerreißenden Schrei zurück und drückt sich die Hand gegen die Brust, um ihr rasendes Herz zu beruhigen.

Die Frau allerdings scheint das nicht zu interessieren, denn sie steht einfach da – mit schlohweißem Haar, das ihr ausgemergeltes Gesicht rahmt, und einem weißen Nachthemd, das ihr viel zu groß ist. Und obwohl ihr Blick auf Judy ruht, ist er dermaßen ausdruckslos, fast schon entrückt, dass Judy sich sicher ist, dass die Frau sie überhaupt nicht wahrnimmt.

»Fast wie ein Geist«, murmelt Judy und schlingt die Arme um ihren Körper. Sie gibt es nicht gerne zu, aber die Situation ist ihr nicht geheuer. Sie kann es nicht genau benennen, aber diese Frau hat etwas an sich, das ihr Angst macht. Plötzlich hebt die Geisterfrau den Finger und tippt gegen das Glas. Einmal, zweimal, dreimal. Sie bewegt die Lippen, doch Judy hört nicht, was sie sagt. Dann dreht die Frau langsam den Kopf, ehe sie sich ganz abwendet und die Straße hinunter verschwindet.

Erleichtert stößt Judy die Luft aus. Sie hat keine Ahnung, was das eben gewesen ist. Vermutlich jemand, der sich einen schlechten Scherz mit ihr erlauben wollte; vielleicht aber auch eine Patientin der örtlichen Pflegeeinrichtung – zumindest meint Judy, bei ihrer Recherche gelesen zu haben, dass es hin und wieder vorkommt, dass Patienten und Patientinnen von dort ausbüchsen.

»Nicht dein Problem! Du bist aus einem anderen Grund hier«, ruft sie sich in Erinnerung und geht nach oben ins Badezimmer, um sich kaltes Wasser ins Gesicht zu spritzen. Der Schreck sitzt ihr immer noch in den Gliedern. Wäre ihr so etwas als Kind passiert, hätte sie wochenlang Albträume davon gehabt. Wahrscheinlich hätte sie gar nicht mehr hierbleiben wollen, sondern ihre Mom angefleht, sofort nach Hause zu fahren.

Judy trocknet sich das Gesicht ab und öffnet das Fenster, inhaliert die kühle Luft regelrecht und hält verwundert inne.

Seltsam ... Normalerweise fühlt sie sich danach immer besser, etwas leichter. Doch plötzlich verstärkt sich das Zittern ihres Körpers.

»Bitte keine Kopfschmerzen«, murmelt sie, weil es hinter ihrer Stirn zwickt, und will gerade das Fenster wieder schließen, als sie Stimmen in der Dunkelheit ausmacht.

»Wohin willst du?«, fragt ein Mädchen.

»Hintenrum.« Eindeutig ein Junge.

»Hintenrum wohin?« Wieder das Mädchen, doch der Junge gibt keine Antwort mehr.

Judy spät in die vom Mond spärlich beleuchteten Gärten, als sie die beiden Gestalten Richtung Fluss laufen sieht. So viel zur Ausgangssperre ... Offenbar wird die hier doch nicht so ernstgenommen, wie man allen glauben machen will.

Sie schließt das Fenster und geht nach unten. Ein Glas Wasser wird helfen, den Schreck abzuschütteln, der ihr immer noch in den Knochen sitzt. Mit etwas Glück würde es auch ihre Gedanken ordnen. Bisher wollte Judy die Überlegung nicht zulassen, weil es sie vor noch mehr Probleme stellen würde, aber nun, wo sie hier ist, nagt etwas an ihr. Etwas, das ihr sagt, dass sie die Antwort auf das Verschwinden ihrer Schwester nicht in dieser Unterkunft findet. Auch wenn hier all ihre Sachen gefunden wurden – außer ihr Handy – und die Polizei bis heute davon ausgeht, dass sie das Haus nicht verlassen hat. Vielleicht war Amy doch draußen ...

Judys Smartphone auf dem Sofa verkündet eine neue Nachricht. Auch dieses Mal ist sie von Amy.

Es geht los.
Gleich fällt der Strom aus ...

»Was zum –« Weiter kommt sie nicht, denn just in diesem

Augenblick tritt ein, was die Whatsapp-Nachricht ihrer Schwester prophezeit hat. Das Licht im Wohnzimmer beginnt, zu flackern, dann fällt es aus.

Judy stürzt zum Lichtschalter, aber es tut sich nichts. Egal, wie oft sie klickt, es bleibt dunkel. Ein Blick aus dem Fenster bringt die Erkenntnis, dass in keinem Haus mehr Licht brennt. Selbst die Straßenlaternen leuchten nicht mehr. Selbst der Sichelmond ist von einer dunklen Wolke verschluckt worden. Die Red River Lane liegt in Finsternis.

Wieder vibriert Judys Handy.

Mach das Handylicht an und bleib,
wo du bist! Egal, was du auch hörst!

»Das ist nicht lustig, Amy«, murmelt und tippt sie. Doch die Nachricht verschwindet nach dem Senden direkt wieder aus dem Chat. Statt einer Antwort knallt oben eine Tür und lässt Judy zusammenschrecken.

»Nein«, kommt es über ihre Lippen. Das ist unmöglich! Sie hat vorhin alle Türen zugemacht. Das weiß sie ganz genau. Das macht sie immer. Sie schließt sämtliche Türen, immer, denn Judy hasst es, wenn sie offenstehen. Sie würde nie eine Tür nicht zumachen, deshalb ... Moment! Sind das Schritte?

Judy hält den Atem an, lauscht in die Stille. Und tatsächlich, genau über ihr knarzen die Dielen. Judy schlägt sich die Hand vor den Mund, während sich die Schritte weiter Richtung Treppe schieben. Schwerfällig, langsam.

Meter für Meter weicht sie nach hinten, versteckt sich hinter dem Sessel und macht sich ganz klein. Ihre Hände zittern, ihr ist eiskalt. Sie braucht etwas, mit dem sie sich verteidigen kann. Die Vase auf dem Beistelltischchen an der Couch vielleicht? Die müsste sie auch von hier aus greifen können. Judy verlagert das Gewicht und will gerade ihren Arm ausstrecken, als das Licht wieder angeht und die Schritte verstummen.

Sekunden vergehen, bis sich Judys Augen an die Helligkeit gewöhnt haben, doch was sie dann sieht, lässt sie an ihrem Verstand zweifeln. Das Wohnzimmer sieht ... anders aus: Die Tapete blättert plötzlich von der Wand, in den Ecken sitzt dick der Schimmel und den Boden zieren dunkle, unförmige Flecken. Auf den Möbeln liegt eine Staubschicht und die Treppe, die zum oberen Stockwerk geführt hat, ist gänzlich verschwunden. Stattdessen befindet sich dort nun ein riesiges Gemälde in einem Goldrahmen. Das Handy in Judys Hand verkündet den Eingang einer neuen Nachricht.

O Judy, du solltest dich doch nicht bewegen!
Jetzt ist es zu spät. Es ist erwacht und wird dich
nicht gehen lassen ... Es will spielen
– und du bist sein Spielzeug.

Judy zieht die Augenbrauen zusammen, versteht nicht, was das heißen soll. Was all das überhaupt zu bedeuten hat! Passiert das hier gerade wirklich? Oder hat sie sich eben den Kopf gestoßen und liegt nun ohnmächtig auf dem Teppich, sodass das hier alles nur in ihren Gedanken stattfindet? Das muss es sein, oder? Wie sollte sich sonst ein Haus derart schnell verändern können?

Ein leises Wimmern schneidet in die Stille; lässt Judy an Ort und Stelle gefrieren. Zu dem Wimmern gesellen sich laute Atemzüge und die Temperatur im Haus sinkt rapide, sodass Judy ihren Atem sehen kann. Sie zieht den Cardigan enger um sich. Gänsehaut überzieht ihren Körper, während sich in das Wimmern ein Flüstern mischt, das verdächtig nach ihrem

Namen klingt.

»Wer ist da?«, will sie wissen. Ihre Stimme zittert.

Keine Antwort.

Judy dreht sich langsam um und zuckt zurück. Sie steht direkt vor der Haustür, aber das kann nicht sein! Denn die war bis eben doch noch –

Sie reißt den Kopf zur rechten Seite. Keine Haustür. Nur die Wand – und ein weiteres Bild.

»Aber das ist doch …« Judy macht einen Schritt vor, kneift die Augen zusammen, dann bricht Erkenntnis über sie ein.

Das Bild zeigt Amy. Gefesselt auf einem Stuhl, in ebendiesem Raum, in dem sich Judy gerade befindet. Amys Augen sind angstgeweitet, Tränen strömen ihre Wangen hinunter und ihr Mund bewegt sich, geht auf und zu, auf und zu – wie ein Fisch auf dem Trockenen. Und auf einmal, als hätte jemand den Ton angestellt, kann Judy ihre Zwillingsschwester weinen, flehen und schreien hören. Alles auf einmal – und so laut, dass sich Judy die Ohren zuhalten muss. Doch es hilft nichts. Amys Stimme ist in ihrem Kopf, ihre Schreie füllen ihn aus und lassen keinen Platz für etwas anderes.

»Aufhören!«, wimmert Judy, aber es hört nicht auf. Amys Flehen wird nur eindringlicher. Und plötzlich löst sich etwas aus dem Bild. Eine Art schwarzes, feines Rinnsal, das immer dicker wird und sich am Boden zu etwas Unheilvollem formt. Judy schreit, die Angst gewinnt die Überhand. Panisch greift sie nach der Türklinke und stürzt in die eisige Nacht. Hätte sie doch bloß vorhin auf John gehört! Hätte sie doch nur seinen Rat beherzigt und wäre gefahren.

»H-hilfe! Hilfe! HILFE!« Sie schreit und schreit und schreit. Rennt und rennt und rennt. Ihre Lungen stechen, aber sie kann nicht stehen bleiben, sie muss weiter. Muss weg von hier. Sie weiß, dass es sie verfolgt; kann es hören. Wie es atmet und schmatzt und ihren Namen ruft.

»Judy! Schnell, hierher!« Sie glaubt erst, sich zu verhören, aber dann sieht sie sie: Amy, wie sie sie aus einigen Metern Entfernung zu sich winkt; die Hand nach ihr ausstreckt.

Sie lebt! Amy ist am Leben!

Über Judys Lippen fällt ein ungläubiges Lachen. »Amy!«

»Komm her! Schnell, du musst dich beeilen!«

Judy rennt, so schnell sie kann. Aber irgendetwas hält sie plötzlich zurück. Kriecht eisigkalt an ihren Beinen hoch, krallt sich in ihre Kleidung und zieht sie nach unten. Judy sieht Amys schockverzerrtes Gesicht vor sich, hört sie ihren Namen schreien, dann umschließen kräftige Hände ihren Hals, drücken zu. Sie kriegt keine Luft mehr, ihre Lungen weinen. Ihr ist kalt, so kalt.

Die Welt zerplatzt; löst sich in Luftblasen auf.

Bis Finsternis alles ist, was bleibt.

Und der Geruch nach Süßkartoffelpommes.

KOPFLÄRM, PART I

von Anna Konelli

Alle meine Kindchen,
schwimmen auf dem See …

08:44 UHR

»LIAM.«

Liam schließt die Augen, atmet tief durch und dreht sich mit einem Lächeln zu der Patientin des *Bleak Pine Living.* »Hallo Beth. Gram hat wieder in den höchsten Tönen von dir gesprochen«, meint er und ihre Mundwinkel zucken erfreut, ihre Wangen sind rosig.

Es tut gut, Bethany Lush anzusehen, und Liam ist froh, dass sie hier wohnt. Ihr Blick hat immer etwas Leichtes, obwohl sie so Grauenvolles erleiden musste. Er weiß, was damals am Wasserturm passierte, und bis heute verfolgt ihn, dass nie einem Gerücht, das über den ehemaligen High School Lehrer im Umlauf war, nachgegangen wurde. Ein weiteres Mal, das hatte er geschworen, würde ihm so etwas nicht passieren.

Nach all der Zeit ist die junge Frau ein Lichtblick für viele

Bewohner, auch für seine Großmutter, die so lang im Dunkeln lebte und es manchmal noch tut. Seit seine Großmutter vor ein paar Jahren bei der Arbeit einen Zusammenbruch erlitt, lebt sie in der hiesigen überwachten Wohngruppe, die ihrem Gemüt sehr guttut.

»Ich tue, was ich kann«, seufzt sie, offensichtlich in dem Glauben, eine Pflegerin und keine Patientin zu sein. »Heute früh war Moira gut drauf.« Sie lässt die Aussage wie eine Frage klingen.

Heute ist Halloween, der Tag der Ausgangssperre, die alle zehn Jahre in der Red River Lane in Kraft tritt. Aus Gründen, über die Liam nicht zu sprechen wagt, weil sie dann real werden; weil er sich dann noch weniger ins Gesicht sehen kann als ohnehin. Seine Großmutter verbindet mit diesem Tag so schlechte Erinnerungen wie er selbst.

»Daran hat sich nichts geändert. Ihr war sogar zum Plaudern zumute.« Innerlich seufzt er. Sich schon vor dem Frühstück Beziehungstipps von seiner Gram anzuhören, war zwar nicht Liams erste Wahl, dennoch ist er froh, sie an diesem Tag so fröhlich erlebt zu haben.

Beth nickt zufrieden. »Nehmen Sie sich ein paar von den Muffins, die am Empfang stehen. Ich habe mal wieder viel zu viele gemacht.«

»Es kann nie zu viele Muffins geben«, erwidert er mit einem charmanten Lächeln und hört ihr Lachen noch den Flur herunter, nachdem sie sich trennen.

Liam langt nach drei Gebäckstücken, um sie mit auf die Wache zu nehmen, und tritt ins Freie. Es ist immer noch Morgen. Da heute einiges zu tun ist, musste er so früh hier erscheinen, denn seine Großmutter nicht zu besuchen, ist keine Option. Besonders nicht an diesem Tag.

Als etwas in seiner Jacke vibriert, befürchtet er, dass es

erneut seine baldige Exfrau ist, doch im nächsten Moment begreift er, dass es nicht sein Handy ist, das eine Nachricht empfangen hat. Es ist jenes, das er heute Morgen nach Verlassen seines Hauses, das im Norden der Red River Lane steht, in der Nähe des Waldrandes fand. Schmutzig und mit zersplittertem Screen, auf dem Liam eine Push-Benachrichtigung von Discord erkennt:

Heute Pen & Paper? Wer ist am Start?

Hoffentlich lässt sich der Besitzer vor der Ausgangssperre ausfindig machen. Niemand soll sich heute langweilen und auf dumme Ideen kommen, da klingt ein Pen & Paper Abend nach einer guten Beschäftigung.

Von der Wohngruppe aus ist es nicht weit bis zur Wache, weshalb er zu Fuß die Straße runtergeht. Es riecht nach Morgen und Tau und Liam kann nicht anders, als tief einzuatmen. Die Red River Lane ist sein Wohlfühlort und seine Hölle zugleich. Hier ist so viel Gutes passiert – und so viel Böses.

Von außen scheint der Ortsteil Bleak Pines, der aus einer Straße besteht, mysteriös. Immer noch liegt Nebel über den Wiesen und zieht seine gestaltlosen Finger nur langsam zurück in das Dickicht des Winsome Forests. Vögel kreischen, irgendwo bellt ein Hund. Die Felsen, die das Tal umranden, wirken in den Morgenstunden beinahe bedrohlich. Liam hingegen sieht sie, seit er denken kann, als Schutz. Als Mauer für das Böse.

Allerdings besitzt diese Straße auch ihren Charme. Mit dem Red Lollipop Diner, aus dessen angekippten Fenstern stets Musik und der Geruch guten Kaffees drängt, oder dem Blumenladen direkt ein paar Meter weiter, dem Glockenturm, dessen Klänge dem freundlichen Hallo eines alten Bekannten gleichkommen, spricht sie von Heimat und Idylle.

Liam geht gerade an besagtem Diner vorbei. Die rot gepolsterten Sitzecken sind durch die großen Fenster deutlich zu erkennen. Dahinter entdeckt er John Dixon, der gerade den Türstopper unter die Glastür tritt. Seine Schürze ist knallrot und trägt den neonfarbenen Schriftzug des Diners. Sobald dieser ihn sieht, erhellt sich sein Gesicht und er kommt nach draußen.

»Sheriff Kane! Guten Morgen«, grinst er ihn an, bis er die Muffins in den Armen des Sheriffs bemerkt. »Gehst du uns etwa fremd?«, empört er sich scherzhaft.

»Nicht doch. Wie könnte ich, bei deinen Backkünsten! Aber Bethany Lush hat mir welche angeboten, nachdem ich bei Gram war. Du weißt, ich kann ihr nichts ausschlagen.«

Seine Miene wird wissend. »Du hast ein großes Herz …«, meint er und Liam bemerkt, wie Neugier in seine Züge tritt. »Sloan ist verrückt, dass sie abgehauen ist.«

Sofort unterbricht er ihn. Er kann nicht ertragen, dass jemand ein schlechtes Wort über seine Frau verliert. »Bitte nicht, John. An dieser Sache trägt niemand Schuld. Sloan ist nicht abgehauen, sie braucht nur etwas Zeit.«

Man sieht dem Diner-Besitzer an, dass er überlegt, zu widersprechen, dann nickt er jedoch. »Wie du meinst. Ich halte dir und Norman was zurück, die Leute werden mir bis zum Mittag wahrscheinlich die Bude einrennen, als gäbe es kein Morgen. Bis nachher, Sheriff!«, winkt er ihm zu, bevor er nach drinnen verschwindet. Da die Polizeiwache täglicher Gast im Diner ist, weiß er, dass sie sich heute wiedersehen.

Mit mehr Last auf den Schultern führt Liam seinen Weg fort.

Du hast ein großes Herz.

Es gibt niemanden in dieser Stadt, der nicht so von ihm denkt. Alle sehen ihn als Ritter in strahlender Rüstung. Freundlich und hilfsbereit. Oft findet er morgens Geschenke vor seiner Tür oder spielt den Kummerkasten, wenn man ihn im Revier aufsucht.

Nie sagt er Nein. Niemals. Seine Tür steht immer offen.

Doch seit Sloan und Brie, ihre gemeinsame Tochter, fort sind, will er diese Tür schließen, mit tausend Schlössern versehen und nie wieder rauskommen. So ein Schmerz, wie er ihn seitdem erlebt, ist ihm neu. Und sein Leben ist keines, das stets mit Sonnenschein und Gänseblümchen gefüllt gewesen ist.

Wieder vibriert es in seiner Jackentasche – dieses Mal ist es sein eigenes Smartphone. Sein Herz bricht, weil er Sloans Namen auf dem Screen erkennt. Er atmet durch, erinnert sich an ihren Ausdruck, nachdem er sie aus seinem Haus schmiss; nachdem er sie dazu zwang, das Jobangebot in der Großstadt anzunehmen. Sie war enttäuscht und wütend gewesen. Und in all dem Schmerz hatte er dem Drang widerstanden, sie in den Arm zu nehmen, um ihr zu sagen, dass alles gut werden würde. Diese Aufgabe hat sie vor langer Zeit für ihn übernommen. Sie ist sein Hafen gewesen. Doch er kann nicht zulassen, dass sie mit ihm untergeht.

Ihr Name tanzt durch seinen Kopf, leuchtet immer noch auf dem Screen. Bis er sie wegdrückt.

Vor ihm taucht das Revier auf und während er darauf zugeht, wünscht er sich, dass er sie genauso einfach aus seinem Kopf löschen kann. Aber darin spielt nichts nach seinen Regeln. Darin gibt es keinen Knopf, mit dem er irgendetwas ausstellen kann.

Und das wird es auch nie.

12:19 UHR

»Liam.« *Seine* Stimme wird drängender, aber Liam ignoriert sie; ist zu fokussiert auf das Smartphone auf seinem Tisch. Zu fokussiert auf die Gedanken, die in seinem Kopf Kettenreaktionen bilden.

Seine Gedanken sind schon immer lauter gewesen, gleichgültig, wie sehr die Welt um ihn herum schreit. Manchmal hasst er, manchmal liebt er es.

»Liam!«, kommt es lauter.

Nicht jetzt.

Sein Partner, der an dem Tisch gegenübersitzt, rührt sich ungeduldig. Liam sieht seinen Ausdruck, ohne hinschauen zu müssen. Nicht nur, weil er jeden Tag mit Norman zusammenarbeitet, sondern weil sie miteinander aufgewachsen sind. Seit dem Kindergarten waren die beiden nur getrennt, wenn es unbedingt sein musste. Eine dieser Ausnahmen sind die Flitterwochen von Liam und Sloan gewesen.

Bei dem Gedanken an Sloan und daran, dass sie bald seine Exfrau sein wird, verkrampft sich alles in ihm und Bitterkeit erfüllt jeden einzelnen Zentimeter seines Körpers.

Ex.

Diese zwei Buchstaben. Er verabscheut sie. Und doch ist er es gewesen, der die Scheidung eingereicht hat.

»Ernsthaft, Alter. Wenn ich noch fünf Minuten länger darauf warten muss, dass du deinen süßen Hintern erhebst, muss ich leider ohne dich gehen«, droht Norman und dreht sich mit seinem Stuhl ein Mal im Kreis.

»Das wäre Betrug«, wirft Liam ihm vor und sieht von dem Fundstück auf.

Normans Mundwinkel zucken, ehe er sich erneut mit Schwung dreht. »Es geht ums Überleben.«

»Es geht um Kaffee.« Liam bereut die Worte, noch während er sie ausspricht.

Norman stoppt seine albernen Drehungen und erdolcht seinen besten Freund mit einem Blick. »Liam Kane! Ich liebe ihn und möchte, dass du ihn mit Respekt behandelst!« Er steht auf und hebt seine Hand zur Brust. »Ich könnte nicht verkraften, wenn ihr nicht miteinander auskommt«, seufzt er verzweifelt.

Liam kann sich ein Lachen nicht verkneifen und ihnen fällt wohl beiden auf, dass es das erste seit langer Zeit ist. Er kann es an dem Strahlen in Normans braunen Augen ausmachen.

»Fein ...«, gibt er nach und sein Partner wirft sich die Sheriffjacke über, während er zur Tür geht.

»Ich fahre auch, dann kannst du das Smartphone durchforsten. Danach drehen wir eine Runde durch die Straße.«

Liam lässt das Fundstück in die Klarsichthülle fallen und steckt es in seine Jackentasche, bevor er sich erhebt.

Bei seinem Pfiff rührt sich etwas in der Ecke des offenen Büros und Heda, ihre schwarzbraune Schäferhündin, rast so schnell an Norman vorbei, dass sie über den Boden schlittert.

Deutlich gemächlicher folgt Percy. Nach ihrer Fellfarbe zu urteilen, könnten die beiden Hunde Geschwister sein. Doch da hört die Ähnlichkeit schon auf. Als Dackel wurde Percy anfangs nicht wirklich ernstgenommen, aber Norman blieb bei seiner Wahl. Der kleine Polizeihund trumpft seither mit Sympathiepunkten, stellt und verfolgt aber ebenso gut wie Heda, wenn auch etwas langsamer.

Nun wirft der Dackel Liam einen empörten Blick zu.

»Sieh mich nicht so an. Norman macht Stress.«

Besagter lacht nur leise und öffnet der Schäferhündin die

Tür nach draußen.

»Bringt ihr mir einen mit?«, kommt es von der Ecke des Gebäudes, sobald sie in die Mittagssonne treten, die die Oktoberkälte nicht vertreiben kann. Reese drückt ihre Zigarette in dem Aschenbecher auf der Fensterbank aus und lächelt die beiden Männer an. Die junge Frau, doppelt so clever wie Liam und Norman zusammen, sorgt seit einigen Wochen im Land der Zettelwirtschaft für Recht und Ordnung und ist ihre Kommunikationsschnittstelle zur Bleak Pine Polizeistation.

Das Städtchen, zu dem die Red River Lane gehört, liegt etwa fünf Kilometer entfernt. Und obwohl dies nicht viel ist, hatte Liam schon immer das Gefühl, dass Welten dazwischen liegen. Sowohl Norman als auch er selbst sind im *Bleak Pine Hospital* geboren, allerdings in diesem Ausläufer der Stadt aufgewachsen. Wie der Name sagt, besteht die Red River Lane aus einer einzigen Straße, die in einer Sackgasse endet. Danach ist das Gebirge nur durch unbefestigte Wander- oder Waldwege durchquerbar. Für ihn ist dieser Ort, der durch das Gemeindehaus, die Kirche und die Polizeistation wie ein eigenes Dorf wirkt, sein Herz. Für andere hängen düstere Geschichten wie Nebel über dem Tal am Winsome Forest.

»Wie kann es sein, dass du mit einem Blick weißt, dass wir einen guten Kaffee brauchen«, begann Norman nachdenklich, »aber meine Versuche, dich auf ein Date einzuladen, nimmst du nicht wahr?«

Reese übergeht die Tatsache, dass sie lächeln muss, damit, sich das knallblaue Haarband neu zu binden. »Ich habe beides wahrgenommen. Bringt ihr mir nun einen mit?«

Normans Blick klebt an ihren Bewegungen. »Einen doppelten, ohne alles. Ich bring dir auch die Cookies mit Macadamianüssen mit. Die magst du doch, oder?«

Nun ist es Liam, der sich ein Schmunzeln verkneift, weil

ihr Blick weicher wird. Statt sie länger zu beobachten, öffnet er den Chevy und hebt Percy neben Heda, die direkt reingesprungen ist.

»Sehr gern sogar«, hört er Reese sagen und geht zur Beifahrerseite.

»Dann sollst du welche bekommen. Bis gleich, Nüsschen.«

»Projizier deine Komplexe nicht auf mich!«

Norman schwingt sich mit breitem Grinsen hinter das Lenkrad. »Meinst du, es ist zu früh, im Diner zu fragen, ob sie einen Ring im Cookieteig verstecken?«

Liam, der schon wieder das Smartphone in der Hand hält, schweigt.

»Sorry. Ich hab nicht nachgedacht«, meint Norman zerknirscht, da er seine Wortkargheit falsch deutet.

Er sollte wissen, dass Liam ihm niemals etwas vorhalten wird, nur weil seine Ehe keine Chance hat.

»Alles okay«, murmelt Liam und starrt auf das Display.

Beim Fund war er durch den roten Fleck alarmiert gewesen, der sich lediglich als Farbe herausstellte. Zum Schutz hat Norman die Stelle abgeklebt. Da Liam vom Schlimmsten ausgegangen ist, hat er das Smartphone bereits nach Informationen durchforstet, wem es gehören könnte, und war auf den Namen eines Jungen aus Bleak Pine gestoßen.

Es mochte ein harmloser, verlorener Gegenstand sein, aber das ungute Gefühl lässt Liam nicht los.

Ehe er sich versieht, tippt er im Menü auf *Fotos*. Auf den ersten Blick sieht er unzählige Videos, die offensichtlich nachts aufgenommen wurden. Dazwischen ist ein Bild, das seine Aufmerksamkeit auf sich lenkt. Mit einem Haus darauf, das seinem eigenen viel zu ähnlich sieht.

»Liam!«

Er schreckt zusammen, als jemand gegen die Autoscheibe klopft, und reißt den Kopf herum.

Norman lässt bereits das Fenster herunter und Reese lugt zu ihnen herein. Das Grau ihrer Augen liegt steinern da. »Der Junge, dessen Smartphone ihr gefunden habt ... Bleak Pine hat gerade angerufen.« Sie zögert eine viel zu lange Sekunde, aber beide Sheriffs wissen, was ihre Worte sein werden, ehe sie fortfährt. »Er wird seit gestern vermisst. Seine beiden Freunde ebenfalls.«

Norman flucht.

Noch während Reese redet, wählt Liam eins der Videos aus und stellt die Screenhelligkeit auf Maximum.

Plötzlich herrscht Stille, weil auch die anderen beiden ihre Aufmerksamkeit dem Handy zuwenden.

Zu hören ist ein schweres Atmen. Äste knacken unter den Schritten des Filmenden. Außer den Umrissen der Bäume ist nichts zu sehen.

»Jungs?«, wispert jemand. Dann ein Fluchen. Im Hintergrund ertönt ein weiteres Geräusch, aber Liam ist zu abgelenkt. Das Bild ruckelt und das Handy landet im Unterholz. Die Taschenlampenfunktion erhellt den Boden. Dann ertönt ein Ruf.

Allerdings ist es nicht das, was Liam in den Bann zieht. Sondern das Paar Füße, das von dem Smartphone beleuchtet wird. Im selben Moment scheint es auch der Junge zu realisieren. Ein Keuchen entkommt ihm, dann packt er das Handy. Sekunden voller Rascheln, Bewegungen und einem Schluchzen folgen.

Er rennt.

Der Junge rennt um sein Leben.

»Das reicht«, bringt Liam hervor und stoppt das Video. Die Anspannung ist mit Händen zu greifen. »Wir fahren sofort in den Winsome Forest.«

»Soll ich Bleak Pine um Unterstützung bitten?«, fragt Reese, die um Fassung kämpft.

Norman übernimmt das Antworten. »In sechs Stunden beginnt die Ausgangssperre. Die werden einen Teufel tun, herzukommen.«

»Ein Grund mehr, loszufahren. Sollte das mehr als nur ein dummer Pre-Halloweenstreich sein, ist sein Verfolger noch auf freiem Fuß. Und wir haben wahrlich genug zu tun, sobald es losgeht.«

Es begann damit, dass er gegen sechzehn Uhr seinen Kollegen aus Bleak Pine an der Zufahrt zur Red River Lane ablösen muss. Unter anderem, um möglichst unbemerkt den Touribus reinzulassen. Für diesen verdammten Maskenball, der jedes Halloween im Gemeindehaus abgehalten wird. Dass die Stadt heimlich die Ausgangssperre für ein wenig Profit nutzt, spricht gegen sämtliche Moral. Aber der, so scheint es Liam, geht er sowieso fremd. Solange sich alle an die Regeln halten, würden sie sicher sein.

Andererseits fragt er sich, ob in dieser Straße jemals jemand sicher sein kann. Sein Blick schweift für eine Sekunde zum Seitenspiegel, während Norman endlich den Motor startet. »Reese, auf dem Rückweg bringe ich Kaffee und Cookies mit. Großes Ehrenwort!«

»Vielleicht trinke ich ihn dann gemeinsam mit dir am Schreibtisch«, wirft sie ein, weshalb er hoffnungsvoll zu ihr schaut.

»Klingt nach einem Date.« Bevor sie etwas erwidern kann, lässt er das Fenster hoch. »Bis gleich, Nüsschen«, ruft er und tritt aufs Gas.

Kaum rollt der Wagen los, wird Liams Ausdruck ernster. »Fahr nach Norden. Wir nehmen den Feldweg in den Wald, damit niemand neugierig wird.«

Stumm gleiten sie an dem Red Lollipop vorbei. Ihr ursprünglicher Halt nach der üblichen Kontrollfahrt. Norman hätte sich eigentlich am Geruch des besten Kaffees der Straße ergötzen sollen, stattdessen steuert er den Chevy Richtung Wald, um einen vermissten Jungen zu finden.

Sie haben selten derartige Fälle, aber für einen Ortsteil dieser Größe, mit gerade mal 21 Häusern und 56 Anwohnern, noch zu viele. Was daran liegt, dass Jugendliche ihre Mutproben in das Gebirge zwischen Bleak Pine und der Red River Lane legen. Die Bewohner auf der anderen, der sicheren Seite des Berges nennen den Weg zur Lane auch gern den Höllenpfad.

Die ein oder anderen Bewohner hier mögen sonderlich sein, doch wenn etwas passiert, dann an Halloween. Die Ausgangssperre gibt es nicht ohne Grund und der betrifft Liam persönlicher, als er zugeben würde; macht ihn zu einem Sheriff, der es kaum verkraftet, Blut zu sehen.

Er schließt die Augen.

»Liam.«

Als Norman seinen Namen sagt, öffnet er sie wieder und bemerkt gleichzeitig, dass sie halten, obwohl das Ziel noch nicht erreicht ist.

Norman fährt sich durch das schwarze Haar, schaut angespannt aus der Frontscheibe und Liam folgt seinem Blick schweren Herzens. Es sieht nicht danach aus, als könnte ihm gefallen, was er zu Gesicht bekommt.

Dann sieht er ihn. Den Wagen von Sloan.

»Was zum ...« Der Fluch bleibt ihm im Hals stecken. Was hat sie hier zu suchen? Sie darf nicht hier sein.

Panik ergreift seinen Körper. So unfassbare Panik, dass er am liebsten brüllen würde. Er hat ihr die Scheidungspapiere geschickt, damit er sie nicht wiedersieht. Alles, ausnahmslos alles hat er ihr überlassen. Außer das Recht, hier zu sein. Selbst das Sorgerecht für ihre Tochter hat er kampflos aufgegeben. Und doch war sie hier.

Die Wut stand offenbar deutlich in seinem Gesicht.

»Du wusstest, dass du sie nicht fernhalten kannst. Ihre Eltern wohnen hier«, versucht Norman, ihn zu beschwichtigen. Erfolglos.

»Sie hasst ihre Eltern.«

»Sie liebt dich. Und diese Hölle einer Straße. Es war klar, dass sie es nicht auf sich sitzen lässt.«

Mit jedem Wort steigt die Wut in Liam weiter. »Spar dir deine verfluchte Lehrstunde.«

Im Wagen herrscht Stille.

Liam ist ruhig und der Letzte, der seinen besten Freund so anfährt. Die Gewissensbisse lassen nicht lang auf sich warten und er trifft auf Normans forschenden Blick.

»Sorry. Alles ist einfach ... zu viel. Zu wissen, dass sie hier ist ...« Er wagt es nicht, weiterzusprechen, und Norman beäugt ihn noch eindringlicher. Als weise die kleinste Regung auf etwas hin.

»Liam ... Wenn es zu laut wird, musst du mit mir reden.« Da klingt nicht nur Sorge in Normans Stimme mit, sondern auch der Anflug einer Warnung.

Er dreht seinen Kopf wieder zu dem Wagen und fragt sich, ob Sloan so fahrlässig war, ihre gemeinsame Tochter mitzubringen. Dass seine Frau hier ist, ist schon schlimm genug. Sich auch noch wegen Brie den Kopf zu zerbrechen, könnte er nicht ertragen. Zögerlich öffnet er den Mund, sagt dann jedoch nicht, was er vorhatte, auszusprechen.

»Bring uns einfach hier weg. Ich rede später mit ihr.« Um sie wegzuschicken. Der Junge hat jetzt Priorität. Wenn die

Möglichkeit besteht, dass er da draußen im Winsome Forest steckt – seine Freunde wahrscheinlich mit ihm –, muss Liam alles dafür tun, sie zu finden.

Sein bester Freund lenkt den Wagen von Sloans Elternhaus fort Richtung Feldweg und Liam entgeht nicht, dass er etwas sagen möchte. Direkt vor dem Schild, das nach Bleak Pine weist, biegen sie ab. Die Kleinstadt ist, abgesehen von Wanderpfaden im Wald, nur über eine schmale Straße durch das Gebirge zu erreichen. Eine Straße, die mit Schluchten gesäumt und kurvig ist.

Norman tippt auf das Lenkrad und schielt immer wieder zu ihm, während die Straße unter ihnen in einen erdigen Weg übergeht.

Liam hingegen starrt aus dem Fenster, in der Hoffnung, dass sein Freund es gut sein lässt, und es braucht keine Sekunde, da hat die Umgebung ihn in seinen Bann gezogen. Trotz der Horrorgeschichten über diesen Ort, erfüllt Liam der Anblick der Felsen und Bäume mit Frieden. Etwas, das er selten verspürt.

Gerade in den letzten Wochen waren da nur Schatten. Wie klebrige Finger schoben sie sich an seinen Beinen hoch und halten sich seitdem an ihm fest. Er weiß, sie werden keine Ruhe geben, bis sie alles von ihm im Griff haben.

Er saugt Luft durch die Nase ein, konzentriert sich auf die Stelle, an der er seinen Atem am intensivsten spürt. Er fühlt es; ist bei sich.

Alles ist im Griff, erinnert er sich im Stillen. *Du hast sie im Griff. Nicht andersrum.* Ihm bleibt keine andere Möglichkeit, wenn er Sloan und Brie beschützen will.

Kaum denkt er an sie, überkommt ihn Unruhe. Statt diesen Jungen zu suchen, will er nur zu ihnen fahren und sie wegschicken. Es bleiben nur noch wenige Stunden bis zur Ausgangssperre, ihm bleibt nicht viel Zeit.

Das schlechte Gewissen beißt sich fest.

Was, wenn dem Jungen wirklich etwas passiert ist? Wenn es kein dummer Streich ist und da draußen jemand herumirrt, der eine zusätzliche Gefahr ist? Wieder wandert seine Aufmerksamkeit zum Seitenspiegel. Blaue, freundliche Auge begegnen seinem Blick.

»Hast du noch was anderes auf dem Smartphone gefunden? Haben sie sich vielleicht Standorte geschickt?«, hört er Norman fragen, woraufhin Liam zu ihm blinzelt und sich dem Handy widmet.

»Gute Idee …« Liam öffnet die Chats. Der oberste ist eine Gruppe namens *Hidden Champions*. Aus den letzten vier Nachrichten lässt sich schließen, dass die drei Freunde – Smug, Tom und Joey – sich verloren haben. Smug, was ein Spitzname sein muss, außer seine Eltern sind des Wahnsinns, erkundigte sich mehrmals, wo Tom war. Joey hat nur ein ratloses Gif geschickt.

Als er weiter hochscrollt, findet Liam Selfies der Jungen. Kurz vor Dämmerung.

»Sie wurden aus irgendeinem Grund getrennt. Im Dunkeln müssen sie sich verloren haben.«

Norman schweigt. Wartet.

»Bingo! Sie haben den Treffpunkt als Standort in die Gruppe geschickt.« Liam tippt auf das Feld. »Fahr noch fünf Minuten. Von da aus müssen wir gehen … Nur ein paar Minuten.«

»Wenn sie sich wirklich verloren haben, müssen sie tiefer in den Wald gegangen sein als nur ein paar Minuten«, wirft Norman ein.

Liam nickt. »Absolut richtig. Aber es ist ein Anfang.«

Nach besagten fünf Minuten verringert Norman das

Tempo und hält in einer schmalen Bucht. Die Hunde lassen sie zunächst im Auto und treten gemeinsam in den Winsome Forest.

Tückisch ruhig liegt er da. Sein Name ist in diesem Moment eine Farce. Und Liam weiß nicht, ob es an der bevorstehenden Nacht oder seinem allgemeinen Gemütszustand liegt, aber das Gebiet liegt vor ihnen wie in einem üblen Horrorfilm.

Die Sonne findet nur an wenigen Stellen zwischen den dicht bewachsenen Tannen und Birken einen Weg auf den Waldboden. Aber es ist viel weniger der Anblick als das Gefühl, das ihm entgegenprescht. Beklemmend. Vertraut. Und etwas, das sich nach einer schlechten Idee anfühlt. Reizend ist das alles ganz und gar nicht.

Sein Blick beißt sich in den Tiefen des Waldes fest und er bildet sich ein, etwas in den Schatten auszumachen, hat aber zu große Angst, richtig hinzuschauen …

»Fuck.« Er zuckt zusammen, kaum beginnt sein Handy, zu vibrieren. Sobald er merkt, wer ihn anruft, steigt Panik in ihm auf. Nein … Panik erfüllt ihn längst, wie er feststellen muss. Es gleicht eher dem Gefühl einer Betondecke, die auf ihn runterkracht, und er wünscht sich, dass sie nicht nur in seinem Kopf existiert.

Sloan.

»Was soll ich machen …«, kommt es über seine Lippen, ohne es kontrollieren zu können.

Die Chance, ihre Stimme zu hören … Zu wissen, dass sie hier ist. In seiner Nähe.

Ihm wird heiß und schlecht zur gleichen Zeit. Es fehlt nicht viel und er würde auf die Knie sinken, weil sich die Welt um ihn dreht.

»Rede mit ihr, wenn wir hier durch sind.«

Sein bester Freund hat recht. Sobald er den Kopf zu ihm dreht, bemerkt er seinen intensiven Blick. Ja, er hat recht, denn er muss Sloan dazu überreden, wieder zu fahren. Heute noch.

»Ich kann mitkommen, wenn du willst. Brie und ich können im Garten mit Percy spielen und du redest mit Sloan. Deal?«

Liam weiß genau, wieso er ihm das vorschlägt, und am liebsten will er ihn in eine Umarmung ziehen. Gleichzeitig hält er die Idee, in den Wald zu gehen, für die schlechteste seines Lebens. Zwei Gedanken, die unterschiedlichster Natur nicht sein können, und dennoch so nah beieinanderliegen, dass er schaudert.

Seine Hand schießt zu seiner Schläfe. In der Bewegung realisiert er sein Tun und kaschiert es damit, sich durch die Haare zu fahren.

Nur Kopfschmerzen, sagt er sich. Kein Grund, Norman zu beunruhigen, der jede Geste von ihm kennt und einordnen kann. Er macht sich nur selbst verrückt wegen dieses verdammten Tags. Wie sehr er Halloween hasst, kann er kaum in Worte fassen.

»Danke.« Und das meint er so.

Etwas von seiner gewohnten Leichtigkeit tritt in Normans Züge. »Reiner Eigennutz. Ich will nur die Gelegenheit nutzen, mit meinem Patenkind Schabernack zu treiben.« Norman hebt die Augenbrauen und dreht den Kopf gen Wald. »Auch wenn sie mich dazu anstiftet, nicht andersrum.«

»Lass uns die Hunde holen«, lenkt er ab, weil er nicht länger über seine Tochter nachdenken möchte. Ebenso wenig darüber, dass er mehrere hundert Kilometer zwischen sie und ihren Paten getrieben hat.

Norman hat sie beide ebenfalls verloren, Brie und Sloan.

Nicht nur er selbst. Sein bester Freund hat zwar seinen Bruder, der in Bleak Pine lebt, aber in der Red River Lane sind Liam, Norman und Sloan ein nicht zu trennendes Dreiergespann gewesen.

Und er hat es zerstört.

Mit wenigen Griffen leinen sie die Hunde an und marschieren Richtung Wald. Heda legt sich gegen die Leine, die Nase am Boden, die Ohren aufgestellt. Etwas an diesem Anblick verschafft Liam einen flauen Magen.

Es ist, als wäre die imaginäre Linie, die Gras und Waldboden voneinander trennen, das Letzte, was ihn von etwas trennt, das Schlechtes bedeutet. Seine Füße heben sich. Den Moment, in dem Norman und er über diese Linie schreiten, spürt er in seinem ganzen Körper. Und er spürt auch den Boden unter sich, aber es ist trotzdem wie fallen. Seine Glieder kribbeln. Die Angst, die ihn packt, kann er sich nicht erklären. Sie ist urplötzlich da, ohne Grund.

Es ist keine Angst um die vermissten Jungen. Es ist die Art von Furcht, die sich bis in die tiefste Faser frisst, um nichts zu hinterlassen. Nicht ein bisschen Kontrolle.

Die Schmerzen in seinem Kopf setzen wieder ein und er dehnt den steifen Nacken, während er vor Norman den Trampelpfad entlanggeht.

Es dauert nicht lang, bis sie den Standort der Jungs erreichen und mit den Hunden ihre Kreise ziehen. Norman sucht den Boden ab, während Liam zwischen den Birken herschaut. Kahl und weiß ragen sie in den Himmel. Sicherlich waren sie mit den Fahrrädern hergekommen, denn die meisten Kinder und Jugendlichen waren mit einem anderen Gefährt anzutreffen. Wenn sie welche dabeigehabt hatten, haben sie diese zumindest nicht hier abgestellt.

Heda gibt einen Laut von sich, weshalb beide Sheriffs aufsehen. In dem Moment klingelt wieder Liams Handy. Wieder ist es Sloan. Wieder nimmt er nicht ab.

Sie weiß, welcher Tag heute ist. Und allmählich weiß er nicht, ob Sloan wirklich nur gekommen ist, um ihn wegen der Scheidungspapiere zu konfrontieren, oder um zu prüfen, wie es ihm geht.

»Liam.«

Er ignoriert seinen Partner, auch wenn er es nicht sollte. Aber während er auf Sloans Namen starrt, schleichen sich Bilder in seinen Kopf. Gezeichnet mit roter Farbe.

Sloan weiß um die Familiengeschichte der Kanes und es gleicht einem Wunder, dass sie ihn trotzdem geheiratet hat. Sein Vater und seine Mutter kamen bei einem Unfall um. An ihrem Jahrestag. Sie waren in Bleak Pine in einem der besten Restaurants gewesen und auf dem Rückweg raste ein junger Fahrer um die Kurve und frontal in den Wagen seiner Eltern. Er war so alt gewesen, dass er sich an ihre Gesichter erinnerte, aber zu jung, um ihre Stimmen in seinem Kopf heraufbeschwören zu können. Ihr Klang war etwas, das er sich wünschte. Wie oft hatte er sich nach ihrem Rat, ihrer Hilfe, ihrem Trost gesehnt. Nach ihrer Ruhe.

Seit ihrem Tod ist alles laut gewesen. Und mit dem Einzug bei seiner Großmutter wurde es schlimmer. Sie brachte einen Lärm mit sich, der jenseits von Gut und Böse war. So hingebungsvoll sie sich auch um den Sohn ihres Sohnes kümmerte … Sie war und blieb Mad Moira.

So nannten die anderen Leute sie.

Mad Moira, die seit zwei Jahrzehnten im Pine Living lebt, weil sie – vor Liams Augen – den Kindersitter umbrachte. Obwohl sie es nicht gewollt hat, das weiß er.

Eine Gänsehaut perlt über seine Haut. Wie damals. Noch heute sieht er ihr dabei zu, wie sie die Wände der gesamten

Wohnung mit roten Lettern bemalt. In Träumen und Erinnerungen. Daran erinnert er sich viel zu gut. An das, was sie schrieb: Mad Moira wants to play.

Und daran, wie sie es heruntergebetet hat, bis sich die Lichter von Sirenen durch das Fenster zu ihnen schlichen.

»Liam!«

Er tippt sich zwei Mal gegen die Schläfe und dreht sich Norman zu. Dann hält er inne. Die Augen seines Partners zeigen keine Heiterkeit mehr. Nichts Weiches. Er ist im Sheriff-Modus.

»Darf ich ehrlich sein?«, meint er und fährt mit einem schnellen Blick an ihm herab.

»Da das eine rhetorische Frage ist ... Nein«, scherzt Liam, aber Normans Mundwinkel zucken nicht mal.

»Ich glaube nicht, dass wir sie finden.«

Liam zieht die Augenbrauen zusammen und schaut Richtung Norden. »Lass uns dort langgehen.«

Er setzt sich in Bewegung und hört, dass Norman es ihm nach kurzem Zögern gleichtut. Aber etwas ist anders, das kann er spüren.

Das Licht der Sonne, das sich nur mit Mühe bis zum Waldboden kämpft, versiegt. Liam hebt den Kopf, um zu sehen, dass dunkle Wolken aufziehen. Es riecht nach Regen. Das war schlecht. Spuren, die sie voranbringen könnten, würden damit zerstört werden. Dabei hofft Liam einfach nur, dass die drei Jungs sich einen dummen Spaß erlauben und in diesem Moment auf dem Heimweg sind.

Ich glaube nicht, dass wir sie finden.

Norman weiß, was dieser Job mit sich bringt. Dass es nicht immer ein Happy End gibt. Die Polizei ruft man nicht, wenn man eine gute Zeit hat, trotzdem ist sein Partner stets der Zuversichtliche von ihnen; geht nicht direkt vom

Schlimmsten aus ...

Wieder spürt Liam dieses Stechen in den Schläfen. Innerlich flucht er. Wieso gerade jetzt? Wieso kann dieser Tag nicht ohne Dramen ablaufen? Zwischen all den Fragen ist eine am lautesten: Wieso muss Sloan an Halloween herkommen? Sie kann sich jeden anderen Tag aussuchen, aber ...

Liams Befürchtung wird größer und größer – mit jedem Schritt, den er geht. Jeden sicheren Schritt. Statt das Gefühl zu haben, nach etwas zu suchen, fühlt es sich an, als würde er jemanden führen. Als würde er schon etwas gefunden haben.

Urplötzlich bleibt er stehen.

»Was ist los?«

Liam starrt zu Boden, während Heda an der Cap schnüffelt, die verschmutzt zwischen den Tannennadeln liegt. Er sieht es sofort und bringt sie dazu, davon abzulassen.

Da ist Blut.

Im nächsten Moment stürmt Norman an ihm vorbei und greift, ohne nachzudenken, nach der Kappe. Dadurch sieht Liam das Blut nicht mehr, aber das Bild davon wird er nicht los.

Blut. Blut. Blut.

Er stürmt vorwärts. Der Wald lichtet sich etwas, weil sie sich dem Red River nähern. Mit aller Kraft will er sein Inneres zum Schweigen bringen. Er muss *ihn* ein für alle Mal zum Schweigen bringen. Doch in diesem Moment realisiert Liam, dass er dafür keine Kraft hat. Wieso muss er gerade heute so schwach sein? Wieso ist Sloan hergekommen?

»Liam, bleib stehen!«

»Die Jungs müssen hier irgendwo sein«, murmelt er, aber Normans Ernsthaftigkeit schwappt zu ihm rüber. Niemals wird sein bester Freund Ruhe geben.

Er muss weg.

Liam muss hier weg.

Wieder muss er an das Blut denken.

Er stolpert vorwärts und stellt sich vor, wie er heute drei Familien schlechte Nachrichten überbringen könnte.

»Liam!«

Er wehrt sich nicht, als sein bester Freund ihn am Arm packt, damit er hält. Sorge steht Norman ins Gesicht geschrieben, und da ist auch ein wachsamer – misstrauischer – Ausdruck.

»Zeig mir das Smartphone von dem Jungen.«

»Nein.« Er erkennt sich bei der scharfen Antwort selbst nicht wieder.

Norman würde es sehen. Er muss weg. Sofort.

Schlagartig werden Normans Züge ernst. »Liam. Gib mir das Smartphone.« Deutlich betont er den Namen seines Partners.

Dieses Mal hat er keine Kontrolle und gibt dem Reflex, sich an die Schläfe zu tippen, nach. Die Muskeln in seinem Nacken zucken, während er versucht, den Schmerz loszuwerden.

»Wir müssen gehen!« Die Verzweiflung ist ihm anzuhören und Normans Blick weitet sich. Er bemüht sich offensichtlich um Ruhe und hebt die Hand. Im selben Moment lässt Liam Hedas Leine los, die den Schwanz einzieht. Sie starrt Liam mit derselben Panik an wie sein bester Freund.

Seine Hände fahren zu seinem Kopf und er weicht zurück. Immer weiter.

Er muss weg.

»Nein«, flüstert er. »Bitte nicht.«

Für eine gefühlte Ewigkeit sieht Norman ihm dabei zu, wie er die Fassung verliert. Dann wandert sein Blick hinter ihn. »Scheiße, Liam. Bleib stehen. Sofort stehenbleiben!«, brüllt er außer sich und fasst rechtzeitig nach der Leine von Heda, die gemeinsam mit Percy zu bellen beginnt.

Die Cap landet vor Norman geräuschlos auf dem Boden.

Alles um ihn wird geräuschlos, sobald Liam sich umdreht. Und sein Sichtfeld von einer einzigen Sache ausgefüllt wird.

Rot.

Rot.

Rot.

Der Red River schimmert wie mit Blut vermengtes Wasser.

Liam!

»Norman?« Es ist ein Wispern, aber sein Freund regt sich hinter ihm. Er hört ihn; hat ihn immer gehört ... Immer.

»Sprich mit mir. Gib mir deine Waffe und sprich mit mir. Bleib einfach bei mir, Kumpel.«

Liam!

Liams Brustkorb reißt auseinander. Er bekommt kaum Luft, weiß nicht mehr, wie man atmet. Weiß nichts mehr. Außer eines – und diese Worte sind wie eine Todeserklärung.

Er spürt, dass ihm Tränen in die Augen steigen. Das Rot verschwimmt vor ihm, als würde er darin ertrinken.

»Norman.« Er erstickt. »Es ist zu laut.«

Plötzlich verliert er das Gleichgewicht; verliert sich selbst in einem Strudel aus Schreien und Verzweiflung und Angst. Dann wird er verschluckt von einer Ohnmacht, die einen Namen trägt. Mit einem Grinsen, das zwischen Rot und Schatten aufblitzt. Er hört *ihn* schnurren wie eine Raubkatze, beobachtet, wie er die Augen aufschlägt. Sie leuchten gespenstisch. Seine Pupillen weiten sich von Schlitzen zu weiten Monden. Bereit zur Jagd.

»Hallo, Liam.«

Liam wusste, er hätte nicht mit Norman in den Wald gehen sollen. »Lauf!«

14:41 UHR

Mit einem Keuchen fährt er hoch. Sein Körper schreit protestierend auf und seine Hände suchen nach Halt. Die Panik, die er verspürt, fühlt sich alt und doch frisch an.

Norman. Wo ist Norman?

Wo ist er?

Die Welt um ihn herum wird etwas schärfer und Liam realisiert, dass er sich immer noch im Wald befindet. Die Baumkronen über ihm scheinen sich im Kreis zu drehen wie ein Karussell. Sein Kopf dröhnt, aber irgendwie schafft er es, sich aufzurappeln. Schwer atmend stützt er sich auf den Knien ab und schaut sich um. Ein paar Sekunden braucht er, um zu bemerken, dass er im Waldstück hinter seinem eigenen Grundstück steht.

Er kann sich nicht daran erinnern, hergekommen zu sein. Und dieser Umstand macht ihm solche Angst, dass er glaubt, sein Herz bleibt stehen. In ihm kämpft der Wille, sich zu entsinnen, mit dem, zu vergessen. Für immer.

Denn tief in sich weiß Liam, was er getan hat.

Sobald er ein Bellen hört, klären sich seine Sinne. Es kommt aus der Richtung seines Hauses. Von hier sieht er die offene Tür seiner Scheune, in der er so viele Stunden mit Brie verbrachte. Wo er ihr zeigte, wie man alte Möbel richtig abschleift, um sie neu zu lackieren. Wo sie ihr Baumhaus planten. Wenn sie auch ein stilles Mädchen ist, sie hört immer gut zu.

Wie von allein setzt er sich in Bewegung. Schneller, als er es von sich erwartet hätte. Er weiß, dass er den Polizeiwagen finden muss. Nach dem Bellen zu urteilen, befindet sich Heda in der Scheune. Aber wo ist Percy?

Wo ist Norman?

Seine Schritte beschleunigen sich, doch statt wegzurennen, geht er geradewegs darauf zu. Die Scheunentür steht auf wie die Pforte zur Hölle und beinahe bildet er sich ein, dass es darin rot flackert.

Nur noch wenige Meter. Sein Puls rast dahin. Hinter ihm rührt sich etwas, aber er lässt es unbeachtet, unfähig, den Blick von der Scheune abzulassen.

Sie kommt näher und näher. Bis er die Schwelle übertritt. Was er erblicken muss, schnürt ihm die Luft zum Atmen ab.

Erst jetzt spürt er Nässe an seinen Händen. Klamm und kühl. Die Last auf seinen Schultern verdreifacht sich. Ebenso die in seinem Kopf. Er will nicht runtersehen, aber er kann nicht anders.

Was er sieht, ist Blut. An seinen Fingern. Seinen Handflächen. An seinem kompletten Körper.

Seine Sicht verschwimmt, während Erinnerungen durch seinen Kopf jagen und er kurz davor ist, sich zu übergeben.

Normans Augen. Leblos. Der letzte Funke von Sorge in seinem Gesicht ... Selbst, nachdem sein bester Freund die Waffe gegen ihn erhebt. Percy, der ihn angreift, bis auch er verstummt.

Nein.

Ein Schluchzen bricht über seine Lippen und er könnte sich nicht noch mehr hassen als in diesem Moment.

Atemlos stolpert er weiter in die Scheune. Sieht sofort ein Fahrrad, das nicht ihm gehört. Die blutbefleckte Cap hängt am Lenker.

Beim Anblick der Wand entfährt ihm ein bemitleidenswerter Laut.

Hedas Bellen dringt zu ihm durch. In seinem Kopf schwillt

es zu einem ohrenbetäubenden Lärm an, aber das Chaos vor ihm nimmt ihn vollkommen ein.

Die Wand. In fetten, roten Lettern steht dort ein Satz:

HOME SWEET HOME, ICH BIN ZURÜCK.

Er ist da.

Das Bellen hält an – wie ein Paukenschlag vor einer großen Aufführung. Dann ertönt ein melodisches Summen, wird drängender, bis es zu Worten wird. Mit einer makabren Heiterkeit schneiden sie sich in seine Schädelwände.

Bis der Vorhang fällt. Und *sein* Auftritt beginnt ...

Sein Gesang ist nicht zu überhören, so sehr Liam sich auch darum bemüht.

»Running down Red River Lane. Hearing whispers, screams and pain. Ain’t you coming out to play? Home sweet home, Red River Lane.«

DAS OUIJA BRETT

von Jennifer Ebbinghaus

Ene, mene, miste,
du rappelst in der Kiste.

17:19 UHR

DEN BLASSEN LACK von Morgans Volvo würde Jane selbst aus mehreren Kilometern Entfernung erkennen. Nicht nur, weil es das Auto einer ihrer besten Freundinnen ist, sondern weil sie normalerweise, sobald der stotternde Motor näher kommt, hastig ihre Kleidung zusammensucht und aus der Hintertür von Morgans abgelegenem Haus verschwindet.

Wie lange die Affäre mit Lukas schon läuft, kann sie an den blassen Linien auf ihren Beinen ablesen. Es sind längst verheilte Kratzer, die sich Jane schon viel zu oft zugezogen hat, wenn sie durch den Wald bis in die Red River Lane zu ihrem Auto geflüchtet ist. Nun wie angewurzelt auf der Veranda ihres Elternhauses zu stehen, während Morgans Wagen immer näher kommt, lässt eine nervöse Hitze in ihr aufsteigen. Alles hieran fühlt sich falsch an.

Wäre heute nicht Sams dreißigster Geburtstag, den sie auf

deren Wunsch hin zu viert so feiern, wie sie es in ihren Teenagerjahren zuletzt getan haben, hätte sie sich vermutlich längst im Haus verschanzt. Sie hätte die Lichter gelöscht, das Klingeln ihrer Freundinnen ignoriert und im Nachhinein einen dringenden familiären Notfall als Ausrede präsentiert. Vielleicht hätte sie behauptet, ihre Eltern zu ihrer Tante Ellen begleiten zu müssen. Doch Sam ist eine von den Freundinnen, die viel zu selten ihre Wünsche äußert, sodass Jane ihr diesen niemals hätte abschlagen können.

Nachdem der Wagen mit quietschenden Bremsen in der Einfahrt stehen bleibt, platzt Abby samt Gepäck als Erste aus dem Auto. Bevor sie auch nur einen Fuß auf den Bürgersteig gesetzt hat, fliegt ihre Ledertasche im hohen Bogen bis auf den Rasen. Die Stiefel voran, steigt sie aus der Hintertür und schüttelt ihren braunen Lockenkopf.

»Jayjay!«, ruft sie ausgelassen und breitet ihre Arme aus.

So sehr sich Jane vor dem Zusammentreffen mit Morgan fürchtet, freut sie sich umso mehr, Abby und Sam wiederzusehen, weshalb sie ein Lächeln aufsetzt und die Treppen der Veranda heruntereilt. »Hattet ihr eine gute Fahrt?«, fragt sie von Weitem.

»Abgesehen davon, dass ich eingekesselt von Momos übertriebenen Wochenendgepäck auf dem Rücksitz sitzen musste?«, antwortet Abby lachend, während Morgan und Sam neben ihr aus dem Auto steigen.

»Der Kofferraum ist kaputt, tut mir leid!«, erklärt Morgan genervt. Janes Magen macht einen Satz bei ihrem Anblick. Ihr blondes Haar ist in Wellen gelegt und im Nacken ordentlich zusammengebunden. Es lässt ihre Gesichtszüge noch sanfter wirken und führt ihr deutlich vor Augen, wie unterschiedlich sie beide sind. Vermutlich ist es das, was Lukas in den vergangenen Monaten bei ihr gesucht hat. Abwechslung.

Während Morgan ihre Tasche vom Rücksitz zieht, hat es auch Sam geschafft, ihre bunte Reisetasche aus dem Auto zu hieven, und kommt auf Jane zu.

»Happy Birthday, Sam! Willkommen im Club der alten Schachteln«, beglückwünscht Jane sie und zieht die Rothaarige in ihre Arme. »Andere sagen, es geht nun bergab, doch wenn du mich fragst, geht das Leben mit dreißig erst richtig los«, setzt sie hinzu, löst sich von ihrer Freundin und betrachtet sie. »Du siehst nicht einen Tag älter aus als einundzwanzig. Wie zur Hölle machst du das nur?«

»Yoga und Ernährung. Wenn du die Tipps, die ich dir geschickt habe, auch umsetzen würdest, könntest du auch so aussehen«, scherzt Sam und zwinkert ihr zu. Dass es schon mehr als ein Jahr her ist, dass sie sich über solche Dinge ausgetauscht haben, spricht keiner von ihnen aus.

Auch wenn sie heute eine Art Revival zelebrieren, ist es das erste Mal seit drei Jahren, dass die Freundinnen gleichzeitig an einem Ort sind. Abby wohnt bereits seit ihrem zweiten Collegejahr im Ausland und wechselt ständig ihren Wohnort, sodass niemand mehr mitkommt, wo genau sie sich aufhält. Dem von der Sonne aufgehellten Haar und der gebräunten Haut zufolge, hat sie die vergangenen Wochen definitiv im Süden verbracht. Auch Sam springt als Freigeist und Yogalehrerin quer durch den Staat und ist daher nur selten greifbar. Vielleicht tut es Jane deshalb am meisten weh, Morgan zu sehen. Denn obwohl sie beide im selben Ort wohnen, ist sie es, die ihr am entferntesten scheint. Zwei Mal wollte Jane im letzten Sommer spontan bei ihr vorbeischauen, stattdessen hat sie Lukas angetroffen und ist auf einen Kaffee geblieben. Und irgendwann ist sie zu ihrem Haus gefahren, um ihn zu sehen statt Morgan.

Sobald die vier im Haus sind, beschließen sie ohne Worte,

dass sich Morgan und Abby das Gästezimmer teilen, während Sam mit Jane im Elternschlafzimmer übernachtet. Nachdem sämtliches Gepäck entsprechend verstaut ist, treffen sich die Freundinnen in der Küche. Jane schenkt Abby, Sam und ihr Weißwein ein und greift bereits nach einem Wasserglas für Morgan, als diese sagt: »Ich nehme auch einen, bitte.«

Jane hält in der Bewegung inne. »Entschuldige, ich dachte -«

»Ich weiß schon, was du dachtest, aber ich trinke mit euch. Immerhin wird Sam dreißig«, sagt sie betont freundlich, doch Jane nimmt ihr das Lächeln nicht ab. Erst recht wird sie stutzig, als sie einen Blick auf die zitternden Hände erhascht, die Morgan im nächsten Moment unterhalb der Arbeitsfläche verschwinden lässt.

»Na da sind wir ja pünktlich vor Beginn der Party eingetroffen«, scherzt Abby und hebt vom Poststapel auf der Arbeitsplatte einen Brief mit der Aufschrift: »AUSGANGSSPERRE« in die Höhe.

19:12 UHR

Zwei Flaschen Wein, zahlreiche Lachanfälle und mindestens zehn peinliche Geschichten von früher später, fühlt Jane sich wieder wie fünfzehn. Die Fehlentscheidungen der letzten Jahre scheinen genauso davongespült wie ihre Neigung, das Schreiben der Stadt Bleak Pine oder die röhrende Sirene, die den Beginn der Ausgangssperre verkündet hat, ernstzunehmen.

Abby für ihren Teil hat bereits vor der letzten Weinflasche beschlossen, dass sie zu Sams dreißigsten Geburtstag in keinem Fall eine ganz bestimmte Halloweentradition ausfallen lassen dürfen: ein Besuch von *Creedence Hall.*

Mit vierzehn sind sie zum ersten Mal dort eingestiegen, danach wurde es zu einem festen Ritual, sich durch die baufällige Kellertür des ausgebrannten Hauses zu schleichen. Janes Eltern haben schon früher versucht, den jungen Mädchen mit der Gruselgeschichte einer Halloweenparty, die in alles verschlingenden Flammen endete, Angst einzujagen. Doch als die erste von ihnen zur Highschool ging, gab es keinen bekannteren Ort für eine Mutprobe als genau dieses Haus – Creedence Hall. Seit nun genau dreißig Jahren steht das Haus leer, eine passendere Tradition zu Sams Geburtstag kann Jane sich kaum vorstellen.

»Bevor du die nächste Flasche anbrichst, ziehen wir los!«, weist Abby sie an, bückt sich nach ihrer Tasche, die neben der Kücheninsel steht, und zaubert einen Turm roter Plastikbecher hervor, wie Jane sie noch zu gut vom College in Erinnerung hat. »Nur das beste für Sasas Geburtstag«, fügt sie hinzu.

Sam greift nach dem obersten. »Stilgerecht«, kommentiert sie und schüttet kurzerhand den Inhalt ihres Glases hinein. »Wein to go! Et voilá!«

Morgan legt den Kopf in den Nacken und kippt mit einem Schluck den Inhalt ihres Getränks herunter.

»Seit wann verträgst du so viel?«, rutscht es Jane unbedacht heraus.

»Momo ist immer für eine Überraschung gut«, scherzt Abby und hebt die Augenbrauen spielerisch in die Höhe.

»Es gibt Umstände, die erfordern einen erhöhten Alkoholkonsum«, antwortet Morgan und scheint Jane mit ihrem Blick förmlich zu durchbohren, sodass sich eine unangenehme Gänsehaut auf ihrer Haut ausbreitet. Um der Situation zu entkommen, schlägt sie einen Locationwechsel vor. »Wie sieht's aus, geht's los?«

Abby springt von ihrem Hocker und tänzelt überschwänglich durch die Küche. Sie öffnet den Kühlschrank und zieht eine weitere Flasche Weißwein heraus. »Los geht's!«

19:41 UHR

Jane kommt sich vor wie ein kleines Mädchen, als sie geduckt, die Hände in die der anderen gekrallt, durch das Loch im Maschendrahtzaun schlüpfen und sich das altbekannte Geisterhaus direkt vor ihnen gen Himmel streckt. Es fühlt sich an, als wären sie erst gestern hier gewesen, nur dass Jane damals noch eine Zahnspange trug und Abbys Locken knallrote Strähnen zierten.

Selbst wenn sie den Weg bis hierhin kichernd wie Teenager hinter sich gelegt haben, verstummen die jungen Frauen spätestens, als sie den Keil unter der hölzernen Kellertür herausziehen und die Klinke herunterdrücken. Dass dieses Haus noch keinen Randalierern zum Opfer gefallen ist, verdankt es lediglich der Tatsache, dass es sich in der abgelegenen Red River Lane befindet und der Sheriff Liam Kane, der Schwager von Abby, die Nachbarschaft im Griff hat.

»Sasa, geh du vor«, flüstert Abby, als die vier eng aneinandergepfercht in die Dunkelheit blicken.

»Warum ich?«, antwortet Sam.

»Du hast Geburtstag, die Ehre sollte dir gelten«, versucht Abby, sie zu überreden, doch Sam rührt sich nicht.

Jane seufzt. »Schon gut. Ich mach das.« Doch bevor sie einen Schritt tun kann, kommt Morgan ihr zuvor.

»Ich mach's!« Sie löst sich von ihren Freundinnen und schleicht voran, während Sam sich an ihre Fersen heftet.

Abby wirft Jane einen verwirrten Blick zu. Vermutlich fragt sie sich auch, was heute mit Morgan los ist. Doch Jane kann nur mit den Schultern zucken, ehe sie den beiden ins Haus folgen und die klapprige Tür hinter sich zuziehen. Sofort umgibt sie der bekannte Geruch nach verkohltem Holz, der sich auch nach all den Jahren nicht aus dem Gemäuer verziehen will. Es scheint, als habe das Haus an Halloween vor dreißig Jahren den Atem angehalten und tut es bis heute.

»Schon merkwürdig«, murmelt Morgan vor sich hin, als sie die Kellertreppe hinauf und durch den Eingangsbereich der Villa schleichen. »An diesem Ort scheint das Einzige, was älter geworden ist, wir zu sein.«

Jane betrachtet ihre Freundin verstohlen von der Seite – die gerade Nase, ihr leicht vorstehendes Kinn. Morgan hat schon immer eine unangenehme Art von Perfektion ausgestrahlt, doch heute scheint die Maske nicht so sicher auf ihrem Gesicht zu sitzen wie sonst. Es ist nicht nur der Schatten des Hauses, der auf ihrem Antlitz liegt, irgendetwas trübt ihr sonst so sicheres Lächeln.

Morgan bemerkt, dass sie beobachtet wird, und neigt den Kopf, doch bevor ihre Blicke sich treffen, wendet Jane sich ab. Stattdessen begutachtet sie die verrußten Bilder an der Wand, die über die Jahre mit so vielen Schichten von Staub und Spinnweben bedeckt sind, dass sie nicht einmal mehr erkennen kann, ob darunter ein Mensch oder eine Blumenvase abgebildet ist. Auf eine seltsame Art und Weise ähneln sie ihrer Freundschaft. Man kann die Bilder noch als solche erkennen, doch der Schleier der Zeit hat sich hartnäckig darüber gelegt. Als wäre das Herzstück – die Basis – nur noch eine schemenhafte Erinnerung.

Die vier schleichen durch das Geisterhaus in den ersten Stock, steigen die knarrende Treppe hinauf und betreten den Raum, der früher als Schlafzimmer gedient haben muss. Das Feuer hat im obersten Stockwerk nicht derart gewütet wie im Erdgeschoss. Lediglich der Ruß über der mit Spitze bestickten Tagesdecke verrät, welche Tragödie sich in diesem Haus abgespielt hat.

»Wir scheinen nicht die Einzigen zu sein, die dieses Schreiben nicht besonders ernst nehmen«, stellt Abby fest, während sie durch die angelaufenen Scheiben nach draußen auf die Straße sieht.

Jane schließt zu ihr auf und folgt ihrem Blick. Eine Gestalt im Kapuzenpullover nähert sich auf dem Fußweg laufend dem gegenüberliegenden Gebäude und blickt immer wieder verstohlen über ihre Schulter. Ob es eine Frau oder ein Mann ist, ist nicht zu erkennen.

»Wie sieht's aus«, platzt Morgan plötzlich heraus. »Machen wir das mit diesem Brett, Sam?«

Erschrocken über die Lautstärke ihrer Stimme, zucken Abby und Jane gleichzeitig zusammen, hätten beinahe ihre Plastikbecher fallen lassen.

»Verdammt, Momo! Ich bekomme noch einen Herzinfarkt!«, zischt Abby.

»Shhhhht«, ermahnt Jane die beiden und flüstert: »Könntet ihr leiser sein?«

»O ja, natürlich, wir wollen ja den Hausgeist nicht verschrecken«, witzelt Abby und fuchtelt mit der freien Hand in der Luft herum, sodass ihre braunen Locken auf und ab hüpfen.

»Darüber macht man keine Scherze«, antwortet Sam trocken, lässt ihren Rucksack von ihren Schultern gleiten und zieht etwas heraus, das aussieht wie ein großes Holzbrett.

In ihren Becher murmelnd, dreht sich Abby den beiden zu. »Was hast du da?«, fragt sie und nimmt daraufhin einen großen Schluck.

Jane begutachtet die Buchstaben und Zahlen, die in die Oberfläche geritzt wurden. »Ist das eins von diesen Geisterdingern?«

»Das ist ein Ouija Brett«, erklärt Sam knapp, hockt sich auf den Boden und platziert es in der Mitte des Raumes. Erneut kramt sie in ihrer Tasche, bis sie einen herzförmigen Gegenstand herausholt und ihn daneben legt.

Morgan setzt sich neben sie und begutachtet die Requisiten. Sie scheint nicht annähernd so irritiert davon zu sein, wie Abby und Jane es sind.

»Sag mal, hast du das schon mal gemacht?«, fragt Jane, als sie bemerkt, wie routiniert Sam eine große weiße Kerze aus ihrer Tasche zieht und diese oberhalb des Ouija Brettes abstellt.

»Ein oder zwei Mal«, antwortet Sam, meidet dabei allerdings ihren Blick. Nicht nur Morgan verhält sich heute nicht wie sie selbst, auch Sam macht auf Jane den Eindruck, als würde sie etwas verbergen.

In einem Zug leert Morgan ihren Becher und stellt ihn mit ein wenig zu viel Elan auf dem Boden neben sich ab. »Lasst uns loslegen!«

Für Janes Geschmack wirkt sie etwas zu enthusiastisch, denn normalerweise verabscheut Morgan solche Spielchen. In der High School konnten sie sie nicht einmal dazu bringen, mit ihnen Flaschendrehen zu spielen – wieso also will sie nun nach Geistern rufen?

Morgan scheint Janes skeptischen Blick zu bemerken und setzt hinzu: »Was? Es ist Sams dreißigster Geburtstag. Und wenn sie es schon einmal dabeihat?«

Ihrem Verhalten nach zu urteilen, scheint es nicht allein Sams Idee gewesen zu sein, das Ouija Brett mitzubringen.

Bevor Jane das merkwürdige Benehmen ihrer Freundinnen weiter hinterfragen kann, findet sie sich auf dem Boden in einem Sitzkreis wieder und hat ihren Finger, genauso wie die anderen drei Frauen, auf den herzförmigen Zeiger gelegt. Mittig auf dem Ouija Brett sind das Alphabet und die Zahlen von null bis neun in drei Reihen untereinander gegliedert, darüber thronen in altertümlich wirkender Schrift geschrieben die Wörter »Ja« und »Nein«.

Verunsichert blickt Jane ihren Freundinnen entgegen; Abbys Blick, der durch den Alkohol verschleiert zu sein scheint, Morgan, deren Augen sich förmlich in ihre bohren, und Sam, die mit einer unheimlichen Ruhe ihrem Blick standhält. Sie hält ihn fest; scheint zu versuchen, ihr etwas zu sagen. Irgendetwas flackert in ihren Augen auf, doch Jane kann nicht greifen, was es ist.

»Seid ihr bereit?«, fragt Sam mit klarer Stimme.

»Aber sowas von«, antwortet Abby überschwänglich und kassiert einen tadelnden Blick von Sam. »Schon gut, wenn ihr ernst spielen wollt, bin ich dabei«, setzt sie hinzu, räuspert sich und blickt hinunter auf das Brett.

Stille breitet sich aus.

Neben dem Knistern der Kerze ist lediglich der Atem der vier zu hören. Vor wenigen Sekunden noch folgte er bei jeder seinem eigenen Rhythmus, doch aufgrund der Stille, scheint er sich nun zu einem synchronen Geräusch zu vereinen. Es wirkt, als würde sich ihr Herzschlag aufeinander einstimmen; als würde sich das Haus auf die Frauen einlassen.

Sie schweigen so lange, starren gemeinsam in die Flamme der Kerze, aus dessen Kern flüssiges Wachs wie Blut über das schwarze Gewand perlt, bis Jane das Gefühl hat, sie seien eins.

Eins mit ihrer Umgebung, eins mit Creedence Hall. Dann durchbricht Sam die Stille. »Im Namen von Beltane: Geist, der dieses Haus zu eigen hat, wir rufen dich.«

Nicht nur ihre Worte lassen Janes Blick zu ihr herüberschnellen. Es ist auch die Art und Weise, wie sie spricht; wie ihre Stimme klingt. Eine ruhige Melodie, die sie mit Selbstverständlichkeit durch den Raum schwingen lässt, als sie wiederholt: »Im Namen von Beltane: Geist, der dieses Haus zu eigen hat, wir rufen dich.« Jane bemerkt, dass auch Abby und Morgan irritiert zu Sam herüberblicken. Die jedoch scheint vollkommen konzentriert, hat die Augen geschlossen und fährt unbeirrt fort.

»Im Namen von Beltane: Geist, der dieses Haus zu eigen hat, wir rufen dich.«

Abby und Jane tauschen einen beunruhigten Blick. »Sasa?«, haucht Abby. Doch sie scheint sie gar nicht zu hören.

»Im Namen von Beltane: Geist, der dieses Haus zu eigen hat, wir rufen dich.«

»Sam? Wer ist Beltane?«, spricht Abby genau den Gedanken aus, der Jane ebenfalls durch den Kopf schießt. Ein ungutes Gefühl breitet sich in Janes Magen aus.

Doch gerade, als die Angesprochene etwas sagen will, fegt ein Luftzug durch das Haus. Ruckartig reißt Sam die Augen auf, dann ertönt ein Knall.

Sie zucken zusammen; halten die Luft an. Niemand atmet.

»Er ist hier«, spricht Sam mit einer Ruhe, die Jane die Worte durch ihr bis zum Hals pochendes Herz kaum verstehen lässt.

»Wer ist hier?«, wispert Morgan vor sich hin.

Plötzlich bewegt sich der Zeiger unter ihren Fingern. Er gleitet über das Brett, steuert zuerst auf den Buchstaben M zu, wandert auf die entgegengesetzte Seite, schlägt einen Haken bei O, herüber zum I, fährt zum R und vollendet mit dem Buchstaben A den Namen »Moira«.

»Seid ihr das gewesen?«, flüstert Abby in die Runde, erntet jedoch ebenso verschreckte Blicke wie ihren eigenen. Dass ausgerechnet dieser Name fällt, scheint sie in Panik zu versetzen. Bis auf Sam, die noch immer vollkommen konzentriert auf das Brett starrt, wirkt es auf Jane, als breite sich unter ihnen allen Angst aus.

»Dürfen wir dir ein paar Fragen stellen, Moira?«, erklingt Sams für Jane vollkommen neue Sing-Sang-Stimme und kurz darauf gleitet der Zeiger zu dem Wort »Ja« auf dem Brett. Er verharrt dort einen Augenblick, bis er wieder zurück in die Mitte rutscht. Mit einer unheimlichen Ruhe spricht Sam ihre Frage: »Sind Menschen in diesem Haus gestorben?«

Erneut bewegt sich der Zeiger unbeirrt auf das Wort »Ja«. Jane spürt den Sog, der das Stück Holz von ihr wegzieht, kann jedoch keine Richtung ausmachen, welche ihrer Freundinnen dafür verantwortlich sein könnte. Er ist zu gleichmäßig.

»Hattest du mit dem Tod der Menschen etwas zu tun?«, führt Sam ihre Befragung unbeirrt fort, während Abby immer angespannter wird. Janes Hände sind mittlerweile eiskalt.

Als die Antwort erneut »Ja« lautet, ziehen Abby und Jane scharf die Luft ein, doch ihre Finger bleiben, wo sie sind.

Plötzlich ist es Morgan, die spricht: »Hat Lukas eine Affäre?«

Jane bleibt der Atem im Hals stecken.

Keine Faser ihres Körpers regt sich, bis der Zeiger unter ihrem Finger zielstrebig auf das Wort »Ja« zusteuert. Ohne darüber nachzudenken, zieht sie ihre Hand zurück und ihr Blick trifft den von Morgan. Er ist bei weitem nicht so überrascht oder irritiert, wie sie es erwartet hätte, und trotzdem besiegelt er ihr unausgesprochenes Geständnis.

»Wie konntest du nur«, haucht Morgan, während sie einen tiefen Atemzug freilässt, als hätte sie ihn den ganzen Abend lang angehalten.

Verzweifelt sieht Jane herüber zu Sam, die ihr einen Blick zuwirft, als würde sie sagen wollen, dass es Zeit gewesen sei. Sie hat es also gewusst. Woher auch immer, doch ihr Ausdruck spricht Bände. Fassungslosigkeit spiegelt sich dagegen in Abbys Gesicht. Ihre Augen sind weit aufgerissen, ihr Mund ein Stück geöffnet. Jane könnte schwören, sie hat sich nicht einen Zentimeter bewegt, seitdem ihre Freundinnen sie anstarren.

»Ich ...«, setzt Jane an, weiß jedoch im Grunde genommen gar nicht, was sie sagen könnte, um das, was sie getan hat, zu lindern. Sie hat eine Affäre mit dem Mann einer ihrer ältesten Freundinnen – und das nicht, weil sie in ihn verliebt ist. Zwischen Lukas und Jane ist nichts außer körperlicher Anziehung, die ihr jedes Mal ein Stück ihrer Einsamkeit von den Schultern nimmt. Ab und zu hat sie sich sogar dabei erwischt, dass sie sich wünschte, mehr für ihn zu empfinden; gehofft, dass solche Gefühle ihr Verhalten erklären oder den Betrug mindern würden.

Doch ihr Verhältnis gibt nichts dergleichen her.

Es ist Morgans abfälliges Schnauben, das sie aus ihren Gedanken zurückholt. »Du streitest es nicht einmal ab?«

»Jayjay, das stimmt doch nicht, oder?«, fragt Abby vollkommen fassungslos; bittet sie, die Anschuldigung abzustreiten.

Aber alles, was Jane tun kann, ist, zu nicken, bevor sie im nächsten Augenblick ohne jede Vorwarnung von den Knien gerissen wird und auf den Boden prallt. Ein dumpfer Schmerz breitet sich in ihrem Kopf aus. Morgans blonder Schopf taucht vor ihren Augen auf, während sie an ihren Haaren reißt, mit ihren Fingernägeln über ihre Haut kratzt und immer wieder flucht: »Warum auch noch du? WARUM?«

»Um Himmels willen, Morgan!«

»Wegen Weibern wie dir ist es passiert!«

»Morgan! Hör auf!« Sam kreischt beinahe.

»Was machst du denn? Momo, hör auf!«, versucht Abby, auf Morgan einzureden. Als diese um sich schlägt, schubst sie aus Versehen Abby, sodass diese sich den Kopf am Bettgestell anschlägt.

»Abby, du blutest!«, ruft Sam plötzlich und schafft es so, dass Morgan sich für einen Moment von Jane löst. Als sie sich herumdreht, entgleitet ihr ein alles zerreißender Schrei.

Ihre drei Freundinnen folgen ihrem vor Schreck verzerrten Gesicht, ehe sie ebenfalls aufkreischen.

Im Türrahmen des Schlafzimmers steht eine Frau. Ihre Haut wirkt so dünn wie knittriges Papier, ihre Haare so hell wie der Mond. Am Leib trägt sie nichts als ein weißes Nachthemd, das im Windzug, der durch das Haus zieht, um ihre Knöchel flattert.

Vor Angst erstarrt, blicken sie in die ausdruckslosen, milchigen Augen der Geisterfrau.

»Moira«, sagt Abby plötzlich atemlos. »Scheiße, du hast uns zu Tode erschreckt!«, seufzt sie erleichtert auf. Janes Blick ist noch immer auf die alte Frau im weißen Nachthemd geheftet.

»Fuck«, bringt Sam krächzend hervor, als sie ihre Stimme wiederfindet.

Dann wendet sich die alte Dame von ihnen ab und verschwindet, ohne ein Wort gesprochen zu haben, mit trägen Schritten den Flur hinunter. Sie alle blicken fragend zu Abby, die sich die Hand auf die Brust hält.

»Entspannt euch, meine Schwester hat erzählt, dass ihre

Schwiegermutter noch immer ab und an aus dem *Pine Living* ausbüchst.«

»Aber das Brett ...«, murmelt Sam erstaunt, wendet ihren Blick wieder dem Ouija Brett zu.

»Ich weiß ...«, bestätigt Abby und sieht herüber zu Jane. »Verdammt, du blutest!«

Jane macht große Augen, als ihre Freundin sich auf sie zubewegt. Ihre Glieder sind noch immer steif vor Schreck. Abby rückt an sie heran, zieht den Ärmel ihres Pullovers in die Länge und wischt vorsichtig über Janes Hals, an dem die Kratzer, die Morgan ihr zugefügt hat, ein bizarres Muster ergeben. »Abby, ich bin mir sicher, die Kratzer sind halb so wild, aber deine Stirn!«

»Was ist damit?«, fragt Abby. Als sie sich an die Stirn fasst, zieht sie scharf die Luft ein. Ein kleines Blutrinnsal sucht sich seinen Weg an ihrer Schläfe entlang.

»Ist alles okay?«, fragt Sam vorsichtig und sieht von Abby zu Morgan, die noch immer fassungslos in die Richtung des Türrahmens stiert.

»Ich habe die Beherrschung verloren«, haucht Morgan vor sich hin.

Sam legt eine Hand auf ihre Schulter. »Ist schon gut, Liebes.«

Doch Morgan zeigt keinerlei Reaktion.

»Ja, ist halb so wild, Momo. Das heilt wieder«, bestätigt Abby.

In die Leere starrend, sagt Morgan: »Ich konnte es nicht mehr ertragen. Die Frauen. So viele Frauen. Es sollte einfach aufhören. *Er* sollte aufhören.«

Abby und Jane wechseln einen Blick.

»Nach jeder Affäre eine neue. Ich konnte nicht anders. Er hätte niemals aufgehört. Ich konnte nicht -« Ihre Stimme erstickt in einem kraftlosen Schluchzen.

»Liebes, was ist passiert? Was konntest du nicht?« Erneut versucht Sam, zu Morgan durchzudringen.

Tränen laufen ihr über das Gesicht, während sie stottert: »Ich h-habe ... Er ... Es ging a-alles so schnell. Ich dachte nicht, dass ... Er h-hat ... Und dann habe ich ...«

Niemand von ihnen traut sich, die Sätze, die Morgan begonnen hat, zu Ende zu bringen.

»Ich dachte doch nicht, d-dass er ...«, wispert sie vor sich hin.

»Morgan?«, spricht Sam mit sanfter Stimme »Wo ist Lukas jetzt?«

Zaghaft hebt sie ihren Kopf, sieht zu Sam, dann zu Abby und bleibt schließlich bei Jane hängen. »Im Kofferraum.«

21:11 UHR

»Sam? Woher weißt du so genau, wie man eine Seance abhält?«, fragt Jane, wendet sich ihr und Morgan zu, die auf dem Rücksitz Platz genommen haben. Morgan klammert sich verkrampft an den Griff der Tür, als wäre sie kurz davor, aus dem Auto zu springen.

»Und wer ist Beltane?«, ergänzt Abby, die einen Blick in den Rückspiegel wirft, während sie Morgans Auto in Schrittgeschwindigkeit durch die Red River Lane steuert. Die Scheinwerfer sind ausgeschaltet, sodass sie keine Aufmerksamkeit auf sich ziehen. Zumindest solange niemand aus dem Fenster sieht und sich wundert, dass ein Volvo durch die Straße zu rollen scheint.

Sam seufzt. »Eine Art Göttin.«

»Das beantwortet nicht die Frage, warum du weißt, wie man ein Geisterbrett benutzt«, beharrt Jane.

»Ouija Brett«, korrigiert Sam genervt. »Okay, aber das bleibt unter uns!«

Jane kann ein absurdes Lachen nicht unterdrücken. »Wir sind unterwegs in den Wald, um eine Leiche loszuwerden.« Es ist wirklich bemerkenswert, wie schnell sie sich einig waren, gemeinsam dafür zu sorgen, dass Morgans Vergehen unentdeckt bleiben muss. Ein paar Blicke, ein Kopfnicken und wenige Augenblicke später waren sie bereits auf dem Weg zum Auto.

»Okay, okay! Ich ...«, setzt Sam zu einer Erklärung an, hält jedoch für einen Moment inne, bevor sie es ausspricht. »Ich bin seit ein paar Monaten Mitglied der Wicca«, erklärt sie schließlich.

Zuerst herrscht Stille. Dann wechseln Abby und Jane einen fragenden Blick. Letztere zuckt mit den Schultern.

»Wicca? Was ist das? Eine Sekte?«, fragt Abby schließlich.

»Wir sind ein Zirkel«, korrigiert Sam trocken.

Abrupt drückt Abby auf die Bremse, sodass das Auto sogar bei der geringen Geschwindigkeit mit einem Ruck stehen bleibt. »Warte!« Sie löst die Hände vom Steuer und dreht sich, so weit sie kann, zu Sam herum. »Zirkel wie in *Hexenzirkel*?«

»Abby, wir können hier nicht einfach stehen bleiben!«, versucht Jane, sie zum Weiterfahren zu bewegen, und scannt angespannt die Umgebung. Sie müssen nur noch ein paar Meter hinter sich bringen, bis sie in den Feldweg, der zum Winsome Forest führt, einbiegen können.

»In einigen Regionen sind die Wicca als Religion anerkannt. Es ist nicht so absurd, wie du denkst, Abby«, setzt Sam zu einer Verteidigung an, doch von ihr abgesehen, sind sich die jungen Frauen wohl alle einig, dass die Vorstellung von modernen Hexen mehr als absurd ist.

»Wenn du das sagst ...«, murmelt Abby und lässt sich zurück in den Sitz fallen, ehe sie die Kupplung kommen lässt.

Bevor sich Sam in weiteren Erklärungen verstricken kann, wirft Morgan ein: »Lasst uns nicht streiten, das hier ist schon alles verrückt genug. Ich hoffe, dein ... Zirkel ... ist nett?«, versucht sie, das Eisen aus dem Feuer zu holen.

Abby grunzt abwertend. »Oh ja, ich bin mir sicher, Hexen sind nette Zeitgenossen.«

Zuerst kommt Jane nur ein unterdrücktes Kichern über die Lippen, doch als ihre Freundinnen sie nach und nach mit beunruhigten Blicken betrachten, ist es um sie geschehen. Die Hand auf ihren Mund gepresst und mit Tränen in den Augen, bricht das Lachen unaufhaltsam aus ihr heraus.

»Komm schon, Jayjay, so lustig war das nun auch nicht«, versucht Abby, sie zu beruhigen, doch das macht es nur noch schlimmer. Haltlos schüttelt sich Jane, krümmt sich förmlich.

»Sam ist eine H-hexe«, stottert sie. »Und ich, ich hatte eine Affäre mit Lukas, den Morgan um die Ecke gebracht hat, und -«, angestrengt versucht sie, einen erneuten Ausbruch zu unterdrücken – vergeblich. »Ganz ehrlich, wenn du mir jetzt noch sagst, dass du eine Doppelgängerin bist ... Mich würde es nicht wundern!«, prustet Jane los und nun beginnt auch Abby, zu lachen.

»Stell dir vor, ich wäre Geheimagentin, gezüchtet im Reagenzglas mit einem Strichcode im Nacken«, witzelt Abby und umklammert das Steuer.

Selbst von Sam ist nun ein resignierendes Lachen zu hören.

»Wenn du bei uns gewesen wärst, als ich ihn zur Rede gestellt habe -«, erklingt Morgans trockene Stimme und für einen Moment halten alle die Luft an.

»Dann hätte ich dir geholfen, ihn in die Kühltruhe zu

packen«, antwortet Jane wie aus der Pistole geschossen und wendet sich nach hinten zu Morgan. Für einen Augenblick sehen sich die beiden Frauen stumm in die Augen, bis Morgans Mundwinkel zucken und sie und Jane voran in lautes Gelächter ausbrechen. Sie lachen so ausgelassen und ehrlich, wie sie es seit Jahren nicht mehr getan haben.

Bis Abby erneut auf die Bremse tritt. Augenblicklich verstummen die Frauen und die ausgelassene Stimmung verschwindet in den Schatten der Bäume, die den Waldweg umgeben und sich bis in die Berge ziehen. Erst jetzt fällt Jane auf, dass sie bereits tief in den Winsome Forest vorgedrungen sind.

Und hier, mitten im Dickicht, steht niemand anderes als Liam Kane, der Sheriff der Red River Lane, direkt vor ihrem Fahrzeug. Nur wenige Zentimeter weiter und Abby hätte ihren Schwager angefahren – in der Halloween Nacht, während einer Ausgangssperre mit einer Leiche im Kofferraum. Die Frauen starren auf den Uniformierten, der keineswegs vorzuhaben scheint, dem Auto auszuweichen. Mit breiten Schultern steht er direkt vor der Motorhaube und blickt in das Innere des Fahrzeugs.

»Lasst mich das machen«, weist Abby ihre Freundinnen an und lässt die Scheibe der Fahrerseite nach unten fahren. Wie aufs Wort setzt sich Liam in Bewegung und bleibt neben der Fahrertür stehen.

Die graue Plane, die sie unter Janes Füßen im Fußraum platziert haben, raschelt verdächtig. Ihr schlägt das Herz bis zum Hals. Der Sheriff ist der letzte Mensch, dem sie diese Nacht hätten begegnen dürfen. Das wohlig warme Gefühl des Lachanfalls verwandelt sich in ihrem Magen in einen Eisklotz.

Während Jane der Hintern wortwörtlich auf Grundeis geht, streicht sich Abby ihre Locken hinter die Ohren und setzt sich aufrecht hin.

»Guten Abend Liam, lange nicht mehr gesehen«, sagt sie mit starker Stimme.

Nervös nestelt Jane an ihren Fingern und wirft dem Sheriff einen Blick zu. Viel zu genau mustert er Abbys Gesicht und in diesem Augenblick fällt Jane die Verletzung an der Schläfe ihrer Freundin ein. Sie hat sich die Haare aus dem Gesicht gestrichen, daher kann er sie sicher sehen und wird jeden Augenblick fragen, was zur Hölle sie hier draußen machen – und vor allem, weshalb sie verletzt ist.

»Abigail«, erklingt Liams Stimme und wirkt irgendwie gequält. Als würde er versuchen, etwas zurückzuhalten. Abby hatte erwähnt, dass die Ehe ihrer Schwester seit geraumer Zeit auf der Kippe steht, aber ist dies Grund genug, ein Zusammentreffen mit seiner Schwägerin so furchtbar zu finden?

»Ich habe gehofft, dass wir uns über den Weg laufen«, sagt Abby herausfordernd. Für Janes Geschmack zu herausfordernd, beinahe so, als wolle sie ihn provozieren.

Der Sheriff duckt sich ein Stück, als würde er einen Blick in das Fahrzeug hineinwerfen wollen, doch Abby wendet sich ihm zu; versperrt ihm die Sicht ins Innere. Versteckt so die Plane unter Janes Füßen und die zwei Spaten, die bei Sam und Morgen im Fußraum liegen.

»Hat Sloan dich gefunden? Sie ist hier. Sie sucht nach dir.«

Abby sitzt mittlerweile so, dass Jane die Reaktion des Sheriffs nicht sehen kann, daher ist sie umso überraschter, als dieser sich plötzlich entfernt. Vor der Frontscheibe taucht er wieder auf, scheint irgendetwas vor sich hin zu murmeln und bewegt sich auf sein Auto zu; stützt sich auf der Motorhaube ab, nur um wenig später tiefer in den Wald zu gehen.

Ein erleichtertes Seufzen entfleucht allen vier Frauen

gleichzeitig.

»Was war das bitte?«, fragt Sam und zieht sich am Beifahrersitz ein Stück nach vorn.

Abby fährt das Fenster wieder hoch und greift nach dem Handy in ihrer Jackentasche.

»Was hast du vor?«, möchte Jane wissen.

»Meiner Schwester schreiben, wo sie Liam findet.«

»Sloan ist hier?«, fragt Morgan von hinten.

»Ja, das ist sie.«

21:49 UHR

Eine Leiche zu sehen, noch dazu die Leiche der Person, mit der sie monatelang eine Affäre hatte, hat Jane sich definitiv anders vorgestellt. Während Morgan noch immer hinter der geöffneten Tür steht, als wäre diese ein Schutzschild, hinter dem sie sich vor ihrer Tat verstecken kann, haben Sam, Abby und Jane gemeinschaftlich den Kofferraum geöffnet und starren nun in das wächsern wirkende Gesicht von Lukas. Seine sonst so akkurat gegelten Haare stehen ihm strohig vom Kopf ab und seine Haltung sieht weder bequem noch gesund aus. Was keine Rolle spielt, immerhin ist er tot.

»Habt ihr schon mal eine gesehen?«, fragt Abby zaghaft und schlingt die Arme enger um ihren Körper.

»Eine Leiche?«, spricht Jane das Offensichtliche aus.

Abby nickt und mustert ihre beiden Freundinnen fragend.

Jane ist die Erste, die antwortet, starrt dabei noch immer in die leeren Augen ihres Lovers. »Nein, bisher nicht.«

»Du?«, richtet Abby sich an Sam.

Als auch Jane zu ihr herübersieht, begegnen sie ihrem

nervösen Blick.

»Sam?«

»Ein paarmal«, gibt sie schließlich zu.

»Wo hast du denn bitte *ein paarmal* eine Leiche gesehen?«, schaltet sich Morgan ein, doch Sam antwortet nicht. Stattdessen zieht sie ein Gesicht, als würde sie sich auf die Zunge beißen.

»Was für eine Art von *Hexenzirkel*«, betont Abby das Wort mit Gänsefüßchen, »ist das, Sasa?«

Noch bevor diese antworten kann, ertönt plötzlich eine glockenklare Stimme, die die Frauen um sich blicken lässt.

In einer zarten, beinahe einlullenden Melodie trägt der Wind gesungene Worte durch den Wald. Es klingt wie eine Version des Kinderliedes »Alle meine Entchen«, doch irgendwas stimmt mit dem Text nicht. Eine Gänsehaut breitet sich auf Janes gesamten Körper aus.

Voller Angst wispert Morgan: »Bitte sagt mir, dass ihr das auch hört.«

»Ich wünschte, ich könnte die Frage mit Nein beantworten«, flüstert Abby.

Die Freundinnen sehen ins Dickicht und versuchen, jemanden in der Dunkelheit zwischen den Baumstämmen auszumachen, aber niemand ist zu sehen. Die Stimme jedoch wird lauter, scheint näher zu kommen.

»Der Wald war eine miese Idee, steigt ins Auto«, beschließt Jane und schließt den Kofferraum. Innerhalb weniger Sekunden sitzt Abby wieder am Steuer und Morgan und Sam auf den Rücksitzen.

Als auch Jane Platz nimmt und alle Türen geschlossen sind, beugt sich Morgan nach vorn und betätigt einen Knopf, woraufhin sich die Türen verriegeln.

»Hauen wir ab!«, sagt sie und Abby drückt so fest auf das

Gaspedal, dass die Reifen durchdrehen und das Auto leicht ins Rutschen gerät. Ohne die Scheinwerfer einzuschalten, lenkt sie den Wagen in die Richtung, aus der sie gekommen sind.

»Was nun?«, fragt Abby, während sie den Waldweg entlangsteuert.

»Zum Red River?«, schlägt Sam vor.

»Dann wird es eben eine Wasserbestattung«, stimmt Abby zu und biegt auf den Weg ab, der vom Winsome Forest wegführt.

Die Fahrt über den unbefestigten Weg verläuft schweigend, bis die Schlaglöcher es ihnen unmöglich machen, die Fahrt mit dem Volvo fortzusetzen. Den Rest des Weges bis zum Ufer des Red River müssen sie wohl oder übel zu Fuß bewältigen.

Sobald der Motor verstummt, öffnet Jane die Beifahrertür und saugt die Nachtluft ein, die heute eine merkwürdig süßliche Note enthält. Die Atmosphäre im Auto und die Aufregung der Freundinnen hat die Luft dort drin so stickig werden lassen, dass sie das Gefühl hatte, kaum atmen zu können.

»Hoffentlich sind wir allein«, sagt sie, als ihre Freundinnen ihr aus dem Auto gefolgt sind. »Lasst uns zusehen, dass wir ihn loswerden!«

»Ich war noch nie so sehr deiner Meinung«, stimmt Morgan ihr zu.

Die vier Frauen laufen über den mit Tannennadeln übersäten Waldboden, bis sie nach knapp hundert Metern das mit hohem Gras bewachsene Ufer erreichen. Jane, die vorangegangen ist, bleibt verdutzt stehen.

»Was ist?«, fragt Sam, als sie direkt neben ihr stoppt.

»Sag mal, spinne ich oder ist der Red River tatsächlich rot?«

»Das ... Das ist sicher nur irgendeine Art von Reflexion oder so«, mutmaßt Sam und sieht sich nervös um.

»Reflexion?«

»Wollt ihr hier Wurzeln schlagen oder was? Falls ihr es verge-« Abby bricht ihren Satz ab, als sie mit Morgan am Arm untergehakt dazustößt. »Was ist das?«

Morgan löst sich von ihrer Freundin, geht in die Hocke und beugt sich über das Ufer. Sprachlos mustern die vier die im Mondlicht rötlich schimmernde Wasseroberfläche, deren Strömung ein Muster zeichnet, das an dicke Adern unter dünner Haut erinnert. Selbst im Dunkel der Nacht wirkt der Fluss ohne jeden Zweifel dunkelrot. Und dieser Geruch – direkt am Ufer liegt er schwer in der Luft wie ein verdorbenes Parfüm. Als Morgan sich aufrichtet und einen Blick zurückwirft, ruft sie plötzlich: »Das Auto! Das Auto, es ist weg!«

Jane dreht sich um ihre eigene Achse und entdeckt das Fahrzeug genau dort, wo sie es zurückgelassen haben. »Was redest du da? Es steht genau, wo Abby es abgestellt hat! Aber ... Wartet, wer sitzt da am Steuer?« Von weitem ist eine Silhouette im Volvo zu erkennen, als würde jemand darin sitzen. Jane blickt sich prüfend um, doch ihre drei Freundinnen stehen unmittelbar neben ihr.

»Jemand hat das Auto geklaut! Wir sind geliefert!«, ruft Morgan immer wieder. Sam ist an ihre Seite geeilt und versucht, sie zu beruhigen, während Abby unbeirrt fasziniert in den Red River starrt.

»Hör auf, zu brüllen, Morgan!«, befiehlt Jane, ehe sie Richtung Auto schleicht. »Wartet hier!« Sie versucht, sich im toten Winkel des Fahrers zu bewegen, oder zumindest in dem Winkel, den sie dafür hält. Wer auch immer dort sitzt, er oder sie scheint nicht vorzuhaben, loszufahren. Vorsichtig nähert sie sich der Beifahrertür, überbrückt ruckartig den letzten

Meter zwischen ihr und der Tür und reißt diese auf. Ein hoher Schrei tritt aus ihrer Kehle, als sie den Fahrer erkennt: Lukas – oder vielmehr seine Leiche.

Vor Schreck stolpert Jane zurück, fällt auf die Wiese und krallt ihre Hände in den klammen Untergrund. Sie kann den Blick nicht von ihrem toten Lover abwenden. Starr und blass mit halb geöffneten Augen sitzt er auf dem Fahrersitz, der Gurt hält ihn an Ort und Stelle.

»Heilige Scheiße«, flüstert sie atemlos, während Sam im Hintergrund noch immer auf die hysterische Morgan einredet. »Abby? Mädels?«, ruft Jane mit erstickter Stimme. Ihr stolperndes Herz hämmert fast schmerzhaft in ihrer Brust. Doch keine ihrer Freundinnen reagiert. »Reiß dich zusammen, Jane«, sagt sie zu sich selbst, richtet sich auf, streicht die nassen Finger an ihrer Hose ab und geht, den Leichnam im Auge behaltend, rückwärts zurück zum Flussufer. Fast prallt sie gegen die noch immer aufgelöste Morgan, die sich verzweifelt die Haare rauft.

Da Abby nach wie vor zu abgelenkt von dem Red River zu sein scheint, richtet sie das Wort direkt an Sam. »Ich brauche deine Hilfe«, sagt sie und nickt Richtung Auto. »Morgan, du bleibst bei Abby. Wir sind sofort wieder da.«

Schluchzend gehorcht Morgan den Anweisungen und hockt sich zu Abby, die noch immer die rote Wasseroberfläche begutachtet. Derweil bedeutet Jane ihrer Freundin, deren Hexendasein sie nach allem, was diese Nacht passiert ist, für gar nicht so abwegig hält, ihr zu folgen. »Ich weiß nicht, wie das möglich ist«, setzt sie an, um Sam vorzuwarnen. »Aber irgendwie hat er es auf den Fahrersitz geschafft.«

»Was? Wer?«

Wenige Meter vor dem Volvo bleibt Jane stehen. Sie sieht in die Fahrerkabine, aber dort, wo soeben noch Lukas gesessen hat, ist niemand zu sehen.

»Lukas. Er ... saß am Steuer.«

Sam greift den Arm ihrer Freundin und dreht sie zu sich. »Jane, er ist tot. Er kann nicht im Auto sitzen.« Besorgt mustert sie ihr Gesicht.

Jane schüttelt den Kopf. »Ich weiß, aber -«, will sie widersprechen, doch als sie zurücksieht, ist der Sitz noch immer leer. »Vergiss es, bringen wir es hinter uns.«

22:36 UHR

Er ist schwer. Unglaublich schwer. Wie Morgan es geschafft hat, Lukas in den Kofferraum zu heben, will Jane sich gar nicht erst fragen. Sie muss derart in Panik gewesen sein, dass ihr vermutlich jedes Hilfsmittel recht gewesen ist. Das Bild einer vollkommen zerzausten Morgan, die ihren Mann in eine Schubkarre hievt, macht sich in Janes Kopf breit, während sie ihren toten Liebhaber über die Wiese schleift. Sam, die am rechten Arm von Lukas zerrt, schnauft genauso unter der Anstrengung wie sie selbst.

Sobald sie das Ufer erreichen, lassen sie die Leiche auf dem feuchten Boden nieder. »Wir müssen ihn mit Schwung hineinschmeißen. Wenn wir ihn nur hinunterrollen, wird die Strömung ihn nicht weit genug tragen«, weist Sam an und Jane stimmt ihr nickend zu. Die beiden blenden die wimmernde Morgan aus, die im Hintergrund bei Abby steht, die wiederum scheint vehement zu ignorieren, welch bizarre Darbietung ihre Freundinnen zum Besten geben.

Ohne Zeit zu verlieren, packen sie Lukas an Armen und Beinen und beginnen, ihn hin und her zu schwenken, als würden sie mit einem Kind Engelchen flieg spielen. Nur, dass das Kind ein erwachsener Mann ist – ein toter, erwachsener Mann.

»Auf drei«, presst Jane hervor. »Eins. Zwei. Drei!« Sie lassen los und sehen zu, wie der leblose Körper von Lukas in einem schwachen Bogen in den Red River fällt. Mit einem Platschen durchtritt er die unruhige Wasseroberfläche und verschwindet. Die Strömung des Flusses, unbeeindruckt durch den Aufprall, fließt unbeirrt weiter. Als wäre nichts passiert. Als hätten sie nicht soeben Morgans Mann und Janes Liebhaber dort hineingeworfen. Die Fluten verschlingen ihn, ihn und die furchtbaren Taten der vergangenen Stunden und Monate.

Für einen Augenblick sagt keiner der vier einen Ton. Stattdessen starren sie in den Fluss, als würden sie sich versichern wollen, dass er nicht wieder auftaucht.

»Lasst uns von hier verschwinden.« Sam umschlingt Morgan mit ihrem Arm und führt sie weg vom Ufer.

Auch Jane wendet sich vom Red River und ihrer vergangenen Affäre ab. Nach ein paar Schritten aber bleibt sie stehen und sieht sich nach Abby um. Noch immer steht sie dort, wo sie bis eben an Morgans Seite verweilt hat. Hat sie sich überhaupt bewegt, seitdem sie und Sam losgezogen sind, um Lukas zu holen?

»Abby, kommst du?«, fragt sie schließlich, erkennt in der drückenden Umgebung ihre eigene Stimme kaum wieder. Klingt so die Stimme einer Frau, die soeben eine Leiche in den Fluss geworfen hat? Einige Momente vergehen, erst dann setzt Abby sich in Bewegung. Doch statt Jane zu folgen, scheint es, als würde sie versuchen, den kleinen Hang zum Fluss hinunterzuklettern.

»Abby! Abby, was machst du da?«, ruft Jane und eilt zu ihr

zurück. Doch die Angesprochene beugt sich vor und hält sich am hochgewachsenen Gras fest.

»Es sieht so schön aus, ich will nur kurz -«, hört Jane sie noch sagen, bevor sie nach Abbys Arm greift und sie ruckartig vom Wasser wegzieht.

»Auf keinen Fall gehst du in dieser roten Plürre baden! Was ist los mit dir?«

Ihre Freundin wehrt sich nicht gegen den Richtungswechsel, lässt sich stattdessen ohne Widerworte zurück zum Auto führen. Dorthin, wo Sam mit Morgan diskutiert, ob sie in das angeblich nicht vorhandene Fahrzeug steigen soll oder nicht.

»Morgan, ich habe bereits Kopfschmerzen, jetzt setz dich bitte einfach auf den Rücksitz«, stimmt Jane ihrer Freundin zu. Und gerade als sie sich fragt, ob diese Nacht noch verrückter werden kann, zerschneidet ein grässlicher Schrei ihre Diskussion. Ein Geräusch, das ihnen durch Mark und Bein geht. Sogar das Weinen von Morgan verstummt.

»Weg hier«, flüstert Sam. »Los!«.

23:24 UHR

Erschöpft trotten die vier Frauen hintereinander die Auffahrt hinauf. Es ist Abby, die zuerst die Veranda erreicht und sich wie ein nasser Sack auf die Bank neben der Haustür fallen lässt.

»Du weißt, dass das ein Fehler ist. Du kommst gleich nicht mehr hoch«, warnt Morgan sie und lässt sich resigniert auf den Platz neben ihr nieder. Die beiden scheinen endlich ihren Verstand wiedergefunden zu haben. Die gesamte Fahrt über haben sie geschwiegen wie ein Grab und erst wieder geredet, als Jane den Wagen auf die Red River Lane gesteuert hat. Sie hatte die Kindersicherung aktiviert und die Fenster heruntergekurbelt, bedacht darauf, dass einer der beiden entweder aus dem fahrenden Fahrzeug springen oder sich übergeben könnte, aber nichts dergleichen geschah.

Sam erklimmt die drei Stufen und lehnt sich schnaufend gegen das Geländer. Auch Jane ist vollkommen erschöpft und nestelt nach dem Haustürschlüssel, als sie als Letzte eine Stufe nach der anderen hinter sich bringt. Sie schließt die Haustür auf und stolpert hinein. Zielsicher steuert sie in die Küche, greift nach einer Wasserflasche und trinkt gierig daraus.

Mit einer Hand auf der Arbeitsplatte abgestützt, wartet sie darauf, dass ihre Freundinnen ihr folgen, doch diese scheinen noch immer draußen auf der Veranda zu sitzen. Also klemmt sich Jane kurzerhand vier Gläser zwischen ihre Finger und zieht eine der Rotweinflaschen ihres Vaters aus dem Regal. Sicherlich ist sie sündhaft teuer gewesen, aber eine Nacht wie diese schreit nach einem gebührenden Abschluss. Fast so laut wie der Schrei der Frau aus dem Wald, der sich in Janes Gedächtnis gebrannt hat.

04:42 UHR

Der letzte Tropfen Rotwein der dritten Flasche rinnt in Morgans Glas.

»Die haben wir gekillt«, stellt Abby müde fest, die ihr einschenkt und plötzlich innehält, als ihr bewusst wird, was sie soeben gesagt hat.

Die Frauen sehen sich an und kurz darauf überkommt eine nach der anderen ein irrationales Lachen.

»So hast du dir deinen Geburtstag sicherlich nicht vorgestellt ...« Morgans gedämpfte Stimme unterbricht den kurzzeitigen Anflug von Erleichterung, als sie die Worte an Sam richtet und dabei schuldbewusst in ihr Weinglas starrt.

»Um ehrlich zu sein, ist alles besser gewesen, als die Nacht mit meinem Zirkel zu verbringen«, gibt Sam zu.

Behutsam legt Jane ihr die Hand auf die Schulter. »Was hat es mit dem Zirkel auf sich?«

Sam seufzt und nimmt einen großen Schluck aus ihrem Glas. »Der Zirkel hat heute Nacht eine Opfergabe gefeiert, eine der größten, die es je gegeben hat, und ich -« Ein zittriger Atemzug geht durch ihren Körper.

Jane schluckt schwer, zieht sich die Decke enger um die Schultern, die sie bereits nach der ersten Flasche für alle aus dem Haus besorgt hat, und fragt: »Was für eine Opfergabe ist das gewesen?«

Es fällt Sam sichtlich schwer, zu sprechen. Sie braucht einige Sekunden, bis sie ihre Stimme wiederfindet. »Die Wicca haben heute Nacht dreißig Leben beendet. Das Leben von dreißig Männern, deren Blutlinie bis zu den Schuldigen der Nacht von vor dreißig Jahren zurückzuverfolgen war.«

»Heilige Scheiße, Sasa, wo bist du da reingeraten?«, flucht Abby und hält sich geschockt die Hand vor den Mund.

»Solange es niemandem schadet, tu, was du willst. Das ist eine der obersten Regeln der Wicca. Alles Gute kehrt dreifach in dein Leben zurück, sagen sie. Das sind alles Standpunkte, die ich unterstütze. Doch ebenso agieren sie nach dem Prinzip: Auch alles Leid kehrt dreifach in dein Leben zurück. In der Halloweennacht vor dreißig Jahren starben zehn Wicca und dieses Jahr haben sie es den Schuldigen und ihren Erben zurückgezahlt. Ich wollte einfach nicht dabei sein. Ich wollte nicht für den Rest meines Lebens an meinem Geburtstag an diese Zeremonie erinnert werden.«

»Stattdessen bist du hier und hast mit uns eine Leiche in den Fluss geworfen«, wirft Abby ein und prostet ihrer Freundin zu.

Sam streckt ihr das Weinglas entgegen. »Das nennt man wohl Ironie des Lebens, was?«

»Eine gute Sache hatte es«, wirft Jane ein und führt ihr Glas ebenfalls zur Mitte.

»Welche?«, möchte Abby wissen und zieht dabei eine Augenbraue nach oben. Als könnte sie nicht glauben, dass auch nur der Hauch von Positivität die vergangenen Stunden begleitet hat.

»Sieh uns an. So verbunden mit euch habe ich mich seit Jahren nicht mehr gefühlt.«

»Das ist wahr«, bestätigt Morgan und schenkt Jane dabei ein zartes Lächeln, während auch sie ihr Getränk klirrend an das ihrer Freundinnen drückt.

»Auf uns?«, fragt Jane.

»Auf uns!«, echoen die anderen und nehmen gleichzeitig einen kräftigen Schluck.

Jane hatte keine großen Erwartungen an diesen Abend, ein Halloween, das sie in dieser Konstellation wahrscheinlich nie wieder verbringen würde. Ein paar Stunden, die sie mit genügend Wein und der Ausrede, sie habe Kopfschmerzen, sicherlich früher hätte beenden können. Niemals hätte sie geahnt, dass diese Nacht so düster und gleichzeitig so erhellend für die Freundschaft der vier hätte werden können.

Doch neben den Kuriositäten, die sie diese Nacht begleitet haben, lässt ihr eine Sache keine Ruhe. Welche der drei hat gewusst, dass Moira in *Creedence Hall* auftauchen würde? »Also jetzt mal ganz ehrlich, Mädels, wer von euch hat das Ouija Brett beeinflusst?«

Niemand regt sich. Stattdessen tauschen die drei verwirrte Blicke, als hätten sie darüber noch gar nicht nachgedacht. Jede Einzelne scheint darauf zu warten, dass sich eine der anderen offenbart.

»Komm schon, ihr könnt es ruhig sagen«, drängt Jane.

»Ich schwöre bei Gott, ich bin fast gestorben, als die alte Schachtel in der Tür stand!«, behauptet Abby und setzt ihr Glas an die bereits rot verfärbten Lippen.

Sam schwenkt aufgebracht ihr eigenes, als Jane sie prüfend ansieht, und verschüttet fast ihren Wein. »Das Ouija Brett ist kein Scherz für mich! Morgan hat -«

»Woher hätte ich das wissen sollen?«, ruft Morgan dazwischen. »Das war verdammt noch mal der größte Schock meines Lebens!« Von ihnen allen hat Morgan am längsten gebraucht, um ihre Fassung zurückzuerlangen, das kann Jane bestätigen.

»Aber wenn es niemand von uns wusste, wie ...«

Betretenes Schweigen tritt ein.

Während die Freundinnen auf der Veranda sitzen, jede ein Glas Rotwein in ihrer Hand, die Kleidung mit Dreck und ihre Haut mit Blessuren der Halloweennacht übersät, setzt nach und nach die Dämmerung ein.

»Das Haus wusste es«, haucht Sam irgendwann, den Blick die Red River Lane entlang gerichtet. »Moira ist vielleicht nicht tot, aber ihr Geist, er gehört nicht mehr vollkommen zu ihr.«

»S-soll das bedeuten ...«, stottert Morgan vor sich hin.

»Wir konnten über das Ouija Brett mit ihr kommunizieren. Mit ihrem ... anderen Alter Ego. Wer weiß, vielleicht liegt es auch an *Creedence Hall.*«

Die Freundinnen blicken die Straße hinunter, beobachten, wie die Sonne die Schwärze der Nacht vertreibt und die Red

River Lane in seichtes Rot taucht.

»Bei allem, was ich heute Nacht gesehen und erlebt habe, bin ich mir ziemlich sicher ... es liegt an dieser Straße.«

MILCHSHAKE, ROT GESPRENKELT

von Sarah Scheumer

La, le, lu – nicht nur der Mann im Mond schaut zu.

18:32 UHR

Diese Nacht wird einzigartig. Sie ist die Nacht aller Nächte, die makellose Ausführung eines gut geschmiedeten Plans. Der Schicksalsmoment, in dem das Universum die Wege zweier Seelen zusammentreffen lässt und sie untrennbar miteinander verbindet. Diese Nacht ist von so immenser Wichtigkeit, dass Lizzy dafür ihr *Princess Hakari* Shirt angezogen hat.

Sie sitzt im Zentrum ihres Imperiums auf dem Bett, Herrscherin über eine beachtliche Sammlung aus Romanen, Graphic Novels und Sammelfiguren. Während sie die letzte Stunde über ihrem Handy gebrütet hat, ist es draußen dunkel geworden, sodass nur noch ihr Displaylicht das Zimmer erhellt. Es fällt auf einen Schreibtisch mit Zeichentablet, auf dem die Protagonisten der *Starfleet Ninjas* in etwas verfänglicher Pose zu sehen sind, auf ein Regal voller Brettspiele und auf das Notizbuch, in dem die Geschichte schläft, die eines Tages ein riesengroßer Bestseller werden wird.

An der Wand über dem Kopfende des Bettes schimmert ein grünlicher Todesstern auf einem Poster wie ein hübscher Mond.

All das wird Lizzy heute ausnahmsweise freiwillig verlassen, um etwas wahrlich Denkwürdiges zu tun. Sie wird Marc Rogers darauf hinweisen, dass sie beide füreinander bestimmt sind.

Rings um sie verteilt liegen haufenweise Zettel mit etlichen durchgekritzelten und neu formulierten Zeilen. Dazu ein Zeitstrahl mit allem, was an diesem Abend passieren wird. Auf den ersten Punkt des Plans hat sie eine ganze Woche lang hingefiebert, dennoch läuft ihr nun die Zeit davon. Die Straßen sind bereits absolut leer. Die Red River Lane gehört jetzt den ausgehöhlten Kürbisköpfen, die mit flackernden Augen auf den Türschwellen wachen. Marc verbringt den Abend gezwungenermaßen zu Hause, statt mit seiner Clique feiern zu gehen. Wie alle anderen. Das ist er, Lizzys großer Moment. Eine perfekte Gelegenheit, die das Universum ihr in Form einer Ausgangssperre geschenkt hat.

Lizzy legt die Fingerspitze an den Rand ihrer Brille und schiebt sie die Nase hoch. In ihrem Messenger leuchten die sorgsam getippten Worte, die ihren Plan ins Rollen bringen werden.

Ganz schön langweilig für einen Halloweenabend, oder?
Hättest du etwas dagegen, wenn ich kurz rüberkomme?

Galant, unaufgeregt, lässig. Sie drückt auf Senden.

Für zehn Sekunden ist es still im Zimmer. Dann macht ihr Herz einen Satz, als ein leiser Ton eine neue Nachricht in ihrem Messenger ankündigt. Marc hat geantwortet.

Lizzy?

Sie starrt auf das einsame Wort, während sie versucht, seine Antwort zu deuten. Dann schreibt sie zögernd zurück.

Ja?

Während sie wartet, malt sie sich aus, was jetzt kommen könnte. Vielleicht ein Erlebnis seines heutigen Tages, das er mit ihr teilen möchte? Vielleicht Freude darüber, dass sie sich meldet? Möglicherweise sogar der Hinweis, dass er zufälligerweise erst vor einer Minute zu ihrem Fenster rübergesehen und an sie gedacht hat ...

Das Handy gibt erneut einen leisen Ton von sich, als seine Antwort aufleuchtet.

Wusste gar nicht, dass ich dich noch eingespeichert hatte.

Der Stich sitzt tief, aber Lizzy lässt die Enttäuschung wie ein Profi vorbeiziehen, bevor sie antwortet.

Ich habe meine Nummer nie gewechselt.

Zuerst passiert einige Minuten lang nichts. Dann kommt Marc online, die Nachricht wird als gelesen markiert – und er verschwindet wieder.

Lizzy sieht vom Bett aus zum Nachbarhaus. Es steht nur vier Meter entfernt und Marcs Fenster ist so dicht an ihrem, dass sie als Kinder ein Schnurtelefon dazwischen spannen konnten.

Sie wirft einen schnellen Blick auf ihren Plan für diesen Abend, bevor sie erneut zu tippen beginnt.

Ich würde dann jetzt rüberkommen.

Keine gute Idee. Ausgangssperre.

Wärst du beeindruckt, wenn ich es trotzdem bis zu eurem Haus schaffen würde?

Sie atmet tief ein, während ein kleines Feuerwerk durch ihren Brustkorb knistert. Sie fühlt sich wie die Schlagfertigkeit in Person, bevor –

Ganz im Ernst, Lizzy, mach dir 'nen netten Abend zu Hause.

Es ist ein leises Puffen zu hören, als ihr die angehaltene Luft entweicht.

Im Fenster gegenüber bewegt sich die Jalousie. Hat Marc einen Blick zu ihr rübergeworfen?

Der Plan jedenfalls bekommt wackelige Beine – und das kann Lizzy heute nicht akzeptieren. Sie steht auf und greift nach ihrem Pullover, bevor sie vor dem Spiegel auf der Kommode stoppt. Nachdem sie die zwei langen Strähnen, die links und rechts ihrer Brille hängen, durch ihre Finger gezogen hat, knautscht sie die beiden gewickelten Knoten auf ihrem Kopf zusammen. Als die Haarklammern wieder fest sitzen, atmet sie tief ein und greift nach der Tüte mit den Brause-Ufos auf der Kommode.

Für eine Sekunde kommen ihr die Ufos fehl am Platz vor, vielleicht wegen des holprigen Gesprächsanfangs. Allerdings erfüllen sie eine wichtige Aufgabe: Sie sollen Marc darauf aufmerksam machen, dass Lizzy sich immer noch an das Plastik-Ufo erinnert, mit dem sie beide früher gespielt haben. Es war Marcs und sie hofft inständig, dass er es noch hat, weil es inzwischen bestimmt enormen Sammlerwert hätte.

Sie nimmt die Tüte und trägt sie umsichtig die Treppe hinunter, sodass weder die Stufen knarren noch die Verpackung knistert.

Ihr Vater sitzt auf dem Sofa vor dem Fernseher. Im Halbdunkel sieht er genau nach dem großen, lieben Bären aus, der er ist. Ein Berg mit Zottelhaar und einer großen Schüssel Popcorn auf dem Bauch. Für eine Sekunde kommen Lizzy Zweifel. Normalerweise würde sie diesen Abend mit ihrem Vater verbringen und alte Halloweenkamellen gucken. Gerade laufen die ersten Minuten der Nacht des Grauens an, und ihr Vater geht bestimmt davon aus, dass sie sich jeden Moment in ihren Sessel setzt. Stattdessen schleicht Lizzy durch den Flur und trägt die Ufos mit spitzen Fingern zur Haustür und lautlos in die Nacht hinein.

Draußen sind die Vorgärten mit Herbstlaub besprenkelt und auf jeder Türschwelle und vor den Einfahrten stehen Kürbisfratzen verteilt. Gut möglich, dass die Einwohner der Red River Lane es mit der Dekoration dieses Jahr ein wenig übertrieben haben, um trotz der Ausgangssperre gute Stimmung zu verbreiten. Jetzt feiern die Kürbisse das Fest jedenfalls mutterseelenallein. Es sieht aus, als wären sie wie rollende Parasiten in die Stadt eingefallen, um heute Nacht die Straßen zu erobern.

Lizzy beobachtet die glimmende Armee, bevor sie die Haustür der Rogers ins Visier nimmt.

Es sind nur sieben Meter dorthin, aber genau auf der Hälfte der Strecke glaubt sie, irgendwo in der Nähe den Motor eines Wagens zu hören. Instinktiv macht sie einen Satz zur Seite und duckt sich in den Ligusterbusch an der Hausecke, um einen Augenblick abzuwarten. Dabei zieht sie den Zettel mit ihrem Zeitplan aus der Tasche und holt ihr Handy hervor, um Licht anzumachen.

- 19:03 Uhr: absolut spontane Nachricht an Marc
- voraussichtlich 19:04 bis 19:14 Uhr (bleib geduldig!): Einladung von Marc
- ab 19:15 Uhr: bei Marc (denk an die Ufos!), Smalltalk (du schaffst das!)
- ca. 19:30 bis ~~19:40~~ 19:45 Uhr: Bekanntmachung

Gerade ist es 19:16 Uhr. Von der kleinen Zeitüberschreitung bekommt Lizzy nervöses Augenzucken, aber es verschwindet wieder, als sie sich auf die Geräusche in der Nacht konzentriert.

Während sie wartet, wählt sie die Nummer ihrer Freundin.

»Gwen, es ist soweit!«, flüstert sie. Die Antwort kommt nach Sekunden. Gwen flüstert ebenfalls.

»Was? Was ist passiert?«

»Ich bin kurz davor, es zu tun. Ich mache Marc darauf aufmerksam, dass wir unsere Zukunft gemeinsam verbringen werden.«

»Jetzt?«

»In wenigen Sekunden.«

»Aber wir hatten Marc doch abgeschrieben! Hast du denn aus all den Büchern nichts gelernt? Die beliebten High School Sportler sind immer die untreuen Nudeln. Rückgratlose, verwöhnte, egoistische –«

»Einwand abgelehnt«, unterbricht Lizzy sie. »Ich habe aus unseren Büchern auch gelernt, dass man für seine Träume kämpfen soll.«

»Für realistische Träume. Man soll für *realistische* Träume kämpfen.«

»Das ist realistisch. Die Außenseiterinnen kommen zum Schluss immer mit dem heißesten Typen der Schule zusammen, der schon seit ihrer Kindheit nebenan wohnt.«

Ihre Freundin schweigt.

Über Lizzys Kopf verbrennt eine Motte knisternd im Licht der Laterne. »Untreue Nudeln?«, hakt sie nach, was Gwen zum Kichern bringt.

»Ja, Nudeln. Solche, die –«

»Shhh«, unterbricht Lizzy sie und duckt sich tiefer in den Busch, als im Hausflur der Rogers das Licht angeht. »Ich tu es jetzt, Gwen!«

»Liz, warte!« Sie macht eine Pause. »Du passt doch auf dich auf, oder? Sei vorsichtig.«

Lizzy bleibt keine Zeit für eine Antwort, denn in der nächsten Sekunde öffnet sich die Haustür. Es ist Marc, der ins Licht der Straßenlaterne tritt. Der warme Schein fällt auf seine Footballjacke und eine Papiertüte, die er unter den Arm geklemmt hat. Sie ist oben zusammengeknüllt, sodass man nicht sehen kann, was drin ist.

Geräuschlos schließt er die Tür hinter sich und sieht die Straße rauf und runter. Es ist still, während er in die Nacht guckt. So still, als würde jemand zwei Meter entfernt von ihm die Luft anhalten und sich ein Handy an die Wange pressen.

Dann setzt Marc sich in Bewegung.

Lizzy lässt das Handy sinken und legt auf. Eine Windböe fährt durch die Vorgärten und lässt die Kerzen in den Kürbissen flackern. Das ist ganz sicher der Wink des Schicksals, der ihr in den Rücken pustet. Sie befreit sich aus dem Busch und läuft los, stolpert über die Kante des Gartenwegs und landet bäuchlings auf den Steinplatten. Als sie sich wieder aufrappelt und hochsieht, hat Marc sich auf der Straße umgewandt und starrt sie an.

Ihre Handflächen brennen, als hätte jemand Salz in die Schrammen gerieben.

»Wo willst du hin?«, bringt sie hervor. »Es ist doch Ausgangssperre.«

»Was soll das denn werden?«, will er wissen. »Wenn du hier draußen gesehen wirst, kriegst du Ärger. Geldstrafe und so.«

»Wenigstens bin ich dann nicht zu Hause vor Langeweile gestorben.« Ihre Stimme ist bei der Lüge dünn geworden. Es müssten mindestens drei Jahre vergehen, bevor ihr in ihrem Zimmer langweilig werden könnte, solange das Internet funktioniert und der Weg zum Bücherregal frei ist.

Sie räuspert sich und setzt sich langsam in Bewegung. »Also wohin –«

»Zisch ab.«

Kurz bringt sein Ton sie tatsächlich dazu, stehenzubleiben, während Marc weitergeht. Er gräbt die Hände in die Taschen seiner Footballjacke, sodass er noch lässiger aussieht als ohnehin schon. Seit er vor einem Jahr ins Team aufgenommen wurde, trägt er diese Jacke so oft es geht. Was kein Wunder ist, denn er sieht wirklich großartig darin aus.

»Ich bin jetzt praktisch eine Eingeweihte«, ruft Lizzy ihm halblaut nach. »Du weißt, was das heißt. Eingeweihte muss man mitnehmen, damit sie einen nicht verraten.«

Er bleibt stehen und dreht sich um.

Bleib kompetent und selbstbewusst, bläut sie sich ein und richtet sich kaum merklich auf.

Marc starrt sie an. »Ist das dein Ernst?«

»Jepp.«

Für zwei Sekunden ist es still. Eine Gänsehaut wandert

über Lizzys Arme, als ein sachter Wind über die Straße streicht. Er bringt den Geruch von Herbstlaub mit sich. Außerdem ist da ein Flüstern in der Brise, die Geräusche des nahen Waldes, die über die Straße getragen werden.

»Und wenn schon. Ist mir egal, was du machst.« Marc wendet sich ab und geht einfach los. Ein paar Schritte den Gehweg runter und dann in den Durchgang zwischen zwei Häusern. Richtung Fluss.

»Wohin willst du?«, flüstert Lizzy, als sie ihm folgt.

»Hintenrum.«

»Hintenrum wohin?«

Er antwortet ihr nicht. Lizzy zieht ihr Handy hervor und aktiviert zur Sicherheit ihr GPS. So wird man wenigstens ihre Leiche finden, falls Marc ein Doppelleben als Serienmörder führt. Man kann nie vorsichtig genug sein. Gwen wäre stolz auf sie.

Verstohlen sieht Lizzy auf den Notizzettel mit ihrem Plan und räuspert sich, als ihr Blick an dem Wort Smalltalk hängen bleibt.

»Verrückt, wie still es heute ist, oder?«, fragt sie.

»Ausgangssperre, du Genie.«

»Ich wollte nur Konversation betreiben.«

»Darin bist du nicht besonders gut.«

»Ich bin sehr introvertiert«, lässt sie ihn wissen. »Gespräche zu beginnen, fällt mir schwer.«

Für einen Moment hört man lediglich seine Schritte im Gras und dann ... Hat er gerade geschnaubt?

»Es ist absolut nichts falsch daran, introvertiert zu sein«, ergänzt Lizzy.

In der Stille, die darauf folgt, reibt sie sich die Nase. Es liegt ein seltsamer Geruch in der Luft, der vielleicht vom Fluss kommt. Als Lizzy hinübersieht, ist sie überzeugt, dass er heute auch anders klingt als sonst. Vielleicht hat sie ihn aber auch nur noch nie um diese Uhrzeit gehört. Dennoch blubbert das Wasser seltsam satt über die dicken Steine im Flussbett. Da ist kein romantisches Funkeln im Mondlicht auf den Wellen, vielmehr sehen sie aus, als würden sie jeden Glanz verschlucken. Als wäre das Wasser nicht klar und frisch, sondern dick ... So wie –

Das Knacken eines Zweiges und Marcs unterdrücktes Fluchen reißen sie aus ihren Gedanken. Er ist gestolpert und fängt sich gerade wieder. Aber vor allem ist er unangenehm weit entfernt. Lizzy setzt sich eilig und sehr bestimmt in Bewegung und schließt zu ihm auf.

»Marc, jetzt, da wir uns ein wenig unterhalten haben, möchte ich dir etwas –«

»Sei endlich still, bevor wir noch gehört werden«, unterbricht er sie.

Mit diesem Risiko hat er natürlich nicht unrecht. Außerdem führt sein Weg sie jetzt zur Straße zurück, sodass Lizzy eine Ahnung davon bekommt, wohin er will. Ihr Blick fällt auf das *Red Lollipop*, während er die Straße überquert und direkt darauf zuhält. Der rote Neonschriftzug des Diners summt auf dem Dach und in der Dunkelheit hinter den Fensterscheiben leuchten kleine Kopien davon.

Marc geht unbeirrt bis zum Eingang und lehnt sich gegen die Tür, die zu Lizzys Überraschung einfach aufgeht. Es muss schon jemand hier sein, was ihre zugegebenermaßen etwas gewagte Hoffnung, Marc hätte bei ihrem Anblick beschlossen, sie kurzerhand zu einem romantischen Date zu zweit zu entführen, zerplatzen lässt.

Sie folgt ihm ins Diner. Schwarz-weiß gefliester Boden, Tischnischen an einem langen Gang mit rot gepolsterten Sitzbänken und direkt gegenüber des Eingangs ein Tresen, auf dem die Spuren frisch gemachter Milchshakes glänzen. In der Küche brennt schwaches Licht, aber die einzigen Anwesenden reden hinten im Raum in einer Tischnische. Marcs Clique ist hier, Rose, Blake und Dean.

Lizzy mahnt sich zur absoluten Konzentration. Auch wenn das hier unbekanntes Terrain ist, hat diese Planänderung etwas Gutes. Zusammen in ein Diner einzubrechen, sorgt schließlich automatisch für ein Gefühl der Verbundenheit. Vielleicht wird Marc sogar erleben, wie hervorragend sie beide beim Essen harmonieren. Nicht umsonst haben sie auf dem Spielplatz mit Sandkuchen geübt.

»Mach die Tür zu, es wird eiskalt!«, ruft Blake, während Lizzy Marc durch den Mittelgang folgt. Dabei ist die Nacht ziemlich mild und das Diner noch warm vom Nachmittagsbetrieb.

Blake hat trotzdem frierend die Arme um ihren Körper geschlungen, als sie beim Tisch ankommen. Außerdem hat sie den Serviettenspender geleert und sich etwas um den Hals gewickelt, das man wohl am ehesten als dicken, knittrigen Papierschal bezeichnen könnte. Lizzys Blick wandert von ihr zu Rose, die geduckt auf dem Sitzpolster steht, statt mit den anderen am Tisch zu sitzen.

»Was geht denn bei euch?«, fragt Marc.

Rose starrt ihn giftig an, während Dean mit den Augen rollt. »Rose hat was krabbeln gehört.«

Sie geht in die Hocke, um von ihrem Milchshake trinken zu können. Vier davon stehen auf dem Tisch. Blake, Dean und Rose haben ihre Gläser schon halb geleert und Marc lässt sich vor den noch unangetasteten Shake auf den leeren Platz fallen. Die Nische sieht somit recht voll aus, aber neben Marc ist noch ein Zipfel der Sitzbank frei. Er kann es vor den anderen vermutlich nicht offen zeigen, aber diesen Zipfel muss er für Lizzy übriggelassen haben. Auf diese Weise kann er auch problemlos seinen Milchshake mit ihr teilen. Es ist ein wahrlich denkwürdiger Moment, als ihr Hosenboden das ausgesessene Leder der Sitzbank berührt. Diese Tischnische ist normalerweise für die Gewinner reserviert. Für die leuchtenden Vorbilder unsicherer Spätzünder, für –

»Wer hat das Nerdgirl eingeladen?« Rose durchbohrt Lizzy mit einem Blick, während Marc ein Stück von ihr abrückt. Sie rückt hinterher.

»Sie hat gesehen, dass ich aus dem Haus raus bin«, antwortet er. Dean ist neben ihm damit beschäftigt, eine Jumbotüte Chips zu leeren.

Eigentlich, denkt Lizzy, *kann man das nicht essen nennen.*

Mit der ganzen Hand greift er hinein, drückt sich die Chips regelrecht in den Mund und kann gar nicht schnell genug kauen und schlucken, bevor ihm ein Teil wieder aus dem Mund fällt.

»Alter«, sagt Marc nach einem langen Blick auf ihn.

»Wasch?«, will Dean wissen. Er klingt angestrengt und schluckt zum Glück, bevor er weiterspricht. »Ich sterbe vor Hunger.«

»Ich erfriere, bevor du verhungerst«, sagt Blake. Sie wippt in ihrem Serviettenschal vor und zurück und reibt sich dabei mit den Handflächen über die Oberschenkel. Nicht mal, als sie mit den Lippen nach dem Strohhalm ihres Shakes tastet, hört sie damit auf, sodass sie ewig zum Trinken braucht und dabei kleckert. Der süße Duft von Erdbeeren und Zucker liegt in der Luft, doch darunter liegt noch etwas anderes. Lizzy reibt sich die Nase. Der Geruch erinnert sie an den Fluss, was die Frage aufwirft, ob John Dixons legendäre *Red River Shakes* ihren Namen haben, weil er seine Eiswürfel aus Flusswasser macht.

Blake wischt mit einer Serviette über die Kleckse vor ihr

auf dem Tisch und knüllt das nasse Papier danach wieder in den selbstgemachten Schal.

Lizzy versteht ja nicht viel von den sozialen Interaktionen anderer Jugendlicher, aber heute kommen ihr Marcs Freunde besonders seltsam vor.

Sie räuspert sich – und in einem Augenblick der perfekten, makellosen, schicksalserfüllenden und wirklich äußerst bedeutsamen Synchronisation tut Marc es ihr gleich. Lizzy beginnt, zu strahlen, und sieht ihn an, doch er guckt weiter geradeaus.

»Was ist mit Burgern?«, will er wissen, während er seine Papiertüte auf dem Tisch abstellt.

Lizzy legt die Brause-Ufos rasch dazu und faltet mit einem diebischen Vorfreudeknistern im Bauch die Hände. So, wie die Ufos platziert sind, wird Marc sie entdecken, sobald er das nächste Mal nach unten sieht.

Dean hält beim Zerknüllen der leeren Jumbo-Chipstüte inne. Seine Augen werden groß.

»Ja, was ist mit Burgern?«, echot er, während er aufsteht und eilig über den Tisch steigt. Marc kann gerade noch den Milchshake vor ihm auffangen, bevor er über seine Jacke gekippt wäre. Diese schnellen Reflexe muss er beim Footballtraining bekommen haben.

Während Dean durch den Mittelgang eilt und in der Küche verschwindet, leert Marc sein Glas mit einem einzigen Zug fast bis zur Hälfte, was Lizzy die andere Hälfte übrig lassen würde. Sie bereitet sich darauf vor, dass er ihr den Shake zuschiebt, und fragt sich dabei, ob sie sich überwinden können wird, davon zu trinken.

»Schmeckt komisch«, urteilt er, als er Rose' Blick trifft, und setzt dabei einen Ellenbogen mitten auf die Ufopackung. Irgendwie hatte Lizzy ihn nicht so achtlos in Erinnerung.

»Du hast deinen Ellenbogen …« Sie zieht an einer Ecke der Verpackung.

Er hebt den Arm. Doch obwohl sein Blick die Tüte streift, scheint er sie überhaupt nicht zu registrieren. Dafür sieht er im Neonschein des Dinerlogos, der durch das Fenster dringt, unbestreitbar attraktiv aus.

Wenn er sich ein bisschen aufrechter hinsetzt, hat er die perfekte Größe, um sich bei einem romantischen Kuss ein wenig zu ihr herunterzubeugen. Dieser Umstand ist Lizzy selbstverständlich nicht neu, es ist ihr bereits aufgefallen, als sie festgestellt hat, dass sie und Marc aus einigen äußerst ernstzunehmenden Gründen ihre Zukunft gemeinsam verbringen sollten. Einer davon ist, dass Marc 180 Zentimeter groß ist, während Lizzys letzter erwähnenswerter Wachstumsschub sie auf 168 Zentimeter gebracht hat. Die zwölf Zentimeter Differenz ihrer Lippenhöhen lassen sich im Stehen perfekt überwinden, wenn Lizzy sich filmreif auf die Fußspitzen stellt und Marc einen verliebten Blick zu ihr hinunter wirft.

Sie räuspert sich und schiebt ihre Brille zurecht. »Marc, jetzt, da wir sitzen, möchte ich dir -«

»Also, Halloween, Leute«, sagt er zeitgleich und leert die Papiertüte aus, die er dabeihatte, sodass Spinnen und Kakerlaken aus Plastik auf den Tisch rutschen, dazu ein Feuerzeug und eine Dose mit Sprühluftschlangen, eine Packung Kaugummi aus hartem Plastik, auf der gut sichtbar *Shock Chewing Gum* steht, und eine Dose Sprühfarbe in Kürbisorange.

Rose lässt ein Wimmern hören. Es schwillt in ihr an, bis es zu einem gejammerten Protest wird, während sie sich auf die Sitzbank stellt und zurückweicht. »N-nimm die weg!«

Für einen Moment ist Lizzy ganz bei ihr. »Ja, es wäre

Vandalismus, wenn ihr von diesen Sachen etwas benutzt, besonders die Farbe«, fügt sie hinzu, aber ihr letztes Wort geht in Rose' Stöhnen unter.

»Ganz im Ernst, Marc, schick dein Anhängsel ins Bett. Die macht den ganzen Abend kaputt!«

Marc greift in den Haufen Spinnen, was Rose einen Schrei entlockt.

»Lass das! Die verteilen sich schon überall!« Sie klettert auf die Sitzlehnen zwischen dieser und der benachbarten Tischnische, während sich Schweißperlen auf ihrer Oberlippe bilden. »Ich höre das Krabbeln überall ...«

Lizzy fragt sich noch, ob Rose den Unterschied zwischen Plastikspinnen und echten Spinnen nicht kennt, als Blake den Deckel der Sprühluftschlangendose öffnet und sich einen kleinen Haufen davon in die Handfläche füllt. Sie begutachtet das klebrige Zeug, bevor sie ein wenig verstohlen beginnt, die nackte Haut zwischen ihrem knittrigen Serviettenschal und ihrem Oberteil damit zu bedecken.

»Tut mir leid, Leute«, hört man sie dabei murmeln, »aber ich erfriere hier gleich.« Sie leert die komplette Dose auf ihrem Körper aus, was eine gute Minute dauert. Dann zieht sie die Schultern hoch und reibt sich wieder über die Oberschenkel, dabei ist es wirklich warm im Diner. Es wird sogar stetig wärmer, weil Dean in der Küche arbeitet und die ersten Teller mit Burgern auf den Tresen stellt. Blake benimmt sich trotzdem, als wäre sie in einen Schneesturm geraten.

Sie bläst sich in ihre Hände, als würde sie eine Atemwolke erwarten. »Ist euch auch so kalt? Der Milchshake war eisig, es fühlt sich an, als würde er sich in meinem ganzen Körper ausbreiten ...«

Sie sieht zu Rose, die jedoch zu abgelenkt wirkt, um ihrer Freundin überhaupt zugehört zu haben. Gerade beugt sie sich mit steifen Bewegungen vor und angelt dann mit einer hastigen Bewegung nach der Sprühfarbe auf dem Tisch, ehe sie sich wieder auf die Sitzlehnen zurückzieht, auf denen sie mittlerweile hockt. Sie richtet die Farbdose auf den Boden und die Sitze, mal hierhin, mal dahin.

Marc rutscht zurück, als sie mit einem Schrei zu sprühen beginnt. »Mann, sei vorsichtig mit der Farbe!«, ruft er, was Rose tatsächlich einen Moment lang innehalten lässt.

Marc starrt auf seine Jacke und zieht dann entsetzt am Stoff. Er flucht lautstark, während er mit dem Fingernagel über eine kleine Stelle kratzt.

Lizzy versucht, sich zu sammeln, auch wenn es ihr schwerfällt. Sie muss sich konzentrieren, denn ihr Moment ist gekommen. Die bevorstehenden Sekunden spielen sich wie ein Film vor ihren Augen ab.

Sie greift nach der letzten einsamen Serviette im Spender (das Universum legt wirklich ein Zeichen nach dem anderen vor) und streckt die Finger nach Marcs Hand aus, um sie zärtlich zur Seite zu schieben und den Fleck für ihn -

»Nicht anfassen!«

Sie zuckt zurück. Achtlos reißt er ihr die Serviette aus der Hand und beginnt, über seine Jacke zu rubbeln. Er rubbelt immer schneller, zieht am Stoff, um sich den winzigen Farbspritzer anzusehen, und rubbelt weiter. Dann steht er auf, greift nach einer Saucenflasche vom Tischende, drückt einen Tropfen auf die zerfledderte Serviette und rubbelt damit weiter. Das Ergebnis ist, was den Grad der Verschmutzung betrifft, ziemlich beunruhigend. Marc beginnt, vor sich hinzufluchen, erst leise, dann immer lauter.

In der Zeit, in der er seine Jacke bearbeitet, hat Blake begonnen, am Sitzpolster zu zerren, um es enger um ihren Körper zu drücken.

»Ihr wirkt alle ein wenig …«, beginnt Lizzy, weiß dann aber nicht so recht, wie sie den Anblick beschreiben soll. Ohnehin hört niemand zu. Sie spürt einen Anflug von Unzufriedenheit. Falls Marcs Clique ausgerechnet an diesem bedeutsamen Abend beschlossen hat, dem Wahnsinn zu verfallen, wäre das außerordentlich schlechtes Timing.

Auf dem Tresen stellt Dean rekordverdächtig viele Teller mit Burgern und Pommes nebeneinander ab. Als Lizzy das halb gare Fleisch sieht und gleichzeitig eine feine Rauchfahne aus der Küche zieht, ist sie ziemlich sicher, dass John Dixon einen guten Grund dafür hat, jeden Tag selbst zu kochen, statt es seinen Gästen zu überlassen. Lizzy will sich eine gedankliche Notiz machen, anstelle der Burger lieber auf die Brause-Ufos zurückzugreifen, auf die sie sich schon seit Tagen freut, aber die Gefahr ist hoch, dass sie sich an der Füllung verschlucken und ein Ufo vor Marcs Augen quer über den Tisch husten könnte. Nicht, dass das in diesem Moment jemand bemerken würde.

»Es wirkt, als wärt ihr alle gerade nicht sehr rational«, informiert sie die anderen.

»Marc!«, schreit Rose, ohne sie zu beachten. »Gib mir das Feuerzeug!«

Auf der Suche nach etwas Vernunft, holt Lizzy ihren Zeitplan aus ihrer Tasche und streicht ihn auf ihrem Bein glatt, während Rose versucht, einen Strahl Sprühfarbe mit dem Feuerzeug zu entzünden, um das abzuwehren, wovor sie auf ihren Aussichtspunkt geflohen ist. Blake steht auf und reißt ein Sitzpolster aus der Bank. Sie schlägt darauf ein und bearbeitet dann mit den Fingernägeln die Naht, vielleicht, um an die sicherlich gut isolierende Füllung zu kommen.

Marc ist immer noch mit seiner Jacke beschäftigt und so angestrengt, dass ihm bereits der Schweiß auf der Stirn steht.

Die Serviette hat sich in seiner Hand aufgelöst, aber er rubbelt mit den verbliebenen Fetzen dennoch weiter über den Stoff, so konsequent, dass die Stelle bereits rau aussieht.

»Ich glaub, ich hab's«, hört Lizzy ihn vor sich hinmurmeln. »Ich krieg das weg …«

»Es wäre wohl besser, wenn du sie einfach wäschst«, rät Lizzy, bevor ihr ein außerordentlich waghalsiger Gedanke kommt. Sie holt tief Luft. »Wir könnten sie bei mir zu Hause –«

»Ich hab's!«, ruft Marc triumphierend. Er bewegt den Stoff im Licht des Neonschildes, um ihn zu untersuchen. Während sich vorsichtige Erleichterung auf seine Miene legt, ist Lizzy sehr sicher, dass ein kleiner Farbspritzer weniger aufgefallen wäre als die große, kaputt gerubbelte Stelle voller Sauce, die Marc dem Stoff verpasst hat.

Sie fragt sich noch, ob sie etwas dazu sagen soll, als Dean durch den Mittelgang zurückkommt. Auf dem Tresen hinter ihm stapeln sich inzwischen so viele Burger, dass er die gesamte Gefriertruhe des Diners leergeräumt haben muss. Die meisten Patties, die zwischen den zerdrückten Brötchen liegen, sehen verdächtig roh aus.

Dean bleibt vor dem Tisch stehen und schweigt, sodass alle genügend Zeit haben, sich das große Messer anzusehen, das er in einer Hand hält.

»Was willst du damit?«, fragt Rose.

Dean starrt sie an. »Das Fleisch ist aus.«

Es wird still. Lizzy sieht ein weiteres Mal zu dem gewaltigen Berg an Burgern.

»Meldet sich jemand freiwillig?«, will Dean wissen.

»Ihr solltet euch wirklich ein wenig beruhigen«, rät Lizzy.

»Das Fleisch ist aus!«, wiederholt Dean eindringlicher.

»Erstich die Spinnen!«, ruft Rose. »Brate die Spinnen!«

Blake fällt ihr ins Wort. »Gib mir das für die Sitzpolster!«

Sie greift nach dem Messer, aber Dean hält daran fest, sodass sie kurz und heftig ringen, bevor Blake ihm das Messer entwenden kann. Als er es sich zurückholen will, rammt sie es ihm mit voller Wucht in die Hand.

»O Scheiße«, flüstert Lizzy, während Dean aufschreit. Er tastet über seine blutende Hand, bevor ihm etwas wegrutscht, was er gerade noch auffangen kann. Wenn Lizzy es nicht besser wüsste, würde sie sagen, dass es einer seiner Finger ist.

Blake beginnt, auf die Sitzpolster einzustechen und die Füllung herauszuzerren, bis Rose nach ihrem Handgelenk angelt und sich daran festkrallt, um ihr das Messer abzunehmen. Blake wankt gegen den Tisch und stützt sich darauf ab, zerdrückt dabei eine Saucenflasche, deren Inhalt sich in einem schlabbrigen Strahl auf Marks Jacke verteilt.

»Ich brauche das Messer!«, schreit Rose, während sich rote Schnitte auf ihren Armen bilden. »Für die ganz großen Spinnen!«

Sie rutscht ab, stolpert nach hinten und macht einen Purzelbaum über die Sitzlehne, und weil Blake sich in Rose' Handgelenk gekrallt hat, wird sie mit einem Ruck hinterhergezogen. Mit einem lauten *Uff* bleibt sie an der Sitzlehne hängen und lässt dabei das Messer fallen.

Dean will danach greifen, aber Marc ist schneller. Er packt es, sticht die Klinge durch den Stoff seiner Jacke und schneidet hastig um die Sauce herum, die träge daran herunterläuft.

In all dem Chaos kann Lizzy nicht anders, als zu bemerken, dass kein einziger der halb geleerten Milchshakes umgekippt ist. Im Schein des Neonschildes ruhen die Gläser auf dem Tisch und spiegeln das Spektakel um sie herum. Marc wirft das Messer zwischen sie auf die Tischplatte und hält einen großen Fetzen besudelten Stoff vor sich in die Höhe, während

Blake erneut nach dem Messer angelt, vielleicht, um weitere Sitzpolster auszunehmen und sich den Inhalt unter ihre Kleidung zu stopfen. Dean ist schneller, sodass sie aufheult und sich verzweifelt umsieht, bevor sie aus der Sitznische stolpert und Richtung Küche läuft. Lizzy kann sehen, wie sie auf den Tresen steigt und sich vorbeugt, um vor Kälte zitternd ihre Arme in die Fritteuse zu tauchen. Sie schreit vor Schmerzen auf und zieht die Arme wieder heraus, zögert einen Moment und versucht es erneut.

Lizzy legt einen Finger an die Brille und schiebt sie die Nase hoch.

Marc tastet neben ihr immer noch über seine Jacke, ist jetzt aber nicht mehr so hektisch, sondern eher entsetzt. In diesem Moment kann Lizzy ganz deutlich spüren, wie sich die Ruhe, die die Milchshakes umgibt, auf sie und Marc überträgt. Sie sitzen gemeinsam im Auge des Sturms, im bedeutungsschweren und ruhigen Zentrum eines Tornados aus Schicksal und Liebe.

Marc muss ihren intensiven Seitenblick spüren, denn während Rose einen Feuerlöscher aus der Verankerung reißt und ihn wie eine Waffe in die Hände nimmt, trifft er mit weit aufgerissenen Augen genau ihren Blick. Sie holt tief Luft und spürt die Feierlichkeit in ihrem Brustkorb aufsteigen. »Marc, es gibt etwas, das ich dir sagen muss.«

Das Entsetzen bleibt wie eine Maske auf seinem Gesicht, während er wieder an sich heruntersieht.

»Ich habe mir gründlich Gedanken gemacht, die ich mit dir teilen möchte«, fährt Lizzy fort.

Marc zieht seine Jacke aus, in der das große Loch prangt, und zerrt sich dann sein Shirt über den Kopf.

Lizzy gerät ins Stocken. »Es geht dabei um uns beide …« Sie schluckt das plötzliche Bedürfnis herunter, sich mit Gwen darüber zu beraten, ob sie bereit für so viele Muskeln ist.

Marc knüllt sein Shirt zusammen und beginnt, damit über den Schnittrand im Jackenstoff zu rubbeln.

Lizzy wirft einen schnellen, unauffälligen Blick auf ihren Notizzettel. »Wie du weißt, wohnen wir bereits seit unserer Kindheit nebeneinander«, fährt sie tapfer fort.

Marc greift mit rutschigen Händen nach seinem Handy und lässt es aufleuchten, um seine Jacke besser sehen zu können. »O Gott«, flüstert er rau. »O Gott!«

»Ich kenne dich in- und auswendig und möchte dir vorab versichern, dass private Informationen über dich selbstverständlich bei mir sicher si-«

Es rumst laut, als Rose mit dem Feuerlöscher aus dem Gleichgewicht gerät und in den Mittelgang stürzt. Sie hinterlässt Blut von ihrem Handgemenge mit dem Messer auf den Fliesen und kommt nur schwer humpelnd wieder auf die Beine. Dean macht einen Schritt auf sie zu, aber sie wirft den Feuerlöscher in seine Richtung und stürzt dann zum Ausgang.

Mit schwindender Konzentration sieht Lizzy auf ihren Zettel und greift ihre Worte erneut auf. »... sicher sind. Wie zum Beispiel deine Vorliebe für Captain America Pancakes. Wie dir sicherlich aufgefallen ist, haben wir fast alle Kurse zusammen, sodass wir uns hervorragend gegenseitig vor den Tests abfragen könnten. Außerdem endet deine Schicht bei Wendy's Dienstags, Mittwochs und Freitags fast zeitgleich mit meiner Schicht im Yawny Dog's Bookshop, sodass es vollkommen logisch wäre, unseren Heimweg gemeinsam anzutreten. Meine Hobbys sind eine großartige Ergänzung zu deinen, und an den Abenden, an denen einer von uns mal eine Auszeit von unserer Beziehung braucht, wären wir immer noch ganz nah beieinander, wenn wir beide unsere Fenster geöffnet haben. Um nichts zu überstürzen, würde ich vorschlagen, dass wir für den Anfang unser Schnurtelefon wieder installieren.«

Sie atmet tief durch und sieht auf.

»Marc, willst du der Starlord für meine innere Gamora sein?«

Sein Blick wandert von seiner zerstörten Jacke zu ihrem Gesicht. Lizzy ist nicht sicher, ob er sie deutlich sehen kann, denn er wirkt ziemlich abwesend.

»Ich steh nicht auf Star Trek«, murmelt er.

Lizzy sieht ihn perplex an. »Oh«, macht sie nach einer kleinen Pause.

Marc sieht schon wieder auf seine Jacke. »Reiniger«, murmelt er, bevor er sie vorsichtig vom Tisch hebt. Er drängelt sich an Lizzy vorbei und verlässt die Nische, ignoriert Dean, der neben ihnen ein wenig unentschlossen sein Messer hebt, und geht Richtung Ausgang. Er trägt seine Jacke wie ein sterbendes Haustier in die Nacht und rennt einen Augenblick später draußen an den Fensterscheiben vorbei.

Von vorne ist Blakes Wimmern zu hören, während sie die heiße Fritteuse über den Tresen wuchtet. Sie umarmt sie wie eine große Heizung voll flüssigem Fett und wankt damit zur offenen Tür hinaus.

Für eine Sekunde wird es still, als sie ebenfalls das Diner verlassen hat.

»Das Fleisch ist aus«, murmelt Dean etwas zerstreut und trifft Lizzys Blick. Seine rechte Hand blutet noch immer, aber in der linken hält er das Messer umklammert.

»Also ... die Metzgerei ist nicht weit von hier«, schlägt Lizzy vor.

Er sieht ihr fest in die Augen und wirkt beinahe gerührt, als er ihr mit blutiger Hand auf die Schulter klopft. »Danke, Nerdgirl.«

Sie sieht ihm nach, während er zum Ausgang eilt. Er hinterlässt eine dichte Blutspur, die das Chaos im Diner ziemlich sicher mit ihm in Verbindung bringen wird, falls er es nach seinem Gang zum Metzger nach Hause schafft.

Lizzy räuspert sich und sieht sich um. Der Tisch, die Sitzbänke und der Boden sind mit Sauce, Farbe und Blut besudelt, und in einem sachten Luftzug wird eine Wolke Sitzkissenfüllung über den Mittelgang geweht.

Die Verpackung der Brause-Ufos ist rot gesprenkelt. Lizzy betrachtet sie einen Augenblick, während irgendwo in der Nähe ein stetiges Tropfen auf die Fliesen des Diners trifft. Dann räuspert sie sich in der Stille und steht langsam auf. Auf ihrem Weg nach draußen steigt sie über das Chaos, das im Neonlicht schimmert.

Die Nacht vor dem Diner ist einsam und still.

»Star Trek …«, murmelt Lizzy, bevor sie sich in Bewegung setzt.

Sie überquert die Straße und kurz, bevor sie in der Dunkelheit auf der anderen Seite verschwindet, hört man Plastik knistern, gefolgt von einem leisen Brausepulverhusten.

HAND IN HAND

von C. Greene

Ich sehe was, was du nicht siehst,
und das ist tot.

21:16 UHR

»SIE MÜSSEN MIR helfen. Es geht um Leben und Tod.«

Der Typ am anderen Ende der Leitung lacht. Er klingt jung, wahrscheinlich ein College-Student, der sich in diesem Moment an so manche Nacht erinnert, in der eine Pizzalieferung sein Leben gerettet hat.

»Was hätten Sie denn gern?«, fragt er und versucht nicht einmal, seine Belustigung zu verstecken.

»Einmal Peperoni-Funghi mit Schinken. Groß. Käse im Rand. Und eine Portion von den Chili Fries.« Emily beißt sich auf die Lippen. Am liebsten würde sie noch drei andere Gerichte bestellen. Ihr Magen knurrt.

»Mhm«, murmelt der Typ. »Und wohin?«

»Nach Bleak Pine. Nummer acht, Red River Lane.« Stille am anderen Ende, wahrscheinlich notiert er gerade die Adresse. »Oh, vielleicht doch noch einen Triple Choc Muffin dazu. Oder zwei. Lieber zwei.«

»Ma'am.« Pause. »Wir liefern nicht in die Red River Lane.«

»Was? Natürlich liefern Sie in die Red River Lane. Ich bestelle ständig bei Ihnen.« Okay, das stimmt nicht ganz. Emily bestellt *ständig* bei dem indischen Restaurant, bei dem kleinen Diner am Ende der Straße, *Red Sugarpop* oder wie das heißt, und bei dem Italiener in der Downtown, deren Pizzen immer zwei Dollar günstiger sind als anderswo. *Joe's Pizzeria*, mit der sie gerade telefoniert, ist der einzige Lieferservice, der auch noch nach Mitternacht liefert und deshalb nur etwas für die Nächte, in denen Emily durcharbeitet.

»Aber nicht *heute*.« Wieder eine Pause. Emilys Magen knurrt beinahe erzürnt, als hätte er gehört, dass die Pizza nicht kommt. »Nicht zur Sperrstunde.«

Urgh.

»Aber es geht um Leben und Tod.« Selbst in ihren eigenen Ohren klingt Emilys Stimme wie die eines Kindes.

Wieder seufzt der Mann am Telefon. »Das glaube ich Ihnen, aber was soll ich machen? Nach 18 Uhr darf niemand mehr auf die Straße, das wissen Sie sicher.«

Genau genommen weiß Emily das erst seit einer Stunde, nachdem sie sowohl vom indischen Restaurant als auch von der automatischen Bandansage des kleinen Diners und der Downtown-Pizzeria darauf hingewiesen wurde. Als die Ankündigung der Ausgangssperre vor einem Monat in ihrem Briefkasten lag, hatte Emily dem Zettel keine Beachtung geschenkt. Eine Sperrstunde zu Halloween von 18 bis 8 Uhr des Folgetages? Das konnte nur ein bescheuerter Scherz sein.

Nun liegt der Zettel vor Emily auf dem Küchentisch, so zerknittert, wie sie ihn aus dem Stapel Werbebriefe gezogen hat, den sie mit der Intention, ihn irgendwann abzuarbeiten, auf ihrem Küchentisch aufbaut – um dann doch alles ungelesen in der Papiertonne zu versenken. Hätte sie in letzter Zeit nicht so viele Überstunden gemacht, wäre der Zettel womöglich schon weg. Nach all den Eckdaten und Informationen, die darauf stehen, ahnt sie nun auch, dass die Sirene, wegen der sie vorhin beinahe vom Stuhl gefallen wäre, den Beginn der Sperre angekündigt hat.

Toll. Ganz toll.

»Ich kann vorn an die Straße kommen«, versucht sie es noch mal. »Sie müssen nicht aus dem Auto steigen. Reichen Sie mir die Pizza einfach durchs Fenster und dann sind Sie so schnell weg, wie Sie gekommen sind. Das sieht doch niemand.«

Die Tatsache, dass ihr Haus direkt gegenüber von dem des Sheriffs liegt, verschweigt sie lieber. So oder so scheint es nichts zu nützen.

»Ma'am, alle Straßen nach Bleak Pine sind zu. Die Sperrstunde gilt auch für Lieferdienste.« *Das wissen Sie sicher*, hängt ungesagt in der Leitung.

»Ich zahle extra.«

Ein Seufzen. Emily grinst. Natürlich. Geld ist eben doch die beste – »Wir freuen uns auf Ihre nächste Bestellung.«

Tuut tuut tuut.

Aufgelegt.

Ihr Magen knurrt erneut.

Scheiße, wenn *Emily-vor-vier-Wochen* das Schreiben wenigstens ein bisschen ernster genommen hätte, hätte sie vorsorgen können. Dann hätte *Emily-von-jetzt* nicht nur ein Stück Butter und eine halbe Flasche Apfelessig im Haus.

Was zur Hölle soll sie denn jetzt machen? Ihr Magen hält keine – Emily schaut auf ihr Handy – zehneinhalb Stunden mehr durch. Auf gar keinen Fall. Intervallfasten und Keto-Diät in allen Ehren, aber sie braucht jetzt etwas zu essen. Am besten etwas Fettiges und Salziges mit viel Käse und ...

Wieder knurrt ihr Magen.

Ob sich wirklich alle an die Sperrstunde halten? Das kann doch nicht sein, es muss doch *irgendjemanden* geben, der sich dieser Regel widersetzt. Teenager! Teenager halten sich nie an Regeln. Wahrscheinlich nehmen ohnehin nur die alten Landeier, die nichts anderes kennen, diese Sperrstunde wirklich ernst. Statt Kostümen und Lampionumzügen, gibt es in Bleak Pine eine Sperrstunde und alle tun so, als stören sie sich nicht daran.

Aber die Teenager ... die würden rebellieren.

Und Emily.

Emily, die erst vor zwei Monaten aus New York hier hergezogen ist, weil ein ganzes Haus hier weniger kostet als eine Einzimmerwohnung in der Metropole. Bleak Pine sieht trotz seines trostlosen Namens aus wie eine dieser Kleinstädte in den Weihnachtsfilmen, in die die stadtfeste Protagonistin über die Feiertage ziehen muss, um dem Hamsterrad ihres Jobs zu entkommen. Und genau wie in den Filmen ticken die Uhren hier einfach anders. So anders, dass sie am 31.10. anscheinend sogar stillstehen.

Emilys Magen knurrt erneut, als wolle er sie daran erinnern, dass die Fantasie, in der sie gerade schwelgt, ihren Hunger nicht stillen wird.

Sie wirft einen Blick nach draußen auf die Straße. Nur jede dritte Laterne leuchtet. Weit und breit ist niemand zu sehen. Das Auto des Sheriffs steht nicht vor dem Haus – für ihn gilt die Sperrstunde wohl nicht.

Bis zum *7/11,* dem kleinen Markt an der Straßenkreuzung, sind es nur zehn Minuten zu Fuß. Die Besitzerin wohnt über dem Laden und Emily hat sich erst letzte Woche nett mit ihr unterhalten – sie würde bestimmt eine Ausnahme machen und Emily kurz reinlassen. Hin, Tiefkühlpizza geschnappt, und zurück. Wenn sie das Licht anlässt und das Radio aufdreht, wäre es durchaus plausibel, dass sie ein Türklingeln einfach nicht gehört hat, falls es tatsächlich eine Kontrolle geben sollte.

Ein bisschen paranoid, schießt es ihr durch den Kopf. Es ist doch bloß eine Sperrstunde, kein Hausarrest.

Aber sicher ist sicher.

21:38 UHR

Eingehüllt in eine dunkle Jacke, ihre blonden Haare unter einer Mütze versteckt, verlässt Emily durch die Hintertür das Haus, während im Obergeschoss *I Will Survive* in Dauerschleife aus den Boxen dröhnt.

Hinter den Häusern entlangzuschleichen, klang in ihrem Kopf eben noch wie ein grandioser Plan, doch nach drei Schritten bereut Emily ihre Entscheidung bereits. Auch wenn die Straße nur spärlich beleuchtet ist, ist es dort noch immer heller als hier, wo nur die schmale Sichel des Mondes die Schatten untermalt. Wie eine Verbrecherin schleicht sie durch das kniehohe Gras ihres Grundstücks.

Am Haus des Sheriffs flackert nur die alte Lampe auf der Veranda, sonst ist es dunkel. Sein Wagen ist nirgends zu sehen. Der Wind rauscht durch die Bäume, die in der Nähe des Flusses stehen. Irgendwo kreischt ein Vogel, sonst ist es still. Emily erschaudert, der plötzliche Gedanke an diese Einsamkeit behagt ihr nicht. In New York war es nie wirklich ruhig und sie ist sich sicher, dass selbst mit Ausgangssperre genügend Hintergrundgeräusche vorhanden wären, um jegliche Gedanken zu übertönen. Hier, in Bleak Pine, ist das genaue Gegenteil der Fall. Es erinnert sie an all die Horrorfilme, die sie früher mit ihren Freunden schauen musste, obwohl sie Horrorfilme hasst – aber was tut man nicht alles, um einen niedlichen Typen aufzureißen?

Eine Brise streift ihren Nacken und Emily fährt herum.

Jämmerlich, schießt ihr der Kommentar ihrer besten Freundin Loreen durch den Kopf. *Du bist zu schreckhaft. Reiß dich mal zusammen.* Sie hat es immer mit einem Lächeln gesagt und den Rest des Films ihre Hand gehalten.

Jetzt hält niemand Emilys Hand und sie reibt sie aneinander, um den Gedanken zu vertreiben.

Ihr Magen, der Verräter, gluckert so laut, dass sie einen Moment innehält und sich vergewissert, dass niemand in Hörweite ist.

Wann hat sie das letzte Mal etwas gegessen? Es muss zum Frühstück gewesen sein. Seitdem nur noch Kaffee und Akten.

Ob der Dampf von Druckertinte auch Kalorien enthält? Bei dem Gedanken muss Emily schmunzeln. Wieder eine Erinnerung an Loreen und die ewige Diskussion, die sie immer wieder um Mitternacht in der Unibibliothek geführt haben. Loreen ist der Überzeugung gewesen, dass Kaffee und Aktenstaub den Nährstoffbedarf abdecken, Emily aber hatte auf Pizza oder wenigstens ein Grilled Cheese Sandwich bestanden.

Der Gedanke an Letzteres reißt sie aus der malerischen Szene in ihrem Kopf – und erinnert sie daran, dass sie nicht zum Spaß während der Ausgangssperre durch die Dunkelheit irrt.

Sie zieht die Mütze noch ein Stück tiefer ins Gesicht. Wenn die Ausgangssperre nicht wäre, würde sie diesen Spaziergang vielleicht sogar genießen. Schließlich ist sie wegen der Ruhe nach Bleak Pine gezogen und die Nähe zum Fluss war einer der ausschlaggebenden Gründe, weshalb sie ausgerechnet dieses Haus gekauft hat. Es steht am Ende einer Sackgasse, schön nah am Wald und mitten in der Natur. Das völlige Gegenteil zu dem Apartment in New York, das gleichzeitig zu groß und zu klein, zu laut und zu still war. Sechs Jahre hat sie dort gelebt, doch wohnlich ist es nie geworden.

Vielleicht, weil es keine Gespräche mehr mit Loreen über den Kaloriengehalt von Aktenstaub gab – oder überhaupt irgendwelche Gespräche mit ihr.

Nein, diesen Gedanken will sie nicht weiterverfolgen. Er ist müßig. Stattdessen beschließt sie, gleich morgen nach einem Gärtnerservice zu suchen. Sie hat nicht viel übrig für groß angelegte Landschaftsprojekte wie manch andere Bewohner der Red River Lane, aber den Rasen zu stutzen, ist nicht die schlechteste Idee, wie sie nun feststellen muss. Nur für den Fall, dass man mal querfeldein zum 7/11 muss.

Emily ist so damit beschäftigt, innerlich über das Gras zu fluchen, dass sie das Schluchzen erst für ein Tiergeräusch hält.

Sie stoppt – und wieder wimmert jemand auf. Schreit.

Emily stimmt mit ein, weil im selben Augenblick eine Gestalt aus dem hohen Gras springt und heulend an ihr vorbeiläuft. Das Herz springt ihr aus der Brust und sie kann dem Mädchen nur hinterherstarren. Dann flucht sie. Was zur Hölle war das?

Das Kind rennt genau in die entgegengesetzte Richtung, weg vom 7/11 und auf die Kirche zu, dessen Glockenturm Emily unter dem Mond ausmachen kann.

Gerade will sie der Kleinen hinterherrufen, als ihr in den Sinn kommt, dass das alles andere als klug ist, wenn sie unbemerkt bleiben möchte.

In der nächsten Sekunde verliert sie das Mädchen bereits aus den Augen. So sehr ihr Magen sie in die andere Richtung zieht, sie kann ein weinendes Kind um diese Uhrzeit – während einer Ausgangssperre – nicht alleine umherirren lassen. Es stand offensichtlich neben sich …

Fluchend eilt sie ihr hinterher.

Sie kann sich Besseres vorstellen, als ihren Spaziergang auf den Friedhof zu verlegen. Was ihr bestätigt wird, als sie wenige Momente später fast über einen Grabstein stolpert, der sich plötzlich vor ihr auftut.

Verdammt. Hat sie sich das gut überlegt? Hinter der Kirche erstreckt sich der Friedhof bis zum Winsome Forest. Traurige Tannen, für die Bleak Pine berühmt ist, heißen sie willkommen. Manch einer mag das schön finden, romantisch sogar, aber Emily kann nichts damit anfangen. Wenn sie nicht müsste, würde sie keinen Fuß auf den Friedhof setzen. Weder auf diesen noch einen anderen.

Der Wind nimmt wieder Fahrt auf, bläst Flussluft direkt in Emilys Gesicht und sie erschaudert. Weniger wegen der Kälte dieses Mal, sondern … Hach ja, der Geruch von abgestandenem Wasser. Wenn sie gewusst hätte, dass Algen nicht nur den Meeresstränden vorbehalten sind, hätte sie womöglich doch ein anderes Haus gekauft. Trotzdem riecht es irgendwie anders heute. Stärker, modriger – vielleicht bildet sie sich das auch ein, weil der Hunger sie langsam wahnsinnig macht.

Wie zur Bestätigung bekommt sie eine Gänsehaut im Nacken, aus dem Nichts heraus. Beobachtet sie jemand? Das Mädchen vielleicht? Oder ist sie vor jemandem weggelaufen und dieser jemand hat nun Emily im Visier?

Da ist niemand, beruhigt sie sich selbst. *Du bist schon paranoid*.

Wenn sie sich schon nachts – im Dunkeln – durch

kniehohes, feuchtes Gras auf einen Friedhof traut, statt an eine vernünftige Mahlzeit zu kommen, sollte sie das Kind schnell finden, bevor ihre Horrorfilm-Erinnerungen mit ihr durchgehen.

Wenn sie nachher das Essen dampfend in ihren Mund stopft, wird sie nebenbei die Gesetzestexte durchforsten, ob so eine allgemeine, temporäre Freiheitsberaubung ohne ausreichende amtliche Kenntnismachung überhaupt rechtens ist. Die Erklärungslage ist mehr als dürftig und während Emily sich innerlich an diesem Fakt aufreibt, stapft sie an dem ersten Grabstein vorbei. Auf fast jeder dieser grauen Steinplatten steht eine Kerze, deren flackerndes Licht dunkle Schatten wirft.

Emily hasst Friedhöfe, das wird ihr gerade wieder bewusst.

Sie hat es in den letzten sechs Jahren vermieden, auch nur in die Nähe eines solchen zu gehen – was bei einer 80-Stunden-Arbeitswoche in einer Anwaltskanzlei in der Großstadt nicht allzu schwer war. Trotzdem. Sie hatte geglaubt, dass es kein Problem werden würde, dass ihr neues Heim gegenüber von einem liegt.

Das Badezimmerfenster hat immerhin ein Rollo.

Scheiße verdammt, sie hat geglaubt, dass sie sich auch hier, in der Stadt der traurigen Tannen, nicht mit den Toten und ihren Mahnmalen auseinandersetzen müsste, vor allem nicht im Dunkeln, zu Halloween, während einer verfluchten Ausgangssperre.

Durchatmen.

Vielleicht ist das Mädchen gar nicht mehr hier.

Emily bleibt vor einem Grabstein stehen, der zur Hälfte mit Efeu bedeckt ist. Witzig, das mit dem Efeu. Als würden sich alle Friedhofsbetreiber auf der Welt absprechen. Wo ein Friedhof ist, da müssen wir Efeu pflanzen, damit jeder, der dieses

Gestrüpp irgendwo anders sieht, an Tote denken muss. Genial!

Nicht.

»So ein Klischee«, flüstert Emily zu niemandem außer sich selbst, und dann, weil es ihr unhöflich vorkommt, macht sie einen kleinen Knicks vor dem Stein. »Nichts für ungut, Peter.«

Jämmerlich, schießt es ihr wieder durch den Kopf. *Reiß dich zusammen*. Es ist nicht Loreens Stimme, sondern ihre eigene, die das sagt. Loreen ist nicht hier, auch wenn sie sie das letzte Mal auf einem Friedhof gesehen hat.

Ein seltsames Gefühl beschleicht sie, so als würde sie auf dem Grabstein zu ihren Füßen statt Peters Namen den von Loreen sehen, wenn sie das nächste Mal hinschaut. Sie tut es nicht. Stattdessen heftet sie ihren Blick auf ein Flackern knapp zwanzig Meter entfernt und läuft geradewegs darauf zu.

Hier, hinter der Kirche, wird das Licht der Straßenlaternen völlig von dem wuchtigen Gebäude verschluckt und schnell spenden auch die Kerzen nicht mehr genügend Licht.

Vorwärts, treibt Emily sich an. Ihr Blick huscht umher, nur kurz, um sich zu vergewissern, dass sie das Kind nicht zwischen den Grabsteinen übersehen hat. Links neben ihr ragt das Kirchengebäude in die Nacht, rechts neben ihr –

Moment, ist das ein *Schädel?* Sie bleibt stehen, um die Umrisse auszumachen. Die Schatten da, das könnten –

Eine Brise streift ihren Nacken. Emily schreckt auf, stolpert über eine Grabsteinplatte. Etwas fährt über ihren Hals, ganz sanft, und ein Schrei entfährt ihr, bevor sie ihn herunterschlucken kann.

Nur eine Tanne. Und ein Schädel. Mit leeren Augenhöhlen, in denen eine weitere Kerze brennt, und darunter, wie Emily jetzt erkennen kann, ein Kürbis. Sie seufzt auf.

Scheiß Halloween.

Scheiß Kürbis, scheiß Schädel und scheiß verdammte Friedhöfe, die Erinnerungen wachrütteln, die besser verborgen bleiben sollten.

Zu viele, ewig dauernde Schritte später erreicht Emily das Ende des Friedhofs. Ohne das Mädchen noch mal gesehen zu haben. Das Kirchengebäude könnte nun wieder ein paar Lichtstrahlen von der Straße vorbeilassen, doch ausgerechnet diese Laternen sind aus. Trotzdem erkennt sie vor sich die dunklen Umrisse der *Red River Hall*, die schon seit ihrem Einzug renoviert wird. Nicht, dass sie die Angebote des Gemeindezentrums hätte nutzen wollen, aber ... bislang war es geschlossen gewesen – und jetzt brennt drinnen Licht.

Von der Straßenseite würde man das nicht erkennen. Die Fenster sind alle zugehängt und die Türen fest verschlossen. Doch auf der Rückseite – an der Seite, die dem Fluss zugewandt ist –, mogelt sich ein dünner Lichtstrahl durch einen Riss in der Plane hindurch.

Entweder hat einer der Arbeiter eine Lampe angelassen oder eine arme Socke schiebt ausgerechnet zu Halloween eine Nachtschicht. Es sollte sie nicht interessieren.

Nein, *es interessiert sie nicht.*

Da ist Pizza am anderen Ende ihres Querfeldeinlaufs, doch die zehn Minuten, die sie für den Weg zum *7/11* eingeplant hatte, sind längst um. Womöglich sollte sie ihr Zusammentreffen mit dem Kind der Polizei melden.

Emily tastet nach ihrem Handy, doch ihre Jackentaschen sind leer. *Scheiße.*

Das Smartphone liegt auf dem Nachttisch und gibt ihr ein Alibi.

Mit einem kurzen Sprint überquert sie die Distanz von der Kirche zum Gemeindehaus, in die Richtung ihres Hauses, um ihr Handy zu holen. Danach würde sie ohne Umwege zum Store gehen. Nur für einen Moment fühlt sie sich wie eine Gesetzesbrecherin und eine neue Welle Gänsehaut rollt über ihren Nacken.

Ein neonbeleuchteter Raum, zwei Menschen in Uniformen, ihre Hände, mit Dreck unter den Fingernägeln, die roten Kratzer und Fragen, Fragen, Fragen, Fra-

Ein neuer Windhauch, stärker als der davor, bläst ihr ins Gesicht und zerstäubt die Erinnerung. Emily lehnt sich an die kalte Wand der *Red River Hall*, direkt neben dem Fenster mit dem Riss in der Abdeckplane.

Was ist nur mit ihr los? Das hier sollte lediglich eine Rettungsaktion werden und keine Reise ins Land der Erinnerungen. Es liegt wahrscheinlich an der Stille. Sie lädt förmlich dazu ein, sie mit eigenen Gedanken zu füllen. Bilder von früher, Stimmen, Musik …

Moment, die Musik ist keine Einbildung. Und die Stimmen auch nicht. Kommt das aus dem Gemeindezentrum? Emily dreht sich zum Fenster, mit der Absicht, durch den Riss der Plane zu schielen, doch so weit kommt sie nicht. Mitten in der Bewegung erstarrt sie.

Im Garten des Sheriffs steht jemand.

Eine kleine Person in einem hellen Kleid, das aus Emilys Position wie ein Nachthemd aussieht, schaut ihr aus dem hohen Gras entgegen. Das Mädchen! Emily sollte in ihrer schwarzen Jacke, der schwarzen Hose und der dunklen Mütze über ihren Haaren völlig mit der Dunkelheit verschmelzen, verborgen für neugierige Augen sein, vor allem für solche, die weit weg stehen. Doch das Kind, für das sie gerade noch unsichtbar gewesen ist, sieht Emily *direkt* an. Nicht an ihr vorbei zur Kirche oder zur Straße oder zu dem dünnen Lichtstrahl, der sich durch die Plane des Fensters stiehlt – sondern direkt zu Emily.

Erneut weht eine Böe vom Fluss herüber, bringt diesen ekligen Algengeruch mit sich und lässt sämtliche Härchen auf Emilys Nacken aufstehen.

Das Mädchen rührt sich ebenso wenig wie Emily. Sie hält etwas in der Hand, Blumen vielleicht, die sie in der Dunkelheit gepflückt hat. Und obwohl es so weit weg ist, kann Emily das Gesicht des Mädchens erkennen, die schmalen Lippen, die feine Nase, das blonde Haar. Sie sieht nicht danach aus, als hätte sie eben geweint. Irgendwie kommt sie Emily bekannt vor. Nicht so, als hätte sie sie schon einmal gesehen – Emily hat noch nicht viele Bewohner in Bleak Pine kennengelernt, schon gar keine Kinder. Es ist eher so, als ob sie jemandem ähnlichsieht, den Emily kennt.

Jämmerlich. Emily erschaudert.

Scheiße. Die Haare, die Nase, die Lippen. Es fällt Emily wie Schuppen von den Augen und plötzlich weiß sie genau, an wen dieses Mädchen sie erinnert. In dem Moment, in dem die Erkenntnis über sie schwappt und ihr die Luft raubt, dreht das Mädchen sich um und läuft in die Dunkelheit.

»Nein, nein, das kann nicht sein. Es ist unmöglich. Absolut unmöglich.« Emily flüstert die Worte in die Nacht, als ob das Aussprechen allein ihnen zur Wahrheit verhilft. Doch je mehr sie sich davon zu überzeugen versucht, dass definitiv kein Mädchen im Nachthemd im Garten des Sheriffs stand, umso klarer wird die Erkenntnis.

Sie war da.

Und sie sah aus wie Loreen.

Emily braucht einen Moment, um sich aus der Starre zu befreien.

»Das kann nicht sein«, flüstert sie wieder und läuft instinktiv in die Richtung, in die das Mädchen verschwunden ist. Trotz des hellen Kleides, ist sie in den wenigen Sekunden, die Emily gebraucht hat, um sich zusammenzureißen, mit der Dunkelheit verschmolzen. Doch Emily hat keine Wahl, sie muss sie aufhalten. Sie *muss* wissen, wie das sein kann. Sie muss sich davon überzeugen, dass es stimmt; dass dieses Mädchen existiert; dass –

Irgendwo in ihrem Hinterkopf meldet sich der Gedanke an Pizza, doch die ist jetzt unwichtig. Das Mädchen ist das Einzige, was zählt. Emily muss sie finden, sonst wird sie alles zerstören, alles, wofür Emily gekämpft und was sie sich erarbeitet hat. Jedes Opfer wäre umsonst gewesen, wenn ihr dieses Mädchen entwischt, verdammt.

Nein.

Emily kommt zum Stehen und atmet durch.

»Das ist verrückt«, entfährt es ihr. *Jämmerlich.* Läuft sie tatsächlich einem wildfremden Kind nach? Nur, weil sie sie an jemanden erinnert? An jemanden wie …

»Wie mich?« Die Stimme hebt sich glockenklar über die Geräusche der Nacht. Dieses Mal ist es nicht der Wind, der Emily einen Schauer über den Rücken jagt, sondern der Klang dieser Stimme. Hektisch dreht Emily sich zu allen Seiten um, doch da ist niemand.

»Ich bin hier«, säuselt die Stimme wieder, ganz nah an Emilys Ohr. Erneut streicht etwas über ihren Nacken, und dieses Mal ist es keine Tanne, denn hier gibt es keine Bäume mehr, nur Gras und Moos und ein Mädchen und …

Wie von allein setzen sich Emilys Füße in Bewegung. Laufen, stolpern, kämpfen. Und weil Emily mit ihrem Kopf noch bei der Stimme ist und bei den schmalen Lippen und den hellen Haaren und dem *Etwas*, das sie nicht berühren sollte, achtet sie nicht darauf, wo sie hinläuft; achtet nicht auf ihre Füße, die sich untereinander verheddern.

Dumpf schlägt sie auf dem Boden auf und das Grasdickicht tut absolut nichts, um den Fall zu mildern. Schmerz schießt durch Emilys Fuß in ihre Hüfte.

»Autsch, das tat bestimmt weh.« Da ist sie wieder, die Stimme. Mühsam stützt Emily sich auf dem Boden auf, überzeugt davon, dass sie allein sein wird, wenn sie ihren Kopf hebt – doch das ist sie nicht.

Ein paar Schritte entfernt steht sie. Schlank und groß wie früher reckt sie sich in den Nachthimmel, die Hände vor den Mund geschlagen, als wolle sie entweder ein Lachen oder ihr Entsetzen verbergen.

Wie Emily sie kennt, ist es Ersteres.

»Du bist hier. Du bist ... Du bist es wirklich.« Emily ist überrascht davon, wie gefasst sie klingt.

»Natürlich bin ich das.« Die Frau macht ein paar Schritte auf Emily zu, hockt sich vor ihr ins Gras, um mit Emily auf Augenhöhe zu sein. »Du und ich, wir sind auf ewig miteinander verbunden. Genauso, wie wir es uns damals geschworen haben.«

»Loreen ...«, beginnt Emily, doch mehr will nicht ihren Mund verlassen.

Die Angesprochene lächelt und es ist dieses wunderschöne Lächeln, dem Emily schon in der fünften Klasse nicht widerstehen konnte, als sie sie das erste Mal sah.

Eine Woge der Erleichterung schwappt über ihr zusammen.

Sie ist hier. Loreen ist hier. Alles wird gut.

Doch dann prallt sie gegen die Wand der Realität und plötzlich wirkt Loreens Lächeln nicht mehr einladend und gutmütig. Stattdessen sind ihre blauen Augen kalt und fixieren Emily an Ort und Stelle.

»In was für ein Kaff hast du dich hier verkrümelt?«, fragt

sie und lacht. »Ausgangssperre nach 18 Uhr? Einwohnerzahl nicht mal fünfstellig? War das wirklich nötig, nur um Damien nicht mehr über den Weg zu laufen?«

»Damien hat nichts damit zu tun.« Emily versucht, sich aufzurichten, doch ihr rechter Fuß scheint irgendwo festzustecken. Der Versuch, ihn zu befreien, endet in einem stechenden Schmerz.

»Natürlich nicht. Es ist dir egal, dass er dir jedes Mal diesen Blick zugeworfen hat, als wüsste er genau, was du getan hast, nicht wahr?«

Sein Gesicht taucht vor Emilys innerem Auge auf. Sechs Jahre lang ist er ihr immer und immer wieder im Gericht begegnet. Anfangs hat sie noch versucht, seine Aufmerksamkeit zu bekommen; hat ihm zugelächelt oder gewunken. Doch das tut sie schon lange nicht mehr.

»Meinst du, er kann dir ansehen, wie schuldig du bist?«, fährt Loreen fort. »Ich glaube schon. Er weiß, dass du mich umgebracht hast.«

Loreen lässt den Satz theatralisch in der Luft hängen und hält Emilys Blick, wartet ihre Reaktion ab, während Emily versucht, ihren Fuß zu befreien, ohne zu heftige Bewegungen zu machen. Sie fühlt sich wie eine Maus, die vor dem Blick der Schlange in Schockstarre gerät. *Bloß nicht bewegen.*

»Ich habe dich nicht umgebracht.« Es ist die falsche Antwort, denn Loreen lacht schrill auf, laut genug, dass selbst die Bewohner am Anfang der Red River Lane sie hören müssen.

»Was hast du denn gedacht, was passiert, wenn du mich einen Abhang hinunterschubst?«

»Es war ein Unfall.«

»Das hast du sie alle glauben lassen, nicht wahr? Niemand hat dich verdächtigt. Als wäre ich zu blöd gewesen, den Weg im Wald zu finden. Aber *ich* kenne die Wahrheit. Und du ...«

Loreen ist plötzlich ganz nah, nah genug, um ihre Hand an Emilys Wange zu legen. Die Berührung ist kalt und vertraut zugleich. »Du kennst sie auch.«

Mit einem Ruck zerrt Loreen sie plötzlich an den Haaren zu sich, sodass Emily das Gleichgewicht verliert und nach vorne fällt. Sie hustet und spuckt feuchte Erde, während Loreen über ihr lacht und ihren Kopf noch härter in den Boden drückt.

Emily tastet nach ihrer Hand, will den Griff lösen, doch plötzlich ist die Berührung verschwunden und Emily zieht nur Grashalme aus ihren Haaren.

»Wir waren Freundinnen.« Loreens Stimme verliert an Stärke und das Rascheln des Grases verrät, dass sie aufgestanden ist. »*Beste* Freundinnen.«

Mühsam hebt Emily ihren Kopf. Für einen Moment dreht sich alles, die Umgebung verschwimmt vor ihren Augen. Loreen ist nur ein heller Fleck irgendwo vor ihr, hell genug, dass Emily weiß, in welche Richtung sie fliehen muss. Hastig tastet sie nach ihrem Fuß, findet die Wurzel, die sie festhält, und befreit sich daraus, auch wenn der Schmerz heftig durch ihren Knöchel pulsiert.

»Ich habe dich geliebt«, flüstert Loreen, die plötzlich wieder ganz nah ist. So nah, dass Emily die Tränen in ihren Augen sehen kann.

Ich habe dich auch geliebt, will Emily sagen, doch die Worte kommen nicht über ihre Lippen. Sie stecken in ihrem Hals fest, schmecken nach Erde und Verrat, schnüren ihr die Kehle zu, denn so wahr sie auch waren, sie sind es nicht mehr.

Loreen hat den perfekten Moment für ihre Rache gewählt. Ausgerechnet hier, in dieser Kleinstadt, in der Emily noch niemanden kennt, und an diesem Abend, an dem ihr niemand zu Hilfe kommen kann.

Vermutlich würde ihr auch an jedem anderen Tag niemand zu Hilfe kommen.

»Warum hast du es getan?«, fragt Loreen, ihr Gesichtsausdruck traurig. Die blonden Haare und das blütenweiße Kleid lassen sie unschuldig wirken. Als hätte sie Emilys Herz nicht mit beiden Händen aus ihrer Brust gerissen und dann in unzählige Stücke zerfetzt. Als hätte sie nicht tausend kleine Stiche gesetzt, die Emily tiefer und tiefer verletzt hatten, nur um ihren Unmut dann mit einem Lächeln fortzuwischen.

Jämmerlich.

»Lag es daran, dass ich besser war als du?«, fragt Loreen. »Du warst schon immer eifersüchtig, nicht wahr? Weil ich schöner und beliebter war, weil meine Noten besser waren, ich das bessere Jobangebot bekommen habe und vor allem -«

Emily hält sich die Ohren zu. Es sind dieselben Worte, die wieder und wieder durch ihren eigenen Kopf schwirren, wenn sie an Loreen denkt. *Schöner, beliebter, besser, bunter.* Neben ihr sah Emily immer irgendwie grau aus. Nur Damien hatte Emilys Farben gesehen.

Nein, nicht einmal Damien.

»Wir haben gestritten«, flüstert Emily hilflos, wiegt sich im Gras vor und zurück – in der Hoffnung, dass all die Bilder, die jetzt auf sie eindreschen, von einer lachenden Loreen, einer lebenden Loreen, einer Loreen mit Erdbeer-Eiscreme und einer mit fantastischen Klausurergebnissen und roten Lippen und –

Stille.

Der Wind ist plötzlich abgeflaut, das Gras um Emily ist ruhig. Als sie die Hände sinken lässt und nach oben schaut, ist ihre Freundin verschwunden. Unsicher schaut sie sich um, doch nirgends ist Loreens helles Kleid zu sehen. Nur die dunklen Schatten des Grases sind geblieben und kleine Punkte in der Ferne. Sie rappelt sich auf und obwohl ihr Fuß bei jedem Schritt schmerzt, setzt sie sich in Bewegung.

Sie muss hier weg. Raus aus dieser Stadt, zurück dahin, wo sie sicher ist. Es war ein Fehler, hierherzuziehen, raus aus der anonymen Großstadt, in der sie zwischen all den anderen untergeht und wo Loreen sie nicht finden kann.

Emily ist nicht so naiv, zu glauben, dass Loreen einfach verschwunden wäre. Nein, nicht Loreen. Loreen ist hier, um Rache zu nehmen, und wenn Loreen sich etwas in den Kopf gesetzt hat, zieht sie es durch.

Loreen ist tot, fällt ihr wieder ein, *sie kann nicht hier sein.* Aber der Gedanke spendet keinen Trost, denn Loreen ist *hier*, egal wie.

»Ich habe dich nicht umgebracht«, flüstert Emily in die Nacht hinein, in der Hoffnung, dass irgendjemand sie hört; dass ihre Worte die Tote besänftigen können. »Es war ein Unfall. Wir haben getrunken und gestritten, und dann ... bist du gestolpert.« Eine simple Umschreibung dessen, was damals passierte, denn einen ganz wichtigen Fakt lässt sie außen vor, den Emily kaum aussprechen kann. »Du hast mich verraten.«

Von irgendwoher erklingt Loreens Lachen, hässlich und kalt. »Verraten? Komm schon, du hast gewusst, dass das mit dir und Damien vorbei war.«

»Wir waren verlobt«, schreit Emily und hasst sich für die Tränen, die ihr in die Augen steigen. *Wir sind verlobt,* hatte sie damals gesagt, während sie genauso weinte wie jetzt und Loreen sie genauso auslachte.

»Pro forma. Er hätte dich niemals geheiratet. Er war nur mit dir zusammen, weil er mich nicht haben konnte.«

Die Tränen machen Emily blind und das Gras unter ihren Füßen verschwimmt zu einer zitternden Masse, ehe es zu Laub wird, während die Bäume um sie herum näher kommen und sich neu formieren. Irgendwo spielt Musik hinter ihr, dumpf und leise. Es kommt von dem Lagerfeuer, das zur Feier ihres Studienabschlusses im Wald neben dem Campus angezündet wurde. Wo ist Loreen? Wollte sie nicht nur eine Rum-Cola holen und sich dann wieder zu Emily ans Feuer setzen?

Und Damien.

Wo ist Damien?

In welcher Richtung liegt die Party?

Da ist keine Party, singt eine Stimme in Emilys Kopf, doch sie verfliegt wieder. Loreens Kichern ist irgendwo zwischen den Bäumen. Ein Seufzen, ein Rascheln und leise, hastige Stimmen. Damien. Sein dunkles Lachen, Loreens helles. Und obwohl sie leise sind, scheinen sie sich nicht die Mühe zu machen, sich zu verstecken. Aus dem Seufzen wird ein Stöhnen, lautes Atmen, das Geräusch von fallender Kleidung, die auf Laub trifft. Emily bleibt stehen, kneift die Augen zusammen, weil sie weiß, was passiert, und es doch nicht sehen will. *Jämmerlich.*

Die Bilder verstummen.

Bleak Pine.

Ausgangssperre.

Pizza im 7/11.

Tief durchatmen.

Die Party ist sechs Jahre her, der Wald verschwunden und unter Emilys Füßen befindet sich kein Laub, sondern matschige Erde, deren Nässe in Emilys Schuhe kriecht.

»Reiß dich zusammen«, flüstert sie und wischt die Tränen fort. Es ist nur eine Erinnerung, eine hässliche, garstige Erinnerung. Sie ist allein, auf so vielen Ebenen, als sie sich zurück zu ihrem Haus kämpft.

»Sie wäre hübsch geworden, nicht wahr?« Loreens Stimme

ist hinter ihr, verdammt nah an ihrem Ohr. Sie fährt herum und sieht das Mädchen von vorhin mit Blumen in der Hand.

Aus der Dunkelheit erscheint Loreen, streicht dem Mädchen sanft über die strahlend blonden Haare. Sie sieht ihr so schrecklich ähnlich, dass Emily überrascht ist, wie viele Sekunden es gedauert hat, bis sie das Mädchen erkannte. Die Blumen in ihrer Hand sind bereits welk, doch das Mädchen drückt sie fest an sich, quetscht die Blütenköpfe gegen ihren Bauch. Der Blütensaft zieht dunkle Spuren über den Stoff.

Es sieht aus wie Blut.

»Du hast sie getötet, bevor sie überhaupt leben konnte«, klagt Loreen.

Emily schüttelt den Kopf. Sie hat damals nicht gewusst, dass Loreen schwanger gewesen war. Aber ja, vielleicht hat sie ein wenig Genugtuung empfunden, dass Damien, der Verräter, sowohl seine Geliebte als auch sein ungeborenes Kind verloren hatte, aber es war nur eine Millisekunde. Eine Millisekunde Wut machte Emily nicht zu einem schlechten Menschen ... Oder?

»Du wolltest mich aus dem Weg schaffen. Deshalb hast du mich von der Party weggelockt.«

»Ich wollte wissen, ob es stimmt«, erwidert Emily hilflos. Sie war davongerannt, zurück zum Lagerfeuer und der Rum-Cola. Eine Ewigkeit hat sie dort gewartet, sich eingeredet, dass sie sich verhört hat; dass Loreen sie niemals so hintergehen würde. Doch dann hat sich ihre Freundin neben sie gesetzt und ihre Bluse war falsch geknöpft gewesen.

Emily hatte lediglich Gewissheit haben wollen.

»Als ob du es nicht schon gewusst hättest.« Loreen schiebt das Mädchen, dessen Kleid mehr und mehr von Blütensaft durchtränkt wird, hinter sich, als ob sie sie vor Emily beschützen müsste.

»Ich wollte mit dir reden.«

»*Reden?* Was hättest du denn sagen wollen? Hast du gedacht, ich lüge dich an, damit es dir besser geht? Hast du gedacht, *reden* bringt Damien dazu, dich zu lieben?« Loreen spuckt Emily ins Gesicht. »Jämmerlich.«

Jämmerlich. Das Wort schreit immer und immer wieder durch Emilys Kopf. Genauso hat sie sich damals gefühlt. Wie hatte sie nur glauben können, dass Damien ausgerechnet *sie* lieben würde?

»Es tut mir leid«, flüstert Emily. »Ich würde es ungeschehen machen, wenn ich könnte. Ich würde ...«

Plötzlich wird der Wind rauer, sodass Emily beinahe den Halt verliert, weil ihr verletzter Fuß keine richtige Stütze ist. Hilflos sieht sie sich nach Loreen um, nach dem Mädchen, doch beide sind verschwunden.

Es bleibt nicht viel Zeit für Flucht. In der Ferne sind noch immer die Lichter, dort, wo Emily die Straße vermutet. Doch sie scheinen viel weiter weg als zuvor. Ihr Fuß schmerzt mit jedem Schritt, doch sie kämpft sich durch den Wind und die Gräser vorwärts.

Jämmerlich, jagt Loreens Stimme ihr durch den Kopf. Dann ihr Lachen.

Sie hatten getrunken, oder nicht? Emily hatte geweint. Und Loreen gelacht. Und dann war Loreen verschwunden; mit dem Rascheln und Knacken der Äste in die Dunkelheit entwischt.

»Ich habe das nicht gewollt.« Emily schluchzt, verschluckt sich an ihrem eigenen Atem und spürt den von Loreen in ihrem Nacken.

Schneller, verdammt, schneller.

In Emilys Kopf verschwimmen die Wirklichkeiten.

Bleak Pine.

Abschlussfeier.

Ausgangssperre.

Bäume.

Pizza.

Und ein Rauschen.

Blätter? Der Wind in den Baumkronen?

Wo sind die Lichter, die sie retten?

Ein nächster Schritt, ein Platschen, als Emily in eine Pfütze tritt. Nein, keine Pfütze. Vor ihr liegt der Fluss, der Red River, und selbst in diesem düsteren Mondschein erkennt Emily das Blut, das darin fließt.

Blut, das Emily vergossen hat. Sie hatte Loreen nicht töten wollen, aber ...

»Du bist abgehauen. Sie hätten mich retten können, wenn du nicht so feige gewesen wärst. Wenn du zugegeben hättest, was du getan hast«, zischt Loreen an ihrem Ohr und Emily stolpert vorwärts. Bis zu den Knöcheln steht sie im fließenden Wasser. Nein, im fließenden Blut.

Sie stolpert über die am Ufer liegenden Steine, glatt und glitschig, ihr Fuß unsicher. Und dann gibt er nach.

Schmerz schießt ihr in die Kehle und Emily schreit auf, verliert sich in Dunkelheit, sobald die Kälte ihren Körper umfängt. Sie lähmt Emily, beruhigt zugleich ihre heiße Haut und zieht sie mit sich. Ihre Hand ausgestreckt, sucht sie nach Halt, doch der Sog ist stärker und die Steine zu nass und ihr Fuß stößt gegen etwas.

Mehr Schmerz.

Emily schreit auf, doch ein Schwall Wasser erstickt den Laut. Am Ufer steht das Mädchen mit dem weißen Nachthemd. Ihre blonden Haare wiegen im Wind und sie blickt Emily aus großen, leeren Augen an. Sie rührt sich nicht, macht keine Anstalten, zu Emily zu eilen oder Hilfe zu holen – und Emily weiß, dass sie diese auch nicht verdient hat.

Loreen taucht neben Emily aus dem Wasser, ihre Haare sind nass und tropfen in ihr Gesicht, während sie leise lacht und nach ihrer Hand greift. Emily wehrt sich, will ihre Finger befreien, doch der Griff wird fester, zieht sie tiefer ins Wasser, tiefer in die Kälte und in die Dunkelheit.

Jämmerlich. Reiß dich zusammen.

DAS HERRENHAUS

von Steve Nolte

Backe, backe Kuchen,
der Richter hat gerufen.

17:18 UHR

»TUT MIR LEID, dass du deine Freunde heute nicht sehen kannst.« Die Stimme seiner Mutter ist warm und voller Mitgefühl. Das ist sie in letzter Zeit so selten, dass sich tatsächlich Rickys Kehle zuschnürt. Schlank, hochgewachsen und mit einem hübschen, wenn auch leicht verhärmten Gesicht lehnt sie im Türrahmen und beobachtet ihn, während er sich größte Mühe gibt, wie ein ganz normaler Junge auszusehen, der am PC zockt und unter keinen Umständen vorhat, sich während einer Ausgangssperre aus dem Haus zu schleichen.

»Schon okay, Mom«, bringt er hervor.

»Es ist wichtig, dass wir dieses Jahr alle zu Hause bleiben. Versprich mir, dass du keinen Blödsinn machst, okay?«

Er dreht den Kopf. Ahnt sie etwas?

»Auf keinen Fall – äh, ich meine ja, Mom! Ich bin doch hier.«

»Zum Glück bist du das. Happy Halloween.« Damit geht sie runter.

»Happy Halloween, Mom«, sagt Ricky leise und kämpft gegen den Kloß im Hals an.

Seit sie vor neun Tagen die Lichter im Winsome Forest gesehen haben, haben Andy und er einen Plan ausgeheckt. Zwar möchte er seine Mutter nicht enttäuschen, doch Andys Büchlein hat abgeliefert: Das Flackern im Wald ist ein waschechter Morsecode gewesen – mit mysteriöser Botschaft! Ricky war sich zuerst unsicher, ob er Andy all den Kram abkaufen sollte, den er ihm in der Schule erzählt hat; ob er nicht doch lieber glauben sollte, dass nur ein paar Kids auf Nachtwanderung im Winsome Forest unterwegs gewesen sind. Aber der Zahlencode sprach für sich.

2200311021. Im Grunde babyleicht zu entschlüsseln.

Zweiundzwanzighundert – die Uhrzeit, wie beim Militär.

Der 31. Oktober 2021 – Halloween. Wobei das Datum ihm verkehrt herum vorgekommen ist, bis Andy ihn darüber aufgeklärt hat, dass man in Europa Datumsangaben immer so schreibt.

Natürlich ist den Jungs, deren Sozialisierung dank ihrer älteren Geschwister zu einem Gutteil über Filme aus den Achtzigerjahren stattgefunden hat, sofort klar gewesen, dass verdächtige Europäer im Wald kampieren müssen. Laut all der Filme, die Ricky gesehen hat, waren die Russen angeblich selten unbeteiligt, wenn etwas Schlimmes vor sich geht - oder kurz bevorsteht. Wie könnten sie heute also in ihren Zimmern bleiben, obwohl sie genau wissen, dass um 22 Uhr etwas geschehen wird, von dem sie noch nicht ahnen, was es ist?

Dass es etwas Unkoscheres sein muss, steht außer Frage. Seit Andy und er *Gate House* einen Besuch abgestattet haben, wissen sie mit Sicherheit, dass Shadick nicht mehr alle auf dem Christbaum hat. Doch vor ihrem Besuch vor Ort ist noch etwas Seltsames passiert. Ricky holt tief Luft, als die Erinnerung ihn einholt und ein neuerliches Schaudern über sein Rückgrat jagt.

Es ist schon nach Mitternacht, als er plötzlich hochschreckt, und noch immer sitzt er am Schreibtisch. Stirnrunzelnd schaut er sich um, scannt sämtliche Ecken seines Zimmers, auf der Suche nach dem, was ihn geweckt hat. Hier scheint es ruhig, soweit seine müden Augen es ihn erkennen lassen.

Obwohl seine grauen Zellen noch überaus träge sind, kommt er ins Grübeln. Für einen Moment lässt er den vergangenen Tag Revue passieren: Andys und sein Vorhaben, Shadicks Alltagsroutinen gegen ihn einzusetzen und am Samstag vor Halloween ins Gate House einzusteigen. Andys Behauptung, der alte Mann habe Morsecodes benutzt, um irgendwem – wohl den Kobolden oder Terroristen oder russischen Kommandos, den Waldschraten mit den Lichtern eben – mitzuteilen, dass sie am 31. Oktober Durst mitbringen sollen. Noch immer ganz verpennt und mit einem ekligen Geschmack im Mund, hofft er, dass sie im Fall des Falles nicht nur eine illegale Halloweenparty sprengen. Das wäre doch sehr peinlich.

Er gähnt herzhaft, schmatzt und verzieht das Gesicht, als es in seinem Magen rumort: Tante Ednas undefinierbarer Eintopf, den sie immer kocht, wenn sie auf seine kleine Schwester Dot aufpasst, wirkt mal wieder nach. Vermutlich hat der ihn geweckt. Ja, das muss es sein. Er reibt sich die Augen und denkt an das Radioprogramm, das sie beim Mittagessen gehört haben. An die geomagnetischen Stürme, die pünktlich zu Halloween die Erde treffen sollen, und was der Physiker in der Sendung darüber erzählt hat. Das meiste davon hat er schon wieder vergessen.

Er tapst Richtung Fenster, noch immer im Halbschlaf, jedoch kehren seine Lebensgeister langsam zurück. Er erinnert sich an seine nochmalige fruchtlose Internetrecherche zu Hank Shadick und seinem verfluchten Haus. Der Kerl ist ein Geist.

Verschlafen wendet er den Kopf zum Fenster, das einen Spalt offensteht. Und erstarrt.

Ein leises Wimmern kriecht zu ihm hinein und sofort bricht ihm kalter Schweiß aus.

Nur eine rollige Katze, *versucht er, sich zu beruhigen. Doch das Wimmern wiederholt sich, ein wenig lauter diesmal.*

Er schluckt. Zwingt sich, zum Fenster zu gehen; in die klare Nacht zu spähen. Und tatsächlich, die Gestalt auf dem Dach von Gate House ist zurück – im diffusen Mondlicht gut zu erkennen. Diesmal bewegt sie sich nicht und auch Ricky wagt es kaum, auch nur einen Muskel zu rühren.

Als das Wimmern abermals erklingt, ist er überzeugt, dass es seinen Ursprung genau dort hat. Dass es aus einer der schmalen Kellerluken des Hauses dringt, die vergittert sind wie ein Kerker. Gleichzeitig klingt es, als stünde der – oder das – was da auch immer sein Leid klagt, direkt vor seinem Haus. Unter Rickys Zimmerfenster vielleicht. Er drückt es zu und weicht zurück. Drüben beginnt wie auf Kommando wieder das stroboskopartige Flackern, das zwischen den Ritzen der zugenagelten Fenster hindurchzuckt. Ein Knacken direkt hinter ihm lässt ihn herumwirbeln.

Obwohl er sicher ist, das Walkie-Talkie ausgeschaltet zu haben, leuchtet das Bereitschaftslämpchen. Im nächsten Moment wird ein abermaliges Geräusch – ängstlich, verzweifelt, auf seltsame Art und Weise gleichzeitig menschlich und irgendwie außerweltlich – aus dem Gerät gepresst. Noch ehe er es genau einordnen kann, wird es von verzerrtem Gemurmel und einem statischen Knistern verdrängt – anorganisch, tech-

nisch und auf seine Weise furchteinflößend. Donnergrollen dringt an Rickys Ohr, aber es klingt unnatürlich. Ganz so, als rolle auch dieses Geräusch aus dem Innern des Herrenhauses heran. In der Ferne zuckt ein Blitz durch Gate House und scheint es bis in die Grundfesten zu erschüttern. Kurz verschärfen sich die Konturen des Anwesens; leuchten die Fenster über dem Haupteingang auf wie die stierenden Augen eines wahnsinnigen Gottes. Dann verwandelt sich der gesamte Bau in einen wabernden Schemen, der sich auszudehnen scheint. In der nächsten Sekunde ist der Spuk vorbei.

Von der Gestalt auf dem Dach fehlt jede Spur.

17:49 UHR

Als er aus seinem Zimmerfenster steigt, hat er noch immer eine Gänsehaut. Umständlich klettert er vom Vordach, kommt einigermaßen sanft auf und fährt abrupt zusammen. Dot steht im Schlafanzug im offenen Garagentor, reckt trotzig das Kinn vor und schaut zu ihm hoch.

»Was machst du hier?« Durch das Misstrauen in ihren Zügen sieht sie ihrer Mutter sehr ähnlich. »Wir dürfen nicht raus«, erinnert sie ihn. »Ich sag's Mom!«

Rickys Gedanken rasen. Was das Petzen angeht, blufft sie niemals. »Ich bring dir was Süßes mit.«

Die Augen seiner Schwester funkeln. »Ich krieg alle *Hershey Bars.*«

Er ist ein bisschen stolz auf sie. »Deal.«

Während sich das Garagentor mit einem elektrischen Surren schließt, winkt Dot ihm zu. Der Anblick versetzt Ricky einen Stich. Wird er seine Schwester je wiedersehen? Das Tor fährt mit einer Endgültigkeit zu, die ihn aus seiner Starre befreit. Okay, Ricky. Showtime. Irgendwo in der Stadt kündigt das gespenstische Klagelied einer Luftschutzsirene den Beginn des Lockdowns an.

Eine halbe Stunde später haben sich alle an der Kreuzung eingefunden. Es dämmert längst und keines der Gebäude in der Umgebung wirkt sonderlich einladend, weder die Kirche noch die *Red River Hall*. Allerdings immer noch besser als Gate House.

Ricky seufzt und schaut in die Runde. Sie hatten vereinbart, sich heute Abend zu maskieren. Schließlich ist Halloween und sie auf geheimer Mission. Und die Freunde haben sich nicht lumpen lassen: Isa ist als Ruth Bader Ginsburg verkleidet – strenge Frisur, Jabot und alles. Andy ist mit Cowboyhut und geklauter Zigarre eindeutig McCree aus Overwatch. Im Gegensatz dazu muss sich Ricky für seinen verunglückten Skeletron-Helm vom letzten Jahr spöttische Blicke gefallen lassen. Er erträgt es. Ebenso wie das ungewohnte Gefühl, das er bei Kayes Anblick im Wonder-Woman-Kostüm empfindet: Sie ist ein *Track-and-Field*-Ass und das Heldenoutfit scheint ihr buchstäblich auf den Leib geschneidert.

»Also, Leute. Der Plan in aller Kürze!« Andy spricht wie immer schnell, gestenreich und mit einer Begeisterung, die ansteckend wirkt. »Wir machen dieses Jahr eine *Trick-or-Treat-Tour* der besonderen Art.« Worum es geht, hat er ihnen zuvor bereits grob erklärt.

»Das ist kein besonders ausgefeilter Plan, oder?« Isabella Vasquez, mit dem legendärsten *Resting-bitch-face*, das je das Antlitz einer Dreizehnjährigen geziert hat, gesegnet, zieht an ihrer Kippe, ohne zu inhalieren.

»Lass mich doch mal ausreden, verdammt«, murrt er und

rekapituliert anschließend noch einmal, was er und Ricky beobachtet und auf Shadicks Grundstück gesehen und gefunden haben. Und dass sie gedenken, der Sache auf den Grund zu gehen.

»Das klingt echt unheimlich«, kommentiert Kaye Spunkmeyer und reibt sich unbehaglich die durchtrainierten Arme. Ihr Blick wandert in Richtung ihres Handys und sie sieht sich immer wieder um – aber nicht so, als erwarte sie, dass plötzlich Shadick oder ein Streifenwagen auftaucht. Eher so, als warte sie auf den Bus. Sie verhält sich eindeutig seltsam. Nicht wie Rickys Kaye.

»Yeah.« Isa grinst untypisch breit. »Superunheimlich und megaspannend.«

»Wenn Shadick irgendetwas Illegales tut, sollten wir unsere Eltern oder den Sheriff einschalten.«

»Und die Chance auf solch ein Abenteuer sausen lassen?« Andy fasst es nicht, Ricky dagegen ist nicht überrascht. Kaye ist tough, aber sie ist schon immer diejenige ihrer eingeschworenen Gemeinschaft gewesen, die sich am ehesten an Regeln hält. Und hat sie nicht auch ein wenig recht?

»Meine Mom wird mich an den Eiern aufhängen, wenn sie erfährt, dass wir im Gate House waren«, wirft er ein.

Isa tritt ihre Kippe aus. »Außerdem glaubt uns eh kein Schwein. Und ich lass mich bestimmt nicht verarschen und bleibe an Halloween in der Bude!«

Andy grinst über beide Backen. »Isa hat's voll kapiert!«

»Und wenn wir in Schwierigkeiten geraten?« Kaye kaut auf ihrer Unterlippe herum.

»Da ist wiederum was dran, Leute.« Isa nickt mit unbewegtem Gesicht. »Da draußen könnten Perverse rumlaufen oder Freddy Krueger oder die Leute aus *The Purge*. Oder *Bigfoot*. Man sagt uns ja nix. Gedenken an Hexenverbrennungen – am Arsch!«

»Obwohl es irgendwie cool wäre, Bigfoot zu treffen«, murmelt Ricky und versucht erfolglos, Kayes Blick aufzufangen.

»Und wenn was passiert, hat Ricky nicht mal ein Handy«, gibt Isa weiter zu bedenken und holt demonstrativ ihres hervor.

Ricky stöhnt leise auf. »Tut mir leid, dass meine Eltern keine reichen Tierärzte sind.«

»Tut mir leid, dass –«

»Wenn wir in Schwierigkeiten geraten, haben wir immer noch die hier!«, unterbricht Andy voller Begeisterung die sich anbahnende Diskussion und reckt triumphierend sein Walkie-Talkie hoch.

»Wie niedlich! Baby Bambini hat wieder alten Elektroschrott ausgegraben!« Clark Ryersman, flankiert von seiner üblichen Entourage aus grinsenden Trollen in Baseballjacken, die ihn an ihm klebt wie ein schlechter Geruch, ist ein echter Brocken für einen Vierzehnjährigen. Und steht als Star Pitcher der Schulmannschaft circa zehn soziale Stufen über Andy Savini. Was machen diese Vollspackos hier?

»Lass mich in Frieden, du Troglodyt!«

»*Lass mich*«, äfft Clark Andy mit übertriebenem Lispeln nach. »Steck den Thesaurus wieder weg, du kleine Schwuchtel, das beeindruckt hier niemanden. Was macht ihr eigentlich hier draußen? Solltet ihr nicht längst im Bett sein und mit Mami kuscheln?«

Isa – keine eins fünfzig in Doc Martens und trotzdem eine beeindruckende Erscheinung, wenn sie in Rage ist, stürzt vor und bohrt Clark den Zeigefinger in die Brust. »Wir haben 2021, Pendejo, spar dir diesen homophoben Scheiß!«

Rickys Puls rast, seine Fäuste sind geballt. Kaye, die in Clarks Gunst zu seinem Leidwesen weit oben steht, ist auffällig schweigsam.

»Oder was, Isabellatrix, machst du einen furchtbaren Gedichtpost bei Insta?« Er greift nach dem Walkie-Talkie. »Zeig mal her, Bambini!«

»Du lässt deine Wichsgriffel bei dir, sonst erfährt dein Dad davon.« Rickys Stimme ist eisig wie der Red River im Dezember. Sein stierender Blick macht Clint Eastwood alle Ehre.

»Und den interessiert das, weil?«

Ricky hebt die Stimme. »Weil das mein letztes Andenken an meinen Bruder ist – Corporal Josh Hicks, gefallen in Mossul 2017!«

Ein Raunen geht durch Clarks fantasielos und halbherzig verkleidete Speichellecker. Man kann sich vieles leisten, aber das Ansehen der Truppe zu beschmutzen, zählt nicht dazu. Erst recht nicht, wenn der eigene Vater Veteran ist.

Clarks Lippen formen ein lautloses Scheiße. Dann drückt er Andy das Walkie gegen die Brust. »Das ist nicht vorbei, ihr Loser«, sagt er halblaut. Dann wendet er sich zum Gehen, hält aber noch mal inne und lächelt Kaye an. »Kommst du?«

Kaye zögert, aber nur kurz. »Ich komme sofort nach.«

Ricky klappt die Kinnlade herunter. Clark zwinkert ihm zu. Damit zieht er ab.

»Überfressener Steroidklumpen«, murmelt Andy. »Sieht nicht nur aus wie Biff Tannens kleiner Bruder, er benimmt sich auch so.« Vorsichtig steckt er das Walkie-Talkie zurück in seinen Rucksack. »Das war echt stark, Ricky.«

»Aber auch billig, Josh als Druckmittel einzusetzen.« Kaye steht mit verschränkten Armen da und scheint in ihrem knappen Kostüm ein wenig zu frieren.

Ricky widersteht dem Drang, ihr seine Jacke anzubieten. Stattdessen zuckt er die Schultern. »Ich lass mich doch von diesem Penner nicht verscheißern.«

»Er ist nicht immer so.« Kaye weicht seinem Blick aus.

Das peinliche Schweigen wird glücklicherweise von Andys unerschütterlichem Enthusiasmus gebrochen. »Also was ist jetzt, Leute?«

»Was soll sein?« Kaye schaut in die Richtung, in die Clark und seine Freunde aufgebrochen sind.

»Hallo? Die Halloween-Aktion!«

Ihre nächsten Worte scheinen direkt an Ricky adressiert. »Wenn ich nächstes Jahr auf die Triple A will, kann ich's mir nicht leisten, vom Sheriff einkassiert zu werden, weil ich meine Freunde auf eines ihrer albernen Abenteuer begleite. Es ist Zeit, erwachsen zu werden.« Ihr harter Blick erweicht für einen Augenblick und sie sieht zu Boden. »Clark hat mich zu Halloween nach Bleak Pine eingeladen. Da gibt's keinen Lockdown. Tut mir leid, Leute.«

Damit dreht sie sich um und geht.

Während Ricky ihr hinterherschaut, den Blick voll und ganz auf Sternchenrock und Beine fokussiert, realisiert er, dass auch für ihn eine neue Lebensphase beginnt. Es ist widerlich, aber er ist in seine beste Freundin verknallt. Von einer Sekunde auf die andere fühlt sich sein Herz an, als hätte es jemand mit Blei beschwert und in einen Brunnen geworfen. Jetzt folgt eine panische Erkenntnis der nächsten: Verknallt in Kaye. Sie geht mit diesem Ekel Ryersman. Nächstes Jahr wechselt sie an die scheiß Artemis Athletic Academy.

Ich verliere sie.

Ein nagendes Gefühl der Verzweiflung geht mit ihm auf Sturzflug. Für einen Moment scheint er in sich selbst zusammenzusinken.

Die Hand auf seiner Schulter ist zart und vertraut. Trotz seines schweren Herzens, gibt er sich einen Ruck und schaut auf. »Boys and girls of every age. Wouldn't you like to see something strange?« Isabellas leise Singstimme hat einen schaurigen Quietschton angenommen und ihre Augen funkeln schalkhaft.

»Come with us and you will see ...«, fügt Andy hinzu und strahlt Isa an, während er Ricky die Hand auf die andere Schulter legt.

»This, our town of Halloween«, seufzt Ricky, der den Text selbstredend kennt, unmotiviert. Und damit ist es beschlossen. Ihr illegales, grusliges Abenteuer wird stattfinden, wenn auch nur zu dritt.

21:13 UHR

In dieser mondlosen Nacht liegt Gate House dunkel und verlassen da. Minutenlang observieren sie das Anwesen bereits, doch nichts rührt sich. Auch wenn die Stille trügerisch scheint, nehmen sie sie zum Anlass, auf das Grundstück zu hasten.

Je näher Ricky dem Gebäude kommt, je heftiger sein Herz in der Dunkelheit schlägt, umso mehr drängt sich sein und Andys Erlebnis vor zwei Tagen wieder in seinen Kopf. Er ist kurz davor, trotz allem abzubrechen. Was sie beide dort gesehen haben, werden sie garantiert nicht so schnell vergessen. Jeder Kinderpsychologe könnte sich eine goldene Nase an diesem ganzen Kram verdienen – und vielleicht wird ja der eine oder andere Vertreter dieser illustren Zunft seine Chance bekommen. Wenn wir das hier überleben. Dabei hasst er solche klischeehaften Flashback-Szenen. Aber anscheinend gibt es sie wirklich. *Ob das schon als PTBS gilt?*

So oder so kann er der Erinnerung nicht entfliehen. Eine

Art Schleier scheint sich über ihn zu legen, begleitet von einem sachten, unangenehmen Pochen hinter seinen Schläfen und einem eigentümlichen Geruch. Ist das Popcorn oder ... Aas?

Die Erinnerung holt ihn ein.

Mit aller Macht.

Ohne viel Schlaf gefunden zu haben, radelt Ricky zur Kreuzung, wo Andy bereits auf ihn wartet. »Hast du wieder dein Handy geschrottet?«, fragt er mit einem Nicken in Richtung der Spiegelreflexkamera, die um Andys Hals baumelt.

»Die gehört meinem Dad. Zur Beweissicherung – da hält kein Handyfoto mit!«

Rickys Blick wandert die Straße herunter. Bei Tageslicht wirkt Gate House wie ein stinknormales verlassenes Gebäude. Nach letzter Nacht beinahe eine Enttäuschung. Auch der Winsome Forest hat nichts von jenem finsteren, verwunschenen Ort, an dem geisterhafte Lichter durch die Nacht ziehen.

Andy schaut auf die Armbanduhr und zählt von zehn herunter. Als er bei neun angelangt ist, öffnet sich das Zugangstor zu Shadicks Grundstück mit einem markerschütternden Quietschen. Er ist auf die Sekunde pünktlich.

Sie fahren ran, um den schmutzigen Land Rover des Einsiedlers, der soeben das Gelände verlässt, passieren zu lassen. Die Scheiben sind fast blind, aber man kann Shadicks langes und mürrisches Gesicht trotzdem gut erkennen. Blassblaue Augen stieren über das Lenkrad und scheinbar direkt in Rickys Seele. Dann gibt er Gas und lässt die beiden Jungs stehen. Hinter dem Wagen schließt sich das Tor wie in Zeitlupe.

Sie verlieren keine Zeit – nur einen Augenblick, bevor es ins Schloss fällt, lehnen sie ihre Fahrräder an die Außenmauer und passieren die Pforte; schauen sich um.

»Weniger gut gesichert, als erwartet«, kommentiert Andy,

als hätte er Ahnung von sowas.

Ricky nimmt den kargen Hof in Augenschein. Zahllose Kisten und Päckchen fallen auf – genug, dass sie sich bereits auf der Veranda stapeln. Auch der Briefkasten quillt schier über. Andy greift beherzt hinein.

»Wir wollen doch rausfinden, was hier abgeht«, sagt er, als er Rickys unbehaglichen Blick bemerkt.

Dieser nickt seufzend und greift einen Stapel Zeitschriften. Das People and Their Rifles *Magazine, diverse Outdoor-Kataloge, verschiedenste Tageszeitungen. Dazu zig Boulevardblätter: Ufo-Sichtungen, Echsenmenschen, Chemtrails. Zu viel, um alles zu sichten.*

Sie nähern sich den vernagelten Fenstern. Versuchen, durch Ritzen nach drinnen zu schauen. Keine Chance. Schließlich wenden sie sich der Haustür zu. Wie durch ein Wunder ist sie unverschlossen. Mit einem leisen Knarren offenbart sie den Blick in eine muffige Diele, der sie zum geräumigen Wohnzimmer folgen. Nur vereinzelt fallen Sonnenstrahlen in den Raum. Staub tanzt in der Luft. Auch hier alles voller Gerümpel. Umzugskartons, wahllos gestapelt. Die Wände sind mit vergilbten Zeitungsausschnitten geradezu tapeziert. Kein gutes Zeichen.

»Alle Serienmörder machen sowas«, weiß Andy.

Ricky liest einige der Schlagzeilen laut vor. »Klärwerkstechnikerin und ihr Mann verschwinden spurlos – wo sind die Faradays? Blutiges Halloween: Frau aus Bleak Pine stirbt bei Brand in Creedence Hall.« Die meisten der Ausschnitte sind auf die frühen Neunziger datiert. Andy tritt an einen der Kartons heran und zieht eine gerahmte Schwarzweißfotografie hervor. Ein Dutzend Soldaten Arm in Arm unter Palmen. Auf dem nächsten Foto ein junger Mann in Galauniform und eine hübsche Frau im Hochzeitskleid.

»Kennst du die?«

Ricky schüttelt den Kopf.

»Was ist hiermit?« Andy deutet auf ein weiteres Bild. Derselbe Kerl, etwas älter, aber in Zivil. Jetzt kommt er Ricky doch vage bekannt vor.

Den Mann, dem er die Hand schüttelt, erkennen sie jedenfalls beide gleichzeitig. Immerhin verdanken sie ihm die Hälfte ihrer Lieblings-Actionfilme.

»Der Typ aus CoD Black Ops!«, ruft Ricky beeindruckt.

Es ist Ronald Reagan. Ricky greift nach einem anderen Rahmen. Kein Foto dieses Mal, sondern ein militärischer Orden für einen Captain Caleb Fargo, USMC. Vorsichtig legt er die Auszeichnung zurück.

Gemeinsam gehen sie nach nebenan. Auch in der Küche herrscht Chaos. Schmutziges Geschirr stapelt sich in der Spüle, Fliegen surren.

»Definitiv Serienmörder«, murmelt Andy und Ricky neigt dazu, ihm recht zu geben. Wären da nicht all die Diagramme und technischen Zeichnungen, die lose und in Kladden gesammelt auf dem Esstisch liegen. Das passt alles nicht zusammen.

Sein Blick fällt auf ein ledergebundenes Buch. Darin seitenweise Aufzeichnungen in einer krakeligen, kaum lesbaren Handschrift. Die paar verqueren Sätze, die er entziffern kann, bereiten ihm Kopfweh.

Er schlägt das Buch zu. »Lass uns lieber abhauen.« Die ganze Sache schmeckt ihm nicht.

»Zuerst checken wir den Keller.«

»Willst du mich verscheißern?«, flüstert Ricky.

»Die Blitze kamen von dort, hast du selbst gesagt. Und wo versteckt man sonst einen, der über Funk wimmert?«

Ricky ist zwar nicht sicher, dass er das so formuliert hat, aber er schweigt und folgt seinem Kumpel, der sich bereits in

Bewegung gesetzt hat.

Die Tür zum Keller ist mit Stahlstreifen verstärkt. Unerwarteterweise lässt sich auch diese Klinke problemlos herunterdrücken. Dahinter führt eine hölzerne Treppe in die Tiefe. Der typisch feuchte Kellergeruch zieht zu ihnen hoch, vermischt mit etwas, das Ricky nicht einordnen kann. Wie die Luft kurz vor einem Gewitter.

Andy geht als Erster hinunter. Die Stufen knarren leise unter seinen Sneakers. Ricky folgt dichtauf. Es ist dunkel hier, aber nicht vollständig finster. Sie können Einzelheiten ausmachen.

Werkbänke, auf denen lauter Gerätschaften liegen. Auf einem Tisch findet er ein Jagdmesser und einen verknitterten Zettel mit einem Rezept – Zutaten sind unter anderem Nitroglycerin und Backpulver.

Andy hebt die Kamera und macht Fotos – natürlich mit Blitz.

»Ist das abgefahren hier ...«, flüstert er.

Ricky, temporär geblendet vom Kamerablitz, schwankt zwischen Panik und Euphorie. Abgefahren trifft es: Hier hat es eine Tiefgarage mit einer steilen Auffahrt, die ihm nie aufgefallen ist. Ein gigantischer Schneepflug, staubig und voller Spinnweben, ist dort geparkt.

Da sind gesicherte Stahlschränke, darin Dutzende Gewehre. Unter einer Abdeckplane steht ein viereckiger Klotz von sicherlich zehn Fuß Seitenlänge herum. Und direkt vor ihnen, sozusagen am Fuß der Treppe, finden sie eine weitere Tür vor. Komplett aus Stahl – eine Sicherheitstür.

Andy legt den Kopf schief. Ricky schüttelt seinen.

»Komm schon«, wispert Andy. »Wir können unmöglich gehen, ohne reingeguckt zu haben.«

Ricky ballt die Fäuste und wünscht sich weg. Im nächsten

Moment macht er einen beherzten Schritt und greift nach dem Türgriff. Noch bevor er ihn erreicht, wird er von innen heruntergedrückt. Begleitet von dem grässlichen, flehenden Wimmern, das er letzte Nacht gehört hat, wird die Tür gegen den Rahmen gedrückt. Ohne Erfolg, sie ist fest verschlossen. Und Ricky kurz vor dem Herzinfarkt.

Er sieht Andy an. Andy sieht ihn an. Hals über Kopf rennen sie die Treppe hoch.

Im Wohnzimmer bleiben sie stehen, stützen die Hände auf die Knie und versuchen, wieder zu Atem zu kommen.

»Beim großen Cthulhu, was war das?«

Ricky will antworten, als er eine Bewegung wahrnimmt. Am Fuß der Treppe, die in die oberen Stockwerke führt, steht der größte Hund, den er je gesehen hat. Ein Molosser. Muskulös, massig, schwarz bis auf die ergraute Schnauze. Er gähnt herzhaft, wobei er beeindruckende Zähne sehen lässt. Dann erst scheint er die Jungs zu bemerken. Fixiert sie. Und knurrt. Sabber läuft an den gewaltigen Lefzen zu Boden.

»Ohfuckohfuckohfuck«, wispert Andy und weicht, zeitgleich mit Ricky, schrittweise in die Diele zurück.

Der Hund jault, dann ist er mucksmäuschenstill. Sein Körper spannt sich wie eine Stahlfeder.

Die Jungs wirbeln herum und stürzen zur Tür.

Aus dem Augenwinkel bekommt Ricky noch mit, wie der Köter ihnen nicht etwa nachsetzt, sondern zu einem Seil huscht, das neben dem Kamin liegt. Er beißt hinein, zieht daran. Die Freunde passieren die Vordertür gerade rechtzeitig; fallen regelrecht hinaus und ins Gras.

Mit einem Krachen saust eine mit Stacheldraht überzogene Stahlplatte hinter dem Türrahmen zu Boden. Ähnliches geschieht mit allen weiteren Zugängen und Fenstern.

»Was geht hier ab?« Ricky liegt zitternd am Boden und

kann den Blick nicht abwenden.

»Wir müssen es rausfinden, Alter.« Andy, schwer atmend und im Dreck sitzend, wirkt zu allem entschlossen.

»Bist du bescheuert? Wir sind Kinder! Er hat Stacheldraht und einen Bluthund und einen Schrank voller Knarren …«

»Stimmt. Aber die Cops und die anderen Erwachsenen können wir vergessen. Die glauben uns kein Wort. Wie damals die Sache mit der Nixe.«

Ricky knirscht mit den Zähnen und denkt an Andys diverse Episoden mit verschiedenen Spukgestalten. Er hat auf das Silmarillion *geschworen, dass sich zumindest die Geschichte mit der Wassernixe am Red River wirklich zugetragen hat.*

»Oder das eine Mal, als Clark Ryersman und Kevin East dem Obdachlosen seinen Einkaufswagen gestohlen haben. Niemand hat was gemacht, obwohl wir's dem Sheriff persönlich gesagt haben.«

»Dafür haben sie uns die Sache mit dem brennenden Busch im Vorgarten des Rektors angehängt.«

Andy kichert unvermittelt. »Das waren wir ja auch.«

»Ja, aber sie hatten keine Beweise. Und außerdem war das ein Versehen!« Trotz des gerade Erlebten, lachen sie nun beide los. Doch der Frohsinn verebbt mit dem nächsten Blick auf das selbst bei schönstem Sonnenschein bedrohlich vor ihnen aufragende Herrenhaus.

Beide realisieren, dass es stimmt: In dieser Stadt sind sie nur zwei unbeliebte Jungs mit suspektem Ruf und ohne einflussreiche Familien. Shadick mag ein merkwürdiger Einsiedler sein, aber er ist vor allem eins: ein Erwachsener mit einigem Grundbesitz und offensichtlich großen finanziellen Mitteln.

»Wir sind gearscht«, murmelt Ricky und starrt Gate House an.

»O ja«, nickt Andy und legt seinem Freund einen Arm um

die Schulter. »Du sagst es, Mann.«

Sie springen auf und eilen zu ihren Rädern. Mauer und Tor – ohnehin seit jeher kein unüberwindbares Bollwerk – sind für zwei Jungs, die der Adrenalinüberschuss einer Nahtoderfahrung voranpeitscht, kein nennenswertes Hindernis. Inzwischen sind sie paranoid genug, nicht direkt nach Hause zu fahren.

Auf einer Anhöhe bleibt Ricky noch stehen und sieht auf das Herrenhaus hinab. Stumm verspricht er dem verfallenen Bau, dass er zurückkehren wird. Schwört, dass er Shadick das Handwerk legen wird, was immer es sein mag.

21:36 UHR

Der unheilschwangere Gedanke hallt in Rickys Kopf nach, als Isas Ellbogen ihn zurück ins Hier und Jetzt befördert. »Penn nicht ein, ese!«

Da das Tor dieses Mal verschlossen ist, klettern sie direkt über die Mauer. Als Ricky sich hochgezogen hat und das erste Bein über den verwitterten Backstein schwingt, hält er unwillkürlich inne. Fast erwartet er einen Flashback, doch zu seiner Erleichterung bleibt eine weitere Bilderflut für den Moment aus. *Doch noch nicht komplett bescheuert, Alter.*

Im Hof verharren sie. Lauschen. Keine Bewegung, kein Hund.

Nichts.

Sie eilen weiter zur Veranda, doch auch die Haustür ist verschlossen, wenn auch nicht von der Stahlplatte. Einer Eingebung folgend, hebt Andy die Fußmatte an.

»Bingo«, grinst er, präsentiert einen Schlüssel und schließt auf.

Als der Molosser mit der dahinter befindlichen Insektenschutztür kollidiert, kreischt er auf und taumelt nach hinten. Das Bellen des Hundes durchbricht so laut die Stille, dass Ricky sich am liebsten die Ohren zuhalten möchte. Isa schubst beide Jungs zur Seite und zieht einen Gegenstand hervor.

»Was machst du da?«, fragt Ricky, der in der Tat ein mit Schlaftabletten präpariertes Steak für diese Gelegenheit mitgebracht hat.

»Taking care of business«, knurrt Isa und wendet sich dem scharrenden Hund zu, dessen immenses Gewicht und enorme Körperkraft das Gitternetz herunterzudrücken drohen.

Es macht Plopp, etwas zischt durch die Luft und im nächsten Moment gibt das Tier einen fragenden Laut von sich. Dann kippt es auf die Seite.

Die Jungs starren Isa mit offenem Mund an.

Sie schiebt die Betäubungspistole zurück in den Gürtel. »Reiche Tierarzteltern.«

Zum Teufel. Ricky hat ja geahnt, dass ihm diese Bemerkung noch in den Hintern beißen würde. Isa lässt keine noch so kleine Spitze, keinen noch so minderen verbalen Seitenhieb jemals ungesühnt. Aber dieses Mal hat sie sich in Sachen Retourkutschen wohl selbst übertroffen.

Hastig steigen sie über das schlafende Tier, von dem Andy schnell ein Foto macht, und schleichen ins stockfinstere Innere des Hauses. Dielen knarzen unter ihren Füßen.

Wieder keine tödlichen Fallen. Keine Alarmanlage. Nur altes Gerümpel und Finsternis.

Isa knipst eine Taschenlampe an und bestaunt die Zeitungsausschnitte an der Wand, woraufhin die Jungs sie Richtung Kellertüre lotsen. Davor halten sie inne.

»Da unten ist der richtig kranke Kram«, haucht Ricky nervös.

Andy fasst die Kamera fester, Isa die Türklinke, Ricky sich ein Herz: Als die Tür ohne Widerstand aufschwingt und die in schwaches Licht getauchte Treppe offenbart, geht er als Erster hinunter.

Einen Fuß vor den anderen. Nichts überstürzen. Kein Geräusch machen. Beim ersten Anzeichen eines Geisteskranken, Moms Pfefferspray einsetzen und wegrennen.

Doch er schafft es ohne Zwischenfall nach unten. Im spärlichen Licht sieht er all den technischen Kram herumliegen. Weiter hinten den alten Schneepflug an der Auffahrrampe samt Garagentor. Die Plane, die noch immer etwas Großes, Eckiges abdeckt und unter der jetzt eindeutig Lampen blinken. Ein leises, kaum wahrnehmbares Summen geht von dem Objekt aus. Daneben erkennt er nun zudem ein altes Amateurfunkgerät, offensichtlich aktiv.

Doch all das lässt er unbeachtet. Was ihn interessiert, ist die verstärkte Tür und das, was sich dahinter befindet.

Zu dritt stehen sie davor und machen sich bereit, sprechen sich stumm Mut zu. Isa hat die Pistole nachgeladen, während Andy Kamera und Baseballschläger präsentiert.

Rickys zitternde Hand nähert sich dem Türgriff – dieses Mal kommt ihm niemand zuvor. Verschlossen. Dafür springt jetzt grelle Beleuchtung an, gleichzeitig fällt die Kellertür mit einem Knall ins Schloss.

Bis ins Mark erschrocken, wirbeln die Teenager herum – und erstarren.

Vom Treppenabsatz aus ragt er über ihnen auf: hochgewachsen, alt, finster unter der Hutkrempe hervorguckend und mit einer Pistole in seiner knorrigen Hand.

»Hallo«, sagt Hank Shadick mit rauer Stimme.

Für einen Moment herrscht absolute Stille.

»Ihr habt meinen Hund betäubt«, bricht Shadick das

Schweigen. »Eli wird langsam wirklich alt. Ebenso wie sein Herrchen.« Ein trauriges Schmunzeln huscht über sein Gesicht.

Ricky schaut zu Isa, die ihre Pistole hebt, und drückt ihre Hand herunter. Der Lauf von Shadicks 45er Colt, den Ricky aus unzähligen Kriegsfilmen kennt, zeigt zwar momentan nicht direkt auf sie, aber schon wenige Millimeter und ein Beugen seines Zeigefingers würden sie in Hackfleisch verwandeln.

Fast wie in Zeitlupe geht der Hausherr die knarrende Treppe herunter, ehe er vollends ins Licht tritt. »Eure Neugierde hat euch also endlich hergetrieben, Ricky und Andy.«

»Sie kennen unsere Namen?« Andy klingt beinahe geschmeichelt.

»Ihr beobachtet mich, seit ich zurückgekehrt bin. Zwar bin ich alt, aber nicht blöd. Ich weiß über euch Bescheid, hatte nur gehofft, dass ich verschwunden sein würde, bevor es zu all dem hier kommt.«

»Zurückgekehrt?« Der Gedanke, den Mann am Reden zu halten, um sich unauffällig nach einem Fluchtweg umzusehen, erscheint Ricky clever. Er hat eine Hand in die Jacke gesteckt und drückt die Sendetaste des Walkies. Vielleicht hört jemand mit.

»Ich kann nicht weit ausholen, Ricky, dafür fehlt mir die Zeit. Aber ich habe schon einmal hier gewohnt – nicht in diesem Haus, aber in Bleak Pine. Mit meiner Frau Liz und meiner Tochter Kim. Hier, im Gate House, lebten die Faradays. Freunde von uns. Alles war gut, bis vor dreißig Jahren.« Sein Griff um die 45er wird fester, die Fingerknöchel treten weiß hervor. »Alles war gut, bis sie es wirklich durchgezogen haben. *Er*. Und Sarah und Scott Faraday und die anderen. Und dann, ja …« Er lacht heiser auf und in seinen blassblauen

Augen funkelt etwas.

Wahnsinn, wird Ricky klar.

»Das Unheil kam mit dem Wind. Und damit war die Party zu Ende. Das Feuer verschlang Creedence Hall. Sarah und ihre Kinder brannten wie die Kerzen. Die Hitze verschmolz Masken mit Gesichtern, Flammen leckten nach den Champagnerflaschen und ließen sie zerplatzen. Und Liz, nun ...« Er mahlt mit den Zähnen. Kleine Schweißperlen glänzen auf seiner Stirn. »Liz -« Shadick stockt mit einem Schaudern. Sein linkes Augenlid zuckt unkontrolliert. »Sie griff nach dem Schürhaken und ...« Er schluckt schwer. »Damals hatte ich keine Pistole, aber ich kenne andere Wege, zu töten. Wenigstens das lernte ich bei der Agency, auch wenn es mir trotz *Gondola Wish* nicht vergönnt war, das Desaster vorauszusehen. Kim und ich überlebten, aber ich sah sie nie wieder. *Er* sorgte dafür. Doch jetzt bin ich zurück.«

»Was labern Sie da eigentlich, Mister?« Isa steht wie paralysiert da.

»Es wird dort enden, wo es begonnen hat«, sagt Shadick schlicht. »Tut mir leid, aber ihr müsst heute Nacht hierbleiben.« Er fummelt etwas aus seiner Tasche und wirft es Isa mit einem metallischen Klimpern vor die Füße. »Leg die Puste weg und euch allen die hier an.«

Die Waffe klappert zu Boden und Isa hebt drei Paar Handschellen auf. Nach einem kurzen Zögern fesselt sie mit erstaunlich routinierten Handgriffen sich und die Jungs aneinander. Der Stahl ist eiskalt um Rickys Handgelenk.

»Kette dich an die Werkbank. Es ist da draußen heute nicht sicher. Ihr bleibt bis zum Morgengrauen hier. Wenn mein Plan funktioniert, wird das alles hier bedeutungslos sein und ihr werdet in euren Betten aufwachen, fröhlich und mit Bäuchen voller Süßkram. Mein Durst wird dann gestillt sein.

So oder so werde ich Frieden finden.«

»Aber dazu müssen Sie zuerst befreien, was hinter dieser Tür haust«, flüstert Andy, der leichenblass im Gesicht ist, verstehend. »Die Kreatur, die Sie hier unten erschaffen haben!« Er klopft gegen den Stahl hinter sich.

Ein weit lauteres Klopfen von jenseits der Türe antwortet ihm. Rickys Herz macht einen Sprung.

Shadick lächelt breit. »Die Kreatur hinter dieser Tür bleibt, wo sie ist. Egal, wie es ausgeht: Dies wird ihre letzte Nacht auf Erden sein.«

Isa schaut auf die stählerne Kette, die sie an die Werkbank fesselt. Vermutlich fragt sie sich ebenso wie Ricky, ob dies ihre letzte Nacht sein wird.

»Viel Glück, Kinder.« Shadick legt den Colt auf die Werkbank und bewegt sich auf das mit der Plane abgedeckte Objekt zu.

Als er sie herunterzieht, bietet sich den Kids ein Anblick wie aus einem Science-Fiction-Thriller. Eine Kammer, gespickt mit blinkenden Lampen, Schläuchen und Drähten. Eine retrofuturistische Telefonzelle.

»Es wird dort enden, wo es begonnen hat«, wiederholt Shadick, tritt ein und schließt die Tür hinter sich.

Die Kinder tauschen fassungslose Blicke aus, als die Kammer zu vibrieren beginnt, das Licht sich dimmt und ein mechanisches Surren laut wird. Ricky spürt, wie sich sämtliche Härchen an seinem Körper aufstellen. Die Vibration überträgt sich auf das gesamte Gebäude und sie haben Mühe, auf den Beinen zu bleiben. Putz rieselt von der Decke.

Ricky schwindelt es und das Pochen hinter seinen Schläfen setzt erneut ein. Die Wände werden schwarz und scheinen zu expandieren, nur um sich kurz darauf wieder zusammenzuziehen. Ein gewaltiger Blitz fährt durch die Kammer, das Licht flackert …

Dann Stille.

Für ein, zwei Sekunden steht die Kammer einfach da. Dann springt die Tür auf. Rauch quillt aus dem Innern. Ein Gestank nach Ozon, verbranntem Plastik und Barbecue macht sich breit.

»Ihr wollt mich doch verarschen.« Isa fingert eine Haarnadel aus der Frisur und macht sich am Schloss der Handschellen zu schaffen.

Andy sagt nichts, er zittert am ganzen Leib. Auch Ricky schweigt. Und schreit auf, als ein blitzschneller Schemen aus Richtung der Treppe auf ihn zugeschossen kommt.

Ehe sie mit Ricky kollidieren kann, kommt Kaye strauchelnd zum Stehen. In ihrem Kostüm hat er sie zunächst für die echte Wonder Woman gehalten und die anstehende Rettung durch eine Comicfigur als die natürlichste Sache der Welt angesehen.

»Was ist hier los, Mann?«, schreit sie und schüttelt ihn. Hustet wegen des beißenden Rauchs, der den Keller erfüllt.

»W-was m-machst du hier?« Ricky wird vor lauter Gestank – jetzt auch wieder jener süßliche Mief, den er bereits draußen gerochen hat – und Geschüttel schlecht.

»Sie ist die Kayevallerie.« Ketten rasseln zu Boden, Isa reibt sich die Handgelenke und befreit dann ihre Freunde von den Fesseln.

Kayes Blick fällt auf den Colt. Sie grabscht danach, checkt den Ladezustand und steht dann unschlüssig da. »Ich hab mir Sorgen gemacht und bin mit Clark hergefahren. Er hat sich verpisst, als diese Typen aufgetaucht sind.«

»So ein Arschloch«, zischt Ricky, dann hält er inne. »Was für Typen?«

»Bewaffnete. Wir müssen hier weg.«

Oben werden Stimmen laut. Ein Hund bellt. Jemand schreit. Dann ein dumpfer Knall hinter der Kellertüre. Fast, als würde eine aufgeblasene Papiertüte zum Platzen gebracht.

»Durch die Tiefgarage!«, ruft Ricky. Er hat die Lage evaluiert: Besser da durch als die Kellertreppe hoch!

»Warte!« Andy hält ihn zurück. »Was ist mit der Kreatur?«

Kaye wölbt fragend eine Braue und Ricky deutet zögerlich auf die verstärkte Tür.

Erstere hebt kurzerhand die Waffe. »Ey, du da drinnen! Geh in Deckung, wir schießen die Tür auf!«

»Das ist keine gute -« Den Rest von Rickys Satz verschluckt die 45er. Das Schloss zerplatzt, Splitter pfeifen durch die Luft.

Rickys Ohren klingeln, als ein ausgezehrter Mann jenseits der Sechzig aus der zerstörten Türe schlurft. Sein Gesicht ist blutverschmiert, ebenso das Hemd samt Krawatte. Die Haare stehen ihm fettig vom Kopf ab. Vom Revers hängt ein Namensschild, das ihn als Dr. Ulysses Scurrell vom hiesigen Wasserversorger ausweist.

Kaye richtet die Waffe auf ihn. »Stehenbleiben. Sie sagen uns jetzt, was hier los ist. Sofort.«

Als der Kerl verklärt grinst, sieht man, dass ihm mehrere Zähne fehlen. Er guckt sich orientierungslos um. »Ist er schon durchgegangen?«, fragt er und wirkt etwas enttäuscht dabei.

»Wer zum Geier sind Sie?« Andys Stimme klingt hilflos. »Wieso hält Shadick einen Klärwerksmitarbeiter gefangen?«

»Fargo macht mich für das Ableben seiner Familie verantwortlich.« Er richtet seine Krawatte. »Ein Geisteskranker. Hat über zwanzig Jahre in Pescadero gesessen, weil er Creedence Hall niedergebrannt hat. Dabei hatte ich es gerade erst gekauft und wollte es renovieren. Bis er durchgedreht ist, war es eine tolle Halloweenparty! Ich musste einige Hebel in Bewegung setzen, um die pikanten Details aus der Presse rauszuhalten.«

Ricky mustert den Kerl, der ihm ein wenig zu aalglatt vorkommt. »Shadick heißt nicht Shadick?«

»Hieß«, korrigiert Isa, die damit beschäftigt ist, die Kammer zu untersuchen. Sie verzieht das Gesicht. »Echt eklig.«

Ihre Freunde und der Doktor, den Kaye scharf im Auge behält, treten hinter sie. Ricky erhascht einen Blick in die Kammer. Die Innenwände sind von einer teerigen Masse bedeckt, die zäh zu Boden tropft. In blubbernden, beißend stinkenden Pfützen liegen ein qualmender Schuh und eine halb geschmolzene Armbanduhr.

»Totale Protonenumkehr«, flüstert Andy.

»Kommt jetzt, Leute«, sagt Ricky und deutet Richtung Garagentor.

Schwere Schritte nähern sich von oben.

»Wir können da jetzt nicht raus!«, zischt Scurrell.

»Wegen der Bewaffneten?«, fragt Kaye. »Schlechte Nachrichten, Doc: Die sind längst hier.«

Wie um ihre Worte zu bestätigen, wird die Kellertür mit einem Bersten aufgetreten. Die Silhouette eines grässlich anzuschauenden Mutantens mit langer Schnauze, Glotzaugen und sichelförmigen Klauen erscheint im Türrahmen. Langsam stampft er die Treppe herunter.

Auf den zweiten Blick erkennt Ricky, dass es sich lediglich um einen großen Kerl in Tarnklamotten handelt, der eine ABC-Schutzmaske im Gesicht und eine Machete in der Faust trägt.

Er hält inne, als er in den Lauf des Colts schaut; hebt die Machete.

Kaye zögert nicht. Die Pistole bockt in ihrer Hand auf.

Trotz des Rückstoßes hat sie gut gezielt: Die Kugel durchschlägt die Schulter des Mannes und spritzt sein Blut an die Kellerwand dahinter. Er stöhnt auf, fällt kopfüber die letzten Stufen herunter. Es knackt ungesund.

Alle Anwesenden verziehen die Gesichter, aber sie haben keine Zeit zu verlieren.

»Zum Pflug!« Andy hakt Isabella unter und rennt Richtung Garagentor.

Kaye, offensichtlich mit einem Mal von Angst vor ihrer eigenen Courage erfüllt, lässt die rauchende Waffe fallen, packt ihrerseits Ricky und setzt mit ihm im Schlepptau über einen Tisch hinweg. Obwohl er sich dabei das Schienbein prellt, wächst seine Verehrung für sie mit jeder Sekunde.

»Doc, kommen Sie!«, ruft er der blutverschmierten Geisel zu, die mit sich zu ringen scheint.

»Wir können unmöglich raus! Nicht vor dem Morgengrauen!«, brüllt dieser und bleibt, wo er ist. Bis weitere Vermummte die Treppe herunterpoltern. Rasch schnappt er etwas von einer Werkbank und schafft es irgendwie, Kaye und Ricky zu überholen.

Alle erreichen gleichzeitig den Schneepflug, als das Garagentor sich schnarrend zu öffnen beginnt.

»D-das ist S-selbstmord!«, bibbert der Doktor.

»Wovor haben Sie solche Angst?« Isa hat wieder die Betäubungspistole zur Hand und beäugt ihn misstrauisch.

Er schaut furchtsam zum Tor, das rasch nach oben fährt, und klettert dann hinters Steuer. Wirft die Gasmaske, die er von der Werkbank mitgenommen hat, in seinen Schoß und findet den Zündschlüssel hinter der Sonnenblende. »Jetzt ist ohnehin alles egal.«

Die Kids steigen zu.

Rickys Augen weiten sich, als sein Blick in den Rückspiegel fällt. »Shit, wo kommen die alle her?«

Weitere Eindringlinge tauchen hinter dem Wagen auf. Sie tragen allerlei Waffen, sogar Sturmgewehre mit Schalldämpfern – viele davon offensichtlich Marke Eigenbau. Zwei treten vor und reißen sich die Gasmasken herunter.

»Shelby Quarles!«, stöhnt Andy auf. »Dad ist Stammkunde in seinem Eisenwarenladen.«

»*QAnon*-Milizspinner sollte man nicht unterstützen«, zetert Isa, während der Doktor versucht, den Schneepflug anzuwerfen. Der Motor stottert, hustet und ächzt.

»Und wieso ist mein Handy tot?«, fügt sie an, frustriert und echter Panik nahe.

»Es kommt schlimmer«, sagt Kaye mit einem Blick auf die entrückt lächelnde Frau neben Quarles. »Das ist Ms. Macombe!«

»Die Erdkundelehrerin?«, krächzt Ricky. Für eine Sekunde sieht er verschwommen, dann fährt ihm wieder der Schmerz durch den Schädel. *What the fuck!*

»Kinder!«, ruft Macombe mit zuckersüßer Stimme. »Bleibt bitte hier, wir müssen den Doktor leider ermorden. Hanks Mission scheint gescheitert, sonst wäre Scurrell nicht mehr hier. Also müssen wir ihm und seinen Wasserwerk-Lakaien das Handwerk legen. Aber das passt: Wir haben Durst mitgebracht.«

»Rachedurst«, grollt Quarles zustimmend.

Scurrell dreht erneut den Zündschlüssel. Der Motor rülpst.

Draußen ist es indessen mit einem Schlag helllichter Tag – eine Art Flutlicht strahlt ihnen durch das offene Tor direkt in die Augen.

»Es ist nichts Persönliches«, sagt Macombe und zielt auf Rickys Gesicht.

Ein hundertzehn Pfund schwerer Schatten fliegt durch die

Luft und rammt die Lehrerin um wie eine Strohpuppe. Rasiermesserscharfe Zähne verbeißen sich in Quarles‘ Arm.

Eli nimmt es offenbar sehr wohl persönlich.

Während der Motor mit einem durchdringenden Gurgeln anspringt, zeigt Ricky den Angreifern den Mittelfinger.

Mit der Kraft eines wilden Stiers jagt der Schneepflug die Auffahrt der Tiefgarage hoch. Schemen springen in Deckung. Sie rasen weiter auf die Miniatursonne zu, die das ganze Areal bis hin zum Winsome Forest bestrahlt.

Der Frontalcrash trifft sie wie der Faustschlag eines Riesen. Das Licht erstirbt und auch Ricky wird für einen Moment schwarz vor Augen. Dann träge Bewegungen, verschwommene Schatten – wie unter Wasser.

Insektoide Fratzen glotzen hungrig aus der Finsternis.

Glas splittert, Blut spritzt und der Doc stöhnt.

Andys Stimme, die überschnappt. »Weiterfahren!«

Ricky hört ihn wie durch Watte. Er zwingt mit Mühe die Galle herunter. Da ist wieder dieser Geruch und vor ihm dreht sich alles. Er weiß nicht, ob sein Zustand nur der Aufregung geschuldet ist. Ein flaues Gefühl scheint ihm etwas anderes zuzuflüstern.

We're all mad here ...

Scurrells Fuß tritt das Gaspedal durch. Schlamm spritzt, es stinkt nach verbranntem Gummi und Abgasen. Die Tür auf Rickys Wagenseite springt auf. Ein vermummter Unhold mit einer Axt stiert auf ihn herab.

Kayes Stiefel findet die Leiste des Angreifers. Die Tür fällt zu. Ihre grüne Augen fordern mit einem Mal seine ganze Aufmerksamkeit. Ihre Gesichter trennen nur wenige Zentimeter. Obwohl sie sichtlich Angst hat, erhellt ein Lächeln ihre Züge.

»Kaye, ich -«, setzt er an, im Angesicht des Todes von einem merkwürdigen Mut erfüllt. Die Übelkeit ist verflogen.

Er muss es ihr sagen!

»Psst«, unterbricht sie ihn und verschließt seine Lippen mit ihren.

Während um sie herum der Motor erstirbt und Andy wie ein Irrer in sein Walkie schreit, aber nur ein verzerrtes Schlaflied als Antwort erhält, wird in Rickys Kopf ein Feuerwerk gezündet. *Jetzt kann ich glücklich sterben.*

Und sterben werden sie. Es gibt kein Entrinnen. Aber wenn es sich so anfühlt, ist es gar nicht so schlimm.

Als ein neues Geräusch ertönt, öffnet er blinzelnd die Augen. Ein kastenförmiger, holzverkleideter Dämon kreischt durch hohes, vertrocknetes Unkraut heran, die altersschwachen Frontlichter wütende Leuchtfeuer, der brüllende Motor der Schlachtruf eines Kriegsfürsten.

Nun, eigentlich ist es nur ein alter Kombi mit kaputtem Keilriemen, aber so ganz will Rickys Fantasie trotz allem nicht schweigen.

Die Milizionäre drehen sich um und sind zu verblüfft, um einen Schuss auf das Fahrzeug abzugeben. Ein Mann küsst den Kühlergrill und fällt zu Boden, dabei einen Jagdbogen fallenlassend, der Rest läuft Hals über Kopf davon.

Die Freunde wechseln Blicke.

Scurrell regt sich in seinem Sitz. Aus seinen Wunden sickert Blut. »Nicht ... atmen«, bringt er röchelnd hervor. Roter Schaum wirft Blasen auf seinen Lippen. Er sackt zusammen und rutscht am Lenkrad herab.

»Er erstickt«, sagt Isa.

»Ja, aber das hat er nicht gemeint«, antwortet Andy und präsentiert Scurrells Gasmaske.

Draußen wird eine Hupe betätigt. Ricky holt tief Luft. »Wir wechseln uns ab«, sagt er. »Jeder nimmt vier Atemzüge, dann reicht er die Maske weiter.«

Gemeinsam steigen sie aus.

Gemeinsam würden sie der ganzen Welt die Stirn bieten.

Hand in Hand rennen sie auf den lädierten Kombi zu.

Seine Mutter klaubt den Bogen vom Boden auf und legt über die Motorhaube ihrer Familienkutsche auf eine letzte Milizionärin an, die vor ihr Richtung Winsome Forest flieht.

»Mom, nicht atmen!«, brüllt Ricky und gibt die Maske an Andy weiter.

»Noch einen Sohn verliere ich nicht, du Miststück«, hört er sie knurren. Sie zielt, spannt die Sehne und lässt los. Der Pfeil ist nicht mehr als ein sachtes Flüstern in der Nacht. Die Frau fällt um wie ein nasser Sack. Irgendwo zirpt eine Grille.

»Einsteigen!«, befiehlt Mom.

»Alter!«, grient Andy hinter der Maske. »Deine Mom ist Katniss fucking Everdeen.«

»Scheiß auf Katniss!«, schnauft Ricky, trotz allem von Ehrfurcht für seine Mom erfüllt, als alle eingestiegen sind.

Der Wagen verlässt den Hof und schlingert mit quietschenden Reifen die Straße hinauf.

»Wie hast du uns gefunden, Mom?« Ricky ist völlig überfordert.

»Eure Walkies. Dein Dad und ich haben das dritte. Ab und an … reden wir mit Josh.«

»Nekromantie. Cool!« Andy nickt euphorisch.

Der Blick, den Mrs. Hicks ihm im Rückspiegel zuwirft, könnte Milch sauer werden lassen.

»Was macht das Kalb auf der Rückbank?«, will sie unvermittelt wissen und Andy und Isa scheinen erst jetzt zu merken, dass der gewaltiger Rüde hechelnd zwischen ihnen hockt.

»Ich hab Dot ja versprochen, dass ich ihr was Süßes mitbringe«, murmelt Ricky und Eli bellt.

Sie halten nicht an, bis sie zu Hause sind. Einmal überfahren sie fast eine verwirrte Oma im Nachthemd. Irgendwo in der Stadt brennt es.

»Was geht hier nur vor?« Kayes Frage bleibt unbeantwortet.

01:26 UHR

In Rickys Zimmer sitzen sie eine Weile schweigend auf dem Bett. Schließlich macht Andy den Anfang und lächelt in die Runde. Die Freunde werfen sich warme Blicke zu.

»Mit der Triple A wird's wohl nix«, sagt Kaye. »Die Kohle wird für den Psychiater draufgehen.«

»Was ist eigentlich mit dem Doc und den ganzen anderen Leichen? Müssen wir in den Knast?« Isa scheint die Vorstellung auf perverse Art zu gefallen.

Ein Knacken aus Andys Jackentasche kommt jeder Chance auf eine Antwort zuvor und reißt sie aus ihrer hart erkämpften Idylle. Wortlos holt er das Walkie-Talkie hervor.

»Kim? Liz?«, dringt eine verzerrte Stimme aus dem Gerät.

Ricky spürt, wie alle Farbe aus seinem Gesicht weicht.

»Könnt ihr mich hören? Wo seid ihr? Wenn ich richtig liege, sind wir bald wieder vereint. Ich habe die Formel über drei Dekaden perfektioniert. Nicht mehr lang, Kim. Nicht mehr lang, Liz. Diesmal wird alles gut. Keine Flammen, keine Masken, kein Zwischenfall. Ich verspreche es. Blut wird fließen, aber nicht eures. Dieses Mal nicht.«

Mit einem letzten Knistern und einem atmosphärischen Jaulen erstirbt Shadicks Stimme.

Andy schaut fassungslos auf das Gerät. »Wie ist das möglich?«, murmelt er. Dann scheint ihm etwas einzufallen, das er aber sofort verwirft. »Ein *Tachyon-Antitelefon* könnte nicht ...«

Ricky steht stumm auf, nimmt Andy das Walkie ab und wirft es aus dem Fenster.

»Nur ein seltenes Naturphänomen«, sagt er tonlos. Die Blicke, die er Andy zuwirft, haben etwas Beschwörendes. »Etwas in der Ionosphäre. Ein Sonnensturm. Lief auf allen Sendern.«

Nach unmerklichen Zögern nickt Andy. »Atmosphärische Störungen könnten unter Umständen dafür sorgen, dass ... Funkwellen, und damit gewisse Übertragungen, zeitversetzt hier ankommen«, mutmaßt er stockend. Er wirkt nicht überzeugt. Aber da kann Ricky ihm jetzt nicht helfen. Nicht jetzt und nicht in Zukunft.

»Sonnenstürme können allerlei weirden Scheiß anrichten«, murmelt Andy. Ricky nickt und legt seinem Freund einen Arm um die Schulter. Gemeinsam treten sie ans Fenster.

In der Ferne liegt Gate House finster und verlassen da.

Für den Moment.

SIEBEN STUNDEN

von Julia Niederstraßer

Hoppe, hoppe Reiter, wenn sie fällt, dann lacht er.
Fällt sie in den Graben, fressen sie die Raben ...

UHRZEIT UNBEKANNT

MAYA BROWN IST eine Lügnerin.

Wie erstarrt schielt sie auf den nassen Stoff ihrer Jeansjacke. Die Feuchtigkeit durchdringt ihre Hose, sickert bis auf die Haut. Womöglich bis in das weiche Etwas, das sie unter sich spürt. Es fühlt sich klebrig an, trotzdem krallt sie ihre Finger hinein. Alles dreht sich. Das Rot brennt sich in ihre Augen, sorgt dafür, dass der schummrige Raum verblasst.

Wo bin ich?

Panik steigt in ihr auf, als sie realisiert, dass sie nicht träumt, sondern etwas ganz und gar nicht stimmt. Ein plötzliches Knacken über ihr lässt sie zusammenschrecken und aufspringen. Ihre Sicht wird klarer. Trotzdem verheddert sie sich in den Stoffbahnen des Himmelbettes, in dem sie bis gerade gelegen hat.

»Hallo?« Mayas Stimme ist dünn. Mit den Armen rudernd

befreit sie sich aus den Fängen des Stoffes und stürzt zu Boden. »Hallo?«, wiederholt sie, stützt die Hände auf den rauen Teppichboden und rappelt sich auf.

Von Panik erfüllt dreht sie sich um ihre eigene Achse. Die Matratze, auf der sie gerade noch gelegen hat, ist durchtränkt mit ... Blut? Maya sieht an sich herunter. Es ist überall.

Ein Keuchen bricht über ihre Lippen. Wie ein Tier sucht sie panisch nach einem Fluchtweg.

»O Gott ...«, schluchzt sie. Es gibt keine Fenster, kein Tageslicht, nur eine nackte Birne, die über ihrem Kopf baumelt und schwaches Licht spendet.

Da, eine Tür. Sie stürzt darauf zu, keucht erleichtert auf, als sie sich öffnen lässt. Blind stolpert sie mit einem »Hilfe!« auf den Lippen in den spärlich beleuchteten Raum, nur um gegen etwas Hartes zu stoßen. Ein Stuhl vielleicht? Schmerz zieht durch ihren Körper, aber sie ist zu abgelenkt von dem Anblick, der sich ihr bietet, um sich darauf zu fokussieren. Abermals schreit sie, schlägt sich die Hand vor den Mund, weshalb der Geruch von Eisen in ihre Nase dringt.

Dutzende Augenpaare sind auf sie gerichtet.

Ihr Atem stockt.

Gemälde. Es sind nur Gemälde, versucht sie erfolglos, sich zu beruhigen.

Die hellen Porträts stechen in dem schummrigen Licht brutal hervor, scheinen sie allesamt anzustarren. Bis gerade toste die Panik so laut in ihr, dass sie jetzt erst bemerkt, wie still es um sie herum ist. Mucksmäuschenstill.

Zwischen den zahllosen, geklonten Gesichtern und ihr herrscht absolutes Schweigen. Maya kennt das süffisante Lächeln; hat es schon hunderte Male in Unterrichtsbüchern oder Dokumentationen gesehen.

Das vor ihr ist die Mona Lisa. Nicht nur eine davon, sondern sicher zwanzig. Und alle fixieren sie, als würden sie ihr dunkelstes Geheimnis kennen.

»Was ist das für eine kranke -«

Abermals ertönt dieses Knacken und sie reißt den Kopf nach oben. Nichts.

»Hilfe!«, ruft sie, doch niemand antwortet. Die dunklen Wände schlucken Mayas Schreie, verwehren ihr die Hilfe, um die sie bettelt.

Es knackt erneut. Das Geräusch klingt nach dem An- und Ausschalten eines Mikrofons, da ist sie sich sicher. So etwas hat sie schon tausendmal in der Schule gehört, was bedeutet, dass irgendjemand in der Nähe sein muss. Unsicher, ob dies beruhigend oder vielmehr angsteinflößend ist, legt sie den Kopf noch weiter in den Nacken. Ihr Blick huscht an den Holzbalken entlang, ist auf der Suche nach dem Ursprung des ihr vertrauten Geräusches.

Am liebsten will sie sich weinend zusammenkauern, denn sie durchfährt eine bittere Erkenntnis: Sie wurde entführt. Ständig berichten die Nachrichten von jungen Mädchen, die nicht mehr zu Hause ankommen. Immer sind sie aufstrebend, anständig und freundlich – genau wie sie. Und nun hat es sie getroffen.

Tränen lassen ihre Sicht verschwimmen. Ihre Eltern würden sie suchen, sie würden sie finden. Das würden sie doch, oder?

Entführt. Ich wurde entführt. Ihr wird schlecht. Sie kann nicht klar denken. Das Einzige, was bleibt, ist das Gefühl, beobachtet zu werden.

Knack.

»Bitte ... Ich ...« Ihr Atem passt sich der Geschwindigkeit ihres Herzens an. »Was wollen Sie von mir? Wenn Sie Geld brauchen, werden meine Eltern Ihnen alles geben, was Sie wollen, aber bitte ... Bitte lassen Sie mich gehen. Lassen Sie mich hier raus! Ich werde niemandem irgendetwas sagen. Tun sie es, bevor man nach mir suchen und uns beide hier finden wird ...«

Ein Schauder kriecht über ihren Rücken, fast so, als wolle ihr Körper sie daran erinnern, dass sie lügt. Schließlich weiß sie nicht, wie lange sie bereits hier ist. Sie hat keinerlei Erinnerungen; keinen blassen Schimmer, was passiert und wie sie hierhergekommen ist. Eben befand sie sich noch auf dem Weg zur *Red River Hall*, in der sie seit ein paar Wochen ein Praktikum macht, und plötzlich wird alles um sie herum duster und sie wacht orientierungslos in diesem ... Gebäude auf. Sie hat keine Ahnung, ob ihre Mom und ihr Dad sie wirklich bereits vermissen. Weder ihren Rucksack, den sie bei sich trug, noch das Handy aus ihrer Jackentasche kann sie an diesem Ort finden. Auch ihre Uhr ist fort, das Erbstück von Granny. Maya könnte also bereits Stunden oder Tage verschwunden sein.

Ersteres würde bedeuten, dass ihre Eltern sie bei ihrer Chefin Lauren vermuten und davon ausgehen, dass sie nicht vor dem Morgengrauen nach Hause kommt. Es würde bedeuten, dass Lauren ihre einzige Chance wäre. Sie müsste ihre Abwesenheit unter all den Gästen des Maskenballs bemerken und die Polizei alarmieren – sie würde es tun, nicht wahr? In einer überschaubaren Straße wie der Red River Lane hätte man sie sicherlich längst aufgespürt, wenn sie bereits Tage hier wäre. Wochen.

Sie erstarrt. Ist sie überhaupt noch in Bleak Pine?

Sie kann nicht einschätzen, ob das flaue Gefühl in ihrem Magen von der Aufregung oder dem Hunger kommt ... Ist ihr Mund so trocken, weil sie zu lange nichts mehr getrunken hat?

Maya schluckt. Wann ist in den letzten Monaten irgendetwas so gelaufen, wie sie es wollte? Selbst die Arbeit im Gemeindehaus ist aufwendiger als gedacht. Das Empfehlungsschreiben für die Yale hätte leichter zu ergattern sein müssen. Zumindest, wenn es nach ihr und ihrem Plan ginge. Doch hier sitzt sie nun, wartet darauf, dass das Knacken zurückkehrt und irgendjemand Kontakt zu ihr aufnimmt. Wider Willen schielt sie zu dem getrockneten Blut, das ihr T-Shirt versteift. Gänsehaut überzieht ihren Körper.

Nein, redet sie stumm auf sich ein. *Das ist nicht echt.*

»Hallo?« Abermals sind ihre Worte der einzige Klang. Dieses Mal haben sie beinahe etwas Trotziges an sich. »Bitte, wer auch immer du bist, ich weiß, dass du da bist.« Bei all den Fragen, auf die Maya keine Antwort hat, ist diese Sache offenkundig.

Angestrengt mustert sie die Gemälde, die sie umzingeln. In ihrer Lage ist es vermutlich kein kluger Schachzug, vorlaut zu werden, doch sie schiebt ihre Reaktion auf das Adrenalin, das durch ihren Körper pulsiert. Irgendwo hat sie mal gelesen, dass man Angreifern oder Entführern so viel über sich selbst erzählen soll, wie möglich, um sie emotional zu beeinflussen und an ihr Gewissen zu appellieren.

Aus irgendeinem Grund huscht das Bild eines gesichtslosen Mannes vor ihrem inneren Auge vorbei. Es währt nur wenige Sekunden, hat keine Chance gegen das hohe Fiepen, das plötzlich von den Wänden hallt.

Die Hände auf die Ohren gepresst, sieht sie sich um. Ihre Muskeln sind angespannt, schalten auf Alarmbereitschaft und ziehen sich zusammen, als eine grelle, mechanisch verstellte Stimme ertönt. »Maya Brown. Du bist hier, um deine Beichte abzulegen.« Die letzten Silben gehen in einen pfeifenden Luftzug über, wecken in Maya eine Assoziation, die sie nicht greifen kann. Ihre Gedanken werden von ihrem rasenden Puls versperrt. Mit geweiteten Pupillen fliegt ihr Kopf von links nach rechts, fahndet nach der Quelle.

»Siehst du das Blut an deinen Händen? An deiner Kleidung?«

Automatisch kneift sie die Lider zu, will nicht sehen müssen, wovon die Person spricht.

»Aaaah, nun gut, nun gut. An deiner Stelle würde ich auch nicht anschauen wollen, was du getan hast; wozu du fähig bist.«

Mayas Atem entweicht stoßweise, vermischt sich mit ihrem kaum wahrnehmbaren Keuchen. Immer wieder schnellt ihr Blick zwischen Dutzend Augenpaaren hin und her. Es sieht aus, als würden sie sich bewegen.

»Willst du wissen, was du verbrochen hast, bevor es die ganze Stadt erfährt?« Panik pocht hinter ihren Schläfen, bringt ihre Hände zum Zittern.

»Nein!«

Was auch immer sich während ihrer Erinnerungslücke zugetragen hat, es darf nicht publik werden. Yale ist sonst Geschichte. Der Plan, als Erste in der Familie zu studieren, darf nicht scheitern. Voller Blut zu sein, verheißt nichts Gutes. Unwissenheit jedoch ebenso wenig.

Sie ballt die fahrigen Finger zu Fäusten und nickt. »Okay.« Sie nickt noch immer, bestärkt sich selbst damit, den Mut zu finden, die nächsten Worte freizugeben. »W-was ist passiert?«

Zwischen ihrer Frage und der Antwort der gesichtslosen Stimme passt nicht mal ein Wimpernschlag. »Du hast sieben Stunden, Maya Brown. Sobald die Ausgangssperre zu Ende ist, erhalten alle Einwohner das Video, auf dem du zu erkennen bist. Du und eine weitere Person. Dir bleiben sieben Stunden, in denen du die Gelegenheit bekommst, deine Beichte abzulegen. Beichte, was du getan hast. – Und Maya?«

Ein Blinzeln und ein wackliges »Ja« sind alles, was sie zustande bringt.

»Kleiner Spoiler: Es ist schrecklich. Mehr als das.«

Mit einem erneuten Knacken verstummt die Stimme und Maya ist wieder allein. Schlagartig schaltet sich ein Licht ein, erschreckt Maya derart, dass sie einen Satz zurück macht. Ein Lichtkegel erhellt den Teil des Raums, in dem eine Mona Lisa steht, die ihre Aufmerksamkeit zu suchen scheint. Glitzernde Staubpartikel tanzen in der Stille, wirken neben der noch immer in der Luft schwebenden Prophezeiung ihres Entführers grotesk.

Einen Moment lang starrt Maya auf das Schauspiel des Lichts, ist unfähig, sich zu bewegen, weil die nachhallenden Worte in ihrem Kopf sie lähmen.

Es ist schrecklich. Mehr als das.

Erst das fauchende, unnatürlich hohe »Nimm es ab!« der Stimme, die ohne Vorwarnung ertönt, katapultiert sie aus der Paralyse. Ein Schauer läuft ihre Wirbelsäule hinab, so wild schaut sie sich um. Die Stimme stockt und wiederholt ihre schrillen Worte, die, so merkt Maya erst jetzt, wie eine ... Aufnahme klingen. Das blecherne Rauschen kaum merklich, aber da. »Nimm es ab!«

Ihr Blick landet auf den Gemälden, von denen einige im Raum verteilt auf Staffeln stehen und andere an der Wand hängen. Ohne nachzudenken, rennt sie auf Letztere zu und reißt eins nach dem anderen von der Wand. Eins, zwei. Die nächsten drei. Aber die Stimme wiederholt die Aufforderung, also macht Maya weiter.

Ein Schrei schallt durch den Raum – ihrer – und sie stolpert zurück. Hinter dem entfernten Gemälde verbirgt sich keine kahle Wand, sondern ein mit getrocknetem Blut verkrustetes Mädchen blickt ihr entgegen. Ein Spiegel, versteht sie, als sie ihre eigenen Gesichtszüge in ihr erkennt und ihre zerzausten Haare zurückstreicht. Ihr Herz macht einen Satz.

Der Spiegel, der sich hinter der Mona Lisa, verborgen hat, ist von verdeckten Tarotkarten eingerahmt.

»Bist du auch so aufgeregt wie ich, Maya?«

Der Muskel ihres Kiefers bebt. »Sag mir einfach, was ich machen soll.«

»Tief durchatmen.«

»Was?« Obwohl sie allein ist, guckt sie irritiert nach oben.

»Du sollst nochmal ordentlich die Lungen füllen, das könnte demnächst nämlich schwieriger werden.« Ihr Herz hämmert in der Brust, will fliehen, egal, was kommt. Doch es ist gefangen, genau wie Maya. Ängstlich saugt sie die Luft ein, inhaliert sie.

»Wunderbar, wunderbar, wunderbar.« Die Stimme überschlägt sich beinahe. »Dann können wir ja endlich anfangen: Wahrsagerin Mona wird dir nun deine Zukunft mitteilen. Sie ist eine echte Expertin auf dem Gebiet, denn sie kennt all deine Sünden.«

Etwas unschlüssig betrachtet Maya die Gemälde, bleibt immer wieder an den sie scheinbar verfolgenden Augenpaaren hängen.

»Du kannst ihr Vertrauen. Deck eine Karte deiner Wahl auf«, weist die Stimme sie an.

Maya horcht aufmerksam, versucht, einen Hinweis zu finden, ob die gesprochenen Worte zu jemandem passen könnten, den sie kennt.

Ihre Hand schwebt über den lieblos schwarzgemalten Kartenrückseiten. Die akkurat angebrachten Papprechtecke sind alle identisch, weisen am Rand allerdings diverse

Brandflecken auf. Das Papier ist rissig und an den Ecken teilweise aufgefächert. Sie müssen unglaublich alt sein.

Jede Karte könnte die falsche sein.

Fiebrige Hitze frisst sich durch ihre Adern. In Gedanken versucht sie, ein System hinter der Anordnung zu finden, hofft so, die richtige Wahl zu treffen. Insgesamt 16 Karten säumen den hölzernen Rand des Spiegels, jeweils mit einer Heftzwecke befestigt. Alle könnten ihr Ende bedeuten, alle eine Chance sein, alle ...

»Mach schon!«

Sie zuckt zusammen, greift wahllos zu und reißt die Karte in der Mitte der rechten Rahmenseite aus der Wand.

Alles Leid kehrt dreifach in dein Leben zurück.
Beichte, Maya Brown!

Was zum ... Hektisch greift sie eine andere Karte, reißt sie von der Oberfläche und dreht sie herum.

Dieselben Worte stieren ihr entgegen: Alles Leid kehrt dreifach in dein Leben zurück. Beichte, Maya Brown!

Maya lässt die beiden Karten zu Boden fallen, langt immer wieder nach einer neuen, doch sie tragen alle dieselbe Aufschrift. *Alles Leid kehrt dreifach in dein Leben zurück. Beichte, Maya Brown!*

»Was soll das? Welches Leid? Ich habe nichts getan!«

»LÜGNERIN!«, dröhnt es lautstark.

»Das ist die Wahrheit! Ich habe nichts getan!«

»Du egoistisches, ichbezogenes, trotteliges Stück!«

Maya rührt sich nicht, vermeidet jegliche Bewegung, um nicht noch mehr auszulösen. Schwere Atemzüge hallen durch den Raum. Ob das donnernde Geräusch dazwischen von ihrem Herzen stammt, kann sie nicht sagen.

»Okay, Maya. In Ordnung.« Ein Seufzen hinter jedem Wort lässt die Enttäuschung erahnen. »Das heißt, du bist noch schrecklicher als erwartet. Ich habe gehofft, dass du wenigstens einen Funken Ehrlichkeit in dir trägst. Dass du dich wenigstens daran erinnern kannst, wie du ihr die Haare rausgerissen hast.«

»Wem?«, haucht Maya. Sie ist sich nicht sicher, ob sie die Antwort wissen möchte; ob sie sie verkraften kann. Es würde zu real werden. Aber sie muss. Wenn sie die Verbreitung eines Videos verhindern will, das ihre gesamte Zukunft zerstören kann; wenn sie den Sinn hinter all dem verstehen will, gibt es keine Alternative. »Wem?« Dieses Mal klingt sie drängender.

»Nein, nein. Den Namen werde ich dir nicht verraten. Es ist deine Aufgabe, die Beichte abzulegen. Meine ist es lediglich, dir diese zu entlocken. Du hast dich angeschlichen, hast im Dunkeln auf sie gelauert und bist ihr von hinten in den Rücken gesprungen. Ihr habt miteinander gekämpft, sie hat geschrien und du – du hast gelacht, während du ihr büschelweise Haare rausgerissen hast, so heftig, dass sie geblutet hat. Aber keine Angst, ihr wird Gerechtigkeit widerfahren, das ist deine Zukunft. Du wirst dafür büßen. Für das und all die anderen Dinge, die du getan hast.«

Mayas Gedanken hinterlassen nichts als Wirrwarr. So etwas könnte sie niemals tun, oder? Nein. *Nein.* Oder doch? Vielleicht ist sie ausgetickt, wurde provoziert. Aber wer ist das Opfer? Das ist unmöglich.

»Erinnerst du dich oder weshalb wirkst du so … leblos?« Das Monster gluckst.

»Nein«, sagt sie mechanisch, schüttelt sich und beißt die Zähne so stark aufeinander, dass es wehtut. Das gespenstische Lachen über Maya lässt keinen Zweifel zu: Wer auch immer sie entführt hat, er oder sie wird sie an ihre Grenzen bringen.

An die Grenzen ihres Verstandes.

»Dann werden wir deinen Erinnerungen mal auf die Sprünge helfen, Maya Brown«, verkündet die verzerrte Stimme. »Hinter einem der Bilder, die noch an den Wänden hängen, ist ein Ausgang. Finde ihn, dann entkommst du deiner Zelle, doch nicht Schuld deiner Schuld. Noch lange nicht deiner Schuld.«

Mayas Blick wandert erneut zwischen den Gemälden hin und her. Es sind noch einige, die sie in ihrem Wahn nicht heruntergerissen hat.

»Übrigens rate ich dir, dich zu beeilen. Die Luft in diesem Zimmer wird immer dünner«, kichert ihr gesichtsloser Entführer und als die Stimme verstummt, vernimmt Maya, neben ihrem schweren Atem ein leises Zischen. Ziellos dreht sie sich im Kreis, versucht, den Ursprung auszumachen.

»Gas ...«, wispert sie und ihr Herz rutscht zu Boden. »Ist das verfluchtes Gas?« Dieses Mal brüllt sie und lässt die Wut zu, die sie überkommt, aber niemand antwortet.

Kopflos stürzt sie auf die Bilder, reißt weitere von den Wänden und wirft sie achtlos hinter und neben sich. Ob ihre unkontrollierte Atmung oder das Gas ihre Atmung erschwert, möchte sie nicht wissen. Doch Luft zu holen, fällt ihr immer schwerer.

»O Gott! Endlich!«, entweicht es ihr, als sie hinter einem der Bilder, das weiter unterhalb hängt, ein quadratisches Gitter entdeckt, als würde es zu einem Luftschacht gehören. Doch was ist das für ein Geruch? Sie hockt sich auf den kratzigen Teppich und zieht mit aller Macht an den Stäben, bis das Gitter nachgibt.

Atemlos starrt sie in die Dunkelheit des Schachtes und rümpft angewidert die Nase. Es riecht nach ...

Vorsichtig tastet sie sich auf Knien vorwärts, stützt sich

dabei auf den Handballen ab und bemerkt etwas Kaltes und Matschiges daran. Mit gerunzelter Stirn versucht sie, die Schemen zu identifizieren. Je mehr sie sich ihnen mit dem Gesicht nähert, umso heftiger packt sie die Vorahnung, wandert als dicker Kloß ihre Kehle hinauf. Ihr Herz knallt gegen die Rippen, bleibt für einen Schlag betäubt stehen, als sie versteht, was ihre Finger berühren. Maya entfährt ein entsetzter Schrei.

Es ist Fleisch. Rohes Fleisch.

»Bedien dich, falls du Hunger hast.« Schadenfroh beschreibt nicht annähernd den Ton der gesichtslosen Stimme. Die Masse schmatzt unter ihren Händen.

»Ist das -« Hysterie schraubt ihre Frequenz eine Oktave höher. In Mayas Geist formt sich ein Wort. Monster. Wer auch immer ihr das antut, ist eines. Doch gegen Monster kämpft man. Selbst wenn sie übermächtig scheinen.

Entschlossenheit durchströmt sie, lässt sie ruhiger atmen, und ihre Umgebung scannen. Der Tunnelschacht ist ihr einziger Weg aus diesem Raum.

Erneut ertönt das Kichern. »Das ist dein Weg raus, Maya Brown. Die Zeit läuft.«

Sieben Stunden. Wie viel Zeit ist bisher vergangen? In diesem Wahnsinn hat sie jegliches Gefühl dafür verloren.

Entschlossen senkt sie ihren Kopf und starrt in die Schwärze des Tunnels vor ihr. Der Gestank von rohem, zu lange gelagertem Fleisch steigt ihr in die Nase, doch er wird begleitet durch eine Brise.

Luft.

Was auch immer in diesem Tunnel ist, am Ende davon gelangt sie ins Freie. Also atmet sie tief ein und krabbelt auf allen vieren in den Schacht. Das Gefühl und die Geräuschkulisse, die das Fleisch unter ihr erzeugt, lässt Galle in ihr hochsteigen, doch sie kämpft sich tapfer voran. Sie ist nicht bereit, ihre Zukunft zu verlieren. Nicht bereit, zu sterben!

Plötzlich stößt sie mit dem Kopf gegen etwas, das sie zwingt, innezuhalten. Blind tastet sie es ab – ein Gitter. Ein weiteres verdammtes Gitter versperrt ihr den Weg.

Ein Schluchzen entweicht ihrer Kehle und Panik macht sich in ihr breit. Dieser Schacht ist viel zu eng, niemals könnte sie sich hier drinnen drehen und zurückkriechen.

»Bleib ruhig, Maya. Bleib ruhig!« Vorsichtig führt sie ihre Hände zu den Wänden um sie herum, und trifft auf eine Unebenheit. Ein Gegenstand scheint mit Klebeband an den Innenwänden des Tunnels befestigt worden zu sein – nein, es sind sogar zwei.

Vorsichtig zieht sie den ersten ab, betastet ihn mit ihren Fingern. Ein Bogen und zwei … Kissen an beiden Enden? Sind das Kopfhörer? Vorsichtig setzt sie sie auf ihren Kopf und lauscht.

Ein ohrenbetäubendes Ticken erklingt, gleicht einer Uhr.

Dann wieder diese verzerrte Stimme. »Wie gefällt es dir in deinem Tunnel?«

Maya wird heiß und kalt. Was wird sie tun müssen, damit dieses Monster das Gitter öffnet?

»Setz die Maske auf.«

Welche Maske? Maya stutz, langt nach dem anderen Gegenstand, den sie zuvor ertastet hat, und zieht ihn von der Wand. Umständlich versucht sie, oben und unten zu identifizieren. Während jedes Ticktack ihre ablaufenden Sekunden symbolisiert.

Das Geräusch dringt in sie ein und verbindet sich mit ihrem Puls. Das stetige Pochen treibt sie an, lässt sie den Ekel und die Scham verdrängen. Sie wird es hier raus schaffen!

Umständlich bugsiert sie die Maske auf ihr Gesicht, spürt augenblicklich die feuchte Wärme, die ihr eigener Atem darin verströmt.

»Okay, ich habe das verdammte Ding auf.« Nichts passiert. »Hallo?«, ruft sie und klingt dabei nicht mehr so mutig wie eben.

Ein Kichern ertönt in ihren Ohren, eines, das trotz verzerrter Stimme so gar nicht zu dem Bild eines erwachsenen, männlichen Entführers passen will.

Ihre Angst pulsiert; bahnt sich einen Weg in sämtliche Zellen, bis sie in Tränen übergeht, die ihr nun über die Wangen laufen. *Ist dieses Monster ... eine Frau?*

»Hast du Angst im Dunkeln, Maya? Glaubst du, *sie* hatte Angst im Dunkeln?« Die Stimme schweigt, Maya auch. »Licht. Das ist etwas, das dein Opfer nicht hatte.« Die Worte zielen direkt auf ihren Magen, stülpen ihn um und sorgen dafür, dass ihr schlecht wird. Drei Gedanken dominieren ihr Innerstes, wiederholen, was ihr die fremde Person eingetrichtert hat.

Opfer.

Es ist schrecklich. Mehr als das. Wer auch immer für all das verantwortlich ist, muss sie abgrundtief hassen.

»Du hast mehr Menschen auf dem Gewissen, als du denkst. Nur weil sie bisher geschwiegen haben, heißt das nicht, dass sie nicht da wären. Stille trügt, Maya, aber sie lügt nicht.«

»Nein«, wimmert sie. Schnaufend beugt sie sich gen Boden, legt ihre Stirn erschöpft auf das Fleisch.

Opfer bedeutet nichts Gutes; nichts davon tut es.

»Keine Müdigkeit vortäuschen, Maya Brown.« Das Monster stoppt, genießt wahrscheinlich die Schluchzer aus Mayas Mund. Plötzlich brüllt es gebieterisch: »Weiter!«

Und das Gitter vor ihr öffnet sich mit einem Klicken.

UHRZEIT UNBEKANNT

Die Maske scheuert an ihrem Hals, schnürt ihn regelrecht zu. Tut wahrscheinlich genau das, was das Monster geplant hat. Sie keucht, als sie das Gitter aufschiebt und unsanft auf dem Boden landet. Ihr Rücken schmerzt und ihre Knie zittern vor Anstrengung. In ihrer Kehle kratzt es, ihr Brustkorb hebt sich viel zu schnell und unregelmäßig, versucht, genügend Atemzüge zu fabrizieren.

Ein. Ein. Aus. Ein. Aus. Aus.

Der Gestank des Fleisches klebt noch an ihr, sie kann ihn selbst durch ihre Maske riechen.

Skeptisch blickt sie gen Himmel, mustert die vor der Mondsichel schwebende Wolkendecke. Es ist so duster, dass sie keine zehn Meter weit blicken kann, trotzdem scannt sie die Umgebung – das, was davon sichtbar ist.

»Hier draußen solltest du dich darauf einstellen, dass Atmen ein echtes Privileg ist. Und du hast definitiv keines verdient. Ich rate dir dringend, die nächsten Minuten jedes einzelne Sauerstoffmolekül zu genießen.«

Ein greller Scheinwerfer schaltet sich ein und bestrahlt eine aufgebaute Formation von Personen. Maya erschreckt, sodass sie ein paar Schritte zurücktaumelt, bis sie erkennt, dass es sich um Vogelscheuchen handelt. Vogelscheuchen in Cheerleader Uniformen.

Ehe sie sich fragen kann, was das hier soll, folgt ihre nächste Anweisung. »Herzlich willkommen auf dem Jahrmarkt, Maya Brown«, säuselt es in ihrem Ohr.

Irgendetwas an dieser Stimme kommt ihr bekannt vor, doch sie kann nicht ausmachen, was es ist.

»Um das vorab klarzustellen: Solltest du irgendwen um Hilfe bitten, gerät das Video deiner Tat unverzüglich in Umlauf.«

»Was ist auf diesem Video?«

»Du bist so schrecklich ungeduldig, Maya Brown. Vielleicht vergnügst du dich erst mal, um wieder zu Kräften zu kommen, hm?«

Schon vor Jahren wurde der Jahrmarkt aufgrund von Erbstreitigkeiten stillgelegt, genau wie die Villa, die auf demselben Grundstück steht und einst als Veranstaltungsort diente. Und obwohl sie weiß, dass aus diesem Grund niemand hier sein kann, der ihr helfen könnte, überkommt sie Erleichterung. Sie ist noch hier: in Bleak Pine. In der Red River Lane.

Hinter der Gruppe Cheerleader-Vogelscheuchen, ist schemenhaft das Riesenrad zu erkennen, das ihr beweist, dass die Stimme nicht gelogen hat. Und auch der Blick hinter sich bestätigt ihr, wo sie gefangen gehalten wurde. Die Dunkelheit verschluckt den Großteil des baufälligen Gebäudes, doch die in die Jahre gekommene Fassade erkennt sie auf Anhieb.

Viele Dinge sind in dieser Villa geschehen, Dinge, über die Maya nie wieder nachdenken wollte. Tränen brennen in ihren Augen, werden von ihren Wimpern aufgehalten, als würden sie ein Loslassen nicht akzeptieren. Es fühlt sich an, als ob sie versteinert.

In der Ferne ist nichts zu hören. Immer weniger Teile ihres Brustkorbs regen sich – die, die es tun, gieren nach Luft. Sie greift nach ihrer Maske, will sie absetzen.

»Wenn du sie abziehst, ist das Spiel schneller vorbei, als du denkst. Aber nur zu, dann werde ich noch schneller gewinnen«, kichert die Stimme diabolisch.

Maya zögert. Sobald das Schweigen einsetzt, erklingt erneut ein Ticken. Es wirkt noch intensiver als im Tunnel, scheint mit Mayas Venen zu verschmelzen. Die verbleibende Zeit, so unspezifisch sie auch sein mag, ist ein Teil von ihr, treibt sie an.

Ohne direkte Anweisung, stakst sie über den zugewucherten Weg auf die spärlich beleuchtete Gruppe Vogelscheuchen zu. Die Strohpuppen in der gewohnten rotschwarzen Uniform der *Bleak Pine Spinners*, dem Cheerleaderteam der Bleak Pine High, zu sehen, ist absurd.

Als Maya näherkommt, erkennt sie, dass einige sogar mit Pompons und Spirit Sticks ausgestattet sind. Zögernd bleibt sie vor der vordersten Vogelscheuche stehen. Welcher Entführer würde ein solches Szenario erschaffen? Immer wieder beschleicht sie das Gefühl, dass die Person, die sie für einen erwachsenen Mann gehalten hat, jünger sein muss.

»Zieh die Uniform an«, dringt die nächste Anweisung durch ihre Kopfhörer.

Maya mustert den strohigen Cheerleader vor sich und entdeckt tatsächlich ein kurzes Shirt und den dazugehörigen Rock über dem Spirit Stick mit glitzernden roten Fransen am Ende. Dann gehorcht sie.

Die Nacht ist kalt auf ihrer Haut und der wenige Stoff, den sie nach und nach am Körper trägt, tut nichts dagegen. Das ängstliche Zittern wandelt sich in eines vor Kälte, doch solange sie sich bewegt, erträgt sie es; solange sie sich bewegt, kommt sie dem Ende dieser Hölle näher.

Das wenige Mondlicht taucht das Riesenrad in beinahe nebliges Licht. Das Holzschild mit der abgeblätterten Aufschrift *Carnival* knarzt im Wind, begrüßt Mayas Ankunft, die sich in ihrem gewohnten Cheerleader-Outfit nicht wohl fühlt.

In der Bleak Pine High verleiht ihr diese Kleidung Selbstbewusstsein, befördert sie in die höchste Rangordnung der Schule, doch hier – mit diesen riesigen Kopfhörern und der

Gasmaske auf dem Kopf – fühlt sie sich nackt.

Heruntergekommene Buden säumen den Weg auf beiden Seiten, erzählen von vergangenen Tagen. Schatten tanzen zwischen ihnen, berühren Mayas Silhouette.

Normalerweise würde sie mit rasendem Puls davonrennen, doch heute nicht. Heute hat sie keine Wahl, denn wer auch immer sie entführt hat, scheint alles in der Hand zu haben.

Als sie vor dem Riesenrad stehen bleibt, räuspert sich das Monster. »Du bist da.«

Sie hält an, begutachtet die wiegenden Gondeln und tippt gegen eine der Efeuranken, die sich um einen Waggon schlängeln. »Ich nehme an -«

»Setz dich.«

Die Geräusche der Uhr, die die ablaufende Zeit verdeutlichen, verursachen ein flaues Gefühl in ihrem Magen – und mit diesem klettert sie in die Gondel.

Mit einem Ruck springen Lichter an; die meisten von ihnen flackern nur schwach, scheinen bereits kaputt zu sein, beleuchten den Boden des Interieurs jedoch genügend, sodass Maya erkennt, dass er mit etwas bedeckt ist. Dann setzt sich die einstige Attraktion quietschend in Bewegung.

Die Stimme in ihren Ohren imitiert den Klang eines Jahrmarktsprechers: »Bist du bereit für eine Wahnsinnsfahrt?«

Sie umfasst die metallene Strebe, die sie vor ihrem Bauch herunterdrückt und klammert sich daran fest. Je höher sie steigt, desto kälter wird es. Doch jeder Meter, der sie in die Lüfte bringt, bedeutet Abstand. Abstand zu dem Ort des Grauens, dem Monster und sich selbst. Zu dem, was auch immer sie getan hat. Hier oben wirkt es weit entfernt.

Ein plötzliches Rumpeln ruft sie zurück in die Wirklichkeit.

Sie kracht gegen die Seite der Gondel und späht nach unten. Stockend verweigert ihr Herz den Dienst. Ihre

Fingerknöchel an der Stange treten weiß hervor, als sie in die Tiefe blickt.

Auch wenn Maya bereits viel höhere Fahrgeschäfte besucht hat, kommt ihr die Entfernung zur Erde viel zu immens vor. Sie lehnt sich zurück, blickt auf ihre Turnschuhe und bemerkt erneut, dass der Fußraum der Gondel mit Papier bedeckt ist. Dieses Mal allerdings bückt sie sich, greift nach einem der Zettel. Nein, kein Zettel. Als sie ihn umdreht, stellt sie fest, dass es ein Bild ist; dass überall zu ihren Füßen Fotos liegen. Und sie kennt die Personen auf diesem Bild ...

»Estefania.« Der Name ihrer Mitschülerin entschlüpft ihr wie ein Fluch. Vor allem, weil auf jedem Foto dasselbe zu sehen ist: Estefania und Brad. *Ihr* Brad.

Erschrocken schlägt sie die Hände vor den Mund, beißt sich auf die Unterlippe. Der Schmerz kann den Gedanken nicht aufhalten. Viel rascher als ihr lieb ist, setzt sich das Riesenrad wieder in Bewegung. Und als sie den Blick von dem Bild abwendet, weil sie es nicht erträgt, streikt ihr Puls.

Ein paar Gondeln vor ihr sitzt jemand.

Und hat ihr den Kopf zugewandt.

Nicht jemand, etwas. Etwas, das ebenfalls aussieht wie eine Vogelscheuche mit einer Perücke. Doch diese hat ein Gesicht. Eines, das sie kennt. Auf dem Kürbiskopf der Vogelscheuche thront ein Bild von Estefania. Und plötzlich ist es, als würde ihre Freundin tatsächlich dort sitzen – mit Mayas Freund!

Wut kocht in Maya hoch. Wut, die sie nicht unterdrücken kann. Doch sie schlägt schnell in Furcht um, die Furcht in Verzweiflung: Hat sie ihr – Estefania – wehgetan? Wegen Brad? Weil ihr Ex-Freund etwas mit der heißesten Cheerleaderin des Jahrgangs angefangen hat?

Der Waggon erreicht den Boden, doch der blonde Schopf des Mädchens – des einzigen, das beliebter ist (oder war) als sie selbst – weht vor ihr im Wind.

Zittrig greift sie das kurze Ende ihres Rockes, versucht, ihn über ihre frierenden Beine zu ziehen. Mehrere Minuten verharrt Maya in der Gondel; ist gezwungen, das Mädchen anzusehen, das nicht echt ist, aber echte Angst in ihr auslöst – Angst vor sich selbst.

Es braucht mehrere Anläufe, bis Maya bemerkt, dass ihr Entführer mit ihr spricht, doch irgendwann nimmt sie die Worte: »STEH AUF!« Zwischen ihren düsteren Gedanken wahr und tut, wie ihr geheißen.

Was ist, wenn das Monster recht hat?, fragt sie sich unentwegt, als sie zurück auf die Villa zusteuert. Das Abbild ihrer Freundin klebt auf ihrem Augapfel, lässt sie nicht los. Dabei ist es längst nicht mehr in ihrem Sichtfeld. Sie passiert die bizarre Gruppe von Stroh-Cheerleadern, als eine vertraute Stimme sie innehalten lässt.

»Maya, komm schon, geh ran! Lass uns drüber reden! Ich schwöre dir, wenn du meine nächsten Anrufe ignorierst, stehe ich vor deiner Tür!«

Gänsehaut überzieht sie, während sie Estefania zuhört.

»Du hast wesentlich Schrecklicheres mit ihr gemacht, als zu reden, nicht wahr, Maya? Was ist geschehen, nachdem sie vor deiner Tür stand?«, fragt die Stimme aus ihren Hörern, übertönt die Worte, die sie zu Hause so oft abgespielt und verteufelt hat. Sie kennt die Sprachnachrichten in- und auswendig.

»Wenn du willst, dass es aufhört, dann zerschmettere die Köpfe deiner Teammitglieder.«

Maya sieht zu den Vogelscheuchen. Der mechanisch verstellte Klang der Stimme brennt in ihren Ohren, gelangt zu ihren Fingerspitzen. Hitze prickelt in ihnen.

»Tu es, Maya! TU ES!«

Maya zögert nicht. Die Stimme von Estefania befeuert ihre Wut. Schnellen Schrittes geht sie auf die erste verdammte Puppe zu, greift sich einen der Sticks und holt mit aller Kraft aus. Der Kürbiskopf des Cheerleader-Captains geht zu Boden und zerspringt. Dann donnert sie ohne Überlegung auf den nächsten Cheerleader ein, auf den nächsten und den nächsten. Sie schnaubt, brüllt und stoppt erst, als alle Vogelscheuchen enthauptet und in einer riesigen Lache aus zerbrochenen Kürbissen liegen; bis die Stimme von Estefania endlich verstummt.

Gackerndes Gelächter erfüllt ihr Innerstes. Es ist abstoßend und trotzdem in ihr. Sie kann den Ton des Monsters nicht abstellen. Der weinerliche und erleichterte Schrei, der ihr entgleitet, ist so schrill, dass er bis nach Bleak Pine dringen muss. Tränen treten ihr nicht nur in die Augen, sie laufen über. Maya sackt in sich zusammen, krümmt sich auf dem Boden und spürt ausschließlich Panik. Sie ätzt durch ihre Zellen, besetzt ihr Herz, das keine Pause mehr zwischen den Schlägen zu machen scheint. Die Angst füllt es aus.

Was hat sie nur getan?

»Wie fühlt es sich an, zu töten, Maya Brown?«

Sie keucht und schließt die Lider. Einen winzigen Moment lang hofft sie, dass es für immer wäre. Im Geiste erscheinen die lächelnden Mienen ihrer Eltern, schieben sich vor die Panik und den Schmerz. Hoffnung legt sich um sie, hüllt sie in einen Kokon.

Sie klammert sich an den Spirit Stick in ihrer Hand, spannt die Muskeln an und zieht sich nach oben. Dass Blut von ihren aufgeschrammten Knien läuft, ignoriert sie.

»Estefania Gilbert ist deinetwegen tot.«

Ihr Herz bleibt in dem Moment stehen, als Mom und Dad verschwinden. Als ihre Gesichter in dem metertiefen Abgrund ihrer Tochter verloren gehen. Da ist kein Schutz. Niemand, der sie stärkt. Denn sie selbst ist das Monster.

UHRZEIT UNBEKANNT

Flackernde Straßenlaternen beleuchten den Boden. Ihre schwere Atmung ist das Einzige, was auf der Lane zu hören ist. Es ist stockduster und der Mond steht hoch am Himmel. Nur er ist es, der Zeuge ihres Schicksals ist. Und selbst wenn jemand Maya entdeckt, muss sie so tun, als sei sie Teil eines dummen Streiches gewesen und nun auf dem Heimweg.

»Sonst bist du tot.« Mittlerweile ist sie sich sicher, dass das Monster hält, was es verspricht.

Eigentlich müsste Maya froh sein, die Villa und den Jahrmarkt hinter sich zu lassen. Noch mehr Hölle ist schließlich nicht möglich, oder? Doch etwas sagt ihr, dass ihr noch etwas Schlimmeres bevorsteht.

»Beeil dich!«

»Ich kann nicht mehr …«

Das herablassende *Tz* ist Antwort genug. Das Monster interessiert nicht, wie es ihr geht. Weil sie eine Mörderin ist.

Ein winziger Teil sträubt sich gegen diese Offenbarung; hat noch viel zu wenig Informationen, um zu glauben, dass sie tatsächlich getötet hat. Ja, sie wollte Brad zurück, aber um jeden Preis? Doch weshalb sollte ihr jemand all das hier antun, wenn sie unschuldig ist? Es muss so sein. Das Einzige, was sie noch tun kann, ist, dafür zu sorgen, dass keiner von dem Video erfährt.

Ihre Schuhe schleifen über den Asphalt und ihre Knöchel schmerzen. Sie muss furchtbar aussehen. Ihre Haare verfilzt und Blut auf jedem Zentimeter ihrer Haut. Nur die Kopfhörer sitzen unverrückt auf ihrem Kopf und der Spirit Stick liegt schwer in ihrer Hand. In ihr ist es so still wie auf der Straße vor sich, die sie von Süden bis ganz in den Norden überqueren muss. Das Ticken in ihrem Ohr nimmt sie kaum noch wahr. Und ihr Herz schweigt, ist mit der Hoffnungslosigkeit verstummt.

Nur weil sie für eine Reaktion zu kraftlos ist und heute bereits alles Übel dieser Welt erfahren hat, bleibt sie ruhig, kaum tritt kurz vor dem Polizeirevier eine Silhouette aus der Schwärze der Nacht. Das Licht der Straßenlaternen wirft hin und wieder einen orangenen Schein auf sie. Ist es Sheriff Kane? Kurz glimmt Zuversicht in Maya auf. Und erlischt sofort.

Die Gestalt, die zu einer Frau gehört, streichelt über ihren Bauch, während eine melancholisch klingende Melodie ihren gemächlichen Gang in Mayas Richtung begleitet. Je geringer die Distanz zwischen ihnen wird, umso deutlicher hört sie ihren Gesang; desto hastiger schnaubt es in ihren Ohren.

»Ein falsches Wort und du bist tot, Maya Brown.«

Ein unangenehmer Schauer kriecht ihr über den Nacken. Offensichtlich hat die Stimme diese Begegnung nicht eingeplant.

Flattrige Aufregung macht sich in ihrer Magengegend breit. Sie könnte gerettet werden ... Aber warum sollte man ihr helfen? Sie ist eine Mörderin. Noch dazu hat sie nach wie vor keinen blassen Schimmer, was genau passiert ist. Und das Video ... Es könnte jederzeit veröffentlicht werden.

So schnell dieser mickrige Augenblick der Aufregung gekommen ist, so rasch verfliegt er und hinterlässt ein flaues Gefühl. Sie beißt die Zähne derart fest aufeinander, dass die Muskeln an ihrem Kiefer aufschreien.

Die Frau mit dem Hoodie beachtet sie nicht, summt stoisch vor sich hin – und bleibt stehen. Wie eingefroren verharrt sie an Ort und Stelle und starrt gen Norden. Das Einzige, was anhält, ist ihr Gesang.

Als Maya auf ihrer Höhe ist, kann sie in das Gesicht der Frau schauen, doch erkennen tut sie es nicht. Sie kommt ihr nicht bekannt vor. Sie ist jung, vielleicht Mitte zwanzig, und wenn sie lächeln würde, wären ihre Züge sicherlich sanft.

»Geh weiter.« Eine Warnung.

Kurz zögert sie; will die Fremde anflehen, ihr zu helfen, doch ihre Beine tragen sie eilig vorwärts.

Dieses Mal bleibt sie nicht so gelassen, als sie etwas am Arm packt und sie zurück zerrt. Dunkle Augen sind nur Millimeter von ihren entfernt. Adrenalin schießt durch Mayas Körper, lässt sie beben. Doch mehr, als sie anzustarren, tut die Frau nicht. Die orangenen Lichter der Straßenlaternen flackern in ihren Pupillen. Der Griff ist eisern und Maya ist sogar dankbar dafür, einen Moment nicht unter der Kontrolle des Monsters zu stehen, sondern unter der dieser Fremden. Kein Monster, aber, so scheint es, eine verlorene Seele.

Ihre Augen … Maya hat noch nie zuvor welche gesehen, in denen solch ein Verlust stand. Solch eine Qual. Es tut weh, hineinzuschauen.

Ein Schauder packt ihren Körper. Ihre Beine werden eigenartig warm. Muss sie jetzt sterben? Ist die Fremde Teil von diesem abartigen Plan?

»Wie heißt du?«, will Maya wissen.

»Rede nicht mit ihr!«, kreischt das Monster.

Die Frau antwortet nicht, doch sie löst ihren Griff und streicht Maya im nächsten Augenblick seltsam liebevoll über die Wange, ehe sie ihren Weg fortsetzt. Dabei perlt ein Schlaflied von ihren Lippen, das vermutlich ewig in Maya nachhallen wird. Eines, das nach Schmerz klingt; nach ihr selbst.

»Weiter! Zum Friedhof!« Der herrische Tonfall kann die nervöse Note nicht vollends übertönen.

»Ich …«, unsicher folgt Mayas Blick dem Lied in die Dunkelheit und Tränen steigen in ihr auf.

»Weißt du, es gab eine Zeit, da hätte ich Mitleid mit dir gehabt. Doch ich bin froh, dass sie vorbei ist.« Eine kurze Pause verleiht dem Gesagten Nachdruck, ist wahrscheinlich ebenso inszeniert wie alle anderen Geschehnisse der letzten Stunden. Es muss die reinste Genugtuung sein, als sich Mayas Mageninhalt nach draußen katapultiert.

Ein wirklich triumphierendes Lachen erklingt. »Wenn du soweit bist, geht's weiter zum Friedhof. Die letzte Aufgabe wartet.«

ZEIT, ZU STERBEN

Ihr Atem ist viel zu laut. Auch wenn er das Innenleben der Gasmaske nicht verlässt, scheint er völlig fehl am Platz zu sein. Auf einem Friedhof Luft zu holen, wirkt falsch.

Kein anderer Ort drückt für Maya mehr Einsamkeit aus. Denn selbst wenn sich zig Menschen um eine Trauerstätte tummeln, bleibt man allein zurück. Reihe um Reihe läuft sie die Grabsteine ab, während sie von der Stimme geführt wird. Der Schein der Friedhofskerzen offenbaret ihr Namen der Vergangenheit. Unter anderen Umständen würde sie sich gruseln, aber jetzt gerade fühlt sie sich mit den Toten verbunden. Mit ihrer Einsamkeit.

Plötzlich hält sie inne. Ein paar Reihen von ihrem Weg entfernt, dort, wo die frischen Gräber zu finden sind, entdeckt sie einen Haufen Erde. Vielleicht hätte sie das Loch daneben für ein Grab für eine bevorstehende Bestattung gehalten, doch dafür ist es zu unsauber ausgehoben. Und auch die Spuren daneben wirken so, als hätte jemand ... etwas herausgezogen.

Maya entfleucht ein Wimmern. Nach wie vor rumort ihr Magen, ist sich noch nicht sicher, ob er sich erneut entleeren soll. Der bittere Geschmack auf ihrer Zunge ist dabei nicht förderlich.

»Nur zu, Maya, trau dich.«

»I-ich kann nicht ...« Ihr Stimme bricht.

»Vielleicht kann Gott dir helfen.« Für einen Moment klingt die Stimme so, als würde sie es ernst meinen, doch dann schallt das Kichern über den Friedhof. »In der Kirche findest du deine nächste Aufgabe. Benutz den Seiteneingang.«

Angespannt passiert sie den abgesperrten Bereich der Sternenkinder, hat keinen Blick für die liebevoll gestalteten Steine übrig, schenkt dem besonderen Schmerz, der an diesem Ort herrscht, keine Aufmerksamkeit. Stattdessen erklimmt sie die drei massiven Stufen zur Kirche, ohne sich aufzuregen. Sonst tut sie das. Im Normalfall würde sie ihrer Granny zustimmen, dass nicht mal der Gang ins Gotteshaus jedem gewährt wird. Barrierefrei geht anders. Aber Granny ist vor einem Jahr gestorben, vielleicht liegt es daran, dass sich Maya beim Betreten der Kapelle entgegen ihrer Gewohnheit verhält. Schließlich ist es das erste Mal seit der Beerdigung.

Am Altar brennen Kerzen, die schaurige Schatten an die Wände werfen. Sie betrachtet die hohen Mauern, die Malereien daran, die Jesus' Geschichte erzählen. Ihre Schritte werden von den Wänden zurückgeworfen.

Sie schreitet durch den Mittelgang und zuckt zusammen, als ein hektisches Geräusch ertönt. Mit dem Kopf im Nacken entdeckt sie die zwei Tauben, die sich in den Turm retten, offensichtlich verwirrt, wieso sie heute Nacht keine Ruhe vor Gästen haben.

»Im Beichtstuhl hat man die beste Chance, erhört zu werden, Maya Brown.« Mehr sagt die Stimme nicht. Muss sie auch nicht. Es reicht, um jede einzelne Faser ihres Körpers zum Zerreißen anzuspannen.

Weißes Licht geht plötzlich an, taucht die Umgebung in Kälte. Mit angehaltenem Atem steuert sie auf den gewaltigen Beichtstuhl zu, dessen purpurfarbene Vorhänge zugezogen sind. Nur am Rande wundert sie sich, wo die Panik geblieben ist. Das Grauen vor dem, was sie erwartet.

Vielleicht ist das die Erlösung, auf die sie hoffen darf.

Als sie sich dem anvisierten Ziel nähert, schreit in ihr das Ticken, brüllt ihr stumm den Horror zu.

Tick. Noch vier Schritte.

Tack. Noch drei Schritte.

Tick. Noch zwei Schritte.

Tack. Noch ein Schritt.

Tick. Tack. Maya zieht den linken Vorhang auf.

Tick. Tack. Und sinkt auf das knarzende Holz.

»Und jetzt?« Sie realisiert erst nicht, dass sie die Worte ausgesprochen hat. Am Ende ihrer Kräfte will sie einfach nur, dass es aufhört. Und wenn sie dafür sterben muss.

»Jetzt, Maya Brown, wirst du beichten. Sag mir, Tochter, bist du noch ein Kind Gottes?«

Nein. »Ja.«

»So gib zu, weshalb du hier bist«, fordert die Stimme.

Maya atmet tief durch und spielt mit: »Vergib mir, Vater, doch ich habe gesündigt.«

»Sag, was du getan hast.«

Die Stille zwischen ihnen gesellt sich zum Ticken in ihren Kopfhörern.

»Ich ... Ich weiß es nicht«, flüstert Maya und weiß, dass ihr Urteil längst gesprochen ist.

»Dann schieb die Blende zur Seite«, schlägt das Monster vor und macht sie stutzig, weil sie glaubt, für eine Sekunde eine bekannte Klangfarbe zu erkennen.

Kann das –

»Schieb. Die. Blende. Auf.«

Maya streckt die zitternden Finger aus und gehorcht den Worten, um geradewegs in die andere Kabine zu schauen. Kein weiteres Gitterfenster versperrt ihr die Sicht.

Ein blutverschmiertes, eingefallenes Gesicht starrt nach oben – Richtung Himmel; Richtung Gott.

Maya wird abermals flau im Magen, als sie realisiert, dass das Blut mit etwas Dunklem vermischt ist. Der Geruch von Rauch steigt in ihre Nase.

Kohle.

»Kohle«, wiederholt sie flüsternd und starrt in leblose Augen. Zwischen Rot und Schwarz macht sie einen blonden Schopf aus. Bilder tanzen durch ihren Kopf: Der Jahrmarkt vor einigen Monaten. Bunte Lichter. Etwas Längliches in ihrer Hand. Estefania und sie hinter der Villa. Ein allesverschlingendes Loch. Und der Geruch nach Kohle.

So wie hier.

»Leg deine Waffe nieder, Sünderin«, dringt es in ihre Ohren und wie in Trance legt Maya den Spirit Stick zwischen sie auf die Holzablage. Das Geräusch, das dabei entsteht, wird von ihrem Schluchzen übertönt.

Ihre Mitschülerin ist tot. Tot und bleich. Tot und dreckig. Tot und barfuß. Mayas Pupillen bohren sich in die gefalteten, rußbedeckten Hände des anderen Mädchens. Ihr Herz rumpelt und setzt dann zu einem Sprint an. Sie rutscht nach vorne, will hier weg, aber das Monster ist sofort da.

»Dir wird nicht vergeben, Maya Brown. Nicht, ehe du Abschied genommen hast.«

»Wieso?« Ihre Stimme klingt weit entfernt. Ist es überhaupt ihre?

»Du bist die Mörderin von uns beiden. Du bist, die die Konsequenz ihrer Tat nicht nur erleben, sondern *fühlen* muss.«

»Wieso tust du mir das an?« Ihre Sicht verschwimmt, macht ihre überforderten Sinne noch unklarer.

»Weil du ein Monster bist.« Die Silben ebben in einem pfeifenden Atemzug. »Zieh die Kopfhörer aus, Maya. Und stelle dich dem, was du getan hast.«

Mittlerweile bebt ihr ganzer Körper. Tränen strömen ihre Wangen hinab und sie hat keine Ahnung, wie sie es schafft, aber sie hebt die Hände zu dem Gerät und schiebt sie von ihrem Kopf.

»Schau zu mir, kleine Mörderin.« Die Stimme ist hier, direkt bei ihr.

Mit einem Schrei reißt sie den Kopf herum und starrt in ein lebendiges Gesicht hinter einer Maske. Sie muss aus ihrer raus. Sie braucht Sauerstoff. Sauerstoff!

»Meinst du, Brad wird dir danken? Wird zu dir zurückkehren, weil seine Freundin gestorben ist?« Die Gasmaske wird von ihrer Nase gezogen, Luft stürmt in ihre Lungen.

Diese Stimme. Sie kennt sie.

Ihre Sicht klärt sich. Sie versucht, ihren tobenden Puls nicht zu beachten. Dabei fühlt sie, wie er an ihrer Halsschlagader ausrastet; alles dafür tut, zu entkommen.

»Arabella?«

Das Mädchen lacht herablassend. »Ah, na endlich. Ich dachte, du errätst es nie.«

Instinktiv springt Maya auf, aber sie ist zu schwach. Zu

langsam. Bevor sie sich auch nur einen Zentimeter bewegt hat, wird der Vorhang aufgezogen und Arabella türmt sich vor ihr auf. Sie packt den Kragen ihrer Cheerleading-Uniform, mit den anderen Fingern streicht sie ihr über die nasse Wange. Anschließend schraubt sich der Griff um ihre Kehle.

»Hast du geweint, kleine Sünderin?«

Durch die Maske sieht sie die gletscherblauen Augen ihrer Klassenkameradin. Voller Hass. Und Wahnsinn. Sie stieren in ihre, sehen beinahe genauso leblos aus wie Estefanias.

Angst ätzt sich durch Mayas Adern.»Du?« Ihre Ungläubigkeit ist weit größer als diese zwei Buchstaben, sie sprengt sie.

Maya kann sich nur vorstellen, wie das Mädchen grinst, hört es deutlich in ihrer Antwort: »O ja, ich. Und weißt du, weshalb?« Arabellas Finger kerkern ihr Kinn ein, verwandeln die vermeintlich fürsorgliche Geste in ein Gefängnis. »Weil es so einfach ist, die Menschen glauben zu lassen, was man will.« Der Druck um Mayas Knochen wird fester, ihre Mitschülerin dirigiert ihren Blick zu der Toten. »Maya Brown, du bist eine Lügnerin. Eine Mörderin. Eine Sünderin.«

Automatisch überschlagen sich ihre Gedanken, liefern ihr die Bilder ihrer Schuld. Vor über einem halben Jahr traf sie Arabella auf der Mädchentoilette der Schule, bekam mit, dass der Hahn des Spülbeckens zu heftig aufgedreht wurde. Sah, dass sich das Wasser über ihre Hose ergoss und erlebte ihre Versuche, diese zu trocknen. Maya wusste, was geschehen ist, und trotzdem wollte sie Estefania nicht widersprechen. Sie wollte keinen Streit riskieren, also bestätige sie vor laufender Handykamera, dass sich Arabella eingenässt hatte.

Das Video ist immer noch legendär. Und es war nicht das letzte auf Arabellas Kosten. Die Schüler haben sie zum Gespött der Schule gemacht.

Das schlechte Gewissen sticht auf Mayas Brustkorb ein,

quält sie.

»Es tut mir leid.« Ihre wimmernden Worte scheinen keinerlei Wirkung zu zeigen, Arabella zuckt nicht mal mit der Wimper.

»Zu spät. Viel zu spät.« Mit der freien Hand wischt sie Maya über die von Mascara verschmierten Augenringe. »Das Problem ist, selbst wenn du jetzt noch alles richtigstellst, bleibt ein Schatten. Dafür haben Estefania und du gesorgt. Die Menschen glauben viel zu schnell an die Dinge, die ihnen eingebläut werden. Da haben die logischsten Argumente keine Chance mehr.«

Ein winziger Funke Hoffnung blitzt unter Mayas Panik auf, lässt sie leichter werden. »Heißt das, du wolltest mich nur glauben la-«

Das schallende Gelächter hallt in der Kirche wieder. »Du hast es nicht begriffen. Du bist so dumm.« Beim letzten Wort bebt ihre Hand, weshalb Mayas Atemzüge abgehackter werden. »Die Wahrheit hat keinen Wert. Sie wird von den Lügen erdrosselt, mundtot gemacht. Also wirst du sie auch nie erfahren. Ich bin die Einzige, die weiß, was du getan hast.«

Mit einem Mal packt Arabella ihre Schultern und schubst sie aus dem Beichtstuhl. Kraftlos sinkt Maya auf den kühlen Boden und versucht, wegzukrabbeln, schaut über ihre Schulter. Das Schluchzen kann sie nicht aufhalten.

Ihre Mitschülerin steht über ihr, die bedrohliche Maske und der Spirit Stick in ihrer Hand machen sie zu einem skurrilen Anblick. Sie hebt den Arm und die Diamanten des Sticks funkeln, als er auf Mayas Stirn niedersaust.

Sie keucht. Der Schmerz zuckt durch ihren Kopf. Die Welt dreht sich. Dann packt sie jemand an den Haaren und zerrt sie ohne Erbarmen mit sich. Maya schreit, krallt ihre Fingernägel in die Haut des Mädchens.

»Nein! Nein, bitte nicht!«

Arabella kichert und schleift sie weiter. »Weißt du endlich, weshalb du büßen musst, Maya Brown?« Ihre Stimme fegt feierlich durch die alten Gewölbe der Kirche.

Mayas Herz knallt gegen ihre Rippen, will nach dem Wissen greifen, es sich holen, damit es Frieden findet. Doch irgendwas in ihr schmettert es zurück und lässt es immer kleiner und kleiner werden.

Der Spirit Stick baumelt in der freien Hand ihrer Peinigerin und er grinst seinem nächsten Opfer wie ein übler Verräter entgegen. Arabellas Finger schließen sich fester um ihn.

»Alles Leid kehrt dreifach in dein Leben zurück. Beichte, Maya Brown.«

Maya Brown ist eine Mörderin. Vielleicht ist sie es wirklich, vielleicht auch nicht. Letztlich ist es egal, denn das Gerücht wird so oder so an ihr kleben bleiben – genau wie der Gestank nach Kohle.

CAPTURE THE FLAG

von Anne Lück

Ich geh mit meiner Laterne
viel zu tief in den Wald.

22:17 UHR

»Er kommt nicht.« Baz lehnt sich im Schatten an eine alte Eiche und sieht mit einem düsteren Blick zum stillgelegten Fabrikgebäude des Klärwerks rüber, das auf der Lichtung vor ihnen liegt. Ein grauer, in die Jahre gekommener Kasten, dessen weit oben liegende Fenster in der Nacht aussehen wie leere Augenhöhlen.

»Er kommt«, hält Leo dagegen, der direkt neben dem Busch auf dem Boden hockt, unter dem sie ihre Fahrräder versteckt haben. Er wirft Tessa ein verschmitztes Grinsen zu. »Er hat es versprochen.«

Tessa ist sich nicht sicher, ob man dem Wort eines Jungen trauen kann, der sich von der ganzen Schule *Rat* nennen lässt, aber sie verkneift sich einen Kommentar. Zu sehr schnürt ihr die Nervosität im Moment die Kehle zu. Außerdem will sie Leo nicht die Laune verderben.

Die beiden haben sich diesen Abend schon so lange ausgemalt. Wie unheimlich und adrenalinausschüttend und unvergesslich er werden wird – besonders Letzteres ist wichtig. Sie dürfen die nächsten Stunden niemals vergessen, und auch wenn Tessas Herz ihr bis zum Hals schlägt, hält sie an diesem Wunsch fest. Er gibt ihr Halt und verdrängt die Gedanken an die nächsten Tage.

Baz knurrt. Schon seit sie den Hintergarten von Tessas Wohnhaus verlassen und über das offene Feld dahinter bis zum Wald geradelt sind, hat er diesen düsteren Blick drauf. Die Sache gefällt ihm nicht, das weiß Tessa, umso höher rechnet sie ihm an, dass er trotzdem hier ist; dass er sie nicht allein lässt, wahrscheinlich nicht einmal eine Sekunde darüber nachgedacht hat. Auch wenn er in ihrer Clique ganz eindeutig die Stimme der Vernunft ist.

Leo richtet sich auf. »Habt ihr das gehört?«

Ein kühler Wind rauscht durch die Bäume über ihnen und irgendwo schreckt ein Vogel auf. Tessa lauscht ihrer Umgebung und kurz bevor sie auf seine Frage antworten will, hört sie tatsächlich etwas. Schritte, die auf dem sandigen Boden knirschen. Schritte, die ganz eindeutig näherkommen.

Gleichzeitig ducken Leo und Tessa ihre Köpfe hinter die Büsche, während Baz hinter dem Stamm der Eiche verschwindet. Die Schatten des Waldes verschlucken beinahe jede Spur von ihm augenblicklich.

Tessa hat das Gefühl, keine Luft mehr zu bekommen. Das Blut rauscht ihr in den Ohren. Vielleicht ist es nur Rat, vielleicht aber auch der Sheriff, der seit Stunden seine Runden durch die Red River Lane dreht. Bisher sind sie seinen Blicken entgangen, haben sich in den Schatten gehalten und waren darauf bedacht, so leise wie möglich zu sein. Aber Tessa weiß: Wenn er sie hier und jetzt findet, ist nicht nur der heutige

Abend gelaufen.

Die Ausgangssperre hat vor knapp vier Stunden begonnen und ihre Eltern haben ihr seit Tagen eingebläut, dass sie das Haus unter keinen Umständen verlassen darf. Selbst als sie bereits auf der Schwelle nach draußen gewesen sind, ihre Mutter beinahe beim Auto, hat ihr Vater sich noch einmal umgedreht und sie mit einem eindringlichen Blick betrachtet.

»Bist du sicher, dass du nicht mitkommen willst zu Oma?«

»Ich bin doch kein Baby mehr«, hat sie geantwortet. »Ich komme schon klar hier.« Sie hat sich dabei wirklich mutig und erwachsen gefühlt. Aber kaum war das Auto aus der Einfahrt gerollt, waren ihr Zweifel gekommen. An dem Alleinsein, an dem Plan, an dem ganzen verdammten Abend. Als Baz und Leo aufgetaucht waren, hatten sich ihre Nerven zwar beruhigt, aber jetzt kehrten die Zweifel zurück.

Bitte, lass es nicht Sheriff Kane sein.

Es dauert noch eine ganze Weile, in der die Schritte immer näher kommen und Tessas Herz immer schneller schlägt, bis endlich jemand auf der Lichtung auftaucht. Auf den ersten Blick erkennt Tessa, dass es definitiv nicht der Sheriff ist, denn der Kerl trägt keine Uniform, sondern einen dunklen Pulli. Als er direkt vor der Fabrik seine Kapuze vom Kopf zieht und sich umsieht, kann sie im blassen Schein des Sichelmondes sein Gesicht sehen. Rostrote, kurze Haare, fade Haut und gefährliche, dunkle Augen, über denen zusammengezogene Brauen liegen.

Leo ist der Erste, der sich aus ihrem Versteck erhebt. »Mann, da bist du ja endlich, Rat.« Grinsend macht er einen großen Schritt über den Busch und geht lässig auf den Typen zu.

Etwas zu lässig, bemerkt Tessa. Als würde er ihn irgendwie beeindrucken wollen. Das bringt sie tatsächlich zum Grinsen.

Zeitgleich mit Baz tritt auch sie auf die Lichtung und Rat, der eigentlich Levi Campbell heißt und eine Stufe über ihnen ist, blickt ihnen entgegen. Erst als alle drei direkt bei ihm stehen, macht einer seiner Mundwinkel einen kleinen Satz, als würde er ein Lächeln unterdrücken.

»Diesen Spaß konnte ich mir unmöglich entgehen lassen.« Er greift nach einem Träger seines Rucksacks und sieht sich auf der Lichtung um. »Ihr seid sicher, dass euch niemand gesehen und verfolgt hat?«

Das klingt wirklich mehr als dubios. Tessa kann sich ein Schnauben nicht verkneifen. »Wir sind doch nicht dämlich.«

Jetzt sieht Rat sie an. Er verengt die Augen, bevor aus dem angedeuteten ein höhnisches Lächeln wird. »Du bist also Tessa. Die, für die ich diesen wunderbaren Abend ausrichten darf.«

»Er ist für uns alle«, gibt sie sofort zurück, auch wenn sich ihr Innerstes zusammenzieht.

»Aber es ist *dein* Abschied, oder?« Rat zuckt mit den Schultern und plötzlich bildet sich Tessa ein, dass selbst Leo und Baz betroffen aussehen.

Sie schiebt das dumpfe Gefühl in ihrem Magen zur Seite. »Willst du Quatschen oder fangen wir endlich an?«

Deshalb sind sie schließlich hier. Ein letztes Spiel – das größte und unheimlichste Abenteuer bis jetzt, das sie nie vergessen werden.

Leo räuspert sich, als müsse er erst wieder die Fassung gewinnen. »Ernsthaft, Rat. Fangen wir einfach an. Was hast du vorbereitet?«

»Nicht hier.« Diesmal grinst Rat richtig und bedeutet ihnen, ihm zu folgen. Statt zu der großen Metalltür, dem Eingang der Fabrik, biegt er um eine Ecke und die drei werden in die Schatten des großen Gebäudes getaucht. Vor ihnen schraubt sich eine Wendeltreppe aus Eisen an der Fabrikwand empor. Als Tessa an ihr hinaufblickt, kann sie auf Höhe der ersten Etage eine Tür erkennen. Und sofort sind da wieder die Gerüchte; die Mythen, die sich um die stillgelegte Fabrikhalle ranken. Ein Kribbeln breitet sich in ihrem Nacken aus, während die Bilder in ihrem Kopf Form annehmen.

»Zieht die über.« Rat hat anscheinend seinen Rucksack geöffnet, während Tessa nach oben gestarrt hat, und hält ihr nun eine gruselige Halloweenmaske entgegen. Sie beugt sich ein wenig nach vorn, um das Teil zu mustern. Auf den ersten Blick sieht es aus wie eine normale Latex-Halloweenmaske – groteske, blutverschmierte Züge –, aber hinten ist eine seltsame Vorrichtung befestigt.

»Gasmasken?« Verständnislos sieht Tessa ihn an. »Was soll das denn werden?«

Rat gibt sich lässig. Er lehnt sich an das Geländer der Metalltreppe und grinst breit. »Ihr kennt doch bestimmt die Gerüchte, oder? Dass man angeblich irre wird, wenn man diesen Teil der Fabrik betritt? Durchdreht, Halluzinationen bekommt und aggressiv wird wie ein Zombie?« Mit einem lässigen Schritt geht er eine Stufe nach oben, sodass sein Kopf nun über ihren ist – wie bei einem unheimlichen Geschichtenerzähler. »Nun, aus verlässlichen Quellen habe ich erfahren, dass da durchaus etwas dran ist. Dass der Grund dafür giftige Gase sind, die hier in der Fabrik herumschwirren und eure Gehirne benebeln. Da ich aber ein guter Spielleiter bin und euch nicht verrückt machen will, habe ich aus dem Gemeindehaus diese Masken für uns besorgt. Minimiert das Risiko ... wahnsinnig zu werden.«

»Aus dem Gemeindehaus?«, fragt Leo, während Baz fast gleichzeitig sagt: »Das ist doch Bullshit.«

»Wenn du sie nicht für notwendig hältst, kannst du sie

gerne zurückgeben. Macht das Spiel für mich noch mal eine ganze Spur lustiger.« Rat wartet keine Antwort ab, sondern schiebt sich seine Maske über den Kopf und erklimmt die Metalltreppe. Sie ächzt und knackt unter seinen Schritten.

Baz knurrt etwas, das Tessa nicht versteht, bevor er ihr einen langen Blick aus seinen grünen Augen schickt, den sie unerklärlicherweise direkt in ihrem Magen spürt. Beinahe gleichzeitig setzen sie die gruseligen Masken auf, während Leo bereits hinter Rat hereilt.

Als Tessa mit klopfendem Herzen die ersten Stufen hinter sich lässt, sind die Zweifel in ihrem Kopf wieder da. Nicht nur bezüglich dieses Abends und der Verrücktheit von Rats Plan, sondern auch wegen allem, was danach liegt.

Während sie die Rücken von Baz und Leo anstarrt, fährt ein Stich durch ihre Brust. Seit dem Kindergarten sind die drei befreundet, haben nie mehr als eine Woche getrennt verbracht – und nun soll sie tatsächlich weg aus Bleak Pine, weg aus der Red River Lane, in eine Stadt über 800 Kilometer entfernt. Die letzten Tage hat Tessa sich immer wieder eingeredet, dass es das wert ist; dass sie hart für das Stipendium an dem Internat für Naturwissenschaften gearbeitet hat und alles gut werden wird. Aber wird es das wirklich, wenn die Freundschaft mit Baz und Leo daran zerbricht?

Rat ist am obersten Treppenabsatz angekommen, rückt seine Maske gerade, und die anderen tun es ihm gleich. Tessa schiebt das groteske Teil auf ihrem Gesicht hin und her, auch wenn sie eigentlich keine Ahnung hat, wie es sich anfühlen muss, damit es richtig sitzt. Ein Adrenalinrausch fährt durch ihren Körper und lässt sie erzittern.

Gott, bitte lass das gutgehen. Ich will nicht an giftigen Gasen ersticken. Nicht an meinem letzten Abend mit meinen Freunden.

Gerade will Rat nach der Klinke der roten Tür greifen, da legt Baz eine Hand auf seine Schulter. »Warte. Bist du ganz sicher, dass diese Dinger funktionieren?«

»Klar. Ich war schließlich vorhin schon hier, um eure Flagge zu verstecken, und bin dabei nicht durchgedreht.«

Tessa presst die Lippen zusammen, damit ihr kein »Bist du sicher?« rausrutscht.

Auch Baz scheint wenig überzeugt. »Wo hast du die noch mal her?«

»Aus dem Gemeindehaus geklaut. Da findet heute irgendeine Party statt und ich dachte, dass die bestimmt nicht alle brauchen. Die Sicherheit meiner Spieler ist schließlich das allerwichtigste.«

Leo runzelt verwundert die Stirn. »Eine Party im Gemeindehaus?«

Das klingt in der Tat sehr weit hergeholt. Die gesamte Red River Lane ist abgeriegelt und unter Verschluss des Sheriffs, der ganz sicher keine Partys zulässt. Zumal die *Red River Hall* bereits seit Anfang des Sommers renoviert wird.

Rat winkt ab, als wäre er müde, sich erklären zu müssen. »Was ist jetzt?« Ungeduldig scharrt er mit den Füßen. »Starten wir das Spiel oder wollt ihr euch lieber wieder unter eure Omadecke auf die Couch kuscheln, bis die Nacht vorbei ist?«

Obwohl Tessa schlecht wird vor Aufregung, ballt sie die Hände zu Fäusten. Ein Rückzieher kommt für sie gar nicht infrage. Und daran, wie Baz und Leo die Schultern straffen, erkennt sie, dass sie es ähnlich sehen. »Mach schon«, knurrt sie deshalb, und Rat lacht.

Quietschend geht die schwere, rote Tür auf und Tessa überprüft zur Sicherheit noch mal, ob die Maske auch wirklich dicht an ihrer Haut aufliegt. Dann treten die vier über die Schwelle in den Gang, der dahinter liegt, und mit einem unheimlichen Krachen fällt die Tür ins Schloss.

»Himmel«, hört Tessa Leo zischen, als die Dunkelheit sie umfängt. Nur eine Sekunde später flammt das Oberlicht auf. Rat steht am Schalter und winkt sie mit sich.

Hinter der Tür liegt ein schmales Treppenhaus, das sehr weit nach unten, auf der anderen Seite aber auch ein paar Stufen nach oben geht. Mit einem Schlüssel, von dem Tessa gar nicht wissen will, wo er ihn herhat, öffnet Rat ein Büro. Es ist nicht viel darin – nur zwei Schreibtische, auf denen jeweils ein uralter, vergilbter Computer steht, ein leerer Aktenschrank und außerdem zwei Türen, eine links, eine rechts.

»Willkommen im ehemaligen Arbeitszimmer von Dr. Ulysses Scurell.« Rat breitet die Arme aus, als würde er die Freunde in einer glamourösen Villa willkommen heißen. Dann klopft er auf den Computer direkt neben ihm. »Der stillgelegte Teil der Fabrik, also die große Haupthalle, die zwei angrenzenden, kleineren Hallen sowie die Räumlichkeiten dahinter, sind mit Kameras ausgestattet. Es hat zwar ein bisschen Expertise gebraucht, aber ich habe die Dinger wieder zum Laufen gebracht, damit ich von hier oben aus das Geschehen beobachten kann. Zur Sicherheit.« Er gibt einen belustigten Laut von sich, der Tessa misstrauisch aufsehen lässt.

»Moment – du hattest Hilfe? Dann weiß jemand, dass wir heute hier sind?«

Rat winkt ab. »Nur Keith und Mason. Und glaub mir, die beiden sind absolut kein Risiko. Ich kenne viel zu viele, viel zu illegale Geschichten von ihnen, als dass sie auch nur in Erwägung ziehen würden, uns zu verpfeifen.«

Tessa schnaubt. Sie kennt Keith und Mason, wenn auch vor allem vom Hörensagen. Die beiden sind Freunde von Rat, wenn der Kerl denn überhaupt welche hat, obwohl sie abgesehen von ihren Computerkenntnissen wahrscheinlich um einiges hohler sind als er. Sofort erscheint das Bild der beiden Football-Spieler vor ihren Augen, die wie die letzten Höhlenmenschen lachen und sich abklatschen, bis es wie immer auf eine handfeste Rangelei hinausläuft.

Diese beiden sind Idioten.

Tessa fühlt sich absolut nicht wohl dabei, dass sie von ihrem Plan wissen – wobei Rat wahrscheinlich nur nebulös angedeutet hat, warum er die Überwachungskameras braucht. Um seinen eigenen Arsch zu retten, wenn etwas schiefgeht.

»Eure Flagge ist irgendwo auf besagtem Gelände versteckt. Ihr solltet sie schnell finden, denn der Sheriff dreht noch immer seine Runden. Außerdem wird die Luft hier drin mit jeder Minute dicker – und wir wollen die Masken lieber nicht an ihre Grenzen bringen, oder?«

Tessa spürt, dass ihr Schweiß auf die Stirn tritt. Vom Sheriff erwischt und verknackt zu werden und das Gehirn von Gasen vernebelt zu bekommen, klingt alles andere als angenehm. Fast automatisch fährt sie den Rand ihrer Maske noch einmal entlang.

»Wenn ich sehe, dass jemand die Flagge gefunden hat, gebe ich über das Oberlicht ein Zeichen. Dann wisst ihr, dass ihr zurück hier hochkommen sollt. Nehmt die.« Rat kramt in seinem Rucksack und drückt jedem von ihnen eine Taschenlampe in die Hand. »Wenn wir die ganze Zeit das Licht anlassen, ist die Chance größer, dass man uns von draußen sieht.« Jetzt verschränkt er die Arme vor der Brust und lehnt sich auf den Schreibtisch. Er hebt eine Hand in Richtung Leo, der sich schüttelt, als müsse er sich selbst aus seinen Gedanken holen.

»Äh ja, genau.« Er räuspert sich. »Wir machen es wie immer: Wir ziehen Stöckchen, wer zuerst losdarf. Der Zweite und der Dritte folgen jeweils nach einer Minute. Alle bereit?«

Tessa und Baz nicken, woraufhin Leo einen Zweig aus der Jeanstasche zieht, den er wohl aus dem Wald mitgenommen hat. Rat nimmt ihn an sich, dreht sich von den Freunden weg und lässt es zweimal knacken. Danach wendet er sich ihnen wieder zu, drei Stöckchen in seiner geballten Faust.

Wie immer ist zuerst Tessa dran. Als sie ihr Stöckchen aus Rats Hand zieht, hält sie die Luft an. Ihr ist fast augenblicklich klar, dass sie das Kürzeste gezogen hat, und ihr Gedanke bestätigt sich, nachdem Leo und Baz ebenfalls ihre Zweige in der Hand halten.

Verdammt.

»Sorry, Tessa«, sagt Leo und klingt dabei wirklich entschuldigend.

Sie schnaubt als Antwort. »Was soll's. Euch gegenüber brauche ich bestimmt keinen Vorteil.«

Baz gibt ein Lachen von sich, das irgendwie unentspannt klingt. Aber vielleicht ist es auch nur die Maske, die seine Stimme dämpft. Weil er das längste Stöckchen gezogen hat, darf er als erster los. Er zieht die Kapuze über den Kopf, wendet sich noch einmal zu Tessa um und sagt: »Viel Glück euch.«

»Brauchen wir nicht«, stichelt Leo amüsiert und Baz verlässt den Raum durch die Tür, die Rat ihm zeigt: die auf der linken Seite.

Kaum ist sie hinter ihm ins Schloss gefallen, fängt Leo schon an, von einem Bein aufs andere zu springen. »Ich werde das hier gewinnen, sei also nicht zu enttäuscht, Tess.«

»Träum weiter«, gibt sie zurück, aber das Grinsen will ihr nicht so richtig gelingen. Zum Glück versteckt die Maske ihr Gesicht und damit die Aufregung, die Angst und auch ein wenig die Traurigkeit, die sie gerade übermannt.

Leo lacht, bevor er wieder zu hüpfen beginnt. Rat gibt ihm ein paar Sekunden später das Zeichen und sofort reißt er die Tür auf. Seine Schritte entfernen sich schnell und klappernd, und dann ist Tessa allein mit Rat, der immer noch auf dem Schreibtisch sitzt. Jetzt schaltet er den Monitor des Computers an und auf einer Ecke davon sieht Tessa, wie Leo eine Treppe nach unten eilt und in der Dunkelheit verschwindet.

»Warum ausgerechnet eine Flagge verstecken?«, will Rat plötzlich wissen.

Überrascht sieht Tessa auf und bemerkt, dass er die Tür anstarrt, hinter der Leo verschwunden ist. Wahrscheinlich haben sich beide gewünscht, dass Leo den kürzesten Zweig zieht und die zwei einen Moment alleine haben. Sie muss wieder grinsen, und das beruhigt ihr rasendes Herz ein wenig.

»Wir haben früher unzählige Piratenfilme geschaut und wollten immer sein wie sie. In See stechen, die Welt bereisen und vor allem Schätze finden. Weil wir keinen echten Schatz hatten, haben wir irgendwann unsere Piratenflagge versteckt. An immer schwerer zu erreichenden, gefährlicheren Stellen, damit es spannend blieb.« Tessa hebt die Hände und gibt ein etwas zu nervös klingendes Lachen von sich. »Hier hat es uns hingebracht.«

Einen Moment glaubt sie, dass Rat irgendetwas dazu sagen will. Durch seine Maske sieht er sie beinahe schon nachdenklich an. Dann aber hebt er die Hand. »Die Minute ist um. Viel Glück.«

Ein Ruck geht durch Tessas Körper. Sie braucht eine Sekunde, um ihren Startschuss zu realisieren, bevor sie sich endlich zur Tür wendet und sie aufreißt. In diesem Moment legt sich in ihrem Inneren der Schalter um, so wie jedes Mal, wenn es um die Flagge geht. Das Spiel hat begonnen – und sie will es gewinnen. Sie *wird* es gewinnen.

Die Tür fällt hinter ihr ins Schloss und die alte Fabrik breitet sich unter ihren Füßen aus. Durch die hohen Fenster fällt kaum Licht in die große Halle, Tessa kann lediglich die Schemen von massiven Gerätschaften und unzähligen Containern erkennen. Sie schaltet die Taschenlampe an, um die Metalltreppe auszuleuchten, auf der sie steht. Sie sieht fast genauso aus wie die Wendeltreppe außen am Gebäude – klapprig und unsicher. Aber weil Tessa weiß, dass Rat ihr wahrscheinlich gerade zusieht, nimmt sie sich zusammen und geht mit durchgedrücktem Rücken nach unten.

Dort empfängt sie vor allem Dunkelheit. Zwischen sicher über zwei Meter großen Containern bleibt sie stehen, um sich zu orientieren. Die Schwärze um sie herum ist kaum durchdringbar. Außer des beleuchteten Kegels der Taschenlampe, sieht sie hier unten überhaupt nichts mehr, und diese Tatsache lässt die Härchen auf ihren Armen aufstellen.

Die alte Fabrik ist erschreckend kalt und Tessas Schritte hallen durch die Luft, als sie ihre Jacke enger um sich wickelt und tiefer in die Finsternis schleicht. Die Atmosphäre flirrt vor Spannung und Tessa fühlt sich in einen dieser Horrorfilme hineinversetzt, die Leo so gern sieht. Plötzlich ist sie die Protagonistin, auf die hinter jeder Ecke ein Zombie oder ein erboster Geist wartet.

Das hilft gerade überhaupt nicht!, schimpft sie innerlich und versucht, sich auf ihre Mission zu konzentrieren. Die Flagge. Sie muss nur die alte Piratenflagge finden, um das Spiel zu gewinnen, dann kann sie diesen unheimlichen Ort sofort wieder verlassen. Diesen unheimlichen, wahrscheinlich giftgasverseuchten Ort.

Tessa beißt sich fest auf die Unterlippe und schiebt sich weiter nach vorn. Die Maske drückt auf ihrem Gesicht und ihr Atem hört sich in ihren Ohren seltsam an. Laut und keuchend irgendwie. Ob das Gas sich auch auf der Haut absetzen kann? Und wenn ja – ob man es mit einer langen, heißen Dusche wieder abgeschrubbt bekommt?

Die Schweißtropfen auf ihrer Stirn sammeln sich und Tessa zwingt sich, tief durchzuatmen. Die Maske wird halten. Und sie wird die Flagge finden. Nur nicht, wenn sie sich dieser dämlichen Panik hingibt. Sie muss sich beruhigen und einen Überblick verschaffen.

Tessa biegt um ein paar Container, hinter denen sich ein altes Fließband befindet. Es scheint die gesamte Halle zu durchlaufen wie ein stillgelegtes Flussbett. Tessa leuchtet den Container daneben aus und steckt sich kurzentschlossen die Taschenlampe zwischen die Zähne, ehe sie auf das Band klettert. Von dort aus kann sie, wie erhofft, den oberen Rand des nächststehenden Containers greifen. Mit viel Kraft zieht sie sich daran hoch und steht auf. Ja, das ist eindeutig besser – aber noch nicht gut genug.

Gerade als sie sich am nächstgrößten Container hochziehen will, hört Tessa plötzlich ein Geräusch. Ein Klacken, das in ein lautes *Rums* übergeht. Erschrocken fährt sie herum und leuchtet in die Richtung, aus der es gekommen ist.

»Leo? Baz?« Keine Antwort. Aber sie hört Schritte in der Ferne. Schwere, schlurfende Schritte. Dann ein erneutes Klacken, als würde eine Tür ins Schloss fallen, und dann wieder Stille.

Für einen Moment hält Tessa die Luft an und atmet erst wieder aus, als nichts mehr zu hören ist. Sie versucht, den Gedanken zu verdrängen, dass die Schritte viel zu schwer für Baz und Leo gewesen sind, schiebt ihn auf die Angst in ihrem Magen. Die Fabrik steht seit Jahren leer – warum sollte jemand hier sein? Es muss einer ihrer Freunde gewesen sein. Hoffentlich haben sie noch keine Spur der Flagge gefunden.

Zumindest ist Rats Zeichen noch nicht gekommen.

Sie dreht sich um, nimmt die Taschenlampe erneut zwischen die Zähne und zieht sich an dem höheren Container hoch. Nach wenigen Minuten ist sie in der Mitte der Fabrik angekommen, auf dem höchsten Punkt, den sie mit ihren Händen erreichen kann. Im Gegensatz zum Ausblick von der Treppe, scheint hier ein wenig Mondlicht von draußen auf die vor ihr liegende Halle.

Tessa kann die beiden Türen sehen, die wohl in die von Rat erwähnten Nebenhallen führen. Da sie ihre Freunde nirgends erkennt, vermutet Tessa, dass sie irgendwo dahinter sind. Sie leuchtet über die umstehenden Container, das Fließband entlang und erhellt die schweren, brachliegenden Geräte.

Die Flagge, die sie seit ihrer Kindheit für das Spiel benutzen, ist ein eigentlich wirklich hässliches Ding – Neongrün mit einem schwarzen Totenkopf darauf. Aber sie ist zumindest nicht sonderlich schwer zu erkennen.

Hier kann Tessa keinen Ort sehen, an dem Rat die Flagge versteckt haben könnte. Die Container stehen dicht an dicht in der Dunkelheit, keinen Millimeter Platz dazwischen, um einen neonfarbenen Stoff zu verstecken. Und sie kann sich nicht vorstellen, dass Rat die Container irgendwie geöffnet hat – das würde die Suche bei der Masse fast unmöglich machen.

Leo und Baz haben das wahrscheinlich sofort erkannt. Mist, damit haben sie eindeutig einen Vorsprung.

Tessa presst die Kiefer aufeinander und will schon von den Containern steigen, um die Halle ebenfalls zu verlassen, als etwas im hinteren Bereich der Fabrik ihre Aufmerksamkeit erregt – in den Schatten liegend, halb von einem Container verdeckt. Ein dunkles, schmutziges Fenster, das in die Betonwände eingelassen ist. Ganz hinten, von unten unmöglich zu erkennen.

Tessa leuchtet mit der Taschenlampe vor ihre Füße, um nicht von den Containern zu rutschen, während sie von einem zum anderen springt, immer näher ans Ende der Halle. Zwischendurch hält sie immer wieder an, lauscht auf die Umgebung. War da schon wieder ein Knallen? Eine zuschlagende Tür?

Als sie den letzten Container erreicht – den, der halb das Fenster verdeckt –, hört sie erneut etwas. Zwischen ihrem angestrengten Keuchen und dem Aufprall ihrer Schuhe auf dem Metall klingt es für eine Sekunde beinahe wie ein Brüllen. Aber jetzt, wo sie sich erhebt und umsieht, ist die Halle wieder still.

Wird sie plötzlich verrückt und hört Dinge, die gar nicht da sind? Der Gedanke schwebt für eine Millisekunde in ihrem Kopf, dann geht wieder ein Ruck durch ihren Körper. Sofort fährt ihre Hand den Rand der Maske nach. Liegt sie noch an? Ist irgendwo Luft durchgekommen?

Tessa versucht, sich zu beruhigen, so ganz will es ihr aber nicht gelingen. Zur Sicherheit schaltet sie ihre Taschenlampe aus, um nicht aufzufallen, sollte doch jemand hier sein. Ihre Finger zittern, als sie vorsichtig von dem Container klettert. Ihr Herz rast in ihrer Brust. Die Geräusche hallen in ihrem Kopf und jetzt weiß sie wirklich nicht mehr, was davon echt und was nur eingebildet ist.

Ich muss nur bis zur Tür kommen, redet sie sich ein. Doch hier unten ist es dunkler, man kann fast die eigene Hand nicht vor Augen sehen, und mit der Finsternis nisten sich auch die düsteren Gedanken in Tessa ein. Während sie sich an der Wand entlang in Richtung der Tür schiebt, glaubt sie wieder, in der Ferne Stimmen zu hören. Und als ihre Hand nach einer gefühlten Ewigkeit endlich die Klinke umschließt, ist Tessa so schwindlig wie noch nie in ihrem Leben.

Das hier war eine beschissene Idee. Sie weiß es, wusste es schon, als Rat sie zur alten Fabrik bestellt hat. Aber weil sie unbedingt einen unvergesslichen letzten Abend mit ihren Freunden wollte, hat sie nicht auf ihren Instinkt gehört. Und das könnte ihr nun zum Verhängnis werden.

»Wenn ich die Flagge hier nicht finde, gehe ich zurück«, murmelt sie in die Maske und ihre Stimme klingt dahinter rau und hohl.

Die Tür lässt sich tatsächlich öffnen. Der Raum dahinter ist tintenschwarz, aber dann, nach einigem Tasten entlang der Wand, flammt endlich das Oberlicht auf.

23:07 UHR

Tessa friert in ihrer Bewegung ein, ihr Atem unter der Maske geht laut. Hier stimmt etwas ganz und gar nicht, das sieht sie auf den ersten Blick. Aktenschrank reiht sich an Aktenschrank – und allesamt stehen offen. Ganz so, als hätte sie jemand eilig aufgerissen und entleert. Bis auf ein Regalfach im mittleren Spind. Hier liegt die Flagge – unangetastet und einsam.

Sie hat sie gefunden.

Aber das hier passt nicht. Es ist viel zu einfach. Rat hätte die Türen der Aktenschränke zumindest geschlossen, um die Suche zu erschweren. Ist einer der anderen vor ihr hier gewesen? Aber warum hätten sie die Flagge zurücklassen sollen? Leo ist viel zu ehrgeizig, um einem anderen den Sieg zu schenken, und Baz hätte hier auf sie gewartet.

Tessa spürt, wie sie schwankt, als sie auf den Schrank

zugeht. Der Raum um sie herum scheint sich zu drehen und ihr wird schlecht. Ist es die Panik? Ist es doch das Gas, von dem Rat gesprochen und das irgendwie einen Weg in ihre Maske gefunden hat?

Als sie mit zitternden Fingern nach der Flagge greift, bemerkt sie etwas an der Tür des Schrankes. Sie nimmt den neongrünen Stoff an sich, bevor sie mit der anderen Hand langsam den Aktenschrank schließt. Bereits auf den ersten Blick ist zu erkennen, dass sein Schloss aufgebrochen worden ist. Aber das, was Tessa den Atem anhalten lässt, ist das Blut.

Dunkelrote Spritzer sind um das Schloss verteilt und die Abdrücke blutiger Finger leuchten darauf.

Tessa fährt herum und ganz plötzlich, als hätte ihr jemand Scheuklappen abgenommen, sieht sie die Spuren überall. An der Wand neben der Tür, an den anderen, aufgerissenen Schränken, ein paar Spritzer zieren sogar den ausgebleichten Teppich.

Ihr Herzrasen schwillt an, die Panik macht sich in ihrem Kopf breit. Ist das alles echt? Oder sind es Halluzinationen, verursacht vom Giftgas? Was zur Hölle ist hier passiert?

Noch bevor sie einen klaren Gedanken fassen kann, sind in der Halle vor dem Aktenarchiv Schritte zu hören. Sie kommen näher, im ersten Moment ist Tessa sich ganz sicher. In der nächsten Sekunde zweifelt sie an dem, was sie hört, und das lässt ihr Herz nur noch schneller schlagen.

»Tess?«

Erleichterung breitet sich in ihrer Brust aus.

»Baz, ich bin hier!« Selbst in ihren eigenen Ohren hört sich ihre Stimme weinerlich an. Sie stürzt auf die Tür zu und da steht er auch schon, immer noch die gruselige Halloweenmaske vor dem Gesicht. Und trotzdem spürt sie die Sorge, die von ihm ausströmt, und die Sicherheit.

Ohne zu überlegen, springt sie ihm in die Arme. »Baz, irgendwas ist hier los. Da waren Geräusche und ich ... Die Schränke! Scheiße, etwas stimmt nicht«, sprudelt es aus ihr heraus, während sie trotz Maske versucht, sich an ihn zu drücken.

Baz hält sie fest, streichelt etwas unbeholfen ihren Rücken. »Was ist passiert, Tessa? Bist du verletzt?« Er drückt sie ein Stück von sich weg, um sie nach Verletzungen abzusuchen.

Tessa schüttelt entschieden den Kopf, die Hände in seinen Pulli gekrallt. »Nein! Ich meine, doch, irgendetwas stimmt nicht mit mir, Baz. Ich glaube, die Maske ...«

Seine Augen schauen besorgt auf sie hinab. Dann hebt er den Blick und Tessa kann sehen, dass sie sich wieder weiten. »Heilige ... Was ist denn hier passiert?« Offensichtlich hat er die Blutspritzer schneller bemerkt als sie. »War das Rat? Soll das ein blöder Scherz sein oder was?«

Rat? Ob er hier vielleicht Kunstblut verteilt hat? Tessa wirft einen Blick über ihre Schulter, scannt den Raum noch einmal mit ihren Augen. Aber nein, die Sache mit der Flagge; die aufgebrochenen Schränke ... Sie ist sich sicher, dass das nicht Rat war. Und auch wenn Tessa froh ist, dass die Blutspuren anscheinend nicht nur in ihrem Kopf existieren, wird die Panik in ihrem Inneren unermesslich.

Baz schaut wieder auf sie hinab. Anscheinend hat er erst jetzt die Flagge bemerkt, denn er greift nach dem Stoff. »Du hast sie gefunden.«

»Ja.« Dann durchfährt sie eine Erkenntnis. Achtlos reißt sie Baz den Stoff aus der Hand und wedelt damit in der Luft herum, so hoch und deutlich, dass Rat sie auf seinem Bildschirm ganz sicher sehen *muss*.

Ein Moment vergeht.

Zwei.

Nichts passiert.

Das versprochene Oberlicht geht nicht an. Alles bleibt dunkel und unheimlich, und an Tessas Beinen kriecht eine Gänsehaut nach oben. Das ist das letzte Zeichen – irgendetwas stimmt nicht.

»Baz, wir müssen hier raus. Wir müssen Leo finden und schnellstmöglich von hier verschwinden.«

Waren die Stimmen vorhin doch echt? Ist noch jemand in der Fabrik? Und was ist mit Leo und Rat?

Baz atmet tief durch. Er erkennt die Panik in ihren Augen, denn er greift nach ihrer Hand. »Wir gehen hoch zu Rat. Auf den Bildschirmen sehen wir, wo Leo steckt, und können ihn holen. Oder ausrufen oder was auch immer«, sagt er mit überraschend fester Stimme.

Tessa ist nicht wohl bei dem Gedanken, die Halle vorerst ohne Leo zu verlassen, aber der Vorschlag ist vernünftig.

Hand in Hand schlängeln sie sich an den Containern vorbei und wieder auf das Fließband in der Mitte der Fabrik zu. Sie klettern darauf und folgen dem angerosteten Metallpfad in Richtung der Treppe. Auf halbem Weg aber sind plötzlich wieder Geräusche zu hören, die von links kommen. Aus der Dunkelheit.

Tessa spürt, dass ihr gesamter Körper zu kribbeln beginnt und ihre Hände schweißnass werden. Sie lässt Baz los und bleibt stehen.

»Leo?« Sie macht einen Sprung vom Band. Die Schritte werden langsamer, verhallen irgendwo in ihrer Nähe. »Leo?«, fragt sie leiser.

»Tessa!«, warnt Baz flüsternd, als sie in die Richtung schleicht, aus der die Geräusche gekommen sind. Anscheinend ist auch er jetzt sicher, dass irgendetwas nicht stimmt.

»*Tessa!*« Seine Stimme ist immer noch ein Flüstern, aber

ein eindringlicheres. Er greift nach ihr und sie dreht sich zu ihm um, wird im nächsten Moment aus dem Schatten von jemandem angesprungen.

Tessa entfährt ein gellender Schrei, der von dem Lachen über ihr durchbrochen wird. »Hahaha, du hast dir richtig in die Hose gemacht!« Leo kichert amüsiert und sie boxt ihm mit voller Kraft gegen die Schulter. »Au!«, protestiert er, immer noch lachend.

»Ich hätte beinahe einen Herzinfarkt bekommen!«, faucht sie wütend.

Jetzt hält er doch inne, seine Augen sehen sie durch die Maske verwundert an. »Ist das nicht der Sinn des Spiels, Herzchen? Ist alles in Ordnung?«

»Nein, ist es nicht.« Baz legt eine Hand auf ihre Schulter. »Im Raum mit der Flagge waren Schränke aufgebrochen und überall klebte Blut.«

»Ach kommt schon, das war sicher nur Rat. Moment, ihr habt die Flagge?« Leo glotzt den grünen Stoff in Tessas Hand an. »Verdammt, das kann doch nicht wahr sein!«

»Lasst uns einfach hier abhauen.« Tessa fährt herum und steckt die Hände in die Jackentaschen, damit die beiden ihre zitternden Finger nicht sehen. »Bitte. Ernsthaft.«

»Was ist denn mit dir los?« Leo klingt ein wenig gekränkt, als er sich dem Weg zwischen den Containern anschließt. »Du hast gewonnen, solltest du dich nicht freuen?«

Als Tessa ihm nicht antwortet, wendet er sich an Baz: »Was ist denn passiert, während ich nach der verdammten Flagge gesucht habe?«

»Ich kann verstehen, dass du das gerade nicht ernst nimmst, aber glaub uns einfach: Irgendetwas stimmt hier nicht«, antwortet dieser angespannt. »Und es kann sein, dass das alles nur ein blöder Scherz von Rat ist, aber ich glaube ehrlich gesagt, dass wir hier nicht nur zu viert sind.«

»Hast du die Stimmen auch gehört?«, fragt Leo und jetzt fährt Tessa doch zu ihnen herum.

»Ihr auch?«, flüstert sie und einen Moment lang starren sich die drei in der Dunkelheit an.

Leo ist der Erste, der reagiert. »Okay, okay, kapiert. Hauen wir ab.«

Plötzlich flimmert die Anspannung regelrecht in der Luft. In eiligem Tempo hasten die drei zurück zur Treppe und Tessa spürt Erleichterung, als sie endlich nach dem Geländer greift. Die Halle liegt jetzt still unter ihnen, keine Stimmen, keine Schritte – nur ihre eigenen. Von oben kann sie auch keine Bewegung erkennen. Möglicherweise waren es doch nur ihre Nerven, die ihnen einen Streich gespielt haben. Oder etwas anderes. Tessa greift nach ihrer Maske und hält sie fest.

Als sie die Tür zum Büro öffnen, in dem Rat sie vorhin verabschiedet hat, dreht sich Tessas Magen sofort wieder um.

Der Raum ist völlig verwüstet. Der Schreibtisch ist umgekippt, der Computer liegt kaputt am Boden, der Stuhl ist gänzlich in seine Einzelteile zerlegt. Überall sind Papiere verstreut und dazwischen, mitten im Zimmer, liegt eine grausige Halloweenmaske. Rats Maske. Von den offensichtlichen Blutspuren ganz zu schweigen, die trotz des Chaos' deutlich erkennbar sind.

»Scheiße.« Baz stellt sich wie ein Bodyguard vor Leo und Tessa und breitet die Arme aus. Die Grausamkeit des Anblicks kann er ihnen trotzdem nicht ersparen. Schweiß läuft unter der Maske in Tessas Augen.

»Wo ist Rat?« Leos Stimme klingt so dünn wie noch nie. Er sieht sich hektisch im Raum um und wahrscheinlich sind seine Ohren genauso gespitzt wie Tessas.

»Wir gehen. Sofort«, presst Baz durch seine Zähne hervor

und bückt sich nach einem abgebrochenen Stuhlbein, um es wie eine Waffe vor sich zu halten.

Angespannt stehen die drei im Türrahmen und lauschen. Da ist nichts – halt! Tessa reißt den Kopf herum, macht einen Schritt in das Büro und horcht wieder.

Ein Wimmern, gar nicht weit entfernt, lässt ihr Herz ruckeln. Ein sehr kläglich klingendes Wimmern. Sie folgt dem Geräusch und spürt, dass Leo und Baz ihr langsam nachkommen. Sie haben es wohl ebenfalls gehört, denn sie werfen einander unsichere Blicke zu.

Neben der Tür, die zur Außentreppe führt, ist noch eine weitere. Tessa greift nach der Klinke und Baz positioniert sich neben ihr, das Stuhlbein bedrohlich über seinen Kopf gehoben. Sie sehen sich an, eine Sekunde nur, dann reißt Tessa die Tür auf. Baz brüllt kämpferisch und es wird von einem kläglichen Jaulen erwidert.

»NEIN! Nicht, tut mir nichts!«

Leo drängt sich an ihnen vorbei. »Rat?«

Zwischen Putzeimern und Besen sitzt der Typ auf dem Boden, in sich zusammengekauert, die Arme um die Beine geschlungen. Er ist in einem erbärmlichen Zustand. Seine Augen sind knallrot, sein Gesicht zu einer grotesken Maske der Furcht verzogen, eine Schwellung umgibt sein rechtes Auge. »Bitte, bitte, bitte nicht«, jammert er immer wieder und duckt sich von den dreien weg. »Bitte, tut mir nichts.«

»Rat«, sagt Tessa leise und kniet sich vor ihn. »Levi. Wir sind es nur. Dir passiert nichts. Niemand tut dir was.«

»Nein, nein, nein!«, wimmert er. »Sie waren hier. Sie wollten mir wehtun. Sie wollten *sich* wehtun.«

Baz schaut erst Levi an und dann wieder in den verwüsteten Raum hinein. »Wer war hier?«

»*Sie*. Sie waren hier!« Rat krümmt sich und als Leo ihm

näher kommen will, gibt er erneut einen Klagelaut von sich. »Nein. Bitte. Tut mir nichts.«

»Der ist völlig hinüber. Komplett high«, sagt Leo besorgt. Vorsichtig nähert er seine Hand und streichelt dem Zitternden die Schulter. »Wir sollten hier abhauen.«

»Das sollten wir auf jeden Fall. Denn ich glaube nicht, dass sich Rat selbst eine verpasst. Und den Typen, die das waren, möchte ich nicht begegnen«, erwidert Baz leise.

Ein Schauder durchfährt Tessa. »Hilf mir, Leo«, sagt sie und die beiden greifen gleichzeitig nach Rats Armen.

Wie erwartet fängt der sofort an, hysterisch zu schreien. »NEIN, BITTE!«

»Wir tun dir nichts, Levi, wir wollen dich nur hier rausbringen. An die frische Luft, damit es dir wieder besser geht, versprochen. Wir müssen hier raus«, versucht Leo, ihn zu beschwichtigen.

»Und weg von den Typen, die dir wehtun wollen«, fügt Tessa hinzu, was seinen Widerstand fast augenblicklich zum Schmelzen bringt. Wimmernd lässt er sich, einem nassen Sack gleich, in ihre Arme fallen. Halb unterstützend, halb schleifend bringen sie ihn zur Tür.

Baz öffnet sie und fast im gleichen Moment hören sie laute Stimmen unter sich. Es sind Männer, zwei wahrscheinlich, die sich aggressiv anbrüllen. »Wo ist das verdammte Geld, du Bastard! Wo ist der Scheißschatz, der uns versprochen wurde, und diese dreckige kleine Ratte?«, ist zu verstehen, und diese Worte lassen die vier zurückstolpern.

Tessa erkennt die Stimme. Es ist Mason Richards. Einer der Typen, von denen Rat erzählt hat – die, die wussten, dass sie heute hier sind.

»Ich habe ihnen gesagt, wo der Schatz ist«, wimmert Rat, sein Blick kreist merkwürdig herum, als würde er in der Luft etwas sehen, was die anderen nicht sehen können. »Ich habe es gesagt, als sie herkamen. Sie wollten mir wehtun. Sie haben mir die Maske weggenommen.«

Tessas Herz macht einen Satz. »Hatten sie Masken auf, Rat?«, flüstert sie ihm zu.

Er schüttelt den Kopf.

Das erklärt wohl ihre Aggressivität, ihre Zerstörungswut, die sie an diesem Raum und an Rat ausgelassen haben. Die giftigen Gase, die Rat zu einem wimmernden Haufen Elend gemacht haben, haben diese beiden Jungs zu wütenden Zombies gemacht.

»Weg hier!«, zischt Baz.

»Und wohin?«, faucht Tessa zurück. Das Treppenhaus ist der Weg nach draußen. Dort unten, wo Keith und Mason sind, ist der Ausgang zur Treppe, über die sie gekommen sind.

Plötzlich werden die Stimmen hinter ihnen still. Und dann ruft Keith: »Was war das?«

»Die Ratte! Die verlogene Ratte ist noch da oben. Ich schnapp sie mir!«

»*Ich* schnapp sie mir! Geh mir aus dem Weg!«

Gerangel, Gebrüll, dann Schritte auf der Treppe.

»Zurück!«, flüster-schreit Leo und drängt die anderen in den Putzschrank, in dem bis eben nur Rat gesessen hat. Zu viert passen sie kaum hinein, sodass die Tür einen Spalt offen bleiben muss, als sie sich hineingequetscht haben. Rat wimmert wieder und Leo hält ihm von hinten den Mund zu.

Durch den Spalt kann Tessa sehen, wie die Tür auffliegt. Keith wird so hart in den Raum gestoßen, dass er auf den Teppich fliegt und Blut spuckt. Mason ist direkt hinter ihm, die muskulösen Arme angespannt und wie ein Racheengel auf ihn herabblickend. Obwohl er vollkommen ramponiert aussieht, überall voller Blut, Schnitte und Blutergüsse, scheint er den

Schmerz gar nicht zu spüren. Sein Gesicht ist wutverzerrt, seine Pupillen so geweitet, wie sie es bei einem Menschen noch nie gesehen hat.

Keith will vor ihm wegkriechen, aber Mason stürzt sich auf ihn und die beiden prügeln sich am Boden. »Wo ist die Ratte? Wo hast du sie versteckt?«

Die beiden sind verrückt, völlig wahnsinnig geworden. Offenbar haben die Gase sie zu aggressiven Neandertalern gemacht. In Tessa steigt eine so unbändige Angst auf, dass ihre Arme unkontrolliert zittern. Was passiert, wenn die beiden sie finden? Was werden sie mit ihnen machen? Haben die Gase sie so sehr vernebelt, dass sie sie sogar ... umbringen würden?

Baz legt von hinten die Arme um Tessa und drückt sie an sich, eine Sekunde nur. »Auf drei«, flüstert er in ihr Ohr.

Entsetzt will sie sich zu ihm umdrehen, da murmelt er schon »Eins!« und gibt Leo einen Schubs. Dieser greift Rat.

»Zwei!« Baz legt die Hand in Tessas Rücken und wirft sie bei »Drei!« nach vorn. Die Tür des Schranks springt auf, Baz schubst Tessa in Richtung der Tür und geht brüllend und mit erhobenem Stuhlbein auf die Kämpfenden los.

Sein Ablenkungsmanöver funktioniert für eine Sekunde. Die Streithähne sehen auf und starren ihn vollkommen entsetzt an. Eine Sekunde. Zwei Sekunden. Dann hat sich Mason gefangen, denn plötzlich brüllt er und springt auf, um sich auf Baz zu stürzen.

Tessa schreit, als Leo sie und Rat aus dem Raum drängt. Nun sind sie in dem kleinen Flur auf dem Weg zum Treppenausgang. Als Tessa über ihre Schulter blickt, stellt sie erleichtert fest, dass Baz hinter ihnen ist. Aber dann kommen auch Mason und Keith auf den Gang.

Beide mit ramponierten Gesichtern und wutverzerrten

Fratzen.

Tessa schreit. Leo brüllt etwas. Rat wimmert. Aber sie rennen weiter auf den Ausgang zu. Tessa ist zuerst da, reißt die Tür auf und wird von der kalten Außenluft empfangen. Sie reißt die Maske runter und saugt gierig Luft in ihre Lungen, während sie die Metallstufen nach unten hetzt, ihre Freunde und zwei durchgedrehte Prolls im Rücken.

Dann spürt Tessa den Boden unter sich, stößt nach vorn und rennt auf das Gebüsch zu, in das sie ihre Räder geworfen haben. Erst als sie schon nach dem Lenker greift, traut sie sich, den Kopf zu drehen.

Leo ist noch ein paar Meter entfernt, reißt Rat mit sich, Baz hingegen ist noch auf der Treppe, aber er hat das Stuhlbein zwischen die Metallstreben gesteckt und den beiden wutschäumenden Typen den Weg versperrt. Sie müssen mühevoll darüber klettern und das scheint ihnen in ihrem Zustand schwerzufallen.

»Fahrt!«, brüllt Baz und Tessa wendet sich wieder ihrem Rad zu, während Leo seines gerade aufrichtet.

»Halt dich ja an mir fest, hast du verstanden?«, schreit er Rat an, der zwar immer noch ein Häufchen Elend ist, mittlerweile aber anscheinend verstanden hat, dass sie ihm nicht an den Kragen wollen. Er lässt sich auf den Gepäckträger verfrachten und krallt sich an Leo wie ein Klammeraffe an seine Mutter.

Tessa würde es wahrscheinlich komisch finden, wenn sie in diesem Moment nicht so eine Scheißangst hätte.

Endlich ist auch Baz bei den Rädern und im selben Moment haben es die Typen von der Treppe geschafft und stürzen brüllend auf sie zu.

Tessa lehnt sich mit klopfendem Herzen nach vorn, schiebt ihr Rad an und prescht los – durch das Dickicht, direkt hinein in den Wald. Die peitschenden Zweige in ihrem Gesicht ignorierend, bahnt sie sich den Weg durch den Abschnitt, tritt so fest ins Pedal wie noch nie in ihrem Leben, Leo und Baz auf ihren Rädern irgendwo hinter ihr. Und dieses schreckliche Brüllen und Schnauben von Keith und Mason.

Dann bricht sie endlich durch die letzten Bäume und überquert die Brücke, unter der der Red River strömt, und sieht von weitem bereits die ersten Häuser. Viel trennt sie nicht mehr von der Lane. Tessa tritt fest in die Pedale und dreht ihren Kopf herum.

Baz und Leo sind direkt hinter ihr, Rat sitzt auch noch auf dem Gepäckträger, die Arme fest um Leo geschlungenen.

Etwas später brechen Keith und Mason aus dem Dickicht, aber ohne Fahrräder sind sie auf dem Asphalt zu langsam. Der Abstand zwischen ihnen vergrößert sich und vor Erleichterung hätte Tessa beinahe geweint.

Wir haben es geschafft. Wir haben es geschafft.

Irgendwann sind sie gar nicht mehr zu hören und die Freunde rollen am *Winsome Inn* vorbei, dann am Haus der Browns und über die Straße, bis zum Haus von Tessas Eltern.

23:56 UHR

Tessa fährt gegen das angelehnte, hohe Vorgartentor, sodass es sich öffnet, lässt das Fahrrad auf den Rasen fallen und schließt es hinter sich, nachdem Baz und Leo hineingekommen sind.

Ersterer starrt durch die Gitter des Tores hindurch – über die Straße in Richtung Ortsausgang. Aber es kommt niemand. Weder der Sheriff, der sicher noch irgendwo auf der Straße unterwegs ist, noch Keith und Mason.

»Die sind zu langsam. Wenn sie überhaupt so lange durchhalten, brauchen die zwanzig Minuten hierher, Minimum. Wahrscheinlich brechen sie vorher mitten auf dem Feld zusammen«, sagt Leo. Er hockt neben Rat und streichelt ihm den Rücken, während dieser in das Blumenbeet von Tessas Mutter kotzt. Tessa ist sich sicher, dass ihr dafür der Kopf abgerissen wird, trotzdem grinst sie.

Scheiße, wir haben es geschafft.

Baz' Schultern sinken etwas ein. Als er sich zu Tessa umdreht, zucken seine Mundwinkel müde nach oben. »Vielleicht solltest du trotzdem die Polizei anrufen.«

»Ja.« Zitternd erklimmt sie die Veranda, blickt aber noch einmal zurück. Auf Leo, der geduldig Rats Rücken streichelt, und Baz, der kopfschüttelnd danebensteht. Er sieht sie an und lächelt.

Tessa drückt die Tür auf und tritt ins Haus. Ein leiser Kopfschmerz macht sich bemerkbar und als eine Böe durch das Haus fährt, weil irgendwo ein offenes Fenster Durchzug verursacht, meint sie, die Fabrik riechen zu können, doch sie schüttelt den Gedanken ab. Genau wie den Schwindel, der sie gerade überkommt.

Was für ein Abend.

In diesem Moment ist sie sich sicher: Wenn sie diese Nacht überlebt haben, wird es auch ihre Freundschaft tun. Komme, was wolle.

MASKENBALL

von P.J. Ried

O Tannenbaum, o Tannenbaum.
Wie rot sind deine Blätter?

09:41 UHR

»WAS IST POESIE für Sie?«, lautet die Frage des Tages, die unter dem gestrigen Blatt des Inspirationskalenders zum Vorschein kommt.

Ein leises Lächeln breitet sich in Lauren Pats Gesicht aus. Nichts leichter als das, denkt sie. Wenn es nach ihr geht, ist nichts poetischer und erfüllender als ein Tag, an dem sie alle To-dos ihrer drei Organisationsplaner abhaken kann. Das Rascheln der Seiten, wenn sie in den Kalendern blättert, das Klicken des Kugelschreibers und das befriedigende Gefühl, wenn seine Miene über das Papier gleitet und ein Häkchen in jedes Kästchen zeichnet.

Sorgfältig faltet Lauren den abgerissenen Bogen vom Vortag zusammen: »Wann haben Sie zuletzt über den Tellerrand geschaut?«

Eine unsinnige Frage, da sie nicht das geringste Bedürfnis

verspürt, ihre Heimatstadt Bleak Pine jemals zu verlassen.

Als sie ihn in den Papierkorb zu den anderen legt, entfährt ihr ein leises Seufzen. Nein, sie würde diese Stadt wohl niemals verlassen, obwohl sie inzwischen ihre dunkelsten Geheimnisse kennt. Sogar zu einem Teil von ihnen geworden ist. Aber so sehr sie diese auch missbilligt, sie weiß, dass selbst Sheriff Kane gegen einige von ihnen nichts ausrichten kann. Abgesehen davon würde sie es niemals übers Herz bringen, sie auszuplaudern und Bleak Pines Image zu schaden.

Energisch schüttelt sie den Kopf und greift nach dem hellblauen Planer für zu Hause, um den Punkt »*Über die Frage des Tages reflektieren*« abzuhaken. Anschließend nimmt sie den schwarzen Kalender für die Arbeit und den grünen mit dem orangefarbenen Kürbissticker in der Mitte vom Schreibtisch, lässt sie in ihre Ledertasche gleiten und steht auf.

09:50 Uhr. Zeit, sich auf den Weg zur Arbeit zu machen.

Im Flur wirft Lauren noch einen flüchtigen Blick in den Spiegel und runzelt die Stirn, als sie eine widerspenstige Haarsträhne bemerkt, die sich ungefragt einen Weg aus dem straffen Zopf in ihre Stirn gebahnt hat. Schnell schnappt sie sich das Notfall-Haarspray, das für solche Fälle auf ihrem Schuhschrank bereitsteht. Mit doppelt so viel, wie nötig gewesen wäre, beseitigt Lauren den Makel, bevor sie das Haus verlässt. Sie steigt in ihren alten, aber auf Hochglanz polierten SUV, um sich auf den Weg zum Gemeindehaus zu machen.

»Guten Morgen, Bleak Pine!«, tönt die Stimme von Moderator Henry Miller aus dem Radio. »Ich hoffe, ihr seid frisch und munter für die schaurigste Nacht des Jahres, denn heute heißt es wieder: Süßes oder Saures! Aber vergesst nicht, dass die Halloween-Umzüge nach achtzehn Uhr in der Red River Lane wegen der Ausgangssperre dieses Jahr leider ausfallen, Kinder.«

Lauren presst die akkurat geschminkten Lippen aufeinander. Der Stachel des schlechten Gewissens regt sich in ihr. Wenn die Bewohner der Stadt nur wüssten, was der wahre Grund für die Ausgangssperre ist, die alle zehn Jahre an Halloween verhängt wird …

»Aber keine Sorge. *Radio Bleak Pine* bringt euch sicher durch den Tag und die Nacht mit den besten Halloween-Klassikern! Hier kommt *Time Warp* aus *The Rocky Horror Show.*«

Das hebt Laurens Laune ein wenig. Schon als Kind war er einer ihrer Lieblingssongs gewesen, sodass sie sich dem ausgelassenen Rhythmus nicht lange entziehen kann. Schließlich ertappt sie sich sogar dabei, wie sie auf ihr Lenkrad trommelt und die Melodie mitsummt. Ein Grinsen huscht über ihre Lippen. Einen solchen Gute-Laune-Booster kann sie am heutigen Tag gut gebrauchen.

Zu ihrer Befriedigung erreicht sie den Parkplatz der *Red River Hall* genau in dem Moment, in dem die letzte Note verklingt. Nach einem Blick auf die Uhr – wie immer liegt sie perfekt in der Zeit – schnappt sie sich ihre Tasche und steigt aus. Einen Augenblick lang gestattet Lauren sich, die Atmosphäre in sich aufzunehmen. Auf dem Platz vor dem Gemeindehaus steht wie jedes Jahr zu Halloween Little Joe, eine Vogelscheuche mit ausgehöhltem Kürbiskopf, um die herum eine Gruppe Kinder Fangen spielt. Dabei dringt ein nur allzu vertrauter Singsang in Laurens Ohren:

Schnipp, schnapp, ab der Kopf,
bring ihn heim in Mamas Topf.
Plitsch, platsch, fällt er rein,
Mama kocht ihn ein ganz fein!

Der Klang weckt Erinnerungen in ihr. Es ist Tradition, dass die Kinder an Halloween versuchen, an den Kopf der Vogelscheuche zu gelangen. Wem es gelingt, so heißt es, gehört nicht nur das Säckchen mit den Süßigkeiten im Inneren, sondern ihm fällt auch die Aufgabe zu, jemanden zu bestimmen, der an der Tür des gruseligsten Hauses der Straße klopfen muss.

Lauren muss beinahe lachen, während sie darüber nachdenkt, wie oft sie selbst vergeblich versucht hat, an den Kürbiskopf zu gelangen. Es war ihr nur in einem einzigen Jahr gelungen, kurz bevor sie und ihre Freundinnen aus der High School beschlossen hatten, dass sie zu cool für dieses Spiel geworden sind.

Sie schiebt die Erinnerungen beiseite. Zeit, sich wieder auf ihre Aufgabe zu besinnen. Schließlich ist heute der entscheidende Tag, an dem alles reibungslos laufen muss – andernfalls würde sie sich von der Beförderung zur Teamleiterin der Eventabteilung von ganz Bleak Pine verabschieden können.

Entschlossen saugt sie einen letzten, tiefen Atemzug der klaren Herbstluft in ihre Lunge, bevor sie auf das Gemeindehaus zusteuert. Das runde Gebäude mit den peinlich gepflegten Dachziegeln mag zwar etwas in die Jahre gekommen sein, doch in Laurens Augen hat das Herz der Stadt seinen Charme gerade dadurch nur noch verstärkt. Die mit Brettern und Folien vernagelten Fenster bilden einen starken Kontrast zu dem gepflegten Ansehen des Gebäudes. Es ist Lauren ein Dorn im Auge, allerdings weiß sie, dass die Renovierungslüge, wegen der die Sichtbarrieren im Sommer überhaupt erst angebracht worden waren, leider ein notwendiges Mittel zum Zweck sind. Sollte auch nur irgendein Bürger mitbekommen, was heute Abend hinter den geschlossenen Türen geschehen würde, wäre es um das Image der Kleinstadt geschehen.

Deshalb achtet Lauren sorgfältig darauf, den spielenden Kindern zwar ein Lächeln, aber keinen Blick ins Innere des Hauses zu schenken, während sie durch die Holztür schlüpft und sie anschließend von innen verriegelt.

Kühle, abgestandene Luft empfängt sie. Erst, nachdem sie sich vergewissert hat, dass kein Lichtstrahl von außen hineindringt und somit eine Lücke in der Barriere offenbart, schaltet sie die Wandlampen ein. Mit einer routinierten Bewegung hängt sie ihren Mantel an die Garderobe und geht in den Festsaal, um sich um die letzten Vorbereitungen zu kümmern, bevor die Gäste eintreffen.

17:12 UHR

Nach sieben Stunden, zwölf Minuten und 38 Sekunden stemmt Lauren zufrieden und etwas erschöpft die Hände in die Hüften und betrachtet ihr Werk. Die Tische für das Buffet am Rand des Festsaals sind von einer ehemals blütenweißen, nun mit Kunstblut befleckten Tischdecke überzogen und warten auf das spezielle Halloween-Fingerfood-Menü des hiesigen Catering-Dienstes, das 17:30 Uhr eintreffen wird. Für das schaurige Ambiente im Raum sorgen von Spinnweben bedeckte Skelette in den Ecken, darin verworrene Gummispinnen und -schlangen sowie Kürbisse mit gespenstischen Fratzen. Lauren ist sich sicher, dass es den Gästen beim Anblick des Highlights, dem Spiegelsaal, völlig den Atem verschlagen wird.

Gerade, als Lauren zufrieden eine Gabel auf einem der gedeckten Tische zurechtrückt, hört sie ein Geräusch, bei dem sich ihr der Magen umdreht. Es ist das Quietschen von

Bremsen – vermischt mit dem Zischen der Luftdämpfer eines großen Fahrzeugs. Ein unvorhergesehener, schrecklich vertrauter Laut. Einer, der ankündigt, dass ihre bisherigen Pläne von einer Sekunde auf die nächste ins Wanken geraten. Sofort bildet sich ein dünner Schweißfilm in ihren Handflächen, den sie eilig an ihrer Stoffhose abwischt, bevor sie in den Empfangsbereich eilt.

Sie sind zu früh, denkt sie. *51 Minuten zu früh!*

Mit klopfendem Herzen öffnet sie die mit Folie verklebte Glastür einen Spaltbreit – etwas in ihr hofft, dass Maya endlich aufgetaucht ist, die sich nun schon eine Stunde und vierzehn Minuten verspätet hat. Aber tatsächlich: Dort, auf dem Parkplatz des Gemeindehauses, fährt ein dunkelgrauer Bus vor, gefüllt mit zwanzig Gästen, die nicht, wie vereinbart, fünf Minuten nach der Sirene, sondern früher in die Red River Lane eingelassen wurden. *Jetzt!*

Einen Moment lang steht sie wie erstarrt. In ihrem Kopf überschlagen sich die Gedanken, wetteifern um ihre Aufmerksamkeit, doch entschieden schiebt Lauren sie beiseite. Maya, sie muss ihre Praktikantin anrufen, schließlich sollte sie dafür sorgen, dass bei der Ankunft der Gäste alles nach Plan verläuft, damit die Bewohner keinen Verdacht schöpfen.

So schnell sie kann, hastet Lauren zur Garderobe, um das Handy aus ihrer Tasche zu holen. Geflissentlich ignoriert sie die Nachrichten ihrer Mutter, die ihr auf dem Display angezeigt werden, und tippt stattdessen auf Mayas Namen, der in ihrer Anrufliste ganz oben steht, weil sie vorhin bereits versuchte, sie zu erreichen.

»Komm schon, geh ran«, murmelt sie, während sie sich das Telefon ans Ohr hält. »Geh ran, geh ran, geh ran!«

»Hey, Maya hier. Ich kann zurzeit leider nicht rangehen, rufe aber umgehend zurück, wenn ihr mir eine Nachricht hinterlasst. Bis dahin einen schönen Tag!«

»*Scheiße!*«, flucht Lauren und stopft das Smartphone mit zitternden Fingern in die Hosentasche. Die widerspenstige Strähne löst sich trotz der dreifachen Haarspray-Schicht, fällt in ihre Stirn. Energisch streicht sie sie zurück.

Das sieht Maya nicht ähnlich. Überhaupt nicht! Lauren hätte sich niemals auf eine unzuverlässige Praktikantin eingelassen. Seit sie die Stelle angenommen hat, hat Maya keine Gelegenheit ausgelassen, ihr zu Hilfe zu kommen. Manchmal ist ihre übermotivierte Art in Laurens Augen fast schon anstrengend, grenzt an Schleimerei, aber nichtsdestotrotz ist sie zur Stelle, wenn es brenzlig wird. Dass sie ausgerechnet heute zu spät kommt und nicht ans Telefon geht, ärgert sie.

Du hast keine Zeit dafür!, ermahnt Lauren sich. *Jetzt gilt es, so schnell wie möglich die Gäste hereinzubitten, damit sie unbemerkt bleiben. Sonst kommt diese Stadt in Teufelsküche!*

Um sich zu beruhigen, streicht sie die nicht vorhandenen Falten ihres Blazers glatt. Sie atmet einmal tief durch, in der Hoffnung, ihr gequältes Lächeln ein wenig entspannter wirken zu lassen. Nach einem Räuspern und einem schnellen Blick auf die Masken, die sie glücklicherweise eine Stunde zuvor auf einem langen Tisch im Foyer bereitgelegt hat, öffnet sie die Tür.

»Willkommen in der berüchtigten Red River Lane in Bleak Pine. Bitte treten Sie zügig nacheinander ein, damit die Party so exklusiv wie möglich bleibt«, flötet sie. Ihre Stimme klingt eine Oktave höher als üblich, während sie hektisch die Gäste hereinwinkt.

Möglichst unauffällig versucht sie, einen Blick über deren Schultern zu werfen. Zu ihrem Glück liegen die Straße und der Platz vor dem Gemeindehaus bereits menschenleer da. Nur zwei Kinder turnen noch um Little Joe herum, doch sie scheinen die Szenerie kaum mitzukriegen. Merkwürdig, doch es spielt ihr in die Karten.

»Bitte nehmen Sie sich beim Eintreten jeweils eine Maske vom Tisch. Achten Sie darauf, sie niemandem zu zeigen, damit Ihre Anonymität gewahrt bleibt. Auf der Innenseite ist die Nummer ihrer Umkleidekabine angebracht, welche Sie im ersten Stock finden. Ihre passenden Onesize-Kostüme sowie Schminke liegen dort für Sie bereit. Bitte denken Sie daran: Ihre Masken dürfen Sie die gesamte Feier über nicht abnehmen, ansonsten sind wir gezwungen, Sie sofort zum Gehen aufzufordern!«

»Das sieht ja überhaupt nicht nach Halloween aus!«, beschwert sich ein bulliger Mann mit fettigen, schwarzen Haaren, den Lauren auf Ende zwanzig schätzt.

So freundlich sie kann, entgegnet sie: »Ich kann Ihnen versichern, dass Sie voll auf Ihre Kosten kommen werden. Bis die Party beginnt, bleibt der Festsaal allerdings geschlossen, damit es für alle Gäste gleichermaßen eine Überraschung ist. Sie können sich solange oben ausruhen, ich bringe ihnen Getränke und Snacks.«

»Das will ich wohl hoffen. Das Ticket war schließlich teuer genug!«

Nur mit Mühe gelingt es Lauren, keine Miene zu verziehen. Sie weiß um die Unsumme, die Bleak Pines Horrortouristen bereitwillig dem Stadtrat in die Taschen gespült haben, um an eines der wenigen Tickets zu kommen. Es ist schon erstaunlich, wie sehr eine alle zehn Jahre auferlegte Ausgangssperre die Gerüchteküche und den Ticketverkauf ankurbelt. Gepaart mit dem Versprechen von vollkommener Anonymität für eine ausgelassene Horrornacht, wird wohl jeder eingefleischte Halloweenfan schwach.

Wenn sie nur wüssten.

17:59 UHR

Mittlerweile erfüllt der tröstliche Geruch von Kürbissuppe die Red River Hall und scheint so gar nicht zu der gespenstischen Stimmung zu passen. Direkt neben dem Buffet voller Grusel-Snacks und Totenkopf-Schüsseln, strecken echt aussehende, kahle Bäume aus Pappmaschee ihre Zweige über mit Spinnweben bedeckte Grabsteine, und in jeder Ecke des Raums flackern Kerzen mit dicken Wachstropfen, die wie Blut an ihnen hinabperlen. Dank der geschickten Verkleidung mit Tüchern, Kunstblut und Unmengen an Textil-Fixierspray sieht es aus, als würden die Stühle an der langen Tafel in der Luft schweben, nur gehalten von einer knochigen Hand ohne Arm.

Mit einem nervösen Blick sieht Lauren erst zu DJ Mallow, der passend zu seinem Künstlernamen als Neon-Marshmallow verkleidet ist und beide Daumen in die Luft reckt, dann auf ihre Armbanduhr. Punkt 18 Uhr. Zeit, die Türen für die Gäste zu öffnen. In weniger als zwölf Stunden würde alles wieder vorbei sein.

Schnell lässt sie den Schmuck unter dem Ärmel ihres Zombie-Panda-Kostüms verschwinden, überprüft ein letztes Mal den Sitz ihrer Maske, bevor sie schwungvoll die Klinke herunterdrückt.

Ihr zuvor sorgfältig einstudierter Einlassspruch geht in dem lautstarken Gackern einer Hexe unter, mit der DJ Mallow auflegt. Verärgert beißt Lauren sich auf die Unterlippe, doch lange kann sie sich nicht darauf konzentrieren, da die Gäste ungeduldig hineinströmen.

Mit offenen Mündern sehen sie sich um, bestaunen die Kulisse – zumindest hofft Lauren das. Denn unter all den

Latexmasken und Gummigesichtern ist niemand zu erkennen. Eine vielversprechende Horrornacht voller Alkohol und Anonymität für die Anwesenden.

»Happy Halloween und einen schaurig schönen guten Abend, Bleak Pine!«, ruft der Discjockey in sein Mikrofon, während er für einen kurzen Moment die Musik, die die Titelmelodie jedes schlechten Horrorfilms sein könnte, leiser dreht. »Ich bin DJ Mallow und werde euch heute Abend ordentlich einheizen!«

Unter der Maske verdreht Lauren die Augen. *Ich hoffe, er hat mehr in petto als dieses lahme Intro! Hätte der andere DJ doch bloß nicht letzte Woche wegen eines Luxus-Party-Gigs abgesagt!*

Auch die Gäste scheinen skeptisch zu sein. Niemand von ihnen macht Anstalten, sich zu bewegen, oder gibt einen Laut vor sich. Nicht einmal Atemgeräusche sind zu vernehmen. Stattdessen sind die Augen ihrer Masken starr auf den Mann mit dem marshmallowförmigen Plastikhelm auf dem Kopf gerichtet, hinter dessen eingekerbten Xen Neonlichter mit Farbwechsel blinken. Dass er ein weißes Jackett über einem hautengen Latexanzug trägt und somit den wohl eigentümlichsten Marshmallow darstellt, den die Welt je gesehen hat, scheint sie ebenfalls nicht zu begeistern.

Das wiederum lässt den DJ ins Schwitzen geraten. So schnell er kann, lässt er die instrumentale Schauermusik in zügigere Rhythmen übergehen, und schon bald erwischt Lauren die Touristen dabei, wie sie verstohlen mit den Köpfen zum Takt wippen, bis sie irgendwann vollends zu tanzen beginnen. Auch an der Bar kommt Leben in die Leute, während zwei als sexy Katzen verkleidete Barkeeperinnen die ersten Bestellungen entgegennehmen.

Erleichtert gestattet sich Lauren, kurz aufzuatmen. Gleich

darauf verzieht sie das Gesicht, denn die Luft unter der Maske ist bereits jetzt alles andere als frisch. Dennoch ist sie froh darüber, schließlich weiß sie nur zu gut, wie wichtig die integrierten Filter sind. Zwar achtet Lauren penibel darauf, dass alle Fenster fest verschlossen bleiben, aber zum Schutz der Gäste vor den giftigen Dämpfen des Klärwerks wurden keine Kosten gescheut. Allerdings weniger aus Nächstenliebe als vielmehr aus Angst vor Klagen und Versicherungskosten.

23:54 UHR

Die letzten Stunden war Lauren vollauf damit beschäftigt, den Überblick über das Party-Chaos zu behalten, allzu betrunkene Anwesende für eine Weile möglichst galant in den Ausnüchterungsraum zu bugsieren und immer wieder Ermahnungen auszusprechen, die Masken zur scheinbaren Wahrung der Anonymität keine Sekunde zu lockern sowie die Mundöffnung zum Essen und Trinken sorgsam wieder zu verschließen. Erst jetzt, kurz vor Mitternacht, gönnt sie sich eine Pause, in der sie sich etwas Wasser und ein paar blutige Wurstfinger mit Glibberaugen genehmigt, um bei Kräften zu bleiben. Immer wieder linst sie nervös zu der großen Uhr, die über der noch verschlossenen Flügeltür hängt, hinter der die größte Attraktion des Abends verborgen liegt: der Spiegelsaal.

Bis der Zeiger schließlich auf die Zwölf rückt.

Eilig winkt Lauren DJ Mallow zu, damit er die Musik leiser und den mitternächtlichen Glockenschlag anstellt, doch dieser ist gerade dabei, mit vollem Körpereinsatz seinem Sound nachzufühlen.

Verärgert bahnt sie sich einen Weg durch die tanzenden,

schwitzenden Leiber, darauf bedacht, möglichst niemanden zu berühren, und kämpft sich zu ihm durch.

»Entschuldigung«, brüllt sie in das Ohr, das nicht von einem Kopfhörer bedeckt ist.

Das Marshmallow fährt zusammen. »Was ist?«

»Es ist Mitternacht, wir eröffnen jetzt die Hauptattraktion!«

»Was ist mit ihrer Haut?« Lauren bildet sich ein, seine Verwirrung auf seiner Maske förmlich sehen zu können.

Mit einem entnervten Augenrollen zeigt sie auf sein Mischpult und bedeutet ihm, die Lautstärke zu reduzieren.

»Miss, das geht nicht! Die Party ist in vollem Gange!«

Allmählich reißt ihr der Geduldsfaden. »Tun Sie, was ich sage, oder ich kürze Ihre Gage!«

Das scheint zu wirken. Widerwillig tut er wie geheißen und macht sich an dem Regler zu schaffen. Sofort halten die Gäste in ihren Bewegungen inne, schauen sich irritiert um auf der Suche nach der Störung ihrer Ekstase. Vereinzelte Buhrufe ertönen.

»Danke«, murmelt Lauren an den DJ gewandt, obwohl sie sich langsam, aber sicher dumm vorkommt, mit einer grinsenden Marshmallow-Fratze zu diskutieren. »Darf ich mir Ihr Mikrofon borgen?«

DJ Mallow nickt steif, offenbar tief beleidigt, dass seine bestenfalls mittelmäßige Performance von einem Panda ruiniert wird, und reicht es ihr.

»Liebe Gäste!«, ruft Lauren hinein, wobei sie tapfer den schrillen Piepton zu überspielen versucht. Hektisch streicht sie über ihr Kostüm. Es klebt an ihrem Körper wie eine zweite Haut und für einen Moment kommt es ihr so vor, als könne sie nicht atmen.

»Hey Pandi, mach dich locker!«, lallt eine Frau mit

Krokodilmaske.

»I-ich würde Sie gern auf die Hauptattraktion dieses Abends aufmerksam machen«, stammelt Lauren tapfer. Mit einem Mal ist ihr unerträglich heiß.

»Das wird aber auch Zeit!«, grölt ein bulliger, grünhäutiger Troll mit hervorstechenden Augen und spitzen Zähnen. Er erinnert Lauren an den Mann, der sich zu Beginn des Abends über die mangelnde Dekoration beschwer hat.

»Ähm, ja … Also, wenn Sie mir folgen würden …« Wackelig macht sie ein paar Schritte in Richtung der mit Tüchern und Spinnweben verhangenen Flügeltür. Sie holt einmal tief Luft, bevor sie möglichst dramatisch verkündet: »Wenn ich diese Tür hinter mir öffne, gibt es kein Zurück mehr. Denn dahinter befindet sich das verwunschene Spiegellabyrinth von Bleak Pine. Es wurde als Denkmal auf dem Ort errichtet, an dem vor knapp dreihundert Jahren die Erstgeborene der Familie Bleak, die den Grundstein für die heutige Stadt Bleak Pine legte, auf mysteriöse Weise ums Leben kam. Das letzte Mal wurde sie im Winsome Forest gesehen, wie sie an einer Kiefer lehnte. Nur einen Monat später verschwanden erst ihr Bruder, dann ihre kleine Schwester und schließlich ihre Eltern. Bis heute hat niemand einen Hinweis auf ihren Verbleib gefunden, aber man erzählt sich, dass ihre Geister durch den Winsome Forest streifen und alle zehn Jahre die Stadt selbst betreten, in der Hoffnung, sich hier endlich wiederzufinden. Man munkelt, dass sie in diesen Nächten durch das Labyrinth spuken, auf der Suche nach jemandem, dem sie ihre Geschichte erzählen können – und der sie zu ihren Verwandten führt …«

Schwungvoll reißt Lauren die Türen auf. Weißer Nebel strömt dahinter hervor, breitet sich wie eine unheilvolle Wolke im Festsaal aus und scheint die Anwesenden zu locken, ihn zu erkunden. DJ Mallow lässt ein schrilles Gackern ertönen, was Lauren erneut mit einem Augenrollen quittiert.

Bei den angetrunkenen Gästen scheint es zu fruchten. Ein Raunen geht durch die Menge, gefolgt von Kichern und lauten Rufen. Trotzdem macht niemand Anstalten, das Spiegellabyrinth zu betreten oder sich die am Eingang aufgestellten Pappmaschee-Kiefern näher anzusehen.

Zeit für einen Ansporn.

Leise räuspert sich Lauren. »Auf diejenigen, die das Labyrinth zuerst erfolgreich durchqueren, wartet ein Preis im Wert von mehreren hundert Dollar.«

»Was denn für einer?«, grölt ein schlanker Mann mit Schnabelmaske, der seinen schwarz gewandeten Arm um die Schultern eines zierlichen Zombie-Schneewittchens gelegt hat.

»Das werden Sie herausfinden müssen«, erwidert Lauren geheimnisvoll.

»Es ist aber kein Halloween-Plastikkitsch, oder?«

»Ich kann Ihnen versichern, dass es sich lohnen wird.«

Zumindest, wenn den Touristen fünf Gutscheine mit unterschiedlichen Beträgen für das *Red Lollipop* lohnenswert erscheinen. Mit ihnen versucht der Stadtrat zum einen, das örtliche Diner für die verlorenen Gäste durch die Ausgangssperre zu entschädigen, zum anderen hofft er darauf, die Reisenden noch einmal nach Bleak Pine locken zu können. Schließlich werden diese sie vor ihrer heimlichen Abreise in aller Frühe nicht einlösen können.

Lauren gibt es nicht gerne zu, aber manchmal würde sie sich die Stadträte und den Bürgermeister allzu gerne gehörig vorknöpfen. Immerhin wird sie, wie so oft, den Kopf für den Frust der Finder und Finderinnen hinhalten müssen, sobald sie begreifen, was ihr heißbegehrter Preis wirklich ist.

Wenigstens scheint ihre Ankündigung ihre Wirkung nicht zu verfehlen, denn endlich strömen die Anwesenden in Richtung des Spiegellabyrinths, während DJ Mallow die Musik wieder aufdreht und den Bass verstärkt, bis Lauren ihn in jeder Faser ihres Körpers spüren kann. Ein eigentümlicher Remix von Marilyn Mansons Version des Songs *This is Halloween* legt sich über die Szenerie. Die x-förmigen Marshmallow-Augen des Discjockeys scheinen Lauren dabei vorwurfsvoll zu fixieren.

Mit einem nervösen Blick auf die Wanduhr stellt sie fest, dass es bereits ein paar Minuten nach Mitternacht ist, und muss einen Anflug von Übelkeit unterdrücken. Wie immer, wenn etwas nicht nach Plan verläuft, rebelliert ihr Magen.

Es sind nur ein paar Minuten, mehr nicht, ermahnt sie sich in Gedanken. *Kein Grund, durchzudrehen. Der Rest verläuft völlig nach Plan. Alles in bester Ordnung.*

Doch sobald die junge Frau bemerkt, dass der helle Nebel, der aus dem Labyrinth dringt, erst rosa und schließlich immer dunkler und dunkler wird, allmählich ins Blutrote übergeht, begreift sie plötzlich: Nichts ist in Ordnung. Ganz und gar nicht.

Ein eisiger Schauer läuft ihr über den Rücken. Das darf nicht wahr sein! Wie konnte das passieren? Sie hat den ganzen Abend über wiederholt kontrolliert, dass alle Fenster dicht verschlossen sind, damit die Dämpfe des Red Rivers, der nur durch den Winsome Forest von dem Gemeindehaus getrennt ist, nicht ins Gebäude dringen. Aber die Farbe des Fluids der Nebelmaschinen, das sich bei Kontakt mit den Chemikalien zur Warnung verändern soll, ist unübersehbar. Und jetzt breitet sich das Gift im gesamten Saal aus, dringt ungehindert immer tiefer ins Haus vor.

Panik ergreift von Lauren Besitz. Voller Angst legt sie eine

Hand auf die Brust, in der Hoffnung, ihren Herzschlag zu beruhigen, doch vergebens. Was soll sie jetzt bloß tun? Alle Gäste sofort evakuieren und riskieren, dass jemand Wind von der Sache bekommt? Dann wäre Bleak Pines Ruf für immer ruiniert und sie würde wegen Mittäterschaft angeklagt werden. Aber die Gäste wissentlich der Gefahr der giftigen Gase aussetzen?

Wie kann die Stadt auch zulassen, dass das Klärwerk zur Spülung der Anlagen verbotene, dafür spottbillige chemische Reinigungsmittel benutzt? Selbst wenn die Rohre nur alle zehn Jahre auf diese Weise gespült werden – was es der Umwelt und dem Fluss antut, der aus diesen Gründen noch Wochen später rot schimmert, ist unverantwortlich. Die Bewohner allerdings wissentlich der Gefahr auszusetzen, die Dämpfe einzuatmen und sie ihren daraus resultierenden Halluzinationen zu überlassen, mehr als untragbar.

Entschlossen ballt Lauren die mit Latex und Plüsch umhüllte Hand zur Faust. Ihr bleibt keine Wahl. Sie würde sich selbst auf die Suche nach dem Leck machen, um es zu beseitigen. Bis dahin muss sie sich darauf verlassen, dass die Filter in den Masken ihren Dienst tun – und dass die Touristen zu betrunken und in ihrer eigenen Halloween-Ekstase gefangen sind, um zu bemerken, was vor sich geht.

So schnell sie kann, drückt sie sich an den letzten Feiernden vorbei, die sich noch nicht in den Spiegelsaal gewagt haben. Unterwegs schnappt sie sich als Vorwand ein leeres Tablett vom Buffettisch. Kaum dass sie den Raum verlassen hat, eilt sie durch den Flur, der bereits mit rötlichen Nebelschwaden gefüllt ist. Obwohl sie weiß, wie nutzlos ihre eigenen Finger gegen die Dämpfe sind, wenn der Filter versagen würde, presst sie sie fest gegen die Nasenöffnung ihrer Maske. Sie rüttelt an den Fenstern, überprüft jede noch so winzige

Ecke auf Löcher oder Spalten, eilt von Zimmer zu Zimmer und wiederholt die Prozedur. Nichts.

Ein schrecklicher Verdacht keimt in ihr auf. Mit sinkendem Mut hastet sie zurück in den Festsaal, der bis auf ein Pärchen am Tisch, das sich über giftgrüne Cocktails und Fingerfood hermacht, leer ist. Seltsamerweise ist nicht einmal DJ Mallow an seinem Pult zu sehen, und das, obwohl Marilyn Mansons Stimme noch immer tapfer den Text von *This is Halloween* zu übersteuerten Bässen wiedergibt.

Lauren runzelt die Stirn. Sie würde dem DJ später die Leviten lesen und sein Honorar kürzen müssen. Doch erst einmal sind andere Dinge wichtiger.

Da das Pärchen am Tisch nicht nur betrunken, sondern auch vollauf mit sich selbst beschäftigt ist, ist es ein Leichtes für Lauren, die Fenster unauffällig zu überprüfen. Allerdings sind auch in diesem Raum alle ordnungsgemäß verschlossen.

In diesem Moment scheint die Party stillzustehen. Alles scheint sich zu verlangsamen: die Gläser in den Händen des Paars, mit denen sie anstoßen, der Nebel, die Schemen der Gäste, deren Reflexionen sich im Eingang des Labyrinths spiegeln. Selbst die Musik dröhnt plötzlich nur noch aus weiter Ferne in ihren Ohren.

Dann ertönt ein schriller Schrei, so laut und voller Entsetzen, dass Laurens Kopf zu bersten droht.

Der Spiegelsaal!

So schnell sie kann, stürmt sie in den roten Nebel hinein. Vergessen ist die Tatsache, dass sie es mit Leib und Seele hasst, sich ohne einen Plan in unvorbereitete Situationen zu begeben. Jetzt gilt es, so schnell wie möglich herauszufinden, wer geschrien hat – und warum.

Bitte, bitte, lass niemanden verletzt und alle Masken dicht sein!, fleht sie in Gedanken, obwohl sie als strenge Atheistin nicht einmal weiß, an wen sie diese Worte richtet. Doch sogar das ist vergessen. Denn sollte irgendeine höhere Macht sie in diesem Moment erhören, so schwört sie sich, würde sie morgen sofort konvertieren.

Erneut ertönt ein Schrei, dieses Mal näher. Hinter Laurens Stirn pulsiert es, als würde er sich direkt in ihren Schädel bohren, ohne anschließend wieder zu verstummen. Ein greller Schmerz durchzuckt sie, ihre Sicht verschwimmt.

Energisch schüttelt sie den Kopf und presst die Stirn an das kalte Glas neben sich, ehe ihr wieder einfällt, dass sie es durch die Maske hindurch gar nicht spüren kann.

Reiß dich zusammen, Lauren Pat! Jemand braucht deine Hilfe!

Im selben Moment, in dem sie sich über einen merkwürdig süßlichen Geruch wundert – was hatte sie heute Abend noch gleich gegessen? –, beginnt das spärliche Licht im Labyrinth, zu flackern. Zum ersten Mal sieht Lauren sich, in dem Versuch, sich zu orientieren, um, was ihr nun umso schwerer erscheint. Die Oberflächen der Spiegel sind mit Spinnweben verhangen, über manche ist Kunstblut gegossen worden und überall spiegeln sich Fratzen von Skulpturen und den Masken der Gäste, durchbrochen von den Silhouetten künstlicher Kiefern. Wäre die junge Frau nicht so darum bemüht, einen Überblick über die Szenerie zu erlangen, würde sie sicher die Gänsehaut bemerken, die ihr mit eisigen Fingern über den Rücken streicht.

»Nein!«, brüllt jemand. Die Stimme klingt furchterregend schrill. »Hör auf! Was soll das? Nein! Hil-«

Das *Hilfe* geht in ein widerlich gurgelndes Geräusch über, das der Organisatorin durch Mark und Bein schießt. Was geschieht hier nur? Wurde gerade jemand ... Nein. Sicher nicht! Nur ein dummer Halloween-Streich, der zu weit geht, weiter nichts.

Lauren überlegt kurz, bevor sie die wenigen Meter zurück in den Festsaal hastet, sich ein Brotmesser vom Buffet schnappt und wieder zurück ins Labyrinth stürmt. Es ist blanker Instinkt, der sie dazu antreibt, allerdings auch den Drang in ihr weckt, sofort umzudrehen und das Gemeindehaus mitsamt allen Partygästen zu verlassen.

Tapfer schluckt Lauren die Zweifel hinunter, die sie befallen, und späht um die erste Biegung. Das Hämmern ihres Herzens ist sicherlich bis ans andere Ende des Raumes zu hören. Lauren kann nur hoffen, dass es nicht laut genug ist, um das Etwas auf den Plan zu rufen, das für die verzweifelten Rufe verantwortlich ist.

Sobald sie um die Ecke gebogen ist, drückt sie sich an das Glas in ihrem Rücken. Sie schließt die Augen, um sich den Aufbau des Labyrinths in Erinnerung zu rufen, an dem sie so lange mitgewirkt hat. Wenn sie richtig liegt –

Das Gackern einer Hexe zerreißt die Luft, als irgendjemand den Bewegungsmelder im Mund der Skulptur auslöst. Dieser Jemand muss sich ganz in Laurens Nähe befinden.

Erschrocken hält sie den Atem an, umklammert das Brotmesser fester, wobei sie versucht, sich noch dichter an die glatte Oberfläche zu pressen. Schritte erklingen, ein Keuchen, dann ein dumpfer Laut, als würde jemand gegen eine Wand prallen, fluchen. Einige bange Sekunden lang ist Lauren sich sicher, dass ihr letztes Stündlein geschlagen hat, doch dann entfernen sich die Geräusche ebenso schnell, wie sie gekommen sind. Erst nach einer Weile gestattet sie sich, wieder auszuatmen.

Alles in ihr schreit danach, wegzulaufen. Doch außer ihr ist niemand hier, der weiß, in welcher Gefahr die Anwesenden schweben. Nein, sie kann, sie *darf* die Leute und die Stadt nicht im Stich lassen. Sie muss handeln.

Lauren ruft sich innerlich zur Ordnung, geht erneut im Geiste den Saal ab, den sie mit Maya während der Vorbereitungen nach und nach mit Spiegeln und Halloweendekoration gefüllt hat. Sie erinnert sich an die Positionen der Fenster, an die Wege, Hindernisse und Jump-Scares dorthin. Das Schwierigste ist es nun, sich trotz des unerträglich flackernden Lichts, des Nebels und ihrer immer stärker werdenden Schmerzen hinter ihrer Stirn, den Weg dorthin zu bahnen. Wenn DJ Mallow doch nur endlich seinen Job machen und diesen Remix ausmachen würde …

Nach einem energischen Kopfschütteln streckt sie die rechte Hand aus, um sich an den Spiegeln zu orientieren und sich nicht durch optische Täuschungen in die Irre führen zu lassen. Obwohl sie den Weg beim Aufbau unzählige Male zurückgelegt hat, muss sie sich nun anstrengen, sich nicht von den gruseligen Gestalten und Schemen ringsum ablenken zu lassen. Ihre Finger fühlen sich allmählich kalt an, so fest umklammert Lauren den Griff des Messers. Nacheinander überprüft sie die Fenster, schiebt von den Decken herabschießende Gespenster, ihr vor die Füße springende Pappschatten und Hexenfiguren mit Silikongrimassen beiseite.

Fünf. In Ordnung. Vier. Sogar zusätzlich mit einem Kaugummi von irgendeinem Gast verklebt. Drei. Zwei.

Mit jedem Schritt wächst ihre Angst vor dem, was sie als nächstes vorfinden könnte – denn jetzt bleibt nur noch ein einziges Fenster am Ende des letzten Ganges. Das Herz in ihrer Brust trommelt wie wild. Innerlich ringt Laurens Verstand mit ihrem Pflichtbewusstsein und sie muss alles daransetzen, ihre Beine voran zu zwingen.

Das Pochen hinter ihren Schläfen wird mit jedem Meter intensiver, bis Lauren es kaum noch aushält und ein frustriertes Stöhnen nicht länger unterdrücken kann. Auch der süßliche Geruch wird immer stärker …

Rumms!

Lauren schlägt der Länge nach auf dem Boden auf. Ein grässlicher Schmerz durchzuckt ihren gesamten Körper. Mit einem Mal sieht sie nur noch rot: rote Wände, roter Boden, rote Hände, alles rot. Benommen rappelt sie sich auf. In diesem Labyrinth sollte eigentlich nichts sein, worüber man stolpern kann. Darauf haben Maya und sie bei der Konstruktion sorgfältig geachtet, damit sich keiner der angetrunkenen Gäste verletzt. Worüber also ist sie gestolpert?

Da fällt ihr Blick auf etwas Großes, Unförmiges, das nur wenige Zentimeter von ihrem Fuß entfernt liegt. Mit gerunzelter Stirn tastet sie nach ihrem Messer, bevor sie auf allen vieren darauf zukriecht. Vorsichtig stupst sie das Etwas mit der Spitze der Klinge an. Es fühlt sich eigenartig an, matschig und fest zugleich. Sie sticht ein wenig fester zu, der Gegenstand dreht sich um die eigene Achse, bis er mit einem ekelerregenden Schmatzen liegen bleibt. Eine zermatschte Kürbisfratze grinst Lauren entgegen, den zahnlosen Mund weit aufgerissen, als warte sie nur darauf, sie zu verschlingen. Es ist der Kürbiskopf von Little Joe. Ein schrecklicher Verdacht beschleicht sie. Die Kids werden doch wohl nicht …

Sofort rappelt sie sich auf, hastet zu dem letzten Fenster, das nur noch wenige Schritte von ihr entfernt ist – und bleibt stehen. Mit einem Mal fühlt sich ihr Körper entsetzlich schlaff an, hoffnungslos, beinahe leer. Plötzlich ist sie, Lauren Pat, das Organisationstalent, zum ersten Mal ohne Plan.

Denn in der Mitte der Fensterscheibe klafft ein kürbisgroßes Loch. Scherben voller Kürbisfleisch liegen darunter auf dem Boden zerstreut. Ein widerlicher Gestank nach Verwesung steigt ihr mit voller Wucht in die Nase, und dort, wo die Luft von draußen in den Saal geweht wird und auf die Dämpfe der Nebelmaschinen trifft, färbt sie sich dunkelrot.

Doch das Schlimmste ist eine dunkle Pfütze, die unter den Scherben hervorsickert. Sie sieht täuschend echt aus. Und die grüne Silikon-Trollhand, deren Fingerspitzen leblos darin liegen, ebenfalls.

Sofort wirbelt Lauren herum und kämpft gegen den Drang an, ihre Maske vom Kopf zu reißen und sich an Ort und Stelle zu übergeben. Ihre Knie werden weich, geben nach und landen nur wenige Zentimeter neben den Scherben auf dem Boden.

»Was ist hier passiert?«, wimmert sie panisch. Das Brotmesser in ihrer Hand zittert bedenklich.

Sie weiß zwar, dass die Dämpfe des Klärwerks Wahnvorstellungen hervorrufen, aber die Masken sollten einen ausreichenden Schutz bieten. Doch was, wenn durch das Loch im Fenster bereits mehr davon eingedrungen ist, als die Masken aushalten können? Die Erbin und Vorstandsvorsitzende des Werkes, Regina Scurell, hat ihr zwar schriftlich versichert, dass die Mitarbeiter dieselben Filter während der Reinigung benutzen, aber vielleicht sind sie defekt geliefert worden?

Gedanklich macht sie sich eine Notiz, der CEO der *Scurell Limited* gleich morgen früh auf ihre lächerliche Mail von vor ein paar Wochen zu antworten, in der sie angegeben hat, für nichts zu haften, was in dieser Nacht geschieht.

Doch ... Wäre ein Mensch durch die Dämpfe wirklich dazu in der Lage, jemanden zu töten? Und wenn einer betroffen ist, müssten dann nicht alle ...?

Ich muss hier raus!, kreischt Lauren in Gedanken.

So schnell sie kann, zieht sie sich am Rahmen eines Spiegels empor und wendet sich zum Gehen.

Aber sie kann sich nicht bewegen.

Denn vor ihr steht, mit bunt blinkenden, x-förmigen Augen und etwas Länglichem, rot Glänzenden in der einen und einer Pestschnabel-Maske in der anderen Hand, DJ Mallow. Dunkle Flecken zeichnen sich auf seinem Anzug ab, während das Lächeln seiner Maske Lauren zu verhöhnen scheint.

»Happy Halloween!«, ruft er mit einer tiefen Stimme, die nicht die seine zu sein scheint, füllt mit seinen Worten die Pause zwischen zwei Wiederholungen des Remixes.

Ein gleißender Schmerz scheint Laurens Kopf zu spalten. Ein Schrei zerreißt die Luft, brennt in ihrer Kehle, obwohl er durch ihre Maske nur gedämpft nach außen dringt. Jede Faser ihres Körpers scheint sich vor Angst zusammenzuziehen, angetrieben von dem süßlichen Gestank um sie herum. Etwas Dunkles fährt durch ihre Brust, erschwert ihr das Atmen und lässt ihre Glieder schwer werden.

»Was für eine wundervolle Nacht für ein kleines Tänzchen zu zweit, findest du nicht auch?«, raunt DJ Mallow dicht an ihrem Ohr.

Zu dicht.

Am liebsten würde Lauren aufspringen und weglaufen, egal wohin, Hauptsache weg. Aber ihr Körper gehorcht ihr nicht. Stattdessen antwortet er dem DJ mit einem gackernden Lachen, das sie selbst erschreckt. Entsetzt presst sie die Hände gegen den Kopf. Dreht sie nun durch? Mit jedem Herzschlag verschwimmt ihre Sicht weiter, es fühlt sich an wie Säure, die statt Blut durch ihren Körper gepumpt wird. Als würde mit jedem Pochen die Dunkelheit stärker von ihr Besitz ergreifen, immer und immer mehr, bis sie das Gefühl hat, nur noch einen winzigen Teil ihres Selbst einzunehmen.

Ihr ist entsetzlich heiß, sie kann kaum noch atmen, doch gleichzeitig ergreift eine merkwürdige Ekstase von ihr Besitz. Wogegen wehrt sie sich eigentlich so sehr? Die Klinge in ihrer Hand fühlt sich durch das erhitzte Silikon verlockend kühl an. Wie sie sich wohl anfühlen würde, wenn sie von etwas Warmem benetzt würde?

Ihr Blick fällt auf die grinsende Marshmallowfratze vor ihr. »Eine perfekte Nacht dafür«, erwidert sie eigenartig hohl.

Sie taxieren einander, bis DJ Mallow schließlich nickt und sein Messer sinken lässt.

Feigling!, zischt etwas Gehässiges in Lauren.

»Also dann ... Wie wäre es mit einem Abschlusstanz?«, fragt Mallow kichernd.

Lauren nickt. »Aber nicht hier ... Hier ist es zu eng.« Sie bekommt keine Luft mehr.

Der DJ kichert erneut, dann nickt er mit einer angedeuteten Verbeugung und hält ihr seine behandschuhte Hand entgegen. »Wie Sie wünschen, Madame. Folgen Sie mir.«

Langsam legt sie ihre Finger auf seine, lässt zu, dass er sie für den schaurigen Tanz zweier Monster ein paar Meter zurück in Richtung des Festsaals führt, doch dort würden sie nicht ankommen.

Sie spürt die Wärme seines Arms an ihrem, kann förmlich fühlen, wie sein heißes Blut hindurchrauscht, so ganz anders als das kühle Messer in ihrer Hand.

Eine Sekunde lang zögert Lauren, ringt mit sich selbst um die Oberhand ihres eigenen Körpers. Dann reißt sie ihren Arm nach vorn und versenkt die Klinge im Rücken des DJs.

Ein markerschütterndes Brüllen erfüllt die Luft, während er überrascht zu Boden fällt. Eine Woge aus Adrenalin rauscht durch Laurens Adern, lässt sie für einen Moment alles andere verdrängen. Wie befriedigend es sich anfühlt, Knochen und Haut zu durchschneiden; die makellos silberne Klinge zu beflecken; Regeln zu brechen ...

Wie hatte er es auch wagen können, ihre perfekt geplante Halloweenparty zu zerstören? Wütend stößt sie noch einmal zu. Und noch einmal. Immer wieder, bis sich die Schreie allmählich in ein Gurgeln verwandeln und verklingen.

Dann ist es still und Lauren starrt den reglosen Mann am Boden an wie gelähmt. Ein eigenartiges Gefühl von Macht durchströmt sie, eines, das sie noch nie kennengelernt hat. Mit einem Mal ist sie mehr als nur Lauren, das Organisationstalent. Das Messer gibt ihr eine ganz andere Art von Kontrolle, eine viel stärkere, als es ihre Terminplaner je vermochten. Ein heiseres Lachen entringt sich ihrer Kehle. Es fühlt sich ... gut an, endlich selbst am Hebel zu sitzen.

Ein letztes Mal kniet sie sich hin, lässt das Messer unterhalb von DJ Mallows Maske entlangfahren, wobei ihr das Kinderlied von heute Morgen in den Sinn kommt:

Schnipp, schnapp, ab der Kopf,
bring ihn heim in Mamas Topf.
Plitsch, platsch, fällt er rein,
Mama kocht ihn ein ganz fein!

Dieses Gefühl *übertrifft* wirklich alles!

Erst ein weiterer Schrei aus einer anderen Ecke jedoch lässt sie wieder zur Besinnung kommen. Lauren blinzelt, schüttelt sich. Was tut sie hier? Ach ja! Sie wollte das

Fenster … Nein. Das war es nicht. Sie wollte … die anderen warnen, nicht zur Party zu gehen, ja, das war es!

Entschlossen wendet sie sich dem Spiegel neben sich zu, um sich zu orientieren, und erstarrt. Denn ihr blickt eine entsetzliche Gestalt entgegen.

Sie trägt ein Pandakostüm, doch es ist alles andere als niedlich oder flauschig. Nein. Das Fell ist blutverschmiert und die Stellen, die eigentlich weiß sein sollten, sind dunkel verfärbt und mit Glassplittern übersät. Leere, rote Augen starren sie an, bilden mit den gebleckten Zähnen eine Grimasse, die alles in ihr vor Angst erstarren lässt. In der einen Hand hält sie ein Messer, von dem etwas Dickflüssiges auf den Boden tropft, und in der anderen eine Art Marshmallow-Kopf mit blinkenden Xen. Obwohl es nicht ihr Arm ist, den sie ansieht, hat sie das Gefühl, das schwere Gewicht in ihrer Hand zu spüren.

Laurens Entsetzensschrei hallt in ihren eigenen Ohren so laut wider, dass sie das Gefühl hat, taub zu sein. Sie reißt die Hände hoch, um ihr Gesicht zu bedecken, und der Panda tut es ihr gleich. Als sie zurücktaumelt, tut er es auch, während sein Blick sie weiterhin zu verhöhnen scheint.

Voller Panik wirbelt Lauren herum und stürmt durch das Labyrinth, achtet nicht darauf, in welche Richtung sie rennt. Mehrfach prallt sie gegen die Wände, verflucht die Spiegel und ihre Angst, die ihr jegliche Orientierung rauben. Mit jedem Meter wächst ihre Verzweiflung, gepaart mit der Befürchtung, nicht lebend aus diesem Labyrinth herauszukommen. Denn egal, wo sie hinstürzt, der Panda ist ihr dicht auf den Fersen.

Schließlich fällt Lauren über etwas, schlittert durch eine Pfütze über den Boden und bleibt neben einem orangefarbenen Kürbiskopf liegen. Sie beginnt zu zittern.

»Bitte«, wimmert sie und reißt die Hände nach oben. »Bitte töten Sie mich nicht! Bitte! Ich ...«

Der Panda liegt direkt neben ihr, die blutverschmierten Zähne erwartungsvoll gebleckt. Er macht keine Anstalten, sich ihr zu nähern. Doch als Lauren jetzt auf ihre Hände blickt, bleibt ihr der Schrei in der Kehle stecken. Denn ihre Hände stecken in schwarzen Handschuhen, halten einen grinsenden Marshmallowkopf und ein Messer in die Höhe.

Dann dämmert es ihr.

Sie ist der Panda.

Sie ist das Monster.

»NEIN!«, schreit sie, lässt alles fallen und vergräbt das maskierte Gesicht in den ... Pfoten. »NEIN!« Das durfte nicht sein. Das konnte nicht sein. Sie, Lauren Pat, würde doch niemals ...

Ein süßlicher Geruch kitzelt in ihrer Nase.

Lauren muss würgen, kann sich nur mit Mühe zusammenreißen, um sich nicht in ihre Maske zu übergeben.

Erinnere dich, denkt sie verzweifelt. *Was ist passiert? Wie kommst du hierher? Was hast du getan? Erinnere dich! Du kannst nicht der Panda sein. Niemals. Du bist nicht der Panda! Erinnere dich!*

Doch da ist nichts. Nur Dunkelheit, roter Nebel und ein süßlicher Geruch, der sie gleichermaßen ekelt und verlockt. Er scheint sie geradezu einzuladen, die Maske abzunehmen, ihn auf der Zunge zu kosten, ihn zu riechen, zu schmecken ...

Ihr Blick fällt auf das entstellte Kürbisgesicht von Little Joe neben sich. Grinsend starrt es sie an, scheint ihr zuzurufen, dass sie die Party selbst retten, den Panda selbst zur Rechenschaft ziehen muss, wenn sie Bleak Pine vor Unheil bewahren will ...

Lauren begreift, was der einzige Weg ist, um die Situation

zu retten. Die Lösung formt sich in ihrem Kopf – und sie muss alles tun, um ein Häkchen dahinter zu setzen.

Niemand würde ihre Feier verderben. Niemand würde ihre Beförderung; niemand ihre geliebte Stadt solch einem Risiko aussetzen. Nicht heute und auch nicht irgendwann.

Sie greift nach dem Messer, setzt sich auf und fixiert den Panda im Spiegelbild.

»Du hast die falsche Party zerstört!«

Mit erhobener Klinge nähert sie sich ihm, während ihr erneut das alte Kinderlied in den Sinn kommt, das sie zu Halloween so oft mit ihren Freunden in den Straßen Bleak Pines gesungen hat; das Kinderlied, das ihr deutlich in Erinnerung ruft, wie wichtig ihr all das ist.

Schnipp, schnapp, ab der Kopf,
bring ihn heim in Mamas Topf.
Plitsch, platsch, fällt er rein,
Mama kocht ihn ein ganz fein!

KOPFLÄRM, PART II

von Anna Konelli

Rot, rot, rot sind alle meine Kleider.
Rot, rot, rot ist alles, was ich mag.

15:01 UHR

»EVIL.«

Er ist da. Er ist da. Er ist da.

Mit jedem Atemzug, den Liam ihnen beiden am liebsten verwehren würde, pellt er sich aus der Dunkelheit in seinem Kopf, bis er ihn mit einem breiten Grinsen taxiert.

»Liam.« Ihm wird schlecht. Wie abgrundtief er seine Stimme hasst, hat er beinahe vergessen. Beinahe.

Wie oft hat *er* in letzter Zeit seinen Namen gerufen? Wie oft hat Liam ihn ignoriert? Zu oft. Und jetzt ist es zu spät. Jetzt kann er ihn nicht mehr ignorieren.

Jetzt ist er da.

Er *ist* er.

Evil.

»Geh weg.« Seine Worte klingen in seinen eigenen Ohren wie die eines jammernden Kindes, was Evil zum Lachen bringt. Nicht verwunderlich, da er es liebt, sich am Leid anderer zu ergötzen.

»Ich bin du, Liam, ich kann nicht fort. Ich bin immer bei dir … In den letzten Tagen standest du ganz schön neben dir, Sheriff Kane. Du brauchst mich. Deinen Baddie.«

Liam setzt sich in Bewegung, als könnte er so vor ihm fliehen. Baddie nennt er nur sich selbst.

»Dein Baddie Buddy«, ruft die Stimme voller falscher Freude und wiederholt es immer wieder. »Baddie Buddy.« Schreit es. »Baddie Buddy.« Lachen. »Baddie Buddy.« Brüllen. »Baddie Buddy.«

»Sei still!«, flucht Liam und bleibt ruckartig stehen, will die Stimme konfrontieren und ihn zu Boden starren. Aber dafür müsste er in einen Spiegel blicken. Und er weiß nicht, ob er es über sich bringt, sich selbst in die Augen zu sehen. Wahrscheinlich nicht. Denn dann würde er begreifen, was er getan hat; würde verstehen, dass er ein Mörder ist.

Wie Mad Moira.

Evil bricht in schallendes Gelächter aus. »Liam, du bist ein Scherzkeks. Laut sein ist das Einzige, wozu ich fähig bin.«

Er schließt die Augen und versucht, Ruhe zu bewahren.

»Und töten, töten, töten. Du weißt, wie sehr wir es lieben«, erinnert Evil ihn, aber Liam schüttelt den Kopf. »Rot, rot, rot ist alles, was ich mag.« Urplötzlich verstummt Evils Gesang, als würde er sich in die Düsternis zurückziehen, nur um noch lauter daraus aufzutauchen. Das Lächeln allerdings hat er dort zurückgelassen. Stattdessen sind seine Züge von Boshaftigkeit gezeichnet. »Wir mögen Rot, ist es nicht so, Liam? Wir mögen Blut, nicht wahr?« Mit jedem Wort kommt er näher. »Da klebt es wieder … an deinen Fingerchen. Und es steht dir so gut. So unfassbar gut. Findest du nicht auch?«

»Was hast du getan?« Seine Finger krallen sich in seine

Haare und er presst die Augen zu.

»Ha! Das sieht dir ähnlich … Immer bin ich schuld.«

»Atme, Liam. Tief ein und aus.« Er versucht, die Gespräche mit seiner Therapeutin heraufzubeschwören, aber Evil blockiert alles.

Dann spürt er etwas Feuchtes an seinen Fingerspitzen. Nur eine kurze Berührung.

Liam reißt die Augen auf und wirbelt herum. Er bemerkt gar nicht, dass er nach seiner Waffe greift, und starrt in braune Augen. Heda.

Die Hündin winselt und leckt über die Waffenmündung.

»Verflucht«, presst Liam hervor, während er die Pistole wegsteckt und Heda durch das Fell streichen will. Doch seine Hände sind immer noch schmutzig. Er hält inne.

»Wash your hands and use liquid soap«, beginnt Evil, zu trällern, lehnt sich zurück, während Liam zur Spüle neben der Werkbank wankt und das Wasser anstellt. »Denk dran: mindestens fünfzehn Sekunden. Eins, zwei, drei -«

»Sei still!«, knurrt Liam, aber die Stimme zählt weiter und weiter.

Allerdings dauert es länger als fünfzehn Sekunden, bis sich das Wasser nicht mehr rot färbt und Liam sich endlich traut, wirklich auf seine Finger zu blicken. Sein Blick bleibt daran hängen.

»Nun wirst du verschwenderisch«, tadelt Evil ihn, doch er hört ihn nur durch eine dicke Wolke.

Er starrt das Wasser an und sieht den Red River darin.

Lauf. Das hat er Norman zugebrüllt, bevor er die Kontrolle verlor. Doch wie hat er annehmen können, sein Freund würde ihn zurücklassen? Norman wusste zwar, wozu Liam fähig ist, doch er war auch sein Freund.

Er ist nicht fortgelaufen, nachdem Liam sich zu ihm

umgedreht hat. Auch nicht, als Evil seine Lippen zu einem mordlüsternen Grinsen verzog.

»Du weißt zu viel«, hat er geschnurrt.

Liam umklammert das Becken und kann nichts gegen die Bilder tun, die sich ihm aufdrängen. Sie schreien in seinem Kopf und quälen ihn.

Er sieht dabei zu, wie Evil Norman einen Kinnhaken gibt. Sein bester Freund wehrt den nächsten Schlag ab, aber den Tritt in den Magen sieht er nicht kommen. Plötzlich zerrt etwas an Liams Hosenbein. Percy. Bevor er etwas unternehmen kann, zieht Evil die Waffe und drückt ab.

Er hört Normans Gebrüll, aber er kann sich nicht bewegen; hat die Kontrolle verloren. Und dann tritt Evil zu. Immer wieder. Bis noch ein Knall ertönt und alles stumm wird.

Liam sieht Normans blutiges Gesicht vor seinem inneren Auge. Dann hebt er den Kopf, um in den Spiegel über dem Becken zu starren.

»Du hast ihn getötet.« Die Worte brechen schwer über seine Lippen und bevor er zusammensinkt, bemerkt er, dass seine Mundwinkel zucken.

Seine Knie krachen auf Stein, sein Körper ist taub. Er kauert auf dem Boden wie ein Baby und hält die Tränen nicht auf. Der Weinkrampf packt seine Glieder und Liam kann nicht anders, als die Hände über dem Kopf zusammenzuschlagen.

»Du hast ihn getötet«, schluchzt er. Liam will sterben.

Sein bester Freund ist tot. Norman, der heute Morgen noch mit Reese geflirtet hat, dabei weiß Liam, dass er ernsthaft in sie verknallt war. Norman, der mit ihm zu Sloan fahren wollte, um Brie zu sehen. Norman, der immer an seiner Seite war. Der ihn in Schutz genommen und ihm Mut geschenkt hat.

Plötzlich spürt er kalten Atem an seinem Ohr.

»Ich kann mich gut daran erinnern, dass *du* sein Blut gerade von deinen Händen gewaschen hast«, wirft Evil ein und Liam wendet seinen Kopf ab.

Die Tränen stoppen nicht und er hat keine Kraft, sich aufzurichten. Hier und jetzt wünscht er sich, dass es ein Ende nimmt. Wie soll er mit dieser Schuld leben? Mit dem Schmerz, ihn verloren zu haben ...

»Es tut mir leid.« Die Worte finden kaum klar über seine Lippen, aber er wiederholt sie immer wieder. Heda legt sich neben ihn und stupst ihn mit ihrer Schnauze an, aber sie kann ihm nicht helfen.

»Ich muss zum Wagen ...«, wispert Liam gen Steinboden.

»Solltest du. Die Leiche haben wir gut versteckt. Normans Köter fressen sicher irgendwelche Tiere. Nun komm schon, Heulsuse. Wir müssen uns beeilen, wenn du deinen Kollegen am Ortseingang pünktlich ablösen willst.« Evils Grinsen ist in seinen folgenden Worten deutlich zu hören. »Nicht zu vergessen, Sloan und euer Töchterchen.«

Liam fährt hoch. »Du wirst sie nicht anrühren.«

Dass Evil schweigt, ist kein gutes Zeichen. Aber er hat recht. Er muss den Wagen einsammeln, wo sie ihn haben stehen lassen. Dann muss er dafür sorgen, dass sich niemand unbefugt in die Sperrzone schleicht und sich der Touribus ungesehen zur Red River Hall begeben kann. Er muss zu Reese und sich eine Ausrede wegen Normans Verschwinden einfallen lassen; die Wache in Bleak Pine benachrichtigen, dass die Jungen nicht gefunden wurden. Er muss sich im Diner blicken lassen. Aber vor allem muss er dafür sorgen, dass niemandem mehr etwas passiert. Und es gibt nur einen Weg, das zu ermöglichen.

Als er sich erhebt, blickt Evil ihm bereits im Spiegel entgegen. Sein Ausdruck ist herausfordernd, als ahnt er, was

Liam plant.

Dieses Mal weicht der Sheriff seinem alles verschlingenden Blick nicht aus. »*Er* muss weg«, sagt er zu sich selbst mit fester Stimme. Und es ist seine eigene.

Das Monster im Spiegel fletscht die Zähne.

17:21 UHR

Keine drei Sekunden sitzt Liam im Auto, da vibriert sein Handy. Eine Nachricht von Reese.

Norman geht nicht dran.
Meinst du, er braucht irgendetwas?

Zügig antwortet er, dass er schon alles für seinen Freund erledigt hat. In Wahrheit hat Liam die letzten Stunden damit verbracht, sämtliche ihm auferlegten Aufgaben als Sheriff zu erledigen. Dabei suchten ihn immer wieder die Bilder seiner Taten heim, weshalb er in der Realität nicht halb so anwesend war wie nötig. Die Frage, ob es ihm gut ginge, fragten Dutzende Leute.

»Es ist alles in Ordnung«, ist seine Antwort gewesen. Jedes Mal.

Dabei ist nichts in Ordnung. Zwar hat Evil, seit er die Scheune verlassen hat, geschwiegen, aber das war noch nie ein Grund zur Ruhe. Selbst seine Stille gleicht einem Getöse.

Obwohl Liam nicht weiß, ob es eine gute Idee ist, bleibt ihm keine Wahl. Er muss zu Sloan oder es ist zu spät. Die Ausgangssperre beginnt in knapp dreißig Minuten, daher muss sie so schnell wie möglich losfahren. Liam weiß, dass das

Klärwerk immer eine Pufferzeit einplant, und mit einem kurzen Funk nach Bleak Pine, wird es für seine Familie kein Problem sein, durchzukommen.

Er startet den Chevy und lässt die *Red River Hall* hinter sich. Im Rückspiegel tauscht er einen Blick mit Heda, die mit gespitzten Ohren im Kofferraum sitzt.

Henry Millers Stimme dröhnt aus den Boxen. Er verkündet, dass die Ausgangssperre in der Red River Lane bald beginnt, und schafft es dabei, dies wie eine grandiose Neuigkeit klingen zu lassen – vermutlich, weil das *Bleak Pine Radio* dadurch endlich mal etwas zu berichten hat. Dann erfüllt *Time Warp* den Wagen. Zum hundertsten Mal heute.

Mit einem Fluch wechselt Liam die Frequenz, bis nur noch ein Rauschen zu hören ist, das dem in seinem Kopf ähnelt.

Besser.

Trotz der Sperre, haben die Menschen ihre Häuser geschmückt. In den Gärten leuchten grinsende Kürbisse. Eine Fassade ist sogar mit Folie abgehängt und die Fenster mit Latten verriegelt. Was dahinter wohl gerade vor sich geht? Liam wünscht sich, dass die Familie sorgenlos am Tisch speist und trinkt und nicht mal ahnt, wer an ihrem Garten vorbeifährt.

Sein Herz rast, während er vor Sloans Elternhaus hält. Eines der wenigen, die keine Deko aufweisen. Womöglich, weil seine Frau nicht auffallen will, dabei tut sie es gerade deswegen.

Er kann das schaffen. Er muss.

Ein letzter tiefer Atemzug und er steigt aus. Der Weg durch den gepflegten Vorgarten kommt ihm länger vor als gewöhnlich und er überlegt sicher hundert Mal, ob er nicht wieder umdrehen soll.

Bevor er sich entscheiden kann, hebt sich seine Hand zur

Klingel. Das Läuten schreckt etwas in ihm auf.

Dann öffnet sich die Tür und Sloan steht im Rahmen. Während sich ihr Blick weitet, nimmt Liam seinen Hut ab, denn daran, dass er sich in ihrer Nähe immer vorbildlich verhalten will, hat sich nichts geändert.

»Du musst sofort fahren«, eröffnet er die kommende Diskussion, ohne um den heißen Brei herumzureden. Trotzdem versucht er, leise zu sprechen, um Brie nicht direkt auf sich aufmerksam zu machen. Aus dem Wohnzimmer klingt der Intro-Song von *This is Halloween*.

Sloans Augen funkeln gefährlich und sie macht einen Schritt nach vorn, während sie die Tür hinter sich weiter zuzieht. Offenbar will auch sie nicht, dass Brie ihre Auseinandersetzung mitbekommt.

»Ist das dein Ernst, Liam Kane?«, zischt sie und bohrt ihren Finger in seine Brust. »Du wagst es? Du wagst es, auf diese Art hier aufzutauchen? Wollen wir mal nicht diese verdammt respektlose Scheiße vergessen, die du mit mir abziehst. Ohne ein Wort!« Ihre Stimme wird etwas lauter und ihre Augen werden glasig. Sloan weint nie, außer sie ist stocksauer. »Du schickst mir ohne ein Wort diese Scheidungspapiere, als wären die letzten Jahre eine Verschwendung gewesen.«

Wie verletzt sie ist, steht klar in ihrer Miene und trifft Liam direkt ins Herz, sodass er zusammenzuckt. Ohne nachzudenken, greift er sanft nach ihrer Hand, die immer noch versucht, seine Brust zu durchbohren.

Zu seiner Überraschung lässt sie es zu.

»Du weißt, dass das nicht stimmt.« Er überlegt, was er sagen kann, um sie zu beschwichtigen, ohne ihr Hoffnungen zu machen. »Die letzten Jahre waren ... das Kostbarste für mich. Du und Brie. Und deswegen muss ich das tun. Ich tue es, damit ihr glücklich sein könnt.«

»Ich war glücklich!«, erinnert sie ihn und entzieht sich ihm. Ihr Blick wird dabei so forschend, dass er diesen warmen, braunen Augen ausweichen muss. Er kann sich nicht leisten, weich zu werden, nur leider hat seine Frau genau diese Wirkung auf ihn.

»Ich aber nicht mehr, Sloan«, presst er die Lüge hervor. Sein Unglück hat nichts mit ihr zu tun.

Zwischen ihnen herrscht Stille, bis ihre Stimme wieder erklingt. »Was ist los, Liam? Ist etwas passiert?« Die Sorge, die in den Fragen mitschwingt, hat er nicht verdient, und er schließt die Augen.

Als sie seine Schulter berührt und ihr Duft in seine Nase steigt, weiß er, dass sie auf ihn zugetreten ist. Auch wenn es eine dumme Idee ist, hebt er die Lider. Ihr Gesicht ist viel zu nah, doch bevor er es abwehren kann, liegt ihre Hand auf seiner Brust.

»Du verheimlichst mir etwas und ich möchte, dass du mit mir sprichst. Denn ich glaube dir nicht«, sagt sie leise. »Ich glaube nicht, dass du mich nicht mehr liebst, und erst recht nicht, dass du Brie und mich nicht mehr in deinem Leben haben willst.«

Er starrt sie an, weil es ihm Kraft gibt und er ein selbstsüchtiger Feigling ist. Ihre Finger bewegen sich über seine Jacke, über seinen Hals und rahmen schließlich sein Gesicht ein. In ihrer Miene sieht er den Anflug von Triumph, weil sie glaubt, dass alles wieder gut wird. Nach dem, was heute passiert ist, grenzt das an eine Unmöglichkeit.

Sie schauen sich an, aber er kann nicht zulassen, in diesem Trug aus Sicherheit zu ertrinken. Dabei ist es so einfach. Ausgiebig mustert er sie. Seinen kleinen Stern. Ein alberner Kosename, mit dem er sie immer aufgezogen hat. Insgeheim lieben sie ihn beide. Sie ist immer sein Nordstern gewesen.

»Liam.« Ihre Stimme hält ihn an der Oberfläche, ihre Augen sind ernst. »Ist er zu laut?«

Sag es ihr. Sag ihr, was du getan hast. Sag. Es. Ihr.

Aber Liam fürchtet alles, was danach passieren würde. Er will ihn unter keinen Umständen wecken.

»Ich höre nichts anderes mehr«, flüstert er.

Sloan zieht die Brauen zusammen und dieses Mal sind es keine Tränen aus Wut, die ihre Augen füllen, sondern die der Sorge um ihn. Dabei sollte sie sich am meisten um sich selbst sorgen. Sowie um ihre Tochter.

»Lass mich dir helfen, Liam«, bittet sie ihn und er weiß, dass sie seinen Namen nicht grundlos so oft ausspricht. »Wir schaffen das. Als Team.«

Ein Team. Das sind sie gewesen, seit er sie das erste Mal gesehen hat. Ohne nachzudenken, greift er ihre Unterarme, um sie wegzudrücken. Dann tritt er zurück, wobei er langsam den Kopf schüttelt, als müsse er aus einer Art Trance erwachen. »Ich habe etwas Furchtbares getan.«

Gerade realisiert sie, dass er es ernst meint – wirklich ernst –, da ertönt eine helle Kinderstimme.

»Daddy!«

Brie drückt sich zwischen ihre Eltern und klammert sich an ihn. Seine Brust reißt auseinander, sobald er über ihre blonden Haare streicht. Sie trägt das weiße Kleid, das sie beide an ihrem Vater-Tochter-Tag zusammen in der *Bleak Pine Mall* gekauft haben.

In einem Anflug von Wahnsinn, wagt Liam es, sie hochzuheben. Sofort drückt sie ihr Gesicht an seinen Hals, schweigt jedoch. Brie hat nie viel geredet. Sie ist seit ihrer Geburt das leiseste Kind, von dem Liam je gehört hat. Dutzende von Fachleuten haben keine Erklärung, außer, dass Brie schlichtweg nicht gern spricht.

Liam erinnert sich oft, wie er ihr einmal die Frage gestellt hat, wieso ... Und ihre Antwort ist immer dieselbe gewesen: Stimmen sind böse. Die Angst, dass seine Tochter seine Krankheit geerbt hat, bringt ihn seitdem schier um.

Sanft streicht er ihr über den Kopf und sucht Sloans Aufmerksamkeit, die die beiden beobachtet. »Wirst du fahren?«, fragt er sie geradeheraus. Sie wissen, dass ihre Entscheidung bestimmt, wie dieses Gespräch ausgehen wird.

Ihr trotziger Ausdruck bedarf keiner Worte und doch spricht sie es aus: »Nein.«

Liams Muskeln spannen sich an. Für wenige Sekunden kann er sich nicht von ihrem Anblick losreißen, weil es womöglich das letzte Mal sein wird. Deswegen und aus zahlreichen weiteren Gründen kann er nicht anders und hebt seine Hand zu ihrer Wange, um mit dem Daumen über ihre Haut zu fahren.

Sloan lehnt sich gerade in die Berührung, will ihn anfassen, da packt er sie und zerrt sie ins Haus. Zuerst folgt sie ihm, aber als sein Griff fester wird, beginnt sie, sich zu wehren.

»Liam, nicht!«

Kaum zerrt er sie die Treppe hoch, krallt sie ihre freien Finger in seine, um den Griff zu lösen. Aber sie hat keine Chance. Er lässt nicht los. Mit einem Arm hält er Brie am Körper und sie umschlingt seinen Hals fester.

»Du brauchst keine Angst zu haben, Spatz. Ich muss dich und Mommy beschützen, das verstehst du, oder?«, flüstert er ihr zu und spürt ihr Nicken.

Sloan gibt auf, sich befreien zu wollen, doch ihr Körper bleibt steif, während er sie Richtung Gästezimmer zieht. Die Fenster liegen dort zu hoch, als dass sie rausspringen könnte.

Liams Inneres ist taub. Er verdrängt das schlechte

Gewissen und den Schmerz, damit er das hier über sich bringen kann.

Er lässt seine Frau nicht los, während er Brie an der hinteren Wand des Zimmers absetzt. Jetzt erst bemerkt er, dass seiner Tochter Tränen über die Wangen laufen, und mit einem Mal fühlt sich seine Brust leer an. Zwar gibt sie keinen Ton von sich, aber sie versteht durchaus, dass hier etwas aus dem Ruder läuft.

»Bleibt«, bittet er die beiden, ohne Sloan anzuschauen.

Die Schatten in ihm spitzen die Ohren und er weicht zurück. Mit jedem Schritt, den er macht, fühlt es sich an, als würde der Boden unter ihm weiter einstürzen; dabei seine Familie mit sich reißen. Er kann nicht zusehen.

Seine Beine bewegen sich automatisch. Tragen ihn aus dem Raum.

Sloan wischt Brie über die Wangen, trocknet die Tränen, für die er die Schuld trägt. Gerade, als er rückwärts über die Schwelle stolpert, reißt seine Frau den Kopf herum und benötigt keine Sekunde, um zu verstehen. Wie eine Löwin springt sie auf und jagt auf die Tür zu. Liams Hand umgreift die Klinke. In diesem Augenblick gehen Millionen Gefühle durch Sloans schönes Gesicht. Ihr Mund bewegt sich, aber er hört nicht hin.

Sie ist nur Sekunden zu spät. Ihre Finger erwischen die Tür nicht mehr, die Liam ins Schloss zieht.

Das Geräusch, das ertönt, als er den Schlüssel umdreht, hören sie beide genau. Wahrscheinlich hört es sich genauso laut für sie an wie für ihn, denn es symbolisiert etwas Unwiderrufliches. Es bedeutet das Ende.

Er schließt nicht sie ein, sondern sich selbst aus. Und er weiß: Tief in ihrem Herzen ahnt Sloan, was er plant.

Durch das Holz vernimmt er das Geräusch ihres

gepressten Schreis. Ihre Stimme bebt vor unterdrückten Tränen, weil sie für ihre Tochter stark sein möchte. »Tu das nicht«, kommt es dumpf von der anderen Seite.

Liams Stirn sinkt gegen die Tür und stellt sich vor, dass seine Frau dasselbe tut. Selbst jetzt spürt er ihre Verbundenheit. Nach allem, was er angerichtet hat und noch anrichten wird. Aber vor allem spürt er Evil.

»Ich liebe euch, Sloan. In meinem Herzen wart ihr immer am lautesten. Und deswegen muss ich es tun.«

Mit diesen Worten stößt er sich von dem Rahmen ab und seine Beine tragen ihn wie in Trance die Treppe herunter. Jeder Schritt in die Unterwelt lässt einen Teil von sich oben bei seiner Familie zurück. Während er sich an all die guten Dinge in seinem Leben erinnert, denkt er auch daran, wie viele Menschen durch seine Hand starben. So sehr er sich bemüht, kann er es kaum begreifen.

Evil war immer ein Teil von ihm. Nach Bries Geburt ist sein Erscheinen seltener geworden, nur für kurze Momente ist er zurückgekehrt. Doch niemals im Leben hat Liam erwartet, dass er dazu imstande sein könnte, so die Kontrolle zu verlieren. Niemals hat er befürchtet, *er* könnte seinen Freunden oder seiner Familie Schaden zufügen. Den Menschen, die er mehr als alles andere liebt.

Liam holt Heda aus dem Wagen, um sie im Haus abzuleinen. Gehorsam setzt sie sich vor den Fuß der Treppe und blickt zu ihm hoch. Ein letztes Mal streicht er ihr über den Kopf, durch das weiche Fell.

»Mach's gut, Mädchen. Pass auf sie auf.«

Heda leckt zur Antwort sein Handgelenk, ehe er sich umdreht, ohne zurückzublicken.

Er muss nur die Nacht überstehen, hin und wieder die Straße abfahren. Denn er kann die Red River Lane nicht auf letzter Strecke im Stich lassen. Zumindest diese Pflicht möchte er erfüllen. Und währenddessen kann er alles vorbereiten.

Sobald er die Straße zu seinem Haus hochfährt, stellt er die Klimaanlage aus und lässt die Fenster hoch. Dabei gäbe er alles darum, ein letztes Mal die Red River Lane mit sämtlichen Sinnen wahrzunehmen. Seine Red River Lane, die nach Heimat riecht.

Obwohl er weiß, dass sie da ist, greift er blind nach rechts, stößt mit den Fingerkuppen auf das feste Material der Maske. Er betet, dass er nicht gezwungen ist, sie diese Nacht zu oft zu tragen, weil Einsätze auf der Straße ihn dazu zwingen. Das, was ihn am meisten besorgt, – abgesehen von sich selbst –, ist die Party in dem Gemeindehaus, die ihm schon seit der Ankündigung im Sommer Bauchschmerzen bereitet. Aber Lauren Pat ist gewissenhaft. Allen geht es gut.

Also genießt Liam für diesen Augenblick die Idylle seiner Straße. Evil lässt ihm zu seiner Verwunderung den Moment, obwohl er spürt, wie seine Schatten neben ihn auf den Beifahrersitz kriechen. Zwar schaut Liam nicht dorthin, aber seine Präsenz ist überwältigend erdrückend. Seine Krallen langen zum Radio, um das Rauschen, das Liam vorhin eingestellt hat, lauter zu drehen.

Er windet sich innerlich, bemerkt, wie Evil sich um ihn schlingt und eine Hand in seinen Nacken legt. Nur um zu zeigen, wer die Kontrolle hat.

Das Rauschen schwappt über sie beide wie Wellen. Immer wieder drücken sie Liam herunter. Immer wieder hört er Sloans Ruf.

Normans Keuchen.

Percys kurzes Wimmern.

Das Geheul dieser Gören.

Baddie versteckt das Grinsen nicht, während er das Lenkrad fester umfasst und das Fenster runterlässt. Eine Sekunde später schmeißt er die Gasmaske achtlos auf die Rückbank.

Tief atmet er ein, weil diese Nacht nach etwas riecht, das er besonders gerne mag: schaurig schöne Qualen.

Dann gibt die Sirene das Zeichen; dringt in alle Ecken der Red River Lane, die ruhig vor ihm liegt. Noch.

21:24 UHR

Irgendetwas hat ihn zum Wald gezogen. Wenn der abnehmende Mond nicht so viel Licht spenden würde, wäre es mittlerweile stockduster. Was für ein reizender Zufall, dass sie hier draußen nicht allein sind. Womöglich hat der Sheriff geahnt, dass sich nicht alle an die Ausgangssperre halten werden. Diese trotzigen Biester. Sie haben keine Ahnung, was es bedeutet, *wirklich* eingesperrt zu sein.

So wie Baddie, dessen Blick an der jungen Frau klebt, die sich direkt vor ihm aus dem Autofenster lehnt. Zu viert sitzen sie in dem Schrottwagen, aber es ist die Fahrerin, die seine Aufmerksamkeit sucht. Sie beide kennen sie, aber Baddie kommt nicht sofort auf ihren Namen. Zu abgelenkt ist er von ihrer Haut.

Hölle, ist das schön.

Blut läuft ihr an der Schläfe hinab und er fragt sich, ob sie noch hübscher aussieht, wenn er ihr die Kehle aufschneiden würde, nachdem er genüsslich darüber geleckt hat. Sie ist zum Anbeißen ...

»Abigail«, sagt Liam. Seine Stimme hört sich gequält an.

Baddie betrachtet ihren Mund, der sich bewegt, schweift mit dem Blick zu ihrem Hals, zu der Ader, die unter der sensiblen Haut pocht.

Es würde so schnell gehen. Er könnte es tun. Unverzüglich. Wie in Trance beugt er sich vor, angezogen von dem roten Rinnsal an ihrer Schläfe, und fährt mit der Zunge über seine Lippen.

Dann erinnert er sich an die anderen drei Frauen, doch Abby versperrt ihm den Blick.

Ob sie es weiß? Er kann keine Furcht in ihren Augen ausmachen. Dabei wäre es sehr wohl angebracht. Sie sollte Todesangst haben.

»... Sloan ...« Abbys Stimme drängt an Liams Sinne.

Es ist dieses eine verfluchte Wort, das die Aufmerksamkeit des Sheriffs weckt und ihn stärker macht. Wie ein Safeword, das ihm Deckung gibt.

Liam bewegt sich, aber nicht nach vorn, so wie es Baddie gerne hätte, sondern rückwärts. Von den Opfern weg.

Nein. Nein. NEIN. Er brüllt ihn an, aber Liam kümmert sich nicht darum. Er zieht sich zurück.

»Du Idiot!«, flucht Baddie.

Aber Liam reagiert nicht, verwendet alle Energie darauf, sie beide hier wegzubringen.

Sloan.

»Lass sie uns töten, dann musst du dich nicht mehr um sie sorgen, was sagst du?«

»Ich sage, dass du still sein sollst«, erwidert Liam kraftlos und versteckt das Gesicht in seinen Händen, sobald er den Wagen erreicht.

Baddie macht sich nicht die Mühe, sein Lachen zurückzuhalten. »Du bist ja irre.«

Er lässt zu, dass Liam die Hände auf die Motorhaube stützt und innehält. Seine Panik hat mittlerweile abgenommen, um einer lieblichen Abgestumpftheit Platz zu machen. Um all das abzuschütteln, geht er Richtung Dunkelheit; geht tiefer in den Wald. Und als er den Tannen mit dem Blick nach oben folgt, erinnert er sich an etwas.

»Was hast du mit den anderen Jungen gemacht?«, will der Sheriff wissen. Seine Düsternis gleicht der des gestrigen Abends und dennoch ist etwas anders. Als hätten zahlreiche Seelen in den letzten Stunden dort die Schwere ihrer Herzen und Taten zurückgelassen, die nun hinter den mächtigen Stämmen lauern. Das ist es, was in der Red River Lane haust: Monster, Sünden, Leichen. Würde Baddie ihre Anzahl in das Holz ritzen, wären die Bäume mit Kerben übersät. Er kann den Drang nicht unterdrücken, ihre Anzahl heute vermehren zu wollen.

»Den einen erschlugen wir mit einem Stein. Die anderen beiden ertränkten wir im See, erinnerst du dich etwa nicht?«

Liam fühlt sich von all dem erdrückt, weshalb er schwerfällig den Kopf schüttelt. »Ich will mich nicht erinnern.«

Evil wartet, ob der Sheriff noch etwas von sich gibt, doch das Einzige, wozu er imstande ist, ist, in Selbstmitleid zu versinken. Die Wolken wandern am Himmel weiter, schieben sich immer mal wieder vor den Mond, während Liam vor sich hin starrt und kein Interesse daran hat, sich zu bewegen.

»Teufel noch mal, nun schieb keine Depristimmung«, beschwert sich Baddie und drückt sich vom Wagen ab, um sich umzusehen. »Heute ist eine wunderschöne Nacht und die sollten wir nutzen.«

Dabei ist ihm bewusst, wieso Liam sich so verhält. Sloan ist offenbar aus seinem provisorischen Gefängnis ausgebrochen und ... was hatte Abby gesagt?

Sloan ... Sie sucht nach dir.

Die Schwester seiner Frau kennt den Zustand seiner Erkrankung und weiß ebenfalls, was Liams Verstand klärt.

Sicher ist es nicht ihr Plan gewesen, ihn auf ihr eigen Fleisch und Blut zu hetzen.

Was eine Schande, denkt *er* süffisant. Denn er fühlt sich gehetzt. Sehr gehetzt. Sloans Gesicht taucht vor seinem inneren Auge auf und seine Aufmerksamkeit gleitet zu ihrem Hals, zu den Lippen hoch, wieder runter zu ihrem Herzen.

Liam ballt die Hände zu Fäusten.

Die Muskeln in seinem Nacken schmerzen.

Gerade fallen ihm die Lider zu, da erklingt ein Knacken. Ein Ast, der unter jemandes Gewicht bricht.

Sein Blick schweift über die ersten Baumreihen, obwohl sich alles in ihm sträubt. Jeder Schatten, jeder kleine Windzug lässt sein Herz schneller schlagen, weil er dahinter etwas vermutet, das ihn noch tiefer in den Wahnsinn treibt. Und wider besseren Wissens wandern seine Augen weiter, weiter und weiter …

Liam weicht ruckartig zurück.

Hinter einem Baum schaut ihm eine Fratze entgegen, eine fürchterlich bekannte Fratze. Im Mondschein zeichnet sie sich zu deutlich ab, als dass seine Sinne ihm einen Streich spielen könnten. So sehr wünscht er sich, dass er träumen würde. Aber das hier ist real. Es ist real, dass die Kreatur ihre fahle Hand über die Rinde schiebt. Ihre Haut scheint aus Pergament, wirkt so, als würde allein die Berührung mit der rauen Borke sie auseinanderreißen. Liam entdeckt hervorstechende Knochen, so abgemagert ist sie. Ihre Haare hängen ihr matt und nass über die Schultern.

Er kann nicht anders, als zusammenzucken, kaum hebt sie die Hand, um ihm in einem langsamen Takt zu winken. Gedankenlos fahren seine Finger zu der Waffe. Dabei weiß er, dass sie nicht irdischer Natur ist. Sie ist ein Hirngespinst, wie Evil es ist. Aber ob Einbildung oder nicht, Evil ist gefährlich.

Doch er ist nichts gegen dieses Monster vor ihnen.

Ein einziges Mal in seinem Leben ist sie aufgetaucht, nachdem seine Großmutter den Kindersitter umgebracht hat und er seine einzige Bezugsperson trotz allem vermisste. Er war allein in einem fremden Zimmer und hat in die Ecke gestarrt. Das Monster ein Schatten in der Düsternis, der ihn in aller Ruhe beobachtete. Bis sich ihr Gesicht aus dem Schwarz pellte. Liam hat die ganze Nacht gebrüllt, selbst als die Polizisten und die Damen vom Jugendamt versucht haben, ihn zu beruhigen.

Nie wieder kehrt sie zurück.

Bis jetzt.

Alles um ihn wankt, seine Sicht verschwimmt und er würde am liebsten schreien, doch selbst dafür fehlt ihm die Kraft. Keinen Zentimeter kann er sich rühren. Mehrmals blinzelt er und hält die Luft an, weil der Wald mit einem Mal verlassen vor ihm liegt. Mit jeder Sekunde steigt die unerklärliche Angst, dass ihn jemand aus dem Hinterhalt angreifen könnte. Er spürt Finger auf sich, ohne ihnen entfliehen zu können. Ein Schauder packt ihn und es fühlt sich an, als würden unzählige Spinnen über seine Haut rasen. Schweres Atmen dringt an sein Gehör, bis er merkt, dass er es selbst ist.

»Liam«, lockt eine verzerrte Stimme hinter ihm.

Nicht umdrehen, denkt er. Sogar Baddie hält still und zieht den Schwanz ein.

Ein Röcheln erklingt und Liams Brust hebt sich schwer. Es kommt näher und näher. Er kann es auf sich spüren. In sich.

Wir müssen rennen.

Als hätte es ihn gehört, ertönt ein Kreischen; geht in ein Echo über. Dann erklingt noch eine Stimme. Noch eine. Und noch eine. So hohe, aggressive Schreie hallen über ihn hinweg, dass seine Instinkte geweckt werden und er nicht die

Spur einer Chance hat, sich zu wehren.

Er rennt los.

Wer hat es rausgelassen? Er hat es als Kind tief in sich versteckt und vergessen. Wie konnte es aus diesem Gefängnis entkommen?

Liam sieht den Boden kaum vor sich, aber er verlangsamt seine Schritte nicht, um sich zu orientieren. Geradewegs flüchtet er in den Wald, rammt gegen Stämme und sucht verzweifelt einen Weg.

Es ist in seinem Kopf. Es kennt jeden seiner Gedanken. Jede Richtung, die er einschlägt. Es muss gewusst haben, dass Liam diese Nacht nicht überleben wollte …

Ein höllischer Schmerz durchzuckt ihn, kaum verkeilt sich sein Fuß an etwas am Boden. Sein Knöchel schreit auf. So wie er. Mit einem Stöhnen knallt sein Gesicht auf Stöcke, Erde und Nadeln. Moosgeruch streicht an seinen Sinnen entlang, aber seit Evil wieder da ist, ist der Geruch von Blut das Präsenteste, das er wahrnimmt. Wie ein wildes Tier wittern seine Sinne nur seine Beute, nur Fleisch und Tod. Am liebsten würde Liam liegen bleiben, einschlafen und nie wieder aufwachen. Er will, dass sie still sind.

Wie zum Hohn nimmt er Evils Krallen in seinem Nacken wahr. Seine Worte landen direkt in seinem Ohr. »Steh auf, Memme. Meine Geduld hat langsam ein Ende«, knurrt er. Seine lässige Süffisanz schwindet deutlich.

Mit einem Ruck reißt er ihn hoch und obwohl er den Schmerz irgendwo hinter einer dicken Wand wähnt, kommt er kaum in seinem Gehirn an. Stattdessen fokussiert er sich darauf, weiterzulaufen.

Hinter jedem Baum sieht er Hände, die nach ihm langen. Spürt einen Hauch von Gefahr in seinem Nacken; gierige Münder an seiner Kehle. Finger, die von unten nach seinen

Beinen greifen.

Er kommt sich vor wie ein Stein in einer Bucht, nicht wie ein Felsen, nein. Er ist niemandes Halt in der Brandung. Nur ein winziger, hilfloser Stein. Mit jeder Welle wird er weiter herumgeschleudert, sieht nur Schwärze und schreit vor Frustration, wobei ihn ohnehin niemand hört. Eine derbe Hilflosigkeit zwingt ihn beinahe in die Knie, schon bricht die nächste Welle aus Tod, Gebrüll und Panik über ihn hinweg. Er nimmt nichts anderes wahr. Da ist kein Wald mehr, keine Red River Lane. Kein Zuhause. Da ist nur eine Hölle, in der er gefangen ist.

»Du hast sie getötet.«

»Du musst sie töten.«

»Töten.«

»Töten.«

»Töte!«

Töten. Töten. *Muss sie töten.*

Sie brüllen ihn an – Evil und das Monster. Sie prügeln auf ihn ein und bei jedem Wimmern, jedem Zucken, verschlimmern sich ihre Schläge.

»Nie hörst du auf uns!« Evils Stimme klingt nicht eine Spur menschlich.

Wie ein Panther prescht er zwischen den Stämmen hindurch, auf Liam zu, und reißt ihn zu Boden. Er dreht den Kopf weg. Nur kurz sieht er in der Ferne eine weitere Silhouette. Und lichten Wald. Gebirge. Er ist im Kreis gelaufen.

Ein Kichern erklingt und er erkennt Evil darin.

»Na sieh mal einer an«, schnurrt er, plötzlich ist die Strenge aus seiner Stimme gewichen. Er scheint abgelenkt.

Liam kann nur an das Monster denken. Wo ist es?

Dann bleiben seine Augen an seinem Körper hängen. »Wo kommt das Blut her?«, bricht es ihm über die Lippen.

Adrenalin strömt durch ihn hindurch, während er sich umständlich in eine kniende Position hievt. Der Muskel in seiner Brust bleibt kurz stehen, seine Lungen wollen keine Luft mehr aufnehmen.

Entsetzt starrt er um sich. Da ist überall Blut. Er kniet darin. In dickflüssigem Dunkelrot.

Keuchend steht er auf, rutscht aus und kann gerade so mit den Händen die Balance halten.

»Liam.«

Die Schatten reißen auseinander, als *sie* seinen Namen ausspricht. Licht bricht zu ihm durch.

Aber das kann nicht, das *darf* nicht sein.

Im nächsten Moment liegen ihre Hände auf seinen Schultern, um ihn zu stützen. Sein Kopf ruckt so schlagartig hoch, dass ein brennender Schmerz seine Wirbelsäule hinabläuft.

»Wo ist deine Maske?«, will Sloan wissen, aber er kann nicht antworten.

Maske? Da fällt es ihm ein. Er hat sie auf dem Beifahrersitz vergessen, dort einfach liegen lassen. Nein! Auf der Rückbank. Evil hat sie nach hinten geworfen, aber das kann er ihr nicht sagen. Stattdessen starrt er in ihre Augen.

»Was ist passiert? Abby hat mir geschrieben ... Dein Wagen stand offen und mutterseelenallein im Wald.«

Liam starrt auf die Stelle des Tuches, das ihren Mund verbirgt, will sehen, wie er sich bewegt. Er hört ihre Worte, aber das Einzige, woran er denken kann, ist, dass das Licht schwächer wird.

Es ist gefährlich für sie, hier zu sein. Sie trägt keine verifizierte Maske. Evil. Das Monster.

Sie musste gehen.

»Du hättest nicht herkommen sollen.« Seine Anstrengung ist nicht zu überhören und er schiebt sich von ihr weg. Auf sie muss er wirken, als wäre er zehn Tage ohne Pause gerannt. Schweiß läuft ihm aus den Haaren in den Nacken. In die Sheriffjacke, die er nicht verdient, zu tragen.

»Du musst eine Maske tragen, Liam. Ich weiß, dass die Stimme zurück ist, aber wir finden eine Lösung.«

Er lacht humorlos auf und macht einen weiteren Schritt zurück. »Eine Lösung?« Evil lacht wieder und schüttelt den Kopf. Dann hebt er den Blick zu der Frau des Sheriffs. Ein roter Fleck schiebt sich in sein Sichtfeld. »Wir brauchen keine Lösung.«

Wir.

Sloan zieht die Brauen zusammen und tut gut daran, ebenfalls ein Stück zurückzuweichen.

Er saugt Luft durch die Nase. Genießt ihren Geruch. Gleichzeitig tobt Furcht in ihm. »Ich ... Ich zeig es dir.« Damit sie ging, ging, ging. Sie musste weg. Sie musste weg!

»Wovon redest du?«, will sie skeptisch wissen, aber ihre Schultern entspannen sich.

»Wo ist Brie?«, schafft er es, zu fragen, ohne auf ihre Frage einzugehen.

Sie wiederum ignoriert seine. »Liam. Wovon sprichst du?«

Er erstarrt. Sie will es ihm nicht sagen ... Sie sagt ihm nicht, wo seine Tochter ist. Denkt sie, er ist verrückt? Glaubt sie, dass er Brie etwas tun würde?

Sieh mal einer an ... Baddie neigt den Kopf zur Seite. *Guck, sie hasst dich. Sie ist die Böse. Zeig es ihr. Zeig ihr, was du tun musstest.*

»Ich zeige dir, wieso ich nicht wollte, dass du mich findest.« Liam reicht ihr die Hand, aber es ist Baddie, der ihn zurück in den Matsch zu schubsen scheint, aus dem Liam sich seit Stunden zu hieven versucht.

Ich bin dran.

Ein Zögern huscht durch ihr Gesicht, weshalb er eine nachdenkliche Handbewegung macht und ihr zunickt.

»Du wolltest, dass ich mit dir re-« Bevor er den Satz beenden kann, liegen ihre warmen Finger in seinen kalten. Sein Blick löst sich nur schwer von dem Bild ihrer verschlungenen Hände, bevor er den Kopf hebt. Ihre braunen Augen zeigen eine solche Stärke, dass er für den Hauch einer Sekunde Respekt für sie empfindet.

»Zeig es mir«, befiehlt sie und ein Gefühl huscht durch sein Inneres, das er kaum zu deuten vermag. Aber es lässt seinen Griff fester werden, bevor er sie mit sich zieht. Er ignoriert den Schatten hinter dem Baum zu seiner Linken, der sich an ihre Fersen heftet.

Sloans Verhalten beschäftigt Liam.

Sie hasst dich. Könnte Evil recht haben? Ist sie hergekommen, um ihn zu vertreiben? Ihm das Haus zu nehmen? Diese Straße? Womöglich will sie ihn nicht nur zur Therapie treiben, sondern in die Anstalt. In die überwachte Wohngruppe wie Mad Moira. Oder noch schlimmer: in die geschlossene Abteilung des *Bleak Pine Hospital.*

»Es ist vererbbar, Liam.« Wie oft hat sie diese Warnung ausgesprochen ... Um ihn zu erniedrigen und ihm zu sagen, dass er nicht besser sei als seine Großmutter. Sie hat damit gerechnet, dass er jemanden töten würde.

»Die kleine Klugscheißerin wusste immer alles besser«, knurrt Baddie. »Zeig ihr, dass sie zur Abwechslung richtig lag.«

Nach ein paar Minuten erträgt er die klamme Hitze ihrer Hand nicht mehr und lässt sie unter dem Vorwand los, Äste aus dem Weg zu halten, weil sie zwischen dicht gewachsenen Gebüschen entlangstapfen. Sloans Geruch trifft wie ein Schlag auf seine Sinne, als sie an ihm vorbeigeht und sicheren Schrittes den Wald durchquert.

Er taxiert ihren Hinterkopf und fragt sich, was darin vorgeht. Hat sie Angst? Oder noch schöner: Hoffnungen, die er zerstören kann?

Baddies Mundwinkel zucken und Liam vergräbt die Hände tief in der Sheriffjacke, um nicht nach ihr zu greifen und seine Nase an die Stelle unter ihrem Ohr zu drücken, wie er es schon hunderte Male getan hat. Denn heute wird dieses Bedürfnis von dem Gedanken begleitet, ihr die Kehle aufzuschlitzen.

Nein! Nein, das will er nicht.

»Tu es, Liam. Du wirst es so oder so tun müssen. Sonst steckt sie dich in eine Zelle, damit du Brie nie wieder siehst«, flüstert Baddie ihm zu.

Sloan zögert bei keinem Schritt. Wie er ist sie hier aufgewachsen und kennt den Wald wie ihre Westentasche. Trotzdem ist er froh um die Wolken, die gerade nicht vor dem Mond hängen, weil er ihren Ausdruck genau beobachten kann, wenn es soweit ist.

Sobald die Schritte seiner Frau langsamer werden, holt er auf und nickt Richtung Süden. Nur wenige Momente und sie sind da. Urplötzlich biegen sich die Bäume vor ihm, aber nach einem Blinzeln ist alles wie vorher.

»Gehen wir nach Hause?«, fragt sich Sloan eher selbst.

In der Tat nähern sie sich Liams Haus.

Letzterer schluckt schwer, bevor er erwidert: »Danach. Danach gehen wir heim.«

Will sie der Außenwohngruppe melden, wo er ist? Nein … Nein, es ist Ausgangssperre. Niemand darf raus. Das liegt in seiner Verantwortung. Und doch ist Sloan hier, weil sie tut, was sie will, und sich nicht darum schert, was ihm wichtig ist. Er hat ihr gesagt, sie soll nicht kommen. Doch sie ist hier. Die

Wut kommt aus dem Nichts und er kann sie nicht abwehren. Womöglich hat Baddie recht.

Er mustert sie und der Drang, zu laufen, ist übermächtig. Ihre Miene ist weich, aber er traut dem nicht. Sicher will sie ein Gespräch führen, sobald sie nach Hause kommen, Brie ins Bett gebracht und sich auf das Sofa gesetzt haben. Sie wird ihm sagen, dass er zur Therapie gehen soll – und dann werden sie kommen. Sie werden ihn packen und fortbringen wie seine Gram damals. Nach allem, was er für diese Straße getan hat, werden sie ihn behandeln wie einen Irren. Da wird kein freundliches Lächeln sein, es werden keine Geschenke vor seiner Tür, niemand wird ihn um Rat fragen. Sie werden hinter Händen über ihn tuscheln, ihn nicht besuchen und vorgeben, ihm niemals wirklich vertraut zu haben.

Hinter ihm ertönt ein röchelndes Geräusch und die Haare in seinem Nacken stellen sich auf.

Das Monster. Seine größte Angst, sein größtes Trauma.

»Sloan will reden. Aber bevor das passieren kann, musst du sie zum Schweigen bringen. Für deinen Baddie«, befiehlt Evil von der anderen Seite.

Während diese Frau für Liam eine Rettung war, schien sie für Baddie immer ein Geschwür gewesen zu sein, das er nicht loswurde. Egal, wie oft er das Messer nahm, um es von sich abzuschneiden, es wuchs nach.

Liam führt sie zwischen den beiden Birken hindurch, an denen er aus den Augenwinkeln rote Flecken ausmacht. Spuren. Um zu zeigen, dass Baddie hier war; dass er real ist – und niemand ihm entkommen kann.

»Verdammt, was ist das?« Sloan hält sich die Hand vor die Nase und blickt sich um.

Irgendwo muss der erschossene Köter liegen. Wahrscheinlich haben ihm die Vögel schon alles ausgehackt, was an ihm dran war. Immerhin ist das nicht viel gewesen.

Ohne sie zu beachten, fokussiert er eine Stelle auf dem Boden vor sich und tritt das Laub fort, sobald er sie erreicht.

Töte sie endlich. Schlitz sie auf.

Das Monster kribbelt über seinen Rücken, aber Baddie lässt sich nicht von seinem Plan abbringen. »Ich will spielen«, wirft er ein.

Lauf, Sloan. Lauf, Sloan, lauf, lauf, lauf, summt er und Liam tippt sich gegen die Schläfe.

Das Rascheln hinter ihm kündigt sie an und er zeigt mit einer Hand gen Boden.

Sloan hat ihr Smartphone in der Hand und schaltet die integrierte Taschenlampe ein.

Zu keiner Sekunde danach herrscht Stille. Stattdessen schreit Sloan auf. Der Laut ist so voller Entsetzen und Schmerz, dass er sich einbildet, zu hören, wie Baddies Herz einen Sprung macht.

Seine Frau stolpert rückwärts. Das Tuch rutscht ein Stück herunter und sie schlägt sich die Hand vor den halb verdeckten Mund, verliert den Halt. Sie stürzt, doch ihr Blick weicht keine Sekunde von Normans Leiche.

Unter der Decke aus Erde und Laub ragt nur die Hälfte von Normans Gesicht heraus. Blut klebt an seinem Mundwinkel und sein Wangenknochen ist von Baddies Tritten zertrümmert. Dennoch erkennt man ihn. Erkennt all die Gedanken, die Liams Partner in letzter Sekunde durch den Kopf gingen, in seinen dunklen Augen.

Liam starrt die Leiche an, während Sloans Schluchzer wie Musik in Baddies Ohren klingen. *Er* hat das getan. Sie beide, wird Liam klar. Sollte er nicht zusammenbrechen? Aber sein Inneres reagiert kaum, als wäre er selbst gestorben. Stattdessen dreht er sich um und schaut zu Sloan hinab. Das

Licht ihres Handys trifft ihn. Er muss aussehen wie ein wahrgewordener Albtraum. Da ist nichts mehr von dem Mann übrig, der Liam einmal war. Sie sieht das Zerschundenste seiner Seele, blickt direkt darauf. Das Grausamste, was sie jemals zu Gesicht bekommen hat. Statt zu ihm zu halten, wird sie bleich und schüttelt den Kopf.

»Du hast gesagt, wir finden eine Lösung«, bringt Liam enttäuscht hervor und zieht die Brauen zusammen.

Er bemerkt Baddies Seitenblick. *Hab ich es dir nicht gesagt?*

Liam steht in Blut und sie lässt ihn darin versinken.

»Wieso h-hast du d-das getan?« Sie ist zwischen den Tränen und dem Beben ihres Körpers kaum zu verstehen.

Er macht einen Schritt auf sie zu, beobachtet, wie sie zurückrobbt. Wie ein Häufchen Elend versucht sie, sich auf die weichen Knie zu hieven, und wird immer wieder von Weinkrämpfen gepackt.

»Wieso?« Er runzelt die Stirn. »Er hat es mir gesagt.« Nun schnürt sich seine Kehle doch zu. »Er hat gesagt, dass Norman mich töten will. Dass ihr alle unter einer Decke steckt, um mich in die Klapse zu bringen. Immer und immer wieder hat er es gesagt!« Die Erinnerungen und Worte von Baddie prasseln unaufhörlich auf ihn nieder.

»Du bist krank, Liam!«, schreit sie ihn an und er erstarrt in der Bewegung, lässt die Hände sinken, die er in den Haaren vergraben wollte.

Fassungslos mustert er sie und ihre wutentbrannte Miene. Die Bäume um sie herum biegen sich erneut, neigen sich auf ihn zu. Seine Welt kippt.

Du bist krank. Du bist krank. Du bist krank.

Blitzschnell tritt Baddie vor und funkelt sie mörderisch an. »Siehst du! Siehst du, was hab ich dir gesagt!«

»Ich bin krank?«, sagt er selbst.

Sloan reißt das Tuch herunter, ihre Lippen bewegen sich, aber er kann sie nicht verstehen, versinkt in ihren Augen, um nach der Wahrheit zu suchen. Vergeblich. Dort sind nur Lügen. Verzweiflung und Lügen.

»Du bist eine Pussy, verdammte Hölle!«, flucht Baddie, weil Liam nichts tut, und als würde er ihn vorwärtsschubsen, setzen sich seine Füße in Bewegung. So schnell, dass sie keine Chance hat, zu fliehen. Er packt sie und sie wehrt sich nur kurz, weil ihr klar ist, dass sie unterlegen ist.

»Du sagst, ich bin krank?«, brüllt er und versteht nicht, wieso sie weint.

»Nein! Nein, Liam, das hab ich nicht gesagt.« Wild schüttelt sie den Kopf.

Jetzt bring sie um!

Liam reißt den Kopf zur Seite, sieht ins Nichts. »Sei still!«

In seinem Klammergriff schreckt Sloan zusammen und ihr gesamter Körper spannt sich wie eine Sehne.

»Liam?« Ihre Stimme ist so hauchdünn, sodass er sie nur versteht, weil sie sich nah sind.

Er versucht, Luft zu bekommen, und sein Blick folgt seiner Frau, die ihre Hand auf seine Brust legt. Die Berührung scheint ihn zu erden und für einen wunderbaren Moment lässt er sich rückwärts in diesen Frieden fallen. Es ist hell. Liam kann die Wärme auf seiner Haut spüren. Aber er landet nicht darin.

Er realisiert es zu spät, denn statt in Licht zu fallen, verschlingen ihn Schatten. Das Lächeln bröckelt von seinen Lippen und er sieht dem Schrecken Sloans entgegen, weil sie die Veränderung bemerkt.

»Sloan.« Es ist nur ihr Name, den er hervorbringen kann, aber darin steckt alles, was sie für ihn ist.

Ihre Hände krallen sich in seine Jacke, als wolle sie ihn stützen, und er greift ihre Arme. »Liam?«

Seine Finger streichen sanft darüber, fast beruhigend. Hoffnung funkelt in ihren Augen.

Dann wird sein Griff fester. Denn neben dem Kopf seiner Frau, direkt hinter ihrer Schulter, taucht Zentimeter für Zentimeter die Fratze des Monsters auf – ein breites Grinsen auf den zerfetzten Lippen. Ihre Haare streifen Sloans Schlüsselbein, als sie sich vorbeugt und Liam anstarrt.

Sein Herz rast, bleibt stehen. Ihm wird warm. Kalt. Er will sterben.

»Töte sie.« Modriger Geruch erreicht seine Nase, kaum spricht das Monster.

Um sie herum herrscht Stille, als hätte selbst der Wald Angst, zu atmen. Aber er interessiert sich nur für Sloan. Die sieht ihn an, als würde sie das Monster gar nicht bemerken.

»Töte sie.«

Liam weiß nicht, wer es sagt. Baddie? Sloan? Das Monster?

Wen soll er töten?

Er ist es, der sterben will.

Plötzlich sind da Hände an seinen Wangen und er starrt in Sloans von Tränen geziertes Gesicht. Sanft streicht sie über seine Wangenknochen. Ihr Mund öffnet sich, während sie nickt. »Töte sie, Liam«, flüstert sie.

Er holt aus und lässt seine Hand auf sie zurasen. Ein eigenartiges Geräusch erklingt. Dumpf … und nass. Und schneidend. Er zieht seinen Arm zurück und wiederholt die Bewegung, starrt dabei in Sloans Augen.

Was hat sie?

Was tut er?

Wo ist das Monster hin?

Erst jetzt bemerkt Liam, wie seine Frau sich an ihn

klammert, wie ihre Augen aufgerissen, ihre Brauen zusammengezogen sind. Ihre Züge mit dem Pinsel des Todes gezeichnet.

Ganz langsam nur schweift sein Blick tiefer, an Sloans Körper hinab. Und dann bemerkt er …

»Twinkle, twinkle bloody star«, klingt eine Stimme aus dem Wald zu ihm herüber. Er kennt sie, kann sich aber nicht an ein Gesicht dazu erinnern. Stattdessen sieht er Blut. Blut. Da ist überall Blut. An Sloans Jacke, an seinen Fingern. An dem Einhandmesser, das darin liegt.

Das kann nicht sein … Er muss träumen. Das muss ein Albtraum sein.

Ein Keuchen ist zu hören. Er ist derart erstarrt, dass er ihren Körper nicht festhält, als sie zu Boden sinkt. Er sieht mit an, wie sich ihr Brustkorb schwer hebt und ihre Finger nach den Wunden tasten, ihr ein Wimmern entfleucht.

Was hat er getan?

»Na, na, Liam. Was hast du denn wieder angestellt?«, erklingt Baddies scheinheilige Stimme.

Seine Hände beben und die Waffe in seiner Hand wird schwerer. Besudelt mit Schuld und Verrat. Erst sein bester Freund, nun seine Frau … Hat er dem nicht ein Ende machen wollen? Ist er zu schwach gewesen? So einfältig, auf Baddie zu hören …

Mit einem dumpfen Laut, der für ihn ohrenbetäubend ist, landet das Messer im Dreck. Dann krachen seine Knie und seine Hände auf den Boden.

Er will sterben.

Sloans schweres Atmen erreicht seinen Verstand und ihre Augen huschen über die Sterne über ihr. Sie wird immer blasser. Sein kleiner Stern … Er hat ihr Licht gestohlen.

Ein Schatten erscheint von der Seite und er spannt sich an,

will sich bewegen. Doch kaum blinzelt er die Tränen weg, realisiert er, dass vor ihm ein Hund steht. Heda. Die er bei Brie gelassen hat.

Liam kommt nicht dazu, weiter darüber nachzudenken. Er kann nicht die Hand ausstrecken, nicht zu seiner Frau kriechen, nicht weinen. In der nächsten Sekunde spürt er Schmerz, der sich kurz darauf zu einem rasenden Brennen in seinem Rücken ausdehnt.

Wieder rast ein höllisch scharfer Stich durch ihn. Seine Glieder stehen in Flammen. Noch mal durchfährt es ihn wie ein Ruck. Verzweifelt versucht er, die Quelle ausfindig zu machen, aber er ist wie gelähmt. An seiner Hüfte wird es feucht und warm.

Er hört Heda winseln. Seine Sicht verschwimmt und dann zieht es ihn nach hinten. Es zerreißt ihn, als er auf dem Rücken landet und den Kopf windet. Die Lider fallen ihm zu.

Bleib wach!

Die Baumkronen über ihm drehen sich immer schneller im Kreis. Oder ist er es, der sich bewegt? Äste und Steine bohren sich in seine Haut. Und da ... wieder dieser eigenartige Schmerz, der ihm durch Mark und Bein geht.

Aus dem Augenwinkel nimmt er eine Silhouette wahr und blinzelt mehrmals, um seine Sicht zu schärfen.

Sobald er das Gesicht seiner Tochter erkennt, will er seine Hand heben, aber er vermag nicht, sich zu rühren. Sein Körper hat aufgegeben, gehorcht ihm nicht mehr. Er schmerzt nur, reißt ihn auseinander.

Brie starrt zu ihm herunter. Sie macht noch einen Schritt, bis ihre Schuhe seine Hüfte berühren. Es dauert eine Ewigkeit, bis er es schafft, seinen Blick von ihrem Gesicht zu lösen, um der Blutspur auf dem weißen Kleid zu folgen.

Da sollte kein Blut sein.

Ist sie verletzt?

Muss er mit dem Wissen sterben, dass er nicht nur seine Frau getötet, sondern auch seine Tochter verletzt hat?

Am liebsten würde er schreien. Flehen. Aber der roten Spur zu folgen, ist alles, was er schafft.

Etwas blitzt über ihm auf.

Und schließlich findet er das Ende der Spur.

Ob seine Sicht verschwimmt, weil ihm Tränen in die Augen steigen oder weil es zu Ende geht, weiß er nicht. Das Einzige, was er weiß, ist, dass seine Tochter ein Messer in der Hand hält, an dem Blut klebt. Das ihrer Mutter und das ihres Vaters.

Hat Brie ... Ist sie ... Er ist zu schwach; kann nicht klar denken.

Angst vor dem Tod hat er nicht. Eigentlich spürt er nur Dankbarkeit, dass er nicht länger mit dem Lärm von Evil leben muss.

Wieder fallen ihm die Lider zu. Mit letzter Kraft reißt er sie auf, um Brie anzusehen.

Ihr Gesicht ist blass wie das von Sloan, aber sie lebt. Brie lebt. Und in dem Blau ihrer Augen steht etwas, das ihm nur zu vertraut ist. Sein kleines Mädchen – er erkennt es nicht wieder.

Nein!

Im letzten Augenblick muss er mit ansehen, wie sich zwei Schatten hinter ihr erheben. Baddie. Und das Monster ... Alle drei blicken zu ihm herab. Und da ist noch ein anderes, ein viertes. Eines, das er nur in ihren Augen sehen kann.

Über Bries Lippen huscht ein Lächeln, das in keiner Weise dem eines Kindes ähnelt. Und auch ihre Stimme klingt nicht nach ihr.

»Ich sagte doch, Daddy: Stimmen sind böse.«

UND WENN SIE NICHT GESTORBEN SIND,

dann sterben sie halt morgen ...

DANKSAGUNG

und viel Liebe

DIE IDEE DER »Red River Lane« entstand im Oktober 2020 bei unserem Treffen in Hamburg. So ein Gemeinschaftsprojekt, das wäre doch was, dachten wir uns. Schön gruselig, schön blutig. Eine Erfahrung, die uns aus unserer Komfortzone holt. Während des gesamten Brunches spielten unsere Gedanken verrückt und aus einer Schnapsidee wurde plötzlich ein Projekt mit einem Titel. Die Recherche nach den »gruseligsten Orten der USA« bekräftigte unser Vorhaben. Bis heute fragen wir uns, was wohl unsere Tischnachbar:innen davon hielten, dass wir kichernd, jubelnd und völlig hingerissen über unsere Mörderstraße plauderten.

So eine Anthologie bedarf einiges an Zeit und Hingabe. Vom einen haben wir alle zu wenig, vom anderen manchmal zu viel. Aber wir waren mutig genug!

Und nun halten wir die Anthologie in unseren Händen.

Wir möchten unseren Kolleg:innen danken, die mit uns in die Red River Lane gezogen sind und dem Buch Leben – oder auch Tod – eingehaucht haben. Danke für eure Mitarbeit, Zeit und Flexibilität. So ein gemeinsames Werk ist eine wunderbare Erfahrung und es ist uns eine Ehre, diese mit euch zu teilen.

Wir hatten furchtbar großen Spaß mit euch und hoffen, ihr habt auch solches Fernweh nach unserer Straße wie wir. DANKE: Anne Lück, Julia Niederstraßer, P.J. Ried, C. Greene, Steve Nolte und Lea Zander. Euer Sprachgefühl, eure Ideen und diese grandiose Umsetzung machen das Buch zu dem, was es ist. Und wir lieben es genau so.

Danke, Eva Henrich, dass du deine Illustrationskünste und Spontanität unter Beweis gestellt hast, als wir wie verwaiste Kinder vor deiner Tür standen. Die Karte der Red River Lane ist einfach großartig geworden und wir danken dir und deinem Talent.

Nicht zuletzt, müssen wir uns auch gegenseitig danken.

Danke, JENNY, für deine Motivation, deine Kreativität und die Verantwortung, die du als Herausgeberin übernommen hast.

Danke, ANNA, für deine Organisation, dein Fingerspitzengefühl und deine Ideen.

Danke, SARAH, für deine Ausgeglichenheit, deine Begeisterung und dieses fantastische Cover.

Danke, MARIE, für deinen Optimismus, deine Herzlichkeit und die Überarbeitung aller Geschichten.

Seit September 2020 stand unsere Chatgruppe kaum still, mehrere Bossmeetings fanden statt – und die waren mindestens genauso lang wie ideenreich. Wenn eine von uns beruflich mal eingespannter war, haben die anderen ungefragt gepuffert. Es war lustig, es war stressig, es war schaurig schön! Unser Entschluss, die Red River Lane anzugehen, war ein Highlight und wir danken einander für die Harmonie, die kreativen Stunden, die Initiative und den Zusammenhalt.

Es war uns eine Ehre!

Und schließlich: Danke, liebe:r Leser:in, für den Kauf dieses Buches und die Möglichkeit, die DKMS zu unterstützen. Wir hoffen, dass du beim Lesen Gänsehaut bekommst – und wer weiß ... Vielleicht möchtest du eines Tages in die Red River Lane zurückkehren?

Doch pass gut auf dich auf, das nächste Mal kommst du vielleicht nicht so leicht davon ...

DKMS

ERINNERE DICH AN die letzten zwölf Minuten. Hast du ein witziges Youtube Video geschaut, deiner Freundin eine zu lang geratene Sprachnachricht geschickt oder die letzten Seiten dieses Buches beendet? Wir hoffen es. Wir hoffen, dass du nicht die Person bist, die die niederschmetternde Diagnose »Blutkrebs« erhalten hat. Denn statistisch gesehen ist das in Deutschland alle zwölf Minuten der Fall, weltweit sogar alle 27 Sekunden.

Doch obwohl Blutkrebs die häufigste Ursache für krebsbedingte Todesfälle, vor allem bei Kindern, ist, gibt es noch zu wenig Menschen, die sich für die Erkrankten und ihre Angehörigen einsetzen – egal in welcher Weise.

Wir – die Autor:innen der Red River Lane – möchten einen Beitrag leisten. Etwas, das die DKMS, die Deutsche Knochenmarkspenderdatei, schon seit Jahrzehnten tut. Aus diesem Grund ist dieses Buch nicht nur den Erkrankten und deren Angehörigen gewidmet, sondern soll zudem unseren Spendenpartner und damit die Mitarbeiter:innen und Patient:innen finanziell unterstützen.

WAS IST DKMS?

Die DKMS ist eine gemeinnützige Organisation, die ihre Hauptaufgabe darin gefunden hat, potentielle Stammzellspender zu listen und zu registrieren, um weltweit Patient:innen mit einer Stammzelltransplantation eine zweite Chance zu ermöglichen. Bisher wurden mehr als 10,5 Millionen Spender:innen im Register aufgenommen und über 91.000 Stammzellspenden vollzogen.

BLUTKREBS – WAS IST DAS ÜBERHAUPT?

Blutkrebs ist der Sammelbegriff für bösartige Erkrankungen (z.B. Leukämien, Lymphome und Myelome) des blutbildenden Systems, die dadurch entstehen, dass Blutzellen entarten und sich unkontrolliert vermehren. Daraus resultierend verdrängen besagte Zellen die roten und weißen Blutkörperchen sowie die Blutplättchen. Auf diese Weise gelingt es den Zellen nicht mehr, genug Sauerstoff zu transportieren oder Infektionen zu verhindern. Einfach gesagt, kann das Blut seine lebensnotwendigen Aufgaben nicht mehr oder nur unzureichend erfüllen.

SO KANNST DU HELFEN:

Unter www.dkms.de/registrieren kannst du dich problemlos online registrieren. Beantworte ein paar einfache Fragen und bestelle das DKMS Registrierungset direkt zu dir nach Hause. Sobald das Set bei dir eingetroffen ist, heißt es: »Mund auf, Stäbchen rein, Spender sein!«

Schicke das Set mit deinem Wangenabstrich kostenfrei zurück und werde Teil der DKMS Familie. Vielleicht bist genau *du* ein Match für eine lebensrettende Stammzelltransplantation.

Mehr Infos unter www.dkms.de

WARUM GELD SPENDEN?:

Jeder von uns kann sich kostenfrei bei der DKMS als Spender:in registrieren. Doch jede neue Registrierung kostet die Organisation 35 Euro, die nicht von der Krankenkasse übernommen werden. 60% dieser Kosten entstehen durch die Typisierung der Probe, 40% nehmen die Verwaltung, der Personalaufwand und die Kommunikation mit den Spender:innen in Anspruch.

Neben der Datenbankpflege und -vergrößerung, investiert die DKMS in Forschung und Internationalisierung, sodass es weltweit möglich, ist ein Match zu finden, das ein Leben retten kann.

DENN JEDES LEBEN ZÄHLT.

DKMS Spendenkonto
IBAN: DE64 6415 0020 0000 2555 56
BIC: SOLADES1TUB
Bank: Kreissparkasse Tübingen

DKMS Geldspenderservice: 0221 940582-3702
E-Mail: geldspende@dkms.de

Jennifer Ebbinghaus (Foto: vorn) ist Herausgeberin der »Red River Lane« und hat sich damit aus ihrem vertrauten Metier gewagt. Im Mai 2020 veröffentlichte die Dreißigjährige, die mit ihrem Mann und ihren zwei Katern im Oberbergischen lebt, ihre New Adult Dystopie »Chasing After« und startete mit diesem Debüt erfolgreich ihre Autorenkarriere. Mittlerweile ist bereits der zweite Teil der Trilogie erschienen, deren finaler Band voraussichtlich 2022 erhältlich sein wird. Wer Spannung, Gefühl und starke Protagonisten sucht, wird ihre Bücher lieben. Und wer clever ist, behält auch die zukünftigen Werke der Autorin genau im Blick.

Auch Anna Konelli (Foto: links) veröffentlichte bisher Bücher im dystopischen Genre. Neben ihrer Debüt-Dilogie »Lovely Faces« liegt allerdings auch das ein oder andere Fantasyprojekt in ihrer Schreibtischschublade und wartet darauf, veröffentlicht zu werden. Bei der »Red River Lane«

wirkte die Siebenundzwanzigjährige als Organisatorin an vorderster Front und bereicherte das Projekt nicht nur durch ihre Ideen, sondern auch durch ihre Marketingerfahrung.

Für Liebhaber von unverwechselbaren Settings, authentischen Charakteren und emotionalen Achterbahnfahrten sind ihre Bücher ein Muss. Genau wie alles, was noch von ihr erscheinen wird.

SARAH SCHEUMER (Foto: rechts), die gute Seele und Coverdesignerin der »Red River Lane«, komplettiert das Dystpie-Trio. Doch die dreiunddreißigjährige Freelancerin kombiniert das Genre mit einzigartigem Science-Fiction. Wer sagt, dass die Jungautorin zwischen den Sternen lebt, liegt also gar nicht so verkehrt. Ihre »Starship«-Trilogie ist keine bloße Empfehlung, sondern unbedingte Lieblingsbücher für jeden, der sich in den Welten unserer Galaxie verlieren möchte. Und für jene, die wissen, dass eine gute Geschichte zwei Dinge braucht: Freundschaft und Abenteuer.

MARIE DÖLING (Foto: hinten) liest zwar für ihr Leben gern Dystopien, doch ihr Schreibmittelpunkt ist die Lyrik. Zeitlose Sprachlichkeit gespickt mit aktuellen und teils gesellschaftskritischen Themen bestimmen ihren Alltag – und das nicht nur aufgrund ihrer eigenen Texte. Denn die Potsdamerin, die für die »Red River Lane« die Lektorats-, Korrektorats- und Buchsatzarbeit übernommen hat, macht dies hauptberuflich.

Neben den Poesiebänden ihrer »Sequenzen«-Trilogie, die seit 2020 im Handel sind, wird 2022 ihr Jugendbuch »Kein Ort dieser Welt« erscheinen. Lyrikliebhaber und die, die diesem »altgeglaubten« Genre eine Chance geben wollen, kommen an ihren Gedichten nicht vorbei.